PARA MORIR SIEMPRE HAY TIEMPO

Carmen Conde

Barcelona • Madrid • Bogotá • Buenos Aires • Caracas • México D.F. • Miami • Montevideo • Santiago de Chile

1.ª edición: enero 2016

Consell de Cent, 425-427 - 08009 Barcelona (España)
www.edicionesb.com

Printed in Spain
ISBN: 978-84-666-5856-0
DL B 26228-2015

Impreso por QP PRINT

Para morir siempre hay tiempo

LA TRAMA

A Jordi y Pol,
por acompañarme en esta aventura

Llené la pipa y la encendí, y me senté a fumar.

Nadie entró, nadie llamó, nadie pasó, a nadie le importó si yo me moría o me iba a El Paso.

RAYMOND CHANDLER, *El largo adiós*

1

Julia Irazu apretó el pedal del freno y cerró los ojos, convencida de que iba a morir.

Un segundo, dos...

Durante aquel breve lapso de tiempo tuvo una visión espeluznante de su horrible final. No se imaginó una muerte súbita, quizá un piadoso y fulminante golpe en la cabeza. No. Se vio a sí misma atrapada dentro del coche, ardiendo como una antorcha y retorciéndose en la espantosa agonía. Un proceso lento y gradual; primero el cabello, luego la piel, al final los nervios. La visión era tan real que podía escuchar sus gritos desgarradores, incluso percibir el hedor de la propia carne quemada.

Tres...

El impacto fue bastante leve, casi insignificante comparado con el chirrido atroz de los neumáticos sobre el asfalto. El coche se detuvo, dejando dos largas y profundas estelas negras.

Y no comenzó a arder.

Julia abrió los ojos a oscuras, mientras notaba una angustiosa sensación de ahogo. La presión fue cediendo para dar paso al desagradable silbido que producían los airbags al deshincharse, como si hubiese caído en un nido de serpientes.

Serpientes...

¿Había sufrido un accidente o era un desvarío de su imaginación? ¿Deliraba?

Si se trataba de un delirio, su psiquiatra estaría encantado. El muy capullo se había pasado los últimos meses amenazándola con sufrir todos los trastornos, ataques y desórdenes posibles. Casi podía oírlo, sentencioso, apuntándola con su dedo índice:

«Crisis paranoide por abuso de psicofármacos.»

¿Abuso de psicofármacos?

Total, por unos cuantos tranquilizantes, somníferos, sedantes, hipnóticos, excitantes...

Entonces Julia notó un sabor dulce e inquietante dentro de la boca, demasiado vívido para ser una alucinación. Se tocó los labios y sus dedos se mancharon de rojo oscuro. Se había mordido la lengua. Tragó su propia sangre y empezó a gritar histérica, mientras miraba a su alrededor.

¿Qué había pasado? ¿Dónde estaba? ¿Qué hacía allí?

Tardó unos instantes en orientarse. Sí... Eran casi las tres de la madrugada, y se dirigía a Zarautz desde Getaria por la comarcal. Después de atravesar un pequeño túnel, y tras una curva de visibilidad reducida, se encontró un vehículo atravesado en mitad de la carretera, ocupando los dos carriles.

No pudo impedir el choque.

Solo su rápida reacción evitó que resultase mortal. Por suerte, el cinturón de seguridad sumado a los airbags la habían protegido. Estaba prácticamente ilesa.

Pero ¿y el ocupante del otro coche?

Tras la luna delantera, Julia descubrió el lateral de un Jaguar, en el cual se había empotrado de frente. Sin dejar de chillar, se quitó con torpeza el cinturón. Abrió la puerta y salió al exterior.

El aire tibio de la noche la despejó al momento. Con paso

inseguro se dirigió al deportivo. El terror y la confusión inicial daban paso a una ira creciente.

¿Qué hacía aquel estúpido detenido en mitad de la carretera? ¿Se había vuelto loco? Furiosa, se apoyó temblorosa en la carrocería y asomó la cara por la ventanilla entreabierta.

Dentro del coche, el conductor —un hombre de unos treinta y cinco años—, emitía unos gemidos agónicos mientras con la mano se palpaba el pecho. Parecía estar sufriendo un ataque cardíaco. Era evidente que, en aquellas condiciones, había perdido el control del vehículo. Casi no podía moverse, sus miembros estaban agarrotados y se doblaba sobre sí mismo como si sufriera terribles dolores. Julia alargó el brazo a través de la ventanilla y lo tocó con suavidad en un hombro. Él la miró con los ojos vidriosos y murmuró unas pocas palabras casi ininteligibles.

—Inyección... Me muero... —susurró.

Un zumbido desagradable cruzó a pocos centímetros del rostro de Julia. Una avispa. Ella dejó escapar un gritito y se alejó instintivamente. Tardó unos segundos en acercarse de nuevo, y entonces comprobó con creciente angustia que había muchas más. Algunas buscaban enloquecidas la salida, chocando contra las ventanillas, otras se retorcían agonizantes sobre el salpicadero o sobre los asientos; el pobre hombre las había abatido a manotazos.

—Me muero... —gimió él con un hilito de voz, y tomándole la mano, se la puso sobre el pecho.

Ella notó un objeto alargado a través del fino tejido de la camisa.

—Inyección... Necesito la inyección...

Julia comprendió lo que pretendía indicarle e introdujo la mano por la abertura del cuello. De un bolsillo interior extrajo un pequeño artilugio con aspecto de bolígrafo.

—¿Es esto lo que quiere? —le preguntó con voz trémula.

—Sí... Apriete...

En cuanto ella presionó el botón, apareció en el extremo inferior una aguja hipodérmica.

—Inyéctemelo... —jadeó el hombre con sus últimas fuerzas y se palmeó el muslo—. Aquí...

Julia apretó los dientes y apartó con un manoteo histérico una avispa que le pasó rozando la oreja. Después de contar mentalmente hasta tres, le clavó la aguja hasta el fondo, atravesándole el pantalón. En el mismo instante en que el líquido empezó a penetrar en el cuerpo del hombre, su respiración comenzó a regularizarse. Él se recostó contra el asiento y dejó caer los brazos con pesadez, exhausto. Poco a poco, en cuestión de unos pocos minutos, recuperó el aliento. Bruscamente, con un arranque de rabia súbita, se incorporó y aplastó las dos avispas que seguían zumbando insidiosas dentro del coche. Luego se dejó caer de nuevo contra el asiento y cerró los ojos.

Ella observó aquel proceso atónita, casi hipnotizada. Las enfermedades la obsesionaban y sentía una atracción malsana que la llevaba a fantasear con todo tipo de violentas crisis infecciosas, paradas cardiorrespiratorias, ataques de catalepsia, cólicos nefríticos y hasta con partos imaginarios. No obstante, las alergias nunca habían formado parte de su frenético repertorio. Quizá no había sido capaz de valorar el alcance de tal dolencia. Craso error.

Choque anafiláctico producido por picada de avispa. Algo realmente espectacular. ¿Cómo no se le había ocurrido antes?

Julia tomó de inmediato la decisión de procurarse unas cuantas inyecciones de epinefrina, aun cuando no sufría ninguna alergia conocida. Tan ensimismada estaba en sus obsesivos pensamientos, que no se dio cuenta de que el hombre respiraba con completa normalidad y la observaba, con una levísima sonrisa en sus labios.

—Me ha salvado la vida.

Julia regresó a la realidad y sonrió a su vez.

—No tiene importancia. ¿Se encuentra mejor?

—Sí. Siento muchísimo lo que ha sucedido, pero no he podido evitarlo.

—¿Ha sido un choque anafiláctico? —le preguntó, morbosa.

Él asintió.

—Soy alérgico a casi todos los insectos —respondió en tono humilde, disculpándose—. Cuando me han picado las avispas no he podido controlar el coche. Normalmente conduzco con las ventanillas cerradas, pero la noche era tan hermosa...

—Entiendo, entiendo. —Julia asintió con suavidad—. No se angustie, yo no le culpo.

Él extendió una mano y la tomó por el brazo.

—Gracias de nuevo por salvarme la vida —susurró.

—Cualquiera lo hubiese hecho en mi lugar.

—¿Cualquiera? —Él sonrió de nuevo, sus ojos brillaban en la oscuridad—. No sea modesta. Usted es mi ángel de la guarda.

Julia Irazu meneó la cabeza levemente, como si no pudiera creérselo.

—Yo no soy una heroína...

Él asintió con energía y abrió unos centímetros la puerta, instándola con aquel gesto a apartarse.

—Ahora, si me deja, quisiera salir del coche.

—Sí, sí, voy a ayudarle —se ofreció Julia, aún obnubilada por los elogios del desconocido.

—No, gracias. Puedo hacerlo yo solo. Usted ocúpese de señalizar el accidente, por favor.

—De acuerdo —aceptó ella—. Y después llamaré a la policía.

El hombre hizo una mueca de profundo desagrado al escuchar aquella última palabra, aunque no dijo nada. Se limitó a seguirla con la vista mientras ella se dirigía a su coche, dispuesta a buscar el triángulo reflectante que guardaba en el maletero.

Julia levantó el portón y buscó a tientas la señal de emergencia, ajena al hombre que descendía del deportivo y se acercaba con lentitud. Cogió el triángulo, cerró el portón y alzó la mirada. Entonces vio al hombre frente a ella, y el horror se reflejó en sus pupilas. Dio un paso atrás y el indicador reflectante resbaló de su mano, chocando contra el suelo con un tintineo metálico que resonó en la noche.

El desconocido meneó la cabeza negativamente, y acompañó el gesto con un movimiento de la pistola que empuñaba en su mano derecha.

—Lo siento mucho, nena, pero no vas a llamar a nadie.

2

Dos horas antes del accidente, Julia admiraba la lluvia de estrellas que salpicaba la tibia noche de junio. Con la barbilla sobre sus manos y apoyada en uno de los muros que protegían el monumento a Juan Sebastián Elcano, observaba cómo las Perseidas aparecían y desaparecían ante sus ojos. Aquel resultaba un otero extraordinario, desde el cual dominaba también el puerto de Getaria. En aquel momento, una pequeña embarcación a vela viró a estribor y surcó con lentitud el espacio que la separaba de la bocana del puerto, dejando una estela de luz a su paso. Julia la siguió con la mirada hasta que atracó, y después volvió la vista al cielo.

Suspiró profundamente.

Hermoso espectáculo, a pesar de que ella no fuese capaz de apreciarlo.

Allí, sola y en plena noche, intentaba encontrar la lucidez que le faltaba durante el día, que le había faltado durante los últimos tiempos. Necesitaba reencontrarse con el paisaje de su niñez, recordar ni que fuese durante unos instantes que ella había sido aquella niña que corría por la playa de Getaria, que recogía cangrejos cuando bajaba la marea, que pasaba minutos y horas allí apostada, en el mismo lugar en que estaba ahora, aunque entonces los ojos le sobresalieran apenas unos centímetros por encima del muro. Siempre le había gustado aquel rincón, y casi a diario le dedicaba un tiempo de soledad, con la mente en blanco, inmóvil, dejando que su mirada siguiese a los barcos que entraban y salían del puerto.

Por desgracia, ese tiempo pasó y llegaron otros, siempre peores. Ella volvía a su pueblo natal, con el anhelo secreto de hallarse a sí misma, cada vez más extraña, más expuesta a sus miserias.

Era desalentador, pero lo único que encontraba era esa obsesiva desesperación continua, el motor siempre en marcha. Ni la tibia noche, ni el bello paisaje. Nada conseguía enternecerla.

Hacía mucho que había dejado Getaria. Con dieciocho años se trasladó a un pisito de estudiantes en San Sebastián para estudiar en la Universidad de Deusto. Luego, con una flamante licenciatura de Filología Hispánica bajo el brazo, y varios cursillos de escritura creativa, llegó a Barcelona dispuesta a convertirse en una escritora de éxito, un nuevo talento en el panorama editorial. La Gillian Flynn española.

Con una media académica más que aceptable —excelente en casi todas las asignaturas— consiguió enseguida un empleo de redactora en un gran grupo editorial.

No era lo que había soñado, ya que su trabajo tenía muy poco de creativo. Estaba sometida a las dictaduras de un departamento que, amparándose tras unos sesudos estudios de mercado, intentaba dilucidar lo que interesaba al ciudadano medio. Cíclicamente se veía embarcada en proyectos que la obligaban a escribir textos de los temas más variopintos: dedales de porcelana, coches de época, soldaditos de plomo o tanques de la Segunda Guerra Mundial. Se trataba de fascículos en entregas semanales, que la gente compraba para conseguir el muñequito de regalo y cuya revista jamás leería.

A la par que adquiría conocimientos en los más variados campos del saber, dedicaba su escaso tiempo libre a presentarse a todos los concursos que se le cruzaban al paso. Era una escritora compulsiva, que escribía sin tener en cuenta las modas editoriales. Si lo hubiera hecho, comprendería que la cosa iba de novelas pseudohistóricas plagadas de anacronismos, de romances más o menos eróticos entre vampiros, zombis y licántropos, o de *hackers* raras y ultramodernas que destapan secretos de Estado en países donde hace mucho frío.

Julia era una *outsider* en el mercado editorial, y lo único que tenía claro era que su talento era evidente, y que arrollaría con él a todos cuantos tuviesen la suerte de leer alguna de sus producciones. Por desgracia, todos deberían de ser imbéciles, porque no consiguió más que ser semifinalista en un par de concursos de poca monta. Y eso fue porque, en un arranque de lucidez, decidió salpimentar su trabajo con una dosis que ella consideraba más que generosa de sexo.

¿Sexo?

Julia Irazu Martínez sabía tanto de sexo como de la vida secreta de los caracoles.

No obstante, no fue el fracaso editorial lo que la condujo a su abismo particular; hubiese sido lo mismo que se dedicase a escribir que a sexar pollos o a tejer tapetes en punto bobo. Ella estaba predestinada al desastre y lo único que quedaba por determinar era cómo y cuánto iba a tardar en conseguirlo.

La primera de las cuestiones ya estaba resuelta: Julia encontró la forma de matarse con los cócteles de medicamentos, tomando todo lo que descubría, convirtiendo su existencia en un continuo trasiego de síntomas. Paradójicamente, la medicina le suministraba la fórmula mágica que todo lo curaba: el suicidio con receta.

A partir de ahí no hizo sino rodar por la pendiente.

Cuando vio a aquel tipo frente a ella, pistola en mano, se imaginó lo peor. Con lo gafe que era no cabía esperar menos; había tropezado con un psicópata, seguramente un asesino en serie. No había muerto en el accidente, pero el final que le esperaba era mucho más terrible. Como fotogramas de una película pasaron por su mente imágenes sobrecogedoras de los mejores clásicos del terror; finales lentos, vísceras por doquier, torturas lentas y horripilantes...

Por suerte, la incertidumbre duró tan poco como el tiempo que tardó aquel canalla desagradecido en decirle qué era lo que pretendía.

—He cambiado de opinión. —Él le hizo un expresivo gesto para que se alejase del coche—. No es necesario que señalices el accidente.

—¿Y los otros conductores?

—A mí solo me preocupa mi pellejo. —El desconocido sonrió malicioso—. Y no quiero que salgas corriendo por el bosque y tenga que ir detrás de ti. No estoy en plena forma. Así que, aquí quietecita.

—Yo...

Él le hizo un gesto con el dedo índice. «Cállate.» A continuación, abrió la puerta de su coche y cogió su bolso del asiento del copiloto. Sin dejar de apuntarla con la pistola, sacó el DNI de la cartera.

—¿Julia Irazu Martínez? —leyó con cierta dificultad. A pesar del terror que Julia sentía, fue en ese momento cuando se dio cuenta de que el desconocido era extranjero.

—Sí.

—Bien, Julia... Te voy a explicar lo que pasa. —El hombre tiró el carnet dentro del bolso y se acercó un par de pasos—. Me voy a llevar tu coche y todas tus pertenencias.

—Llévese lo que quiera, pero no me haga daño. Por favor...

—Ese es otro punto a aclarar. —Él se acercó aún más, hasta que el cañón de su pistola quedó a un par de palmos de su cabeza. El desconocido era muy alto, más de un metro noventa—. No puedes denunciarme.

—Yo no lo tenía pensado... —Julia se sonrojó.

—Te lo digo porque si lo haces, si yo me entero de que has

ido a la policía, y me enteraré, iré a buscarte allá donde estés y te mataré.

Cuando Julia escuchó la palabra «mataré» dejó escapar un gemido.

—Tiene que entender —sollozó—. Tendré que justificar que no tengo el coche, ni mis documentos. Tiene que entender...

Ahora él apoyó el cañón de la pistola en su frente.

—A ver, nena, la que tiene que entender eres tú. —Él meneó la cabeza impaciente—. ¿Quieres morir?

—No.

—Pues echa a andar en dirección a Zarautz y no se te ocurra ir a la policía.

—Pero mi carnet, mi tarjeta sanitaria, mis medicinas. Padezco varias enfermedades...

—¿Enfermedades? ¿Qué enfermedades? ¿Sufres del corazón o algo parecido?

—Del corazón creo que no...

Él amartilló el arma.

—No te morirás. Te veo muy sana.

—¿Y cómo pagaré el hotel? —preguntó Julia suplicante—. Mi dinero...

El hombre sonrió en la noche.

—¿Hotel? —repitió con sorna—. No sé cómo pagarás el hotel, aunque seguro que una chica joven como tú encontrará la manera. Y ahora, ¡vete! Mi paciencia no es infinita.

Ella le lanzó una última mirada implorante.

—¿Quieres que te pegue un tiro entre las cejas, nena? —Él la empujó violentamente—. ¡Lárgate ya, joder!

¿Por qué aquel desgraciado quería su Volkswagen Golf del noventa y siete si tenía un coche mucho mejor? Julia imaginó la razón: iba a cometer un delito. Por su acento y su aspecto, seguro que se trataba de un criminal de algún país del Este, perteneciente a una organización mafiosa internacional.

Seguro que su foto estaba en el archivo de la policía de los delincuentes más buscados. Seguro que en menos de una semana aparecería su coche en una cuneta, con un cadáver dentro del maletero y cosido a tiros.

Ahora caminaba por el margen de la carretera en dirección a Zarautz, un margen que durante el día estaba muy transitado, pero que a aquellas horas de la madrugada estaba desierto y totalmente a oscuras.

Tras unos quince minutos de marcha rápida, Julia escuchó una enorme explosión, y casi de inmediato el cielo se iluminó con un resplandor terrorífico. El estruendo provenía de Getaria, y Julia miró hacia atrás y empezó a correr, impulsada por el pánico, como si temiese que un río de lava pudiese alcanzarla. A los veinte metros se detuvo, asfixiada, y se dobló sobre sí misma, intentando recuperar el resuello. Uno o dos minutos después un automóvil pasó a su lado, lanzándole una ráfaga de luces que la deslumbró. Ella lo miró inmóvil, aterrada, y lo vio alejarse con rapidez. Antes de desaparecer en la noche tuvo tiempo de distinguir el número de la matrícula trasera.

Era su propio coche.

3

El objetivo de la misión tuvo que ser abandonado cuando el barco *Endurance* quedó atrapado en el hielo cerca de su destino, en la bahía de Vahsel. Más tarde quedaría destrozado, aplastado por los bloques de hielo que lo aprisionaban, lo que obligó a la tripulación del barco y a los miembros de la expedición a realizar un viaje épico en trineo atravesando el helado mar de Weddell...

Eran las cuatro de la madrugada.

Julia Irazu miraba hipnotizada el reportaje en blanco y negro de La Dos, en el que Ernest Shackleton y su tripulación hacían un alarde de valor que les salvaba la vida. Eran unos auténticos héroes, que habían sobrevivido a unas condiciones extremas durante meses. Una proeza que ella veía casi cien años después. Mientras aquellos hombres valerosos concluían su odisea, Julia se sentía animada, dispuesta a afrontar sus propias dificultades. Tenía que ser positiva: había salido ilesa de un accidente y del tropiezo con un delincuente, quizá muy peligroso, aunque ahora se encontraba sin dinero, sin coche y sin poder acudir a la policía. No era una situación fácil, pero no importaba. Si aquellos hombres podían resistir seis meses a treinta grados bajo cero, ella sería capaz de superar aquel contratiempo.

Tras los títulos de crédito cambió de canal, encontrándose

con una vorágine de concursos de mala muerte presentados por señoritas miméticas, santeros que prometían leer el futuro con solo saber el ascendente y una amplia gama de frikis capaces de hacer cualquier cosa para atraer la atención de la cámara. El ánimo de Julia cayó en picado. Ya no se sentía fuerte ni audaz. El mundo de Shackleton no era el suyo. Su mundo era aquel, saturado de chalados que se ganaban la vida engañando a otros que estaban aún más chalados. Ingenuos, infelices y desahuciados. ¿Ella pertenecía a ese submundo? Pasó de un canal a otro mecánicamente, cada vez más nerviosa. ¿Qué iba a hacer ahora? ¿Y si aquel tipo creía que ella había ido a la policía? ¿Y si la buscaba y la mataba? Toda la tensión acumulada brotó como un torrente. Al final, Julia apagó la televisión del cuarto del hotel, se sentó en la cama y empezó a llorar.

A partir de ahora tendría que vivir en la indigencia, escondiéndose. Dejaría su hogar y su trabajo. Huiría a algún país del tercer mundo. Tal vez debiera acudir a la policía, pero eso la obligaría a cambiar de identidad, hacerse una operación de cirugía estética y deformarse el rostro. Tendría que aparentar veinte o treinta años más. Viviría como un testigo protegido: asustada, perseguida, amenazada... Después de diez o quince años de vivir oculta, aquel hombre acabaría dándole caza, y la torturaría durante días, semanas o meses... Unas imágenes horrendas e insoportablemente nítidas se apoderaron de su pensamiento; las más horrendas que un cerebro humano pudiera idear. (A mala hora se le ocurrió bajarse de internet «Las diez muertes más escalofriantes de SAW».) Agonizaría eviscerada, con los intestinos enrollados en un huso, los globos oculares fuera de sus cuencas y varios miembros amputados y esparcidos por doquier...

Conforme la atormentada mente de Julia se desbocaba, su llanto se tornaba más convulso. A pesar de la intensidad de sus sollozos pasaron los minutos y nadie llamó, nadie entró y a nadie le preocupó si ella sufría un ataque de asma y moría ahogada en su propio llanto.

Completamente exhausta y después de recorrer todo el imaginario posible de sufrimientos humanos, Julia comenzó un blíster de Stilnox de la maleta y se tomó la dosis suficiente para dormir a un mamut.

Como siempre, la solución a todos sus problemas.

Al cabo de veinte minutos yacía inconsciente sobre la cama.

Aún no eran las nueve de la mañana cuando el teléfono que había sobre la mesita empezó a sonar. Tras unos segundos, Julia abrió un ojo sanguinolento y lo descolgó, desorientada.

—Julia, ¡no contestas al móvil! —La voz de la redactora jefe sonaba irritada al otro lado del hilo telefónico.

Ella dejó escapar un gemido y empezó a llorar de nuevo. Los recuerdos de la noche anterior pasaron por su mente a cámara rápida, recordándole de inmediato lo complicada que era su situación.

—¿Julia? ¿Me oyes?

—Sí...

—¿Te encuentras bien?

—No...

—¿Te has pasado con los somníferos? ¿Es eso? ¡Desde luego, es que no puedo confiar en ti!

—Escúchame, Aurora —balbuceó Julia—. Me ha pasado una cosa horrible. Verás, no vas a creértelo, pero necesito que me envíes dinero para pagar el hotel porque en este momento no tengo nada que...

—¿Una cosa horrible? ¿Qué cosa?

—No puedo explicártelo.

—¿Me estás pidiendo dinero y no puedes explicarme para qué es?

—No puedo, de verdad.

—¡Seguro que es para pagar a uno de esos traficantes de internet a los que les compras las puñeteras pastillas!

—No, no es para eso.

—¿Cuánto dinero quieres?

—Lo suficiente para pagar la factura del hotel, alquilar un coche y poder ir al Puente Vizcaya. No sé, unos quinientos euros por lo menos.

—¿Por qué tienes que alquilar un coche? ¿Se te ha averiado el tuyo?

—No exactamente.

—¿Qué quieres decir?

—Lo tengo inmovilizado. Eso, inmovilizado. Y necesito dinero.

—¿Se lo ha llevado la grúa?

—Sí.

—¿Y por qué no sacas ese dinero de tu cuenta? ¿Y por qué te tengo que pagar la cuenta del hotel?

—Yo no puedo. Te lo juro.

—¡Julia Irazu! —La mujer estaba furiosa—. ¡Te dije que si tus malditas adicciones afectaban al trabajo estabas despedida!

—No es eso, Aurora. Te doy mi palabra de que no tiene nada que ver.

—¡Estoy harta de ti! ¡Quiero que me envíes el reportaje del Puente Vizcaya, y lo quiero antes de las cinco de la tarde! ¡Dos mil palabras, ni una menos! ¡O vete buscando otro empleo!

—¡Aurora, te lo suplico! No tengo coche, ni documentación, ni dinero, ni nada. No puedo explicarte por qué, pero estoy en una situación muy complicada y necesito mucho dinero... —Julia se detuvo al escuchar un clic inequívoco.

Aurora Cruz acababa de colgar el teléfono.

Después de desesperarse durante unos minutos, Julia Irazu decidió que debía proseguir con su vida como si nada hubiese pasado. Algo se le ocurriría.

Y para que algo se le ocurriera, nada mejor que una dosis matutina de Rubifen con café. Se vistió y salió de la habitación. En el ascensor vio anunciado un sensacional desayuno de buffet. En cuanto entró en el comedor observó con recelo a los huéspedes del hotel que iban y venían sirviéndose el anunciado desayuno.

Es asombroso lo que los humanos son capaces de ingerir a aquellas horas de la mañana. Huevos fritos, bacon, mermelada, mantequilla, cruasanes, bollos, zumo de pomelo y yogur de coco. En ese orden o en cualquier otro.

Ella bebió un sorbo de café, y con disimulo sacó una pastilla de Rubifen del bolsillo del pantalón y se la tragó. Otro sorbo de café. Otra pastilla más. Así hasta seis.

Hombres, mujeres y niños arrasaron en menos de media hora con todas las viandas dispuestas en el buffet mientras Julia los miraba con desprecio, aguardando a sentir cómo el derivado de la anfetamina producía su efecto. Meneó la cabeza. La civilización occidental iba al caos. Una cuarta parte de la población tenía sobrepeso, y una de cada diez personas, obesidad mórbida. Con todas sus consecuencias: hipertensión arterial, colesterol, diabetes. Rechazo social. Julia se miró a sí misma con satisfacción; estaba delgada como un junco. Su índice de masa corporal rayando el diecinueve. No en vano su dieta era austera: café y sesenta miligramos de metilfenidato.

Al cabo de veinte minutos los camareros repusieron todos los cestos de mimbre con decenas de pastas, bollos y sobrecitos de todo tipo, mientras nuevas hordas de turistas famélicos se lanzaban a llenar el plato a empujones. Ahora Julia ya los observaba con cierta simpatía. El Rubifen no fallaba nunca, aunque tuviese que aumentar la dosis paulatinamente.

Una risa estridente llamó su atención, y dirigió la mirada a una pareja que ocupaba la mesa de su izquierda. La que reía con entusiasmo era una mujer de unos sesenta años, y a su lado tenía a un hombre mucho más joven, treinta a lo sumo. Enseguida observó que se prodigaban continuos arrumacos, como una pareja de recién casados. El espectáculo era patético, pensó Julia, ya que era evidente que el tipo estaba con la mujer por su dinero. Y era evidente también que ella nadaba en la abundancia, a la vista de las ostentosas joyas que lucía, del traje chaqueta Chanel y del valioso bolso con el emblema de Louis Vuitton que había dejado sobre la silla. Al cabo de unos minutos de cuchicheos y caricias, ambos se levantaron y salieron del comedor, seguidos por la atenta y crítica mirada de Julia. El hombre la tomó por el talle, y cuando abandonaban la estancia, le tocó una nalga con descaro y ella lanzó un gritito.

Seguro que ahora irían a la habitación y tendrían una sesión de sexo. Sexo: sudor, fluidos y bacterias que pasaban de un organismo a otro. Julia hizo un gesto de repugnancia. Su mirada vagó por el salón y acabó reposando en la mesa desierta. Bollos mordisqueados, tarrinas medio llenas y el imponderable aguachirri marrón que los hoteles de dos estrellas venden como café, flotando frío y descolorido dentro de las tazas.

Ellos tampoco habían desayunado casi nada.

De repente, sus ojos se detuvieron en el bolso que reposaba sobre la silla. El cierre brillaba con un hipnótico reflejo dorado.

Con el calentón la muy estúpida se lo había descuidado. Un bolso que podría valer tres o cuatro mil euros.

No, seguro que era una imitación comprada en un top manta. Nadie que se pueda permitir un auténtico Louis Vuitton daría con sus huesos en un hotel de dos estrellas.

El brillo era de oro. Oro auténtico.

Julia Irazu tragó saliva.

De inmediato su corazón empezó a latir desaforadamente. Allí tenía la solución a todos sus problemas.

No. Ella no era una ladrona.

Julia se levantó y tomando el bolso con la máxima naturalidad posible, se lo colgó del hombro y salió del comedor por la galería. Una vez en el jardín, miró al interior y vio a la mujer que entraba de nuevo en el comedor, con el rostro congestionado por la angustia.

Jódete.

Julia cruzó con rapidez el camino empedrado que bordeaba los setos y entró en el hotel por la escalera de servicio. Subió los tres pisos que la separaban de su habitación con el corazón martilleándole en el pecho, intentando controlar las ganas angustiosas de echar a correr.

El Louis Vuitton era suyo.

Cruzó el pasillo enmoquetado de la tercera planta y abrió la puerta de su cuarto sin encontrarse con nadie por el camino. Un golpe limpio y discreto. Al cerrarla, se apoyó en una pared y rompió a reír compulsivamente.

Era una artista del hurto.

Tardó varios minutos en tranquilizarse lo suficiente para ser capaz de abrir el bolso y descubrir la cuantía del botín. Ahora necesitaba tener un poco de suerte y encontrar dinero en efectivo. De nada le servirían las tarjetas de crédito.

Se sentó sobre la cama y volcó el contenido sobre la colcha. Aguantó el aliento al comprobar que no solo el bolso era valioso, sino todos los objetos que se amontonaban ante sus ojos; un muestrario de las mejores marcas.

Unas gafas de sol de Christian Dior. Una polvera de Estée Lauder, un pintalabios Guerlain, una cartera Gucci...

Su mirada se detuvo.

Un Vertu Constellation.

Julia lo tomó entre sus manos temblorosas intentando asimilar que aquello tenía la misma utilidad primigenia que su viejo y destartalado Samsung.

Dios mío, aquel teléfono móvil valía trece o catorce mil euros. O más.

Lo pasó de una mano a otra con miedo, notando el frío tacto del metal. De improviso, comenzó a sonar estridente la melodía de *El golpe* y Julia lo manipuló con torpeza, intentando silenciarlo. Al no conseguirlo, levantó la manta y lo introdujo entre las sábanas. El sonido prosiguió varios segundos, mucho más atenuado pero aún perceptible. Cuando cesó, Julia dejó escapar un suspiro y cerró los ojos. Ahora oiría pasos acelerados que se detendrían frente a su habitación.

¡Policía! ¡Abra la puerta!

Su corazón latía con tal fuerza que creyó que iba a ser víctima de un ataque cardíaco. La euforia inicial del Rubifen había dado paso a un estado de ansiedad brutal.

Silencio absoluto. Se levantó con sigilo y abrió la puerta lentamente. No halló a nadie tras ella, ni en todo el pasillo. Cerró y volvió a sentarse de nuevo en la cama, ahora plenamente consciente del disparate que acababa de cometer.

Había perpetrado un delito. Jamás había robado, porque ella no era una ladrona. Se había movido impulsada por la desesperación, pero esa no era excusa, así que tenía que devolver el bolso como fuera. Tal vez podría dejarlo en algún lugar del pasillo y esperar que alguien lo encontrase. Sí, eso era lo mejor. Pero ¿cómo pagaría la factura del hotel? No tenía ni un céntimo, ni la posibilidad de conseguirlo. Y no podía acudir a la policía.

Necesitaba dinero.

Tomó la cartera y la abrió. Buscó en el bolsillo lateral y descubrió varios billetes. Los sacó con cuidado y contó el importe. Entre los de cien y los de cincuenta había en total más de mil euros. Robaría el dinero y dejaría todo lo demás. Cerró la cartera, procurando no mirar el documento de identidad ni las tarjetas doradas y plateadas que sobresalían de las pestañas. No quería saber el nombre de la mujer. Si lo leía, lo recordaría obsesivamente durante toda la vida. Cerró los ojos, pero la cabeza le daba vueltas y el corazón le latía tan enloquecido en el pecho, que se levantó de la cama dispuesta a tomarse un Trankimazin.

No. Más tarde.

Sabía lo traidoras que eran las benzodiazepinas. ¿Y si le producían una reacción brutal y acababa noqueada durante horas? Necesitaba estar en condiciones para pagar la cuenta del hotel y desaparecer sin despertar sospechas.

Julia empezó a sudar copiosamente. Caminó por la habitación como un león enjaulado, mareada y confusa, sin conseguir serenarse. En su mente las alarmas se disparaban a centenares, una algarabía de voces imperativas. «Pasa del Trankimazin, tómate un Valium, que es más efectivo. Que sean dos.»

En aquellas condiciones no podía abandonar la habitación. Su propio comportamiento la delataría. Eso, si conseguía mantener algún tipo de comportamiento y no se desvanecía en mitad del pasillo.

No sería la primera vez.

Ni la segunda.

Tenía que serenarse sin tomar nada. ¿Qué podía hacer? ¿Cómo se tranquilizaba la gente normal, la que no se ponía morada de calmantes, sedantes, narcóticos y somníferos? Julia Irazu asintió con la cabeza y encendió la televisión. Tomó el mando a distancia y eligió el mismo canal que le había ofrecido el fantástico reportaje de Ernest Shackleton. La Dos programaba a menudo documentales de la National Geographic: nada más relajante que ver una manada de ñus cruzando el Serengueti. En busca de un documental, lo más similar a los ñus que pudo encontrar fue un rebaño de estrellas bipolares, tertulianos multifuncionales y premios nobeles de Medicina, todos ellos revueltos y reciclados a colaborador fijo de magazine matutino. Asqueada, Julia apagó la televisión y encendió el ordenador portátil.

Para comenzar, abrió la primera de sus tres cuentas de correo, la más antigua. Con el tiempo se había llenado de indeseables: encontró varios e-mails de los chiflados habituales con sus hoaxes amenazantes de todo tipo: virus informáticos, bandas criminales, sectas satánicas, tráfico de órganos... El mundo estaba lleno de perturbados y cada vez más. Impaciente, abrió su segunda cuenta de correo, la que destinaba a la información médica y farmacéutica y que recibía una media de cincuenta entradas diarias. Un número en negrita al lado de la bandeja de entrada le anunció que se habían acumulado ciento treinta y siete mensajes en dos días. Perfecto. Ella era una persona inquieta y consecuente, y necesitaba estar bien informada. No como la mayoría de las jóvenes de su edad, que se quemaban las neuronas tecleando en los chats.

Los chats siempre estaban llenos de obsesos sexuales... Qué majadería el sexo, esa práctica sucia y llena de gérmenes que movía a media humanidad a perseguir a la otra media, y que ella consideraba —con sabio criterio— totalmente perniciosa para la salud. Por eso nunca había intimado con un hombre, a pesar de haber cumplido los treinta. La razón no podía ser más sensata: sexo igual a enfermedades venéreas. Sida, gonorrea, sífilis, faringitis gonocócica, condiloma acuminado... Y otras molestias, quizá no tan graves, pero igualmente repugnantes: cándidas, sarna, ladillas. En definitiva, un universo entero de hongos, ácaros, parásitos, bacterias y piojos correteando por su vagina.

Así que, como ella estaba al margen de toda esa porquería, podía dedicarse a leer con fruición los e-mails con sus correspondientes archivos adjuntos que le enviaban las grandes multinacionales de farmacia.

Prevenir es curar.

Julia abrió el primer correo, y se tropezó con una deliciosa información catastrofista que anunciaba una mutación del virus de la gripe resistente al Tamiflu. En Noruega ya habían muerto dos pacientes, víctimas del virus mutante. Julia leyó la información detallada que enviaba el Instituto Noruego de Salud Pública, pero notó que su inquietud iba en aumento.

Su ánimo no estaba para deleitarse en el conocimiento de nuevas enfermedades.

Como última opción abrió la tercera de sus cuentas, la que destinaba a los fracasos editoriales, y descubrió un correo nuevo en la bandeja de entrada. Sabía que las buenas noticias no solían enviarse por e-mail, pero ella estaba ilocalizable por vía telefónica.

¿Y si había un lector novato que había leído su manuscrito y le parecía que resultaba levemente comercial?

Le recomendamos que busque otra editorial con el perfil adecuado para la publicación de su obra.

Julia cerró el ordenador con rabia y se secó el sudor que le perlaba la frente. A la mierda.

Se iba de allí y se iba ahora mismo.

Tomó todos los objetos que estaban desperdigados sobre la cama y los lanzó dentro del bolso. Por desgracia, sin acordarse del Vertu Constellation, que había dejado escondido entre las sábanas. Después, lo escondió en la parte inferior de su maleta y lo tapó con ropa. Era mucho más arriesgado intentar deshacerse de él dentro del hotel que tirarlo por ahí. Recogió la habitación y lanzándole una furtiva mirada al espejo de la entrada, salió precipitadamente. Tenía muy mal aspecto, pero la nueva negativa le había proporcionado la dosis suficiente de coraje como para ser capaz de enfrentarse a la realidad. Ningún agente ni editorial eran capaces de apreciar su talento, y además había sido víctima de un robo, y ella misma se había convertido en una ladrona que iba a pagar el hotel con dinero ajeno. Casi nada.

Tomó el ascensor y descendió a la planta baja. En la recepción había dos chicas tras el mostrador y se dirigió a ellas con paso bastante firme.

—... Yo me he enterado esta mañana por Antxo. Es muy fuerte. ¿Sabes que lo grabó con el móvil y lo ha colgado en YouTube?

—Pero eso, ¿no es ilegal?

Julia se acodó con cierta brusquedad sobre el mostrador y carraspeó impaciente. Las chicas prosiguieron su conversación, parapetadas tras una pantalla de ordenador.

—¿Y quién te descubre?

—Nadie, supongo —respondió la que parecía más sensata—. ¿Y dices que sacaron un cadáver carbonizado del maletero?

—¿Quieres verlo?

—¡No, qué asco! —la interrumpió su compañera ante la mirada atónita de Julia—. ¡Aún me acuerdo del tipo aquel que llevaba un ojo colgando!

—Este es impresionante, está chamuscado como un pollo asado. Míralo, anda, ya verás cómo mola.

—No. Explícamelo, pero no me enseñes el vídeo.

La chica hizo un gesto de resignación.

—Bueno, tú te lo pierdes. El caso es que el coche estaba atravesado en la carretera que viene de Getaria, y la policía acordonó la zona hasta que un juez levantó el cadáver. Después, una grúa se llevó el coche. Dice Antxo que parecía un deportivo, un Ferrari o un Jaguar o un trasto de esos... No lo pudo asegurar, porque el coche también estaba carbonizado.

Julia tragó saliva.

—Perdón.

Las dos chicas levantaron la vista y la miraron como si fuese un fantasma.

—¿Me podríais preparar la factura? —preguntó con un hilito de voz—. Es que quiero irme...

—¿Habitación?

—Trescientos nueve.

—Ahora mismo. —La chica empezó a teclear indolente mientras se dirigía a su compañera—. Ya verás cómo sale por las noticias.

—Qué cosas pasan...

—Eso es un ajuste de cuentas entre mafiosos, seguro.

—Pero aquí, en Zarautz. Si nos conocemos todos...

—Esos tipos venían de lejos, seguro. Vete tú a saber de dónde.

Julia dejó escapar un gemido.

Un muerto carbonizado en el maletero... Aquel hombre no solo era un ladrón, sino también un asesino. Ahora estaba segura. Y ella no quería acabar carbonizada dentro de un maletero. ¿Qué podía hacer? No podía vivir eternamente sin documentación. En algún momento tendría que ir a la policía y denunciar el robo. No quería morir, y mucho menos así. Si aún fuese por una sobredosis de pastillas para dormir... Sí, eso sería mucho mejor. No, ella no quería matarse. No, por ahora. Aún le quedaba un par de editoriales que no habían respondido. ¿Y si querían publicar su libro?

Una de las chicas sacó la factura de la impresora y la plantó delante de los ojos de Julia que observó con alivio que el importe no superaba los doscientos euros. Sacó dos billetes de cien del bolsillo y los extendió sobre el mostrador. La otra jovencita los cogió y los pasó por un detector de billetes falsos. Durante un segundo Julia pensó que se iba a desmayar.

La máquina expulsó los billetes, dando su bendición. No eran falsos. Una de las chicas le devolvió el cambio mientras formulaba una estereotipada frase de despedida, a la que Julia correspondió con una leve sonrisa. Cruzó el vestíbulo y salió al exterior sintiendo unas insoportables náuseas. La luz radiante de la mañana de primavera la deslumbró y cerró los ojos durante unos segundos. Respiró profundamente y comenzó a caminar. Sin saber adónde, solo alejándose.

De improviso, una idea le vino a la mente. Era tan simple que empezó a reír espasmódicamente. ¿Cómo no se le había ocurrido antes?

Iría a la policía y denunciaría el robo de su coche. Había ido a buscarlo por la mañana, a la salida del hotel, y había desaparecido. También diría que se había descuidado dentro del coche la cartera con toda la documentación. Denunciaría el robo, pero no al ladrón.

Entusiasmada, detuvo a un anciano cubierto con una enorme *txapela* y le preguntó por la comisaría de la Ertzaintza. El viejo la miró de arriba abajo suspicaz.

—¿Qué es lo que te pasa, chicaaa?

Julia se encogió de hombros, sonriendo de oreja a oreja.

—Ah, que me han robado el coche.

El anciano la miró desconcertado, aunque le indicó la dirección.

Julia le dio las gracias con efusividad y comenzó a caminar

con paso ligero, cada vez más rápido, mientras sentía unas insoportables ansias de correr, de reír, de dar saltos. En aquel momento estaba convencida de que, en cuanto presentase la denuncia, aquella pesadilla concluiría.

Por desgracia, estaba muy equivocada.

4

Después de comprobar que no se lo había llevado la grúa —al *ertzaina* le costaba creer que un ladrón quisiera robar un Volkswagen Golf del noventa y siete—, el agente consintió en tramitar la denuncia.

Finalmente, y después de soportar los consejos bienintencionados de los policías, que aseguraban que su coche había acabado frente a un *after hour*, o en mitad de un descampado tras celebrar una fiesta *rave* —los ojos enrojecidos de Julia Irazu apuntaban en esa dirección—, ella consiguió salir de la comisaría con una denuncia en curso y un montón de complicados trámites que realizar. Tenía que renovar el DNI en Bilbao y la lista de espera era interminable. Debía llamar a La Caixa y anular la tarjeta de crédito, aunque seguro que el tipejo aquel ya se había fundido los poco más de trescientos euros que tenía en la cuenta. También resultaba imprescindible renovar el permiso de conducir y la tarjeta sanitaria. Por supuesto, todas aquellas diligencias implicaban rellenar un número ingente de formularios, impresos y solicitudes.

Julia Irazu se recostó en el asiento del Eusko Tren que la conduciría hasta Bilbao. Desde allí tomaría otro tren hasta Portugalete.

Luchando contra sus párpados, que le pesaban como si

fuesen de cemento, miró la hora en su reloj de pulsera y comprobó que aún eran las doce. Suspiró. Con un poco de suerte llegaría alrededor de las dos de la tarde al puente y conseguiría enviar un escrito de dos mil palabras antes de las cinco.

Dos mil palabras, con lo poco inspirada que se sentía en aquel momento...

Claro que podía buscar información del Puente Vizcaya en Wikipedia y tunearla, pero Aurora Cruz era un maldito sabueso cuando se trataba de detectar un *copy-paste*. Así que no tenía más remedio que subirse al puñetero puente y rogar que una vez allí la visitasen las musas. Luego, ya sería cuestión de redactar un texto, utilizando con la machacona frecuencia de un mantra varios epítetos: maravilloso, excepcional, magnífico, fantástico... Pocas cosas había aprendido Julia Irazu de su jefa, pero una de ellas era que, según el libro de estilo de Aurora Cruz, cualquiera de estos adjetivos podía acompañar a un nombre. Por ejemplo; muñequita sensacional de porcelana, puente inolvidable, soldado maravilloso de la Segunda Guerra Mundial, semana fantástica de El Corte Inglés...

Julia cerró los ojos agotada. Había sucumbido al Valium, y el sedante la aplastaba contra el asiento como si quisiera abducirla. Mal, como siempre. Era contradictorio, ya que hasta que no se atiborraba de pastillas no hallaba sosiego, pero luego tampoco, puesto que le remordía la conciencia. Sabía que era peligroso tomar tantas. Por desgracia, la fase de remordimiento era muy breve; en cuanto los efectos se diluían —y eso sucedía cada vez más rápido—, ya volvía a sentir ansiedad o depresión o miedo o náuseas. Y vuelta a empezar.

Consciente de su debilidad, tomó el periódico que había comprado en la estación de Zarautz e intentó leerlo, procurando fijar su atención en algo que no fuese su desquiciado estado mental. No obstante, no consiguió más que pasear su mirada por los titulares.

De improviso, una de las noticias despertó su interés.

EXTRAÑO ROBO EN LA VILLA DE MARTÍN ARÍSTEGUI

GIPUZKOA.– El conocido empresario y coleccionista de arte, Martín Arístegui, fue ayer víctima de un violento atraco en su villa de Zumaia (Guipúzcoa). Los asaltantes accedieron al interior de la villa después de desconectar el sistema de alarma, y consiguieron neutralizar a los guardias de seguridad que custodiaban la mansión, sin que estos llegasen a enviar una señal de socorro.

Tras el robo, los ladrones huyeron en uno de los coches de Martín Arístegui, un Jaguar de color negro, que ahora es buscado por la Ertzaintza. Según información que ha podido conseguir *El Diario Vasco*, fue una empleada quien descubrió el robo y llamó a la policía. Encontró abierta la puerta de acceso a la finca y halló a Martín Arístegui inconsciente en su habitación, en mitad de un gran charco de sangre. Después, la Ertzaintza comprobó que uno de los guardias de seguridad había desaparecido, mientras que los demás estaban maniatados y amordazados dentro de un cuarto. En este momento, el guardia desaparecido está en orden de búsqueda y captura, ya que se baraja la posibilidad de que fuese cómplice de los atracadores y les ayudase a acceder a la villa.

Martín Arístegui, multimillonario y empresario de éxito, lleva toda su vida atesorando obras de arte, sobre todo de origen ruso. Una de sus últimas adquisiciones fue un icono ortodoxo del famoso joyero Peter Carl Fabergé, que fabricó joyas, cálices y otros objetos, pero que se hizo mundialmente famoso por los huevos de cáscara de platino, oro y diamantes que le encargó el zar Alejandro III para regalarle a su mujer, la zarina María.

El icono ruso, que representa una imagen de Cristo Pantocrátor, tiene un marco de oro con incrustaciones de rubíes, zafiros y esmeraldas, y fue subastado en Christie's el noviembre pasado. Su valor podría rondar los quinientos mil euros. Seguramente, esta y otras obras de arte habrían sido las elegidas por los ladrones, que parecían tener una información exacta de las piezas de más valor que poseía el empresario, ya que, según fuentes bien informadas, su robo fue selectivo y solo sustrajeron algunos objetos de la colección.

Gran amante del arte ruso, la última aparición pública de Martín Arístegui fue hace más de cuatro años, en la presentación de una exposición itinerante en el museo Guggenheim, en la que participaba como coleccionista privado. De aquel evento recuperamos una fotografía en la que está junto a Aranzazu Araba, de la que se ha separado hace pocos meses.

Al cierre de esta edición, Martín Arístegui se halla ingresado en el hospital Donostia y su pronóstico es reservado. Por otro lado, no se conocerá el valor de lo sustraído hasta dentro de unos días, cuando la empresa aseguradora concluya el inventario de los objetos robados. No obstante, se supone que la cuantía puede ascender a varios millones de euros.

Julia Irazu concluyó la lectura de la noticia sin querer dar crédito a lo que, con horror, acababa de descubrir. No, no era posible tener tan mala suerte. Porque ya era malo ser víctima de un robo a mano armada, como lo había sido ella. Pero que su agresor fuese, además, un temible delincuente que acababa de protagonizar un sonado atraco era aún peor. ¿Cómo no iba a tener miedo? Aquel tipo con el que se había tropezado la noche anterior era uno de los ladrones que habían asaltado la villa del empresario Martín Arístegui. Por otro lado, a Julia no le cabía la menor duda de que el guardia era el muerto que había aparecido carbonizado dentro del maletero del Jaguar.

Y por si fuera poco, eso no era todo.

Julia volvió a mirar la fotografía de archivo en la que se veía a Martín Arístegui al lado de la que aún era su mujer. La foto debía de tener unos cuantos años, pero no dejaba el menor resquicio a la duda.

No necesitaba mirar su nombre en el DNI: estaba completamente segura.

Le había robado el bolso a Aranzazu Araba.

Julia bajó en la estación de Portugalete y miró a su alrededor con aprensión, como si temiese que la Ertzaintza estuviese esperándola. Era una idea absurda, pero las últimas doce horas de su vida le habían demostrado hasta qué punto el azar podía jugar en contra de uno. Durante unos segundos su mirada barrió el andén, y al comprobar que nadie la miraba y que los pocos pasajeros que habían descendido del tren abandonaban la estación con rapidez, suspiró profundamente y lanzó el periódico a una papelera, como si con ese sencillo gesto pudiese lanzar también la angustia que la acompañaba. Tenía que tranquilizarse y resolver su problema más inmediato: los monumentos del Patrimonio de la Humanidad. Si pretendía redactar un artículo de dos mil palabras debía concentrarse en esa labor. Redactaría el artículo del Puente Vizcaya, y al día siguiente tomaría un tren que la llevaría a Lugo y redactaría un artículo sobre la muralla romana, y unos días después tomaría otro tren que la llevaría a A Coruña, y redactaría otro artículo sobre la Torre de Hércules. Y olvidaría lo que le había sucedido durante aquella noche aciaga.

Lo primero que tenía que hacer era conseguir alojamiento. No podía pasearse por el puente arrastrando una maleta, ni tampoco redactar el artículo en un bar. Necesitaba paz y tranquilidad. Pero no sería fácil. Conforme dejaba atrás la estación y caminaba por las calles del pueblo, buscaba alguna pensión de mala muerte en la cual consiguiera una habitación sin tener que dar muchas explicaciones. Un letrero desvencijado anunciando un hostal llamó su atención. Cruzó un vestíbulo maloliente y se enfrentó a una gruesa mujer que la miró con recelo.

—Buenos días, quisiera una habitación para pasar la noche —repuso sonriendo tímidamente.

—¿La has reservado con antelación? —le preguntó la mujer con aspereza.

Por un instante, a Julia le entraron ganas de reír. «Reservado con antelación» eran palabras demasiado pomposas para referirse a semejante antro. No obstante, se mordió el labio inferior y negó con la cabeza.

—No pensé que fuese necesario —musitó.

—Me queda una habitación libre, pero no sé si será de tu gusto. —La mujer la miró especulativa—. Lo siento, pero las mejores habitaciones están ocupadas.

—Será de mi gusto, seguro —afirmó Julia con rapidez.

—Rellena la ficha —repuso la mujer, extendiéndole un formulario—. Y déjame el DNI.

Julia tragó saliva.

—Ese es el problema... —balbució—. No tengo DNI.

La mujer arqueó una ceja, expectante.

—Me lo han robado —explicó Julia—. ¿Quiere que le enseñe la denuncia?

La mujer le hizo un expresivo gesto con la mano.

—Sin DNI no hay habitación.

Julia sacó un billete de cincuenta euros y lo puso sobre el mostrador.

—Le doy mi palabra de que me lo han robado.

La mujer miró el billete con actitud calculadora.

—De acuerdo, te lo han robado. ¿Y puedes decirme cómo te llamas?

—Julia Irazu Martínez.

La mujer negó repetidamente con la cabeza.

—¿Julia Irazu Martínez? —repitió desdeñosa—. ¿Cómo quieres que me crea que te llamas Julia Irazu Martínez si tienes acento catalán?

Julia puso un segundo billete de cincuenta euros sobre el mostrador.

—Llevo muchos años viviendo en Barcelona —explicó.

La mujer cogió los cien euros y negó repetidamente con la cabeza.

—No hace falta que me des explicaciones. Yo no soy policía, así que me importa un pito cómo te llamas y quién eres —masculló, mientras cogía el impreso y lo rasgaba de parte a parte—. No rellenes nada, pero tenlo claro —ahora la señaló amenazadoramente con el dedo—: como me des problemas, te acordarás de mí.

Julia sonrió beatífica.

—No le daré problemas.

—La cena es de siete a nueve, y el desayuno a partir de las ocho de la mañana. ¿Entendido? Y en cuanto desayunes, ¡aire!

Julia asintió mientras recogía un enorme y grasiento llavín que la mujer había puesto sobre el mostrador. Cuando se alejaba en busca de su habitación, oyó su voz a su espalda.

—El ascensor no funciona.

Julia se encogió de hombros, resignada, y empezó a subir a trompicones la maleta hasta el primer piso.

—¡Ten cuidado con los escalones, que son de parquet! —gruñó la mujer.

Cuando Julia llegó a la primera planta, buscó el número doce e introdujo el llavín en la cerradura. Un tufo a vetusto y rancio salió del cuarto al abrir la puerta. Luego buscó a tientas el interruptor de la luz.

La habitación era tan espantosa como imaginaba, pero no estaba para muchos remilgos. Dejó la maleta en la habitación, sin deshacerla, y salió del hotel.

5

Julia se detuvo y sus ojos recorrieron el esqueleto metálico que cruzaba la ría de Bilbao, mientras el trasbordador se deslizaba con suavidad de una margen a otra. La barquilla de transporte fue hasta Getxo —la otra orilla de la ría—, y volvió a Portugalete, y ella no dejó de contemplar aquella construcción. Aún conservaba intacta la capacidad de asombrarse, y aunque no tenía ni la más mínima noción de arquitectura ni de ingeniería, era capaz de comprender que se hallaba frente a una auténtica demostración de talento.

Conforme analizaba la estructura, imaginaba que si el Puente Vizcaya estuviese en París, ahora sería tan conocido como la Torre Eiffel. Muchas eran las circunstancias que lo hermanaban con la emblemática construcción francesa; se trataba de una mole de hierro gigantesca, testimonio de la industrialización de finales del siglo XIX. Quizá fuese una obra de menor grandiosidad monumental, pero de mayor utilidad práctica. (Claro que Julia siempre recordaba un cuento en el que los extraterrestres habían desistido de atacar la Tierra al ver desde sus potentes cámaras la Torre Eiffel y pensar que, por su tamaño, sería un arma de defensa indestructible y letal.)

Julia se acercó lentamente, sintiendo que las palabras revoloteaban en su mente. Era muy fácil sentirse fascinada por aquella obra de tecnología de casi ciento veinte años de antigüedad. Mucho más que frente a los horrendos mastodontes de titanio con que los arquitectos actuales se atrevían a contravenir todas las leyes de la naturaleza y la tan manida sostenibilidad. Sacó su pequeña libreta de notas y allí, a pie de puente, comenzó a garabatear con prisa todas las frases que le venían a la imaginación. Necesitaba atraparlas antes de que se diluyeran en el tiempo. Tras unos minutos de frenética creación, leyó con satisfacción el escrito, comprendiendo que, convenientemente pulido y repasado, había capturado el espíritu del puente. Se sentía transportaba al año 1893, casi podía imaginar al rey Alfonso XIII, a bordo de su yate *Giralda*, cruzando la ría bajo el Puente Vizcaya. Más allá de los datos objetivos —mil millones de toneladas de hierro, cuatrocientos mil remaches de acero, cuatro torres de cincuenta y un metros de altura...—, Julia había intentado plasmar la grandiosidad de una construcción que había sido testigo de una guerra civil y dos guerras mundiales. En total, más de un siglo de existencia.

Los otros detalles; los estadísticos y los datos objetivos serían los que le ayudarían a completar las dos mil palabras del artículo. Y para eso utilizaría las enciclopedias y, por supuesto, internet. Pero aquellos primeros párrafos eran suyos, y Aurora Cruz lo sabría nada más leerlos. Para lo bueno o para lo malo, su estilo era inconfundible.

Con la confortable sensación del deber cumplido, Julia subió las escaleras que la conducían al ascensor panorámico, dispuesta a recorrer la pasarela central que le permitiría atravesar el puente. Esperó su turno tras una babel de turistas globalizados por la cámara digital Sony. Un ascensor de cristal se detuvo y abrió la puerta. Los turistas se agolparon en su interior, buscando casi a empujones la mejor posición para hacer sus fotos. En el preciso instante en que el ascensor comenzó a subir, Julia cerró los ojos y tragó saliva, sintiendo que el suelo firme se alejaba por momentos. Al abrirlos, comprobó con alivio que los turistas ocupaban los laterales, impidiéndole por completo la visibilidad. Perfecto. En cuanto el ascensor llegó arriba, los turistas salieron en estampida, disparando sus cámaras como una patrulla de marines repeliendo el ataque de los talibanes. Julia se detuvo y los vio alejarse a trompicones, haciendo retemblar la pasarela de madera. Se giró, angustiada, pero el ascensorista ya bajaba de nuevo, en pos de nuevas hordas de turistas. Avanzó con lentitud, intentando acostumbrarse a los cincuenta metros de altura, aún incapaz de admirar el paisaje que se extendía ante sus ojos, pero consciente de que era extraordinario. En cambio, los turistas deambulaban por el puente impermeables a las increíbles vistas panorámicas. A lo lejos se podía ver el puerto de Bilbao y la bahía del Abra, los puertos deportivos y las playas. A ellos les hubiera dado lo mismo que se tratase de las dunas del desierto del Kalahari. Estaban demasiado ocupados controlando el *zoom*, el *flash* o la batería como para apreciar esas minucias sin importancia.

A los pocos minutos el ascensorista subió de nuevo, ahora solo. Cruzó la pasarela con rapidez, señalando a Julia con el dedo.

—¿Julia Irazu Martínez? —le preguntó.

Ella lo miró sorprendida.

—Sí.

—Me ha pedido su amigo, el ruso, que le devuelva las llaves del coche.

Julia abrió los ojos como platos al ver en la palma de su mano el llavero de Volkswagen que el empleado le ofrecía.

—¿Mi amigo el ruso? —atinó a balbucear.

El hombre se encogió de hombros.

—Bueno, lo de ruso lo he dicho por el acento, más que nada. ¿Sabe? Ah, además su amigo ha insistido mucho en que le dé las gracias por prestarle el coche. Él no puede agradecérselo personalmente, porque tiene mucha prisa. —Ahora señaló con vigor—. Mírelo, mírelo, ahí está.

Boquiabierta, Julia dirigió la vista cincuenta metros más abajo. Allá, al fondo, descubrió a un hombre que le señalaba su coche, aparcado en doble fila. Desde allí era imposible reconocerlo, sobre todo porque solo lo había visto una vez y a oscuras. Pero no le cabía la menor duda.

Era él.

—Yo, de usted, bajaría y lo aparcaría mejor —repuso el ascensorista en tono condescendiente—. Antes de que se lo lleve la grúa.

—¿Puede ser ahora mismo? —musitó Julia señalando el ascensor.

—Por supuesto. —El hombre sonrió complacido—. Su amigo me ha pagado veinte euros por este pequeño trabajo, y yo por veinte euros soy capaz de bajarla haciendo *puenting*.

Ella tragó saliva.

—Por el ascensor —murmuró con un hilo de voz—. Por favor.

Mientras la cabina descendía con suavidad, Julia notó una sensación creciente de angustia. Las preguntas se agolpaban en su mente y no tenía respuesta para ninguna. ¿Cómo sabía aquel tipo que ella había venido a Portugalete? ¿La había seguido? ¿Quién era él? ¿El ojo del Gran Hermano?

Julia salió del ascensor y cruzó presurosa la explanada que la separaba de la acera. Al llegar al coche lo observó atónita, sin atreverse a abrirlo. El morro no estaba abollado, y desde fuera las tapas de los airbags estaban cerradas. ¿Lo había reparado? Sin tiempo de recuperarse de la sorpresa, descubrió su bolso en el asiento de atrás. Miró a su alrededor. ¿Él estaría observándola desde algún lugar escondido? ¿No sería un francotirador, con un arma de precisión, apuntándola entre las cejas? Hizo un par de quiebros bruscos, pero no la siguió ningún puntito rojo de láser.

Entonces una idea repentina la estremeció de horror. ¿Y si había un muerto en el maletero?

Era eso.

Abrió el portón con lentitud, el corazón le martilleaba enloquecido dentro del pecho. Miró con los ojos entornados, aunque no vio nada extraño aparte de las porquerías habituales: un chaleco grasiento, trapos sucios, recambios oxidados... Ni muertos carbonizados, ni armas de destrucción masiva, ni alijos de marihuana. Nada, ni un triste cartón de Marlboro. Cerró el portón y abriendo la puerta del conductor, se sentó frente al volante. Puso la llave en el contacto. Ahora arrancaría el motor y explotaría el coche. Ella volaría en mil pedazos. Lo había visto cientos de veces por televisión.

Giró la llave del contacto y el motor arrancó.

Por más extraordinario que pudiera resultar, un asesino le había devuelto el coche. Y lo que resultaba aún más increíble: reparado.

Julia husmeó el ambiente, extrañada. Olía diferente. Creyó reconocer una leve fragancia masculina, un olor suave, muy diluido, pero envolvente. Se giró hacia atrás y entonces vio su bolso de nuevo. No, seguro que no podría tener tan buena suerte. Lo abrió y sacó la cartera de su interior. El DNI, el carnet de conducir, la tarjeta sanitaria, las tarjetas de crédito. Ni siquiera faltaban los setenta euros que llevaba en el billetero. Rebuscó en el interior y encontró el móvil y sus medicinas de emergencia.

Estaba todo.

Julia tecleó la última palabra, y después de guardar el texto en el Word, pasó el corrector ortográfico. Leyó el escrito, hizo alguna pequeña rectificación y miró la hora en su reloj de pulsera. Las cuatro de la tarde. Había escrito dos mil palabras sin respirar, igual que Stephen King. Y seguro que mucho más rápido.

Satisfecha con el resultado, envió un correo con su correspondiente archivo PDF a Aurora Cruz. En el preciso instante en que lo hizo, una sensación de agotamiento supremo se apoderó de su cuerpo. Podía pensar que era el cansancio propio del proceso creador, pero no tenía nada que ver con la cantidad de trabajo realizado, sino con algo mucho más orgánico. Y es que llevaba veinticuatro horas sin comer

—Stilnox, Rubifen y demás no destacaban por su valor energético— así que era lógico que se encontrase al borde del desmayo.

Se estiró en la cama y cayó en un sueño profundo. Se despertó unas horas más tarde, desorientada. Miró a su alrededor, recordando poco a poco dónde estaba. Antes no había tenido tiempo de fijarse en la habitación, y ahora que lo hacía, mejor que no hubiera tenido tiempo de fijarse. Una tela raída con un abrumador estampado de amapolas cubría la ventana a modo de cortina. La mirada de Julia vagó por entre las inmensas flores, y sintió unas espantosas náuseas. Los pétalos no eran rojos, sino de un color sospechosamente marrón, entre siena natural y caca tostada.

Entonces, como por iluminación divina, reconoció el hambre como el principal factor de su malestar, ya que su estómago le envió un lamento hondo y desesperado. Vistiéndose con rapidez, bajó a la primera planta y el olor a comida la condujo al comedor. Allí descubrió que la recepcionista hacía también las veces de *maître* y cocinera, y que el hostal era un negocio familiar. Dos jóvenes a las cuales no haría falta hacer pruebas de ADN para descubrir quién era su madre, iban y venían por la estancia sirviendo abundantes platos de verdura. Julia se sentó a una mesa, y para su sorpresa, comprobó que la comida era, con mucho, lo mejor del hostal.

Tras cenar opíparamente, volvió al cuarto y se entregó con deleite —ahora sí—, al inmenso placer de abrir sus correos. Cada día aparecían nuevas enfermedades víricas, cuya resistencia a los fármacos ponía a prueba el ingenio de los investigadores, que perseguían a los virus con el mismo entusiasmo con el que Sherlock Holmes perseguía a los malos.

> El Instituto Noruego de Salud Pública baraja la posibilidad de que esta mutación pueda potenciar la capacidad infecciosa del virus en vías respiratorias y provocar, por tanto, complicaciones más graves...

Julia se arrellanó en la incómoda silla de la habitación. Pandemia, alerta mundial, miles de muertos... Tenía que conseguir Tamiflu en internet, o corría el peligro de morir por culpa de un virus resistente y malvado. Claro que...

De improviso, un recuerdo le vino a la mente, rápido como el *flash* de una cámara fotográfica. Allí estaba ella, preocupándose por una posible epidemia vírica, cuando tenía otros asuntos que resolver. Se levantó con brusquedad de la silla, y abriendo la maleta, rebuscó entre la ropa y sacó del fondo el bolso que había robado. Se había olvidado de él. Recordó también la noticia que había leído del asalto a la villa del tal Martín Arístegui y el extraordinario parecido entre la ex esposa del empresario y la dueña de aquel bolso. Sacó la cartera, la abrió y se enfrentó a la foto y al nombre que constaba en el DNI.

Aranzazu Araba Zubizarreta.

No se había equivocado.

Tenía que librarse del bolso de inmediato, y más ahora que había recuperado sus propias pertenencias. Una sensación insoportable de remordimiento la dejó casi sin respiración. ¿Cómo había sido capaz? Seguro que ahora aquella pobre mujer estaría desesperada, después de perder su valioso bolso con todas sus tarjetas, el dinero en efectivo, el Vertu Constellation, el... ¿Vertu Constellation?

Dios.

Julia Irazu sintió que el mundo giraba a su alrededor. Guardó la cartera en el bolso y empezó a gemir histérica. En un arranque de nerviosismo, se levantó y empezó a caminar por la habitación, golpeándose la cabeza con los puños.

Era la idiota más grande del mundo.

Se había descuidado el teléfono móvil ¡dentro de la cama del hotel de Zarautz! A aquellas alturas alguna empleada ya lo habría encontrado, y después de descubrir a quién pertenecía —nada más fácil si Aranzazu Araba había puesto una denuncia— sabrían que el Vertu Constellation había aparecido en la habitación que ocupó una tal Julia Irazu Martínez. En aquel momento, seguro que la policía tenía contra ella una orden de búsqueda y captura.

Julia se dejó caer en el suelo y empezó a llorar. Estaba perdida, definitivamente perdida. Sería acusada de robo, iría a la cárcel y allí acabaría convirtiéndose en una drogadicta (como si ahora no lo fuera) dispuesta a cualquier bajeza para conseguir una dosis de droga. Entraría en una espiral del horror que la anularía como persona, contraería todo tipo de pavorosas enfermedades y finalmente fallecería de sobredosis. Tras morir entre agónicos estertores, su cuerpo sería cedido al Instituto Anatómico Forense para hacer prácticas de medicina. Sería troceada y convertida en pequeñas porciones guardadas en formol.

A menos que huyera, que desapareciese para siempre.

Pero ¿adónde?

Entonces recordó que no estaba registrada en el hostal. Podía pasar allí la noche y quizá, con la luz del día, se le ocurriese alguna excusa para explicar por qué había robado el bolso. Iría a la policía y explicaría una historia lacrimógena, en la cual ella aparecía como una huérfana —lo cual era verdad—, que al ver el bolso Louis Vuitton se había acordado de su madre fallecida porque su madre fallecida era costurera en un taller clandestino y trabajaba dieciséis horas al día los siete días de la semana cosiendo bolsos falsos de Louis Vuitton —lo cual no era verdad—, y había muerto de esclerosis paralizante y gangrena en los dedos y ella le había jurado en su lecho de muerte que no cejaría hasta conseguir un Louis Vuitton auténtico y al verlo en el hotel de Zarautz sintió la obligación ineludible de cumplir con la última voluntad de su madre muerta ya que...

Julia meneó la cabeza. Menuda mierda.

Toda su capacidad creativa se había esfumado hablando de las delicias del Puente Vizcaya. Ahora tenía la mente prácticamente en blanco.

No obstante, si conseguía dormir, seguro que al levantarse se le ocurriría algo. Seguro que sí.

Sacó un blíster de Rohypnol y después de tomar una pastilla, decidió tomar otra.

Y una tercera, por si acaso. Necesitaba descansar.

Sintió el frío del acero en su garganta. Era una sensación desagradable, pero no era nueva. Muchas veces su subconsciente le jugaba malas pasadas. A menudo soñaba que un psicópata asesino la seguía entre callejones oscuros, hasta darle alcance. Amenazándola con un cuchillo, la sometía a vejaciones inimaginables. Luego, cansado de humillarla, decidía darle muerte. En el preciso instante en que el criminal levantaba su puñal, la hoja metálica brillando a la luz de la luna, Julia se despertaba bañada en sudor.

—¿Dónde está el bolso, zorra? ¡Dímelo o te degüello ahora mismo!

Julia intentó responder, pero el filo de la navaja le oprimía el cuello, hundiéndose en la carne. El rostro del hombre estaba tan próximo al suyo que, a aquella distancia, no pudo reconocerlo. Él volvió a repetir la pregunta con igual brutalidad, aunque ella no consiguió articular palabra y los sonidos murieron en su garganta. Empezó a toser y se clavó aún más el filo de la navaja. El hombre se apartó unos centímetros y separó el arma de su cuello.

La hoja estaba manchada de sangre y Julia la siguió con la vista, casi desvanecida. Resultaba hipnótico el rojo intenso, vivísimo, sobre el gris del acero.

—No te vas a desmayar, zorra. —Él la abofeteó violentamente—. No vas a tener esa suerte.

Ella lo miró con los ojos llorosos, y aun así pudo reconocerlo. Era el hombre joven que acompañaba a Aranzazu Araba.

—¿Vas a hablar por las buenas o por las malas? —Él esgrimió la navaja sangrienta ante sus ojos.

Julia abrió la boca pero no consiguió más que lanzar un balbuceo sin sentido. Aterrorizada, vio cómo la punta de la navaja se acercaba a uno de sus ojos. Se debatió inútilmente dentro de la cama, pero el hombre estaba sobre ella, inmovilizándola.

—En mi maleta —jadeó, al fin.

El hombre levantó las cejas, desconfiado.

—¿Me quieres hacer creer que lo tienes ahí? —señaló la maleta aparcada en un rincón del cuarto—. ¿Me tomas por tonto?

—Lo juro.

Él se bajó de la cama y le hizo un gesto con la mano armada.

—Sácalo, entonces. Como no esté, vas a acabar mal. —Ahora sonrió malicioso—. Bueno, tú acabarás mal de todas maneras.

Julia se incorporó, temblando ostensiblemente. Incapaz de mantenerse en pie, se arrodilló frente a la maleta y estirándola en el suelo, la abrió con dificultad. Sacó toda la ropa y cogió el Louis Vuitton, mostrándoselo al hombre con ojos implorantes. Él se lo arrebató de las manos y se acercó a ella blandiendo el cuchillo. Julia cerró los ojos y escondió la cabeza entre los brazos, dejando escapar un leve gemido casi inaudible. Era el fin. Cuando ya esperaba el golpe mortal, escuchó una voz masculina.

—Suelta el bolso, hijo de puta.

—¡Viktor!

Julia abrió los ojos sobresaltada, y descubrió frente a ella al mismo hombre que le había robado el coche. Y se lo había devuelto.

—¿Te sorprende verme? —Viktor señaló al otro—. ¿Te pensabas que te ibas a librar de mí tan fácilmente?

El hombre joven lanzó el bolso sobre la cama y esgrimió el cuchillo con gesto amenazador, separando las piernas y preparándose para el ataque.

—Te mataré, ruso de mierda —graznó con desprecio. Y lanzando un alarido, se lanzó contra él. Viktor repelió el ataque con agilidad, y consiguió golpearlo en el pecho. El hombre dio un traspiés y se apoyó en una pared, dispuesto a abalanzarse de nuevo sobre su enemigo. Una vez más, el ruso esquivó el navajazo y lo golpeó de nuevo, ahora en el rostro. El joven se tambaleó durante unos segundos, mientras con paso inseguro se acercaba a la salida.

—¡Maldito cabrón! —rugió. Y salió corriendo del cuarto.

Viktor se asomó al pasillo e hizo un gesto despectivo con la mano. No iba a seguirlo. Cerró la puerta y sentándose sobre la cama, abrió el bolso y esparció los objetos que había en su interior. Julia lo miró aturdida, aún de rodillas, sin saber qué hacer. Era evidente que aquel hombre le había salvado la vida, pero por la atención que él le prestaba, salvarle la vida no había sido más que un insignificante efecto colateral ante su único objetivo: conseguir el bolso de Aranzazu Araba. Al cabo de unos minutos, y sin molestarse en levantar la mirada, él le hizo una pregunta:

—¿Tienes idea de por qué ese tipo ha dado contigo tan fácilmente?

Julia lo miró furiosa, pero él no levantó la vista de los objetos desperdigados sobre la cama.

—¿Y tú? —le espetó—. ¿Puedo saber por qué has dado conmigo tan fácilmente?

Él asintió con una irónica sonrisa en los labios.

—Te he seguido desde Zarautz.

—Pues el otro haría lo mismo.

Viktor repasó los objetos y levantó la mirada, extrañado.

—¿Dónde está el móvil de la vieja?

Julia tragó saliva.

—Lo saqué del bolso y me lo olvidé por ahí —contestó al fin.

—¿Por ahí?

—En el hotel de Zarautz.

—Pero ¿dónde?

—En mi habitación. Dentro de la cama.

Él dejó escapar una carcajada.

—¿Y te habías registrado con tu nombre de verdad?

—Sí.

Viktor sonrió compasivo.

—Desde luego, mira que eres torpe —repuso.

Julia lo taladró con la mirada, pero él parecía impermeable a su ira.

—Aunque, por otro lado, no me extraña —concluyó.

—¿Qué es lo que no te extraña?

—El FSB se ha dedicado a reclutar a sus espías por internet. Es normal que pase lo que pasa.

—El FS... ¿qué? —preguntó Julia arrugando el ceño.

—No te hagas la tonta, nena. Sé perfectamente que eres un agente de los servicios secretos rusos.

—¿Yo, un agente de los servicios secretos rusos? —Ella se golpeó el pecho con el dedo índice—. ¡No!

—¿Para quién trabajas, entonces?

Ahora Julia meneó la cabeza indignada, y levantándose con dificultad, se acercó a él.

—¡Basta! El tío ese ha estado a punto de rebanarme el cuello, ¡y tú no haces más que decirme cosas que yo no entiendo!

Viktor levantó la mirada y la observó irónico.

—No te lo tomes como algo personal, nena. —Él sonrió burlón—. Pero si no me convencen tus respuestas, seré yo quien acabe la faena. ¿Entiendes ahora?

—¿Tú también quieres matarme? —Julia lo señaló amenazante.

Viktor la miró durante unos segundos, como si valorase su actitud.

—Reconozco que tienes valor. Eres un poco patosa, pero nadie te negará el mérito. Me sigues, me salvas la vida, le robas el bolso a Aranzazu Araba... ¿Trabajas solo para los rusos o también te buscas la vida por tu cuenta?

Julia lo miró boquiabierta.

—Sigo sin entender —murmuró.

—Eres una espía doble, estoy seguro.

—¿Una espía doble? —Julia arrugó la nariz.

Él asintió con vigor mientras abría todos los artículos que estaban esparcidos sobre la cama, cosa que no había dejado de hacer durante todo el tiempo que duró la conversación. Al parecer estaba buscando algún tipo de dispositivo, puesto que desmontaba con meticulosidad cada uno de los objetos.

Destapó el pintalabios, y con cuidado arrancó la barra de carmín, ante la mirada de asombro de Julia. Miró dentro del tubo y dejó escapar una exclamación.

—Te he ganado la mano, nena —repuso, satisfecho.

—¿Qué pasa? —preguntó ella olvidando momentáneamente su enfado.

—Ahí tienes. —Viktor le mostró el tubo, y Julia pudo ver en su interior un dispositivo USB.

—¿Qué es eso? —preguntó impresionada.

—¿Y tú me lo preguntas?

—No tengo ni la menor idea.

—Ya, ya. —Viktor asintió con vigor—. Venga, vístete, que nos vamos.

—¿Nos vamos? —repitió ella desconcertada—. ¿Y adónde nos vamos?

—Aquí corremos peligro. Y ya que tienes la obligación de seguirme, te facilitaré el trabajo: vienes conmigo. Para que no te metas en más problemas. Y lo que es más importante; para que no me metas a mí.

—No pienso ir. —Julia cruzó los brazos con decisión.

Viktor dio unos pasos y se puso frente a ella. La diferencia de altura era de unos treinta centímetros.

—Me parece que no estás en condiciones de elegir.

—Estoy herida —balbució ella, implorante—. Tengo que ir a un hospital.

Él observó el corte del cuello con ojo crítico.

—Es superficial, ya ha dejado de sangrar. ¿Estás vacunada contra el tétanos?

—No —mintió ella.

—Bueno, entonces morirás de gangrena. Será una muerte lenta y desagradable.

—¡Eres un bestia animal!

—Eso dicen todas —concluyó Viktor, divertido—. Aunque luego, siempre quieren repetir.

6

—Bienvenidos a Bilbao, señores Grushenko.

Viktor esbozó una encantadora sonrisa y recogió su pasaporte falso del mostrador mientras Julia apretaba las mandíbulas con aspecto de no haber ido al lavabo en días.

—Espero que la habitación con vistas a la ría de Bilbao y al Guggenheim sea de su agrado —continuó la recepcionista—. Y disfruten de la estancia.

—Oh, sí. —Viktor extendió las manos en un gesto expresivo—. Mi esposa y yo llevamos un año preparando este viaje. —Ahora se giró hacia Julia y la estrechó contra su pecho—. ¿Eh que sí, cariño?

Ella asintió con desgana.

—Soy muy feliz —masculló.

La recepcionista hizo un gesto casi imperceptible, y de inmediato se acercó un botones vestido de rojo bermellón. Cogió las dos maletas y empezó a arrastrarlas por el majestuoso vestíbulo del hotel de cinco estrellas, seguido de Viktor y Julia.

—Mi jefe me debe de pagar mejor que el tuyo —murmuró él—. Como ves, yo no te llevo a los cuchitriles que tú frecuentas.

—Porque tú pagas las cuentas con dinero sucio.

—Tú eres muy honrada, pero en cuanto te dejo sola le soplas el bolso a Aranzazu Araba. —Viktor se acercó a su oído y le exhaló el aliento—. Ladrona, que eres una vulgar ladrona como yo.

Julia se apartó con brusquedad.

—Fue cuestión de vida o muerte.

—Sí, eso decía Al Capone.

—Además, tú también eres un asesino.

Viktor la miró con los ojos entrecerrados.

—¿Un asesino? —repitió.

—Te cargaste a un guardia de seguridad.

—¿Cómo lo sabes?

Ella lo miró desafiante.

—Lo leí en los periódicos.

Viktor alzó una ceja.

—¿Leíste que el guardia de seguridad desaparecido estaba dentro del maletero del Jaguar?

—No, leí lo del asalto a la villa de Martín Arístegui.

—¿Y cómo sabes lo del guardia?

Julia se sonrojó.

—Yo eso lo escuché y relacioné...

—Relacionaste mal, nena —concluyó él—. Yo no me lo cargué. Yo solo lo freí.

Las puertas del ascensor se abrieron. Entró el botones e hizo un gesto de cortesía para que lo acompañasen a su interior. En cuanto se cerraron las puertas, Viktor se inclinó sobre Julia y le susurró al oído:

—Espero que no seas una de esas imprudentes que quieren hacerlo a pelo.

—¿Qué? —Julia lo miró con los ojos desencajados de ira.

—En tu neceser había todo tipo de porquerías, pero no encontré preservativos —concluyó Viktor con voz suave.

—¿Me espiaste el neceser?

—Por supuesto. Y no vi más que medicinas de chiflada.

—¡Para que te enteres, no son medicinas de chiflada! —Julia alzó la voz—. ¡Y si no llevo preservativos es porque no los necesito!

Viktor alzó una ceja interrogante, mientras el botones miraba al suelo.

—¡Yo no follo con desconocidos! —remató, furiosa.

El botones ahogó una tos al mismo tiempo que el ascensor se detenía en la quinta planta.

—Ah. —Viktor pareció valorar aquella respuesta mientras recorrían el pasillo enmoquetado. Al girar un recodo, el botones se detuvo frente a una puerta y la abrió. Encendió la luz y con un gesto los invitó a entrar.

—Es una de las mejores habitaciones del hotel —repuso.

Julia pasó al interior, enfurruñada, mientras Viktor sacaba una suculenta propina del bolsillo y se la entregaba al empleado. Este le guiñó un ojo, cómplice.

—Chica guerrera —susurró—. Son las mejores.

El ruso asintió divertido y cerró tras él. Julia ya había descorrido las cortinas, mostrando dos amplios ventanales tras los cuales se ofrecía la vista prometida. Estuvo a punto de hacer un comentario admirativo, pero se limitó a señalar la preciosa cama de matrimonio que presidía la estancia.

—No pienso compartir la cama contigo —anunció ella.

—Puedes dormir en el suelo —replicó Viktor haciendo una mueca de hastío—. Yo no me opondré.

Resignada, Julia se sentó en un mullido sofá y lanzó un profundo suspiro. De manera inconsciente se llevó la mano al cuello y se tocó la herida a través del pañuelo que la cubría.

Él reparó en aquel gesto y se acercó.

—Déjame que te vea el corte —dijo.

—Ni hablar.

Impermeable a su tajante negativa, Viktor le apartó las manos a la fuerza y, quitándole el pañuelo, observó la fina cicatriz que le cruzaba el cuello.

—Tiene buen aspecto.

Ella lo miró iracunda, los dos rostros muy juntos.

—Cabrón —le espetó.

—Estúpida.

Julia cerró los ojos, vencida, y suspiró profundamente.

Tratar con aquel tipo era inútil. Y hasta que no consiguiese convencerlo de que estaba en un grave error, y de que ella no era una agente especial del FSnoséqué ni nada que se le pareciese, lo más inteligente que podía hacer era resignarse. Pero ¿cómo demostrar que todo había sido fruto de una absurda casualidad?

Por otro lado, sabía que librarse de aquel individuo no era la solución a todos sus problemas, tal vez ni siquiera fuese una buena idea. Para desgracia suya, el hecho de haberle robado el bolso a Aranzazu Araba venía a complicar su situación de forma exponencial. Quizá lograse convencer al ruso de que ella no era una espía, pero ¿cómo evitar que el otro, el que la había atacado en el hotel, acabase por degollarla?

Qué horror, despertarse con un cuchillo pegado al cuello.

No podría dormir nunca más. Imposible dormir.

¿Imposible?

Tal vez solo era cuestión de ajustar la dosis. Si tomaba aún más Stilnox dormiría aunque la persiguiese Freddy Krueger. No obstante, también sabía que llegaría un momento en que no tendría suficiente, que debería conseguir otros medicamentos más potentes. ¿Propofol, igual que Michael Jackson? Estaba lista: si empezaba a tomar anestesia para dormir, seguramente no llegaría a los cincuenta.

Aunque lo más seguro era que ni siquiera llegase a los treinta y uno.

El agotamiento venció, y Julia cayó en un duermevela espeso, oscuro, donde todos sus pensamientos, hasta los más aciagos, quedaron bloqueados. Un sueño natural, inducido por su propia mente exhausta, agotada. Durante unos minutos se olvidó incluso de dónde se hallaba.

Reset.

Su mente vagó por los recuerdos que salían a flote de lo más hondo de su subconsciente. Recuerdos que evocaban los tiempos felices de su niñez.

Ella no tendría más de cinco o seis años, y era la primera vez que visitaba Bilbao. Nunca había salido de Getaria, y la capital de Vizcaya le pareció inmensa, extendiéndose a lo largo de la ría, entre Uribitarte y Abandoibarra, con su hermoso casco viejo y sus jardines del Arenal.

Durante un fin de semana, sus padres y ella se dedicaron a pasear a lo largo y ancho de una ciudad que no parecía tener fin. Cuando ella estaba cansada se detenían a tomar un refresco. Bebió Fanta por primera vez, y el gas le salió por la nariz. Fue muy divertido. Se rieron tanto...

Julia no había vuelto nunca más, quizá con la esperanza de conservar intacto aquel recuerdo, uno de los pocos momentos felices que aún perduraban en su memoria. Por suerte, el Bilbao actual se parecía muy poco a aquel que ella recordaba. La apertura del museo Guggenheim había transformado la ciudad de piel de hierro y la había convertido en una urbe atractiva para los turistas.

Bilbao había lavado su cara y ahora lucía hermosa y reluciente al abrigo del museo de arte moderno, una nueva y exitosa franquicia que había puesto la capital de Vizcaya en las guías turísticas. Tal vez hubiese perdido algo de su esencia, pero había ganado mucho más. El edificio, emplazado en la curva de un antiguo muelle portuario, supuso la recuperación de la ría del Nervión. Además, sus formas vanguardistas, salidas de la mente de Frank O. Gehry, se habían convertido en un icono de la ciudad.

Una ciudad que Julia, ahora, conocía de nuevo.

Pero *su* Bilbao había desaparecido...

La voz de Viktor la devolvió con brusquedad al presente. Julia abrió los ojos y vio que él estaba hablando por teléfono. El idioma que utilizaba le resultaba muy extraño, formado por unas larguísimas e impronunciables palabras. ¿Qué estaría diciendo? Prestó atención, estúpidamente. Ella no entendía ni una palabra de ruso. Bueno, podía ser ruso o estonio o lituano. O kazajo. A saber. Mientras lo oía hablar, en un tono sosegado e informativo —él era quien llevaba el peso de la conversación—, sintió unas ganas irresistibles de tomarse un Valium, pero sabía que Viktor se lo reprocharía. Medicinas de chalada, había dicho. Tenía miedo de que él le tirase sus inseparables pastillas.

Eso sería terrible.

Tendría que tomárselas a escondidas, cuando él estuviese distraído.

La conversación concluyó, y Viktor se sentó frente a una pequeña mesa de escritorio. Sacó la barra de labios del interior del bolso y rompió con cuidado los bordes del plástico hasta dejar a la vista el dispositivo USB. Lo miró con atención, y haciendo un leve gesto de perplejidad, señaló a Julia con un dedo.

—Déjame el ordenador.

Fue tan brusco que ella estuvo a punto de negarse. Se contuvo. Primero, porque aquel tipo iba a cogérselo sin permiso. Segundo y más importante: se moría de curiosidad por saber qué podía contener la memoria. Así que se levantó del sofá y sacó el portátil del fondo de su maleta. Lo abrió ante él, y le lanzó una mirada inocente.

—A condición de que me enseñes lo que hay en el *pendrive.*

Él la observó especulativo y se encogió de hombros, resignado.

—Para eso estás aquí, ¿no?

Julia se limitó a sonreír tontamente. Resultaba agotador negar hasta el infinito que ella no era una espía ni nada parecido, solo una escritora de poca monta con muy mala suerte. Le encendió el ordenador y Viktor conectó el dispositivo a la entrada de USB. Al abrirlo, descubrieron unos veinte ficheros designados por una serie de números.

—Son fotos —murmuró Julia, intrigada.

—Eso parece. —Viktor clicó sobre la primera de ellas y abrió el archivo.

Casi de inmediato, una imagen ocupó la pantalla. Julia lanzó un alarido y se apartó del ordenador. A más de dos metros de distancia escudriñó entre los dedos de la mano que le cubría el rostro.

Desde aquella perspectiva la imagen era igualmente aterradora. Se trataba de un primer plano de lo que quedaba de un rostro humano sin ojos y sin la mandíbula inferior. Tenía la piel reseca y pegada al cráneo.

—¿Qué coño es esto?

—Una momia —susurró Julia.

—De eso ya me doy cuenta. Joder, pero ¿por qué?

Viktor pasó a la siguiente foto.

Se trataba de otra momia igual de espeluznante. Debía de pertenecer a una mujer, ya que estaba ataviada con un festivo vestido verde, como si estuviese a punto de acudir a una celebración. Estaba colocada de pie y encajonada entre unos gruesos muros blancos, a modo de nicho vertical. Seguramente la habrían fijado a la pared con clavos sujetos al esqueleto. A ambos lados se podían adivinar otras tantas momias, estas en posición horizontal.

En la siguiente foto se podía apreciar a una niña pequeña con los párpados cerrados. Según el cartel informativo a pie de momia, el proceso de embalsamamiento a que había sido sometida era muy cuidadoso. Ciertamente, la pobre niña parecía viva, y eso que —según el mismo cartel—, había muerto en 1920. Allí estaba desde entonces, durmiendo el sueño eterno, con un enorme lazo de terciopelo en la cabeza y todo el cuerpo cubierto por una manta. Bajo el año de defunción podía leerse su nombre: Rosalía Lombardo.

Viktor abrió la siguiente foto, intrigado pero convencido de lo que iba a encontrar. Efectivamente: el tema se repetía, multiplicado en cantidad y variedad. Ahora se podía admirar un angosto pasillo lleno de momias, colgadas en las paredes como ristras de ajos. Más de cien, que parecían sonreír irónicas. Estaban vestidas de las formas más extrañas; unas llevaban gabardina, otras, traje militar, otras, traje y chaqueta, también las había ataviadas con ropas clericales. Se habían vestido para la ocasión con sus mejores galas. Todas mostraban las manos esqueléticas y la cara momificada, asomando los pies secos. La estancia tenía una suave iluminación natural procedente de tragaluces y claraboyas que proporcionaban la ambientación idónea al recinto. Al fondo de la foto podía apreciarse un grupo de visitantes que asistía al tétrico espectáculo mientras escuchaba al guía.

En la última instantánea se podía ver la momia de un fraile capuchino: Fray Silvestre de Gubbio, que parecía decir adiós. Era la momia más antigua de la cripta, y un letrero indicaba el año de su defunción: 1599. Fray Silvestre dedicaba una hermosa sonrisa a la cámara, como queriendo demostrar al visitante lo frágil y efímera que era la vida terrenal y lo plácida que era la vida eterna. El fraile llevaba quinientos años sonriendo, así que no le debía de ir nada mal.

La visita concluía con un sabio mensaje de los monjes capuchinos: *Sic transit gloria mundi.*

Durante unos minutos, Viktor repasó las fotos una y otra vez, comprobando que el *pendrive* no tenía ningún archivo bloqueado. Allí estaba todo: solo momias y más momias. Lanzó un bufido y se levantó de la silla.

—No entiendo nada —dijo, más para sí mismo que para Julia, que se acercó lentamente a la pantalla del ordenador. Ella se sentía avergonzada de su histérico comportamiento. Entonces recordó haber oído hablar alguna vez de aquella macabra colección.

—Las Catacumbas de los Capuchinos —murmuró.

Viktor la miró y se encogió de hombros.

—Ya lo he reconocido.

—¿Qué esperabas encontrar?

—No te hagas la tonta —bufó él impaciente—. Lo sabes muy bien.

—¿El icono de Fabergé? —Julia lanzó aquella pregunta de manera impulsiva.

Viktor sonrió amargamente.

—¿Tú ya sabías que Martín Arístegui no lo tenía en su casa? ¿Sabías que no fue más que una burda encerrona?

Julia se mordió el labio inferior. Aquello se le iba de las manos, de nuevo. ¿Por qué no se había quedado callada?

—No —respondió con un hilo de voz—. En realidad, lo del icono ruso lo leí en un periódico. No sé ni por qué te lo he dicho.

Viktor lanzó un bufido impaciente.

—Me aburres —le espetó—. ¿Vas a explicarme algo o no?

Julia negó de nuevo.

—No sé nada.

—Pero sabes que tienes que vigilarme.

Julia escondió el rostro entre las manos, agotada.

—De acuerdo —prosiguió él—. A ti no te importa un comino si Martín Arístegui es un maldito expoliador o un coleccionista honrado. Si es un pobre tonto que se ha visto implicado en una de las redes de tráfico de arte más poderosas de Europa, o si es el gran capo. A ti solo te preocupa que yo no me quede lo que robó, ya que, al fin y al cabo, no soy más que un ladrón. —Viktor dejó escapar una carcajada—. Tiene su gracia. Los del FSB contratan a un ladrón para que robe a otro ladrón. Y envían también a una novata para que vigile que el ladrón no se escape con el botín. Así no me extraña que los americanos nos ganasen la Guerra Fría. Por cierto, ¿tú sabías que soy alérgico a los insectos?

Julia negó con la cabeza oculta entre los brazos.

—¿Cómo se enteraría Aranzazu Araba? Porque supongo que fue ella quien me metió el avispero en el coche. Menuda jugada la suya.

Ahora Julia asomó los ojos.

—¿Quería matarte? —preguntó.

—Es evidente, ¿no? —Viktor alzó las cejas—. Yo era una pista que no convenía dejar atrás. Lo mismo que el guardia de seguridad, solo que él tuvo peor suerte.

—Tu buena suerte se llama Julia, no lo olvides —apuntó ella.

—No lo olvido —repuso Viktor—. Si no hubiese sido por ti, ahora sería uno de estos —señaló a fray Silvestre de Gubbio, que seguía sonriendo imperturbable en la pantalla del ordenador—. Un minuto más y hubiese muerto. Te lo agradezco.

—De nada —respondió Julia—. Para eso estamos, para salvar vidas.

—Y es por eso por lo que no te retuerzo el pescuezo, espía de tres al cuarto.

—Y dale. —Ella lanzó un bufido.

Durante unos minutos, Viktor se paseó por la habitación ante la mirada curiosa de Julia, que intentaba comprender quién era aquel enorme ruso que caminaba ante sus ojos. Por más surrealista que le pudiera parecer la situación, comenzaba a aceptar su papel en aquella historia.

—¿Por qué dudas de que Martín Arístegui sea un coleccionista honrado? ¿Por qué dices que es un ladrón? —le preguntó.

—Porque parte de su colección proviene del expolio al Hermitage.

—¿El Hermitage? —repitió Julia—. ¿El museo de San Petersburgo?

—Exacto.

—Leí que ese museo había sufrido el hurto sistemático de obras de arte por parte de sus propios empleados.

—Qué cultura tienes, nena. Todo lo has leído en algún sitio.

—¿Y qué robaron?

—Ah, casi nada. Durante casi veinte años consiguieron sustraer centenares de objetos de arte: iconos, joyas, esmaltes, dibujos, documentos... Unas cuantas minucias.

—¿Sabes su valor en el mercado?

—Incalculable.

—¿Y eso es lo que tú pretendes recuperar?

—No estaría mal.

—¿Y cómo sabes que parte del botín lo tiene Martín Arístegui?

—Porque lo compró en Christie's, delante de las narices de todo el mundo, igual que el icono de Fabergé.

—¿Y por qué no se le reclama por vía legal?

Viktor asintió divertido.

—En el Hermitage son tan eficaces que no solo se han dejado expoliar durante veinte años sin enterarse, sino que, además, no tienen ningún documento que certifique que esas obras son de su propiedad. Después de tanto tiempo han pasado por varias manos y se han perdido en un mar de burocracia.

—Así que ahora vienes tú, que debes de ser una especie de James Bond ruso, a recuperar el patrimonio expoliado. —Julia dejó escapar una carcajada—. ¡Eres un héroe patrio!

—No es tan bonito. Yo trabajo por dinero, igual que tú. —Él hizo un gesto de impaciencia—. Y no perdamos el mundo de vista. Dime, ¿qué esperabas encontrar en el bolso de Aranzazu Araba?

—Dinero en efectivo —respondió Julia—. Tú me habías dejado sin blanca.

—Claro, y en vez de robar a cualquier otro mortal, fuiste a elegir a la ex esposa de Martín Arístegui, que además es el cerebro de toda esta puñetera trama.

—Sí.

Él aguardó unos instantes, con la esperanza de que Julia se extendiese en su respuesta. Al ver que no era así, meneó la cabeza resignado.

—De acuerdo, no soltarás prenda. No obstante, ¿por qué crees que ella guardaba estas fotos en el *pendrive*? ¿Qué coño tienen que ver las momias con todo esto?

Julia lo miró a los ojos y se encogió de hombros.

—Igual escondieron algo de valor en una momia, vete tú a saber. En la de la niña o en la del monje capuchino... No creo que a nadie se le ocurriese ir a buscar ahí. —Ella se llevó una mano al pecho y negó con energía—. Por lo menos, a mí no se me ocurriría.

Viktor la miró con fijeza y al final la señaló con el dedo índice.

—Creo que has dado en el clavo, nena.

Y sin darle ni tiempo de reaccionar, se acercó a Julia y, tomándole el rostro entre las manos, le dio un sonoro beso en los labios.

—Eres increíble —declaró entusiasmado—. Pareces tonta, pero en realidad eres muy lista. Muy lista, sí.

Julia lo miró aturdida, casi en estado de *shock*. Aquel tipo la había besado en la boca. No había notado el roce húmedo de su lengua —un auténtico polvorín de bacterias—, pero el contacto había sido realmente intenso. ¿Sería preciso tomar retrovirales? Tal vez no. Pero ¿y si le había transmitido la mononucleosis? ¡Eso sí que era posible! ¿Quizá la hepatitis A? ¿O la B? ¿Tuberculosis? ¿Gripe A? ¿Gripe estacional? ¿Ántrax?

—Vamos.

Julia prosiguió su obsesivo repaso de enfermedades ajena a Viktor, que la miraba impaciente.

—¡Venga! —Él la estiró con brusquedad de un brazo.

—¿Venga? ¿Adónde?

—Vamos a comprar dos billetes de avión para Palermo.

Julia lo miró como si se hubiese vuelto loco.

—¿Palermo? ¿Qué se me ha perdido a mí en Palermo?

—Las Catacumbas de los Capuchinos, joder —respondió Viktor impaciente—. Tú misma lo has dicho.

—Yo no voy a Palermo.

—¿Por qué no?

—Porque tengo que ir a Lugo.

—¿A Lugo? —Él la miró desconcertado—. ¿Qué hay en Lugo?

—Una muralla.

—No te entiendo.

—¡Yo no soy una jodida espía rusa! ¡Yo soy una triste redactora en una editorial que publica fascículos coleccionables! ¡No soy agente doble, ni triple, ni nada! ¡Todo ha sido una espantosa confusión!

Viktor negó con vigor.

—Nena, todos tenemos una tapadera. Teóricamente, yo doy clases de español en San Petersburgo.

—¡La mía es de verdad!

—No te creo.

Extenuada, Julia cogió su bolso, y con naturalidad, tomó dos pastillas de Valium y se las tragó sin agua.

—Es la verdad, te lo juro —murmuró. Y después fue al lavabo y bebió agua directamente del grifo.

—¿Por qué tienes que tomar esa mierda? —le preguntó él con el ceño fruncido.

—Es mi problema.

—¿No ves que te destrozas la salud?

—¿Quién eres tú para darme lecciones? —le espetó Julia, irritada—. ¿Teresa de Calcuta?

—No te conviene tomar tantas pastillas —insistió él.

—¿No querías ir a comprar esos puñeteros billetes? —replicó ella hastiada—. ¿Vamos ya y dejas de sermonearme?

—Hay maneras mucho mejores de tranquilizarse —concluyó Viktor—. Y mucho más naturales.

—¡No me las expliques! —graznó ella.

Julia y Viktor cruzaron el *hall* y salieron al exterior seguidos por la mirada curiosa de todos los que estaban en aquel momento en el vestíbulo del hotel. Resultaban una pareja extraña, él tan alto y tan ruso, el pelo rubio cortado casi al cero, ella morena, menuda y enfurruñada. Parecía que fuesen en busca de un abogado matrimonialista para firmar un divorcio exprés. Ya en la calle, Viktor miró a su alrededor y después de orientarse, señaló a su izquierda y comenzó a caminar con paso vivo. Julia lo siguió a trompicones, como un caniche sofocado. En menos de cinco minutos llegaron a la calle Iparraguirre, una de las vías más concurridas de la ciudad y Viktor asintió con satisfacción al avistar el escaparate de la agencia de viajes que había buscado en la guía. Cuando se disponía a entrar, Julia se puso ante él y lo señaló con un dedo acusador.

—No vuelvas a besarme nunca más.

Viktor levantó una ceja y la miró sorprendido.

—¿Qué?

—Que no vuelvas a besarme nunca más.

—¿Y cuándo te he besado yo?

—Antes.

—A ver, nena. —El ruso sonrió mordaz—. ¿Qué entiendes tú por besar?

Julia le mantuvo la mirada y apretó los puños.

—Yo te dije que podía haber algo oculto entre las momias de las catacumbas y entonces, tú me... me... —Ella se tocó los labios con el dedo índice.

Viktor dejó escapar una carcajada.

—¡Ah! Te refieres a que te mostré mi agradecimiento.

—Podías haber dicho gracias.

El ruso la miró asombrado.

—¿Es por eso que estás enfadada?

—¡No! —replicó Julia—. Bueno, sí.

—Tienes que entender que yo soy ruso, y entre los rusos ese tipo de muestras de afecto es habitual, incluso entre dos hombres. Recuerda el fraternal beso entre Breznev y Honecker... Vaya, yo creo que he sido mucho más comedido.

Viktor se detuvo al ver la cara de repugnancia de Julia. La imagen de los dos mandatarios besándose con entusiasmo ocupaba tres metros de alto y cinco de ancho en el emblemático East Side Gallery, el tramo más largo que aún quedaba en pie del Muro de Berlín. Imposible olvidarlo.

—Pues a mí me importa un pito que tú seas ruso, y que en Rusia todo el mundo se morree como si tal cosa. A mí que sea la última vez, ¿de acuerdo?

Viktor asintió con la cabeza. Durante unos segundos pareció realmente compungido.

—¿Te gustan las mujeres? —le preguntó de improviso.

—¿Qué?

—Que si eres lesbiana.

Julia tardó unos segundos en responder.

—No me gustaría que me besase una mujer, si es a lo que te refieres. Ni hombre ni mujer. No soporto los besos ni ninguna otra demostración de cariño. Así que evítalo.

—Demostración de cariño, lo que se dice cariño... —Viktor meneó la cabeza—. Nena, no exageres.

—Dime entonces qué es un beso —replicó Julia ceñuda.

Viktor se encogió de hombros.

—Yo no te tengo cariño. Dejémoslo en que te echaría un polvo.

Ella lo miró con los ojos inyectados en sangre.

—Maldito bastardo.

—He sido sincero.

—¡Pues que ni se te pase por la cabeza! —Julia lo señaló con un dedo amenazador—. Como me toques un pelo soy capaz de matarte, ¿entiendes? ¡Aunque sea lo último que haga en mi vida!

Él se mantuvo en silencio unos segundos.

—¿Eres monja?

—¡No!

—¿Eres de alguna secta rara? ¿Alguna hermandad de chiflados?

—¡No!

—Entonces, no lo entiendo.

—¡No quiero tener sexo con nadie! ¿Lo entiendes ahora? ¡Con nadie! ¡Nunca!

Viktor valoró la respuesta de la joven durante unos instantes.

—Ya sé lo que te pasa. Eres alérgica a la raza humana —respondió, al fin—. Te compadezco, nena, porque para lo tuyo no hay epinefrina que valga.

Y sin esperar respuesta, abrió la puerta de la agencia y entró. La puerta se cerró con estrépito y Julia se quedó en la calle, avergonzada. Durante unos minutos permaneció allí, inmóvil, mirando a través del cristal cómo Viktor charlaba alegremente con una empleada de la agencia. Se sentía ridícula, y se alejó por la acera en dirección al museo Guggenheim, que se alzaba al fondo. Un coche oscuro se acercó lentamente por la calzada, y al llegar a su altura se detuvo. Julia lo observó distraídamente, pero al ver el rostro del conductor, dejó escapar un grito y comenzó a correr. Entró con precipitación en la agencia de viajes, arrancando una mirada de estupefacción de todos los presentes, menos de Viktor que, con expresión risueña, la invitó a sentarse a su lado.

—Hola, amor —repuso sarcástico.

Julia se aproximó a su oído, ignorando la burla.

—El que me atacó en el hotel nos sigue en un coche negro —le susurró—. ¿Lo habías visto?

El ruso compuso una beatífica sonrisa y asintió.

—¿Y me has dejado quedarme ahí fuera a expensas de ese asesino?

—No puedo obligarte a que estés a mi lado, si no quieres.

Julia lanzó un bufido de desesperación, ajena a la expresión de asombro de la empleada de la agencia, que escuchaba atónita la conversación.

—Perdonen... —musitó ella en tono de súplica—. ¿Prosigo con la reserva?

—¡Oh, sí! —Viktor se volvió hacia la empleada y le regaló una espléndida sonrisa—. Por supuesto, dos billetes para mañana en el vuelo Bilbao-Palermo.

—¿No vas a hacer nada con ese tipo? —graznó Julia impaciente—. ¿Por qué no te lo cargas? ¡Nos viene siguiendo desde Portugalete!

Viktor se encogió de hombros.

—Si no nos sigue este, lo hará otro. Al fin y al cabo, a este le estoy cogiendo cariño. ¿Tú no?

De vuelta al hotel, Julia y Viktor se sentaron en la sala común a esperar que fuese la hora de comer. En cuanto él se dejó caer en la butaca, cerró los ojos. Julia estaba demasiado nerviosa para intentar descansar, y después de tomarse un Valium, abrió un diario local con la intención de distraerse.

Al ver la noticia que encabezaba la sección de sucesos, comprendió que no había manera de librarse de aquella maldita historia.

APARECE EL COCHE ROBADO DE MARTÍN ARÍSTEGUI, CALCINADO Y CON UN MUERTO DENTRO DEL MALETERO
Se sospecha que pueda ser el guardia desaparecido en el asalto a la villa

GUIPÚZCOA.– En el más puro estilo de la novela negra, en esta historia se unen todos los ingredientes que convierten el suceso en un caso digno de la pluma de Dashiell Hammett o Raymond Chandler...

Julia dejó escapar una sonrisilla irónica. Ya era penoso tener ínfulas literarias trabajando para una editorial que se ocupaba de publicar fascículos por entregas, pero ser un plumilla de sucesos en un diario gratuito y soñar con convertirse en uno de los grandes no dejaba lugar a dudas.

Chandler y Hammett, casi nada.

El mundo estaba lleno de románticos e ilusos.

A primera hora de la mañana, pocas horas después del asalto a la mansión de Martín Arístegui, la Ertzaintza recibió el aviso de que había un coche calcinado en la vía que enlaza Getaria con Zarautz. Las características del vehículo coinciden con las del que fue robado de la villa del empresario. Fuentes policiales han informado de que dentro del vehículo se halló el cadáver carbonizado de un hombre. Pendientes del informe forense, se sospecha que pueda tratarse del guardia de seguridad desaparecido.

Martín Arístegui ha abandonado esta mañana el hospital Donostia sin querer hacer ninguna declaración al respecto.

Julia estiró el brazo y le acercó el diario a Viktor, que dormitaba a su lado. El ruso miró indiferente la noticia que ella le mostraba. Tomó el diario y leyó el artículo con rapidez.

—¿Quién lo mataría? —preguntó ella.

—El mismo que intentó deshacerse de mí.

Julia lo miró a los ojos.

—¿Has pensado que es alguien que te conoce bien?

Viktor sonrió amargamente.

—Sí, lo sé. Muy poca gente sabe que soy alérgico a los insectos.

—Así que te han traicionado.

—Sí.

—Me sorprende que no te dieses cuenta de que el coche era un avispero.

—Era imposible darse cuenta, porque cuando entré en el coche no había ninguna avispa. Luego, cuando llevaba unos minutos conduciendo, entraron a través de una rejilla de la ventilación. —Viktor se estremeció—. Después del accidente intenté descubrir por dónde habían entrado, y encontré una caja abierta con restos de cera. Supongo que las avispas estaban encerradas dentro y al calentarse el motor, se derritió la cera y pudieron escapar.

—Ingenioso.

—Mucho. También encontré el muerto en el maletero, y eso ya no me pareció tan ingenioso.

—¿Por qué quemaste el coche?

—Mis huellas estaban por todos lados.

—Ah.

Viktor asintió, humillado.

—Aquella noche demostré ser el imbécil más grande de todos los tiempos, lo reconozco. Cometí un error detrás de otro, y mi única suerte fue que me siguieras a tan corta distancia. Por cierto, ¿desde cuándo me seguías? Ni siquiera me di cuenta.

—Yo no te seguía, Viktor.

—¿Y qué hacías a aquellas horas por aquella carretera comarcal?

—Fui al puerto de Getaria.

Viktor agitó las manos con impaciencia.

—¿Sabes qué? Me conformo con que no me traiciones. Si me has salvado la vida, tengo que suponer que, por lo menos, estás de mi lado.

Ella le mantuvo la mirada al responder.

—No te voy a traicionar. Eso puedo jurártelo.

—Pero no puedo confiar en ti.

—Claro que puedes confiar. El problema es que no me crees. ¿Qué puedo hacer para que me creas?

Viktor meneó la cabeza negativamente.

—Dime al menos por qué no huyes. Sabes que yo no te retendría a la fuerza.

—El tipo ese que acompañaba a la Araba nos sigue. Tengo miedo de que me rebane el cuello —confesó Julia—. Contigo me siento protegida.

Viktor la miró durante unos instantes. Al final encogió los hombros con resignación.

—Esta vez, por lo menos, sé que me has dicho la verdad.

7

La cerca de Lugo, que fue una ciudad
de las antiguas y grandes de España
hacer otra cerca, ni aun media tamaña,
no hay reyes que tengan posibilidad,
dos carros bien caben sin contrariedad,
de dura argamasa las torres labradas
con muchas ventanas que fueron cerradas
de sus vidrieras de gran claridad.

Julia concluyó su texto con las dos cuartetas que el Licenciado Molina le dedicaba a la muralla romana de Lugo. Lanzó un suspiro. Había sido un arduo trabajo, entre el *copy-paste* y la inventiva. Envió el escrito por e-mail y alzó la mirada, observando a través de la ventana el caótico tránsito que colapsaba la vía Vittorio Emanuelle. Rogaba que Aurora Cruz tuviese un buen día, lo suficientemente bueno como para que no la denunciase por plagiar a Wikipedia.

Pero ¿cómo explicarle a su redactora jefe que no estaba en Lugo, sino en Palermo, que se hacía pasar por una tal Irina Grushenka —esposa de Vladimir Grushenko, o lo que era lo mismo, un espía ruso con pasaporte falso— y que durante media hora había estado a punto de morir varias veces?

Media hora era lo que había durado el trayecto en coche desde el aeropuerto Falcone Borsellino hasta la entrada del hotel. Ni siquiera una dosis generosa de Rubifen le había proporcionado la euforia suficiente para afrontar una situación que rayaba lo surrealista, siempre al borde de la catástrofe.

Ella no creía en el infierno, pero si existía, debía de parecerse a circular en coche por Sicilia.

Una salva de pitidos la distrajeron de sus pensamientos. Allá abajo, en la calle, los conductores se amenazan continuamente, entre frenazos, bruscos acelerones e insultos. Y no, no había sido una percepción suya. Aún recordaba el rostro crispado de Viktor, encajado en el minúsculo asiento del Alfa Romeo de alquiler y mascullando palabras en ruso. Luego, ya en la habitación, ella le rogó que fuesen a las catacumbas en transporte público, pero él se limitó a negar con obstinación soviética.

«Voy a buscar un par de cosas que necesito», le dijo. Y luego ella le oyó murmurar para sí mismo: «Y a tomarme un par de whiskies.»

Más de dos horas después, Viktor volvió a la habitación con los ojos enrojecidos y una Walther PPK en el bolsillo.

—¿Vamos? —la animó, esgrimiendo un mapa en la mano derecha—. Ya sé el camino.

—¿Dos horas para pedir un mapa en recepción? —le preguntó ella mirándolo con el ceño fruncido.

—Me lo he tomado con mucho interés —contestó risueño—. Venga, muévete.

—No pienso ir contigo a ninguna parte. Estás borracho.

—Borracho es la única manera de conducir aquí.

—Ni hablar.

—No seas tan remilgada, nena. —Él sonrió divertido—. Te pones morada de pastillas, y ahora te haces la estirada porque yo me he tomado un par de espirituales..., estomacales...

—¿Un par de estomacales? —Julia lo miró con sorna—. ¡Has bebido como un cosaco!

—Nunca mejor dicho. —Viktor sonrió humildemente.

—Y además, deja mis pastillas en paz.

—Pero no niegues que eres adicta a los medicamentos.

—No soy adicta —mintió ella con aplomo—. Me las tomo por prescripción facultativa.

—A ver, nena. —Viktor la señaló con un dedo, tan cerca, que le tocó la punta de la nariz—. Ayer por la noche, mientras esperábamos para cenar, te tomaste dos pastillitas. Y para dormir otras dos. Al desayuno cinco o seis, y estoy seguro de que mientras yo estaba ausente te has tragado alguna más. ¿Me vas a negar que eres adicta?

—De acuerdo, lo soy. ¿Y qué?

—¿Estás nerviosa? ¿Es eso? ¿Quieres que te eche un polvo y te tranquilice? —Viktor se encogió de hombros—. No me vuelves loco, pero sería capaz de hacerte un favor. —Ahora la miró malicioso—. Bueno, más de uno...

Julia lanzó un bufido y se puso en pie.

—¡Basta! ¡Has ganado! —replicó furiosa—. ¡Vamos a las malditas catacumbas en coche!

Viktor la observó, intrigado.

—¿Por qué te enfadas tanto?

—¡No soporto que la gente meta las narices en mi vida!

—Pero, nena, eres una adicta. —El ruso la miró con fijeza—. ¿Me quieres hacer creer que nadie te lo dice?

—¡No!

—¿Ni siquiera tus padres? ¿Tu novio? ¿Tus amigas?

—¡No tengo padres! ¡Ni novio! ¡Ni amigas!

El ruso la miró impresionado.

—¿Estás sola en el mundo? ¿Sola con tus pastillitas?

—¡Sí!

—Ahora ya sé por qué te alistaste en el FSB.

Ella sonrió socarrona.

—Explícamelo, porque no lo sé ni yo.

—No tienes a quién pegarle un sablazo.

—Eso es verdad. No tengo a quién pegarle un sablazo.

—Así que te has apuntado a los servicios secretos para sacarte un sobresueldo —razonó Viktor con gran sensatez—.

Seguro que esas pastillas que tomas te las tienes que comprar en el mercado negro. Y seguro que valen un dineral.

—Vas bien encaminado en lo que se refiere al dineral —replicó Julia—. Y ahora que ya me has psicoanalizado, ¿podemos ir a las catacumbas? Me muero de ganas de ver momias.

—¡Gira a la derecha en Via Tommaso De Vigilia! ¡Gira! ¡Ya!

Viktor frenó en seco al comienzo de la bocacalle y recibió una andanada de insultos. Puso marcha atrás mientras los coches pasaban por derecha e izquierda.

Stronzo! Figlio di puttana! FROCIOOO!

—Ve con cuidado, hombre —balbució Julia casi paralizada—. ¿No ves que ibas en contradirección?

—¡Maldita sea, Julia! ¡Me has dicho que gire en Via Tommaso y yo he girado!

—¡En el mapa no tengo el sentido de las calles, y tú eres el que conduce!

Viktor hizo un gesto de impaciencia.

—¿Y ahora, qué?

—¿Probamos por la siguiente?

Viktor se detuvo.

—¡También es contradirección!

—Yo qué sé... —Julia giró el mapa ciento ochenta grados, mirándolo como si se tratase de un jeroglífico egipcio.

—¡Julia, coño! —graznó Viktor—. ¿Puedes darme alguna indicación? ¡Vamos a acabar en el puto aeropuerto otra vez!

Ella lo miró ofendida.

—Oye, ¿en qué academia has aprendido castellano?

Viktor lanzó un bufido de desesperación, y Julia volvió la vista al mapa que mantenía abierto en su regazo. De repente, en su mente se hizo la luz.

—Ahí... —señaló el siguiente cruce—. ¿Es la Via del Bastione? Reduce la velocidad... que no me da tiempo... de ver... la...

Otra salva de pitidos.

—Me están comiendo el culo, malditos sicilianos —masculló él—. Hijos de la gran puta me los cargaría a tiros...

—Viktor, por favor —Julia lo miró asustada.

—¡No me escuches! ¡Tú ocúpate de lo tuyo!

—Sí, podemos... Venga, gira a la izquierda en Via del Bastione... —murmuró Julia con voz temblorosa—. Sí, ahora la siguiente. Continúa por Via Cappuchini. Sigue. Creo que vamos por buen camino.

Habían enfilado una avenida amplia que dejaba atrás el tránsito enloquecido del centro de Palermo.

Por suerte, Via Cappuchini los condujo sin sobresaltos hasta su objetivo. Unos pocos minutos después se hallaron en una zona casi deshabitada, y a la derecha vieron un monasterio que se alzaba en mitad de un descampado. Una cola de turistas revoloteando frente a la entrada les demostró que habían llegado a su destino.

Viktor estacionó en una amplia explanada y se secó el sudor de la frente. Salió del coche con dificultad e intentó desengancharse la camisa que se le había pegado a la espalda. Eran las once de la mañana y el termómetro ya pasaba de los treinta grados. Aun así, no era esa circunstancia la que lo había hecho sudar a chorro. Ni tampoco que el Alfa Romeo no tuviese aire acondicionado.

—¿Puedo decirte algo? —La voz de Julia sonó titubeante, su rostro delataba inquietud.

—Nena, no te asustes tanto. Lo de los tiros no lo dije en serio. He liberado un poco de tensión al volante, pero eso es todo. ¿Tú nunca dices palabrotas?

—No.

—No dices palabrotas, no follas... —Viktor se encogió de hombros—. Chica, ¿seguro que no eres un terminator programado para fastidiarme?

—Imbécil.

—¿Ves como eres una mentirosilla? —Él le tocó la frente con un dedo, obligándola a recular—. Claro que dices palabrotas.

—Gili...

—¿Qué querías decirme? —El ruso hizo un gesto de impaciencia.

—Hay algo que no acaba de convencerme —murmuró Julia con el ceño fruncido—. ¿No te has preguntado qué motivo tendría Aranzazu Araba para guardar las fotos de las catacumbas?

Viktor alzó una ceja, extrañado.

—¿A qué viene esta pregunta?

—Yo te dije que pensaba que había algo escondido dentro de las momias —prosiguió Julia—, pero ahora me parece una tontería.

—A mí también me lo parece.

Julia lo miró desconcertada.

—¿El qué? ¿Qué es lo que te parece?

—Una tontería.

—Perdona, pero ahora soy yo la que no te entiende.

Viktor dejó escapar una carcajada.

—Sí, es cierto, Julia —respondió al cabo de unos instantes—. No creo que encontremos el icono de Fabergé bajo las faldas de ninguna momia.

—Entonces, ¿qué hacemos aquí?

—Nos están siguiendo. Da lo mismo que vayamos a las Catacumbas de los Capuchinos que al Museo del Prado. Nos siguen y quiero saber quiénes son.

—¿Has visto al amigo de Aranzazu Araba?

—Sí, pero ese es el que menos me preocupa.

—¿Nos sigue más gente?

—Sí, y mucho me temo que uno de ellos está a punto de salirnos al paso.

—¿Qué vamos a hacer?

Aún no había acabado Julia de formular la pregunta, cuando tras ellos se escuchó una voz masculina.

—¿Viktor Sokolov?

Él se volvió con un brillo de inquietud en los ojos, y con un movimiento inconsciente abarcó a Julia por los hombros y la atrajo hacia su pecho. A pesar de que el contacto físico de cualquier tipo la horrorizaba, la joven intuyó que, con aquel abrazo, el ruso pretendía protegerla.

Tras aquel breve instante, Viktor recompuso una sonrisa despreocupada.

—Perdone, se equivoca —respondió en castellano.

El hombre dejó escapar un gruñido.

—No tengo tiempo que perder, Sokolov —replicó, en ruso—. Sé muy bien quién eres, y te aseguro que te conviene escuchar lo que vengo a ofrecerte.

Viktor lo miró desafiante, mientras Julia observaba a ambos alternativamente, sin saber qué hacer. Se sentía agobiada entre aquellos dos hombres altos como torres, y se deshizo del abrazo de Viktor para separarse unos metros. Él le hizo un leve gesto para que no se alejase más.

—¿Qué quieres? ¿A quién representas? —le preguntó Viktor al desconocido.

—Eso no importa. Lo único que te interesa saber es que si no me entregas las fotos que le robasteis a Aranzazu Araba eres hombre muerto.

—¿Te refieres al precioso reportaje de momias? —preguntó Viktor.

—Exacto.

—Qué pena, me las he agregado en mi Facebook. Y ahora las comparto con mil amigos más.

El desconocido hizo un gesto de impaciencia.

—Estoy hablando en serio.

—Yo también, así que escúchame bien. —Viktor dio un paso adelante—: No voy a dejarme amedrentar por un asalariado del FSB. Eres un aficionado, igual que esta. —El ruso señaló a Julia con un movimiento de cabeza.

El hombre negó con una torva sonrisa en sus labios.

—Te equivocas, Sokolov —repuso—. Te equivocas en todo.

—¿En qué me equivoco?

El desconocido tardó unos segundos en responder.

—Ni ella ni yo pertenecemos al FSB.

—¿Julia no es del FSB?

—No. Es una pobre desgraciada y no sé de dónde la has sacado. ¿De dónde la has sacado? Ni siquiera es guapa.

—¿Y vosotros tampoco sois del FSB?

—Estás obsesionado con el FSB, Sokolov.

Viktor se encogió de hombros.

—Al fin y al cabo, qué más me da. Si queréis el *pendrive* tendréis que explicarme por qué es tan importante.

El hombre se encogió de hombros.

—Yo me limito a obedecer órdenes —dijo—. Lo único que puedo asegurarte es que entregar las fotos es la única manera que tienes de salvar el pellejo.

Viktor asintió, comprensivo.

—Eres muy amable, pero veo que solo hablas de mí. —El ruso señaló a Julia, que a pocos metros de ellos se contorsionaba intentando extraer un Trankimazin directamente del bolso—. ¿Qué pasa con la chica?

El hombre negó con la cabeza.

—El trato solo lo hacemos contigo.

—¿Qué quieres decir?

—No podemos ir por ahí dejando testigos.

—¿Qué haréis con ella?

El desconocido dejó escapar una sonrisa maliciosa.

—Nada extraordinario... La secuestraremos, la violaremos un poquito y luego la mataremos. ¿Qué te parece?

Viktor miró a Julia, que acababa de tragarse el segundo tranquilizante.

—No creo que le vaya a gustar.

El hombre rio a carcajadas.

—Yo tampoco lo creo, pero eso ¿a quién le importa?

—A mí. —Viktor lo señaló con un dedo—. Así que no hay trato.

—Si no colaboras, tus días están contados, Sokolov —sentenció el desconocido.

El ruso rio divertido.

—Menudo descubrimiento.

8

Las Catacumbas de los Capuchinos no es una atracción apta para almas sensibles.

Casi en el siglo XVII, los monjes excavaron unas criptas subterráneas bajo el monasterio y enterraron al primero de sus miembros: Fray Silvestre de Gubbio.

Previamente lo habían embalsamado.

Aunque en un principio las catacumbas estuvieron destinadas únicamente para el sepelio de los frailes, con el paso de los años las familias palermitanas solicitaron que sus difuntos fueran depositados en las mismas. Esta tradición se mantuvo hasta el segundo decenio del siglo XX, con la pequeña Rosalia Lombardo. En resumen, trescientos años de embalsamamientos y un total de ocho mil momias.

Que ahora se exhibían frente a los avezados ojos del turista, dispuesto a cazar con su objetivo cualquier cosa animada o inanimada: una iglesia barroca, una pizza cuatro estaciones, una culona en bicicleta o una momia en decúbito supino.

Tras abonar la entrada correspondiente, Viktor y Julia descendieron a la cripta subterránea del monasterio capuchino. Nada más entrar, se enfrentaron a un largo pasillo adornado a ambos lados por ristras de momias colgadas de la pared. Un guía profesional, que capitaneaba un grupo de españoles, se detuvo en mitad del corredor y con un gesto los conminó a escuchar sus explicaciones. Los visitantes se arremolinaron, espalda contra espalda, como si temieran que alguna de esas momias pudiera atacarles. Viktor y Julia se unieron a este grupo, en su intención de pasar desapercibidos, y atendieron a la magistral exposición del guía, que se dispuso a relatar las técnicas de embalsamamiento con la misma naturalidad y desenvoltura con que un chef explicaría una receta de cocina.

Y arrancando más de una arcada.

«... primero se les sacan las vísceras, los ojos y el cerebro, luego se colocan los cadáveres en una bañera de arsénico o cal con el propósito de que no se deterioren. A continuación se deshidratan dejándolos en una cueva de ambiente muy seco durante ocho meses para que el cuerpo sude. Tras ese tiempo se retiran y después de un baño en vinagre se exponen al sol hasta que la piel se acartona. En este proceso los rostros adquieren muecas grotescas y desencajadas. Observen estas momias y verán que abren las mandíbulas de manera desmesurada. Observen, observen...»

El grupo obedeció al guía y fijaron su mirada en los cráneos momificados de rostros retorcidos. Exquisito.

«Inicialmente, todos los cuerpos tenían ojos de cristal, que los soldados estadounidenses saquearon tras el desembarco en Sicilia durante la Segunda Guerra Mundial... Por eso, ahora las cuencas oculares están vacías... Observen, observen.»

Todos los visitantes miraron los huecos oscuros y abismales donde antes habían brillado los bellos ojos de cristal. Suspiraron indignados; los soldados norteamericanos eran unos miserables bellacos.

«Para eliminar humedades y hongos se les inoculaban productos químicos cuya composición hasta día de hoy se desconoce. El famoso doctor Solafia le inyectó a la pequeña Rosalía Lombardo una fórmula secreta que la ha mantenido incorrupta (¿sería Cola-Cola?). Mírenla bien. ¿Eh que parece que está durmiendo? Observen, observen.»

Pobre Rosalía Lombardo, con ella no se cumplía la Ley de Protección de Menores.

«No obstante, no todas las momias recibieron estos tratamientos tan elaborados, y con el paso de los años han ido perdiendo sus miembros. Observen cómo esta ha perdido la mandíbula inferior, y a aquella le falta la parte izquierda del cráneo... Observen, observen...»

—Cuando me muera, prefiero que me incineren —murmuró Julia, pasándose una mano por la frente sudorosa.

Viktor la miró y vio que la joven estaba lívida.

—¿Te encuentras bien?

—No lo sé.

—Si quieres, podemos irnos. Estoy completamente seguro de que no hay nada aquí dentro que pueda interesarme. Y si lo hay, me resultará casi imposible descubrirlo.

—¿No vas a meterles mano a las ocho mil momias a ver si tienen algo escondido en la entrepierna? —preguntó Julia dejando escapar una carcajada nerviosa.

Viktor la miró de reojo, pero finalmente también rio.

—Anda, vámonos —decidió—. A mí también se me está poniendo mal cuerpo.

—¿Y qué haremos a partir de ahora?

—Quiero revisar las fotos con detenimiento —contestó Viktor—. Estoy seguro de que en ellas está la clave de todo este embrollo.

—¿Eso es lo que hablaste con ese hombre? —le preguntó Julia.

—Luego te lo explico —respondió el ruso—. Ya te dije que prefiero estar en un sitio tranquilo. Ni siquiera puedo fiarme de todos estos.

Viktor señaló al grupo de visitantes.

—Salgamos, entonces —repuso Julia.

Atravesaron la cripta, alejándose del grupo de turistas, y ascendieron por las escaleras hasta la salida. Una vez allí, acusaron de inmediato la elevada temperatura exterior. Aun así, respiraron con deleite el aire caliente. Caminaron en silencio hasta el coche, pero al llegar hasta allí Viktor vio que la tapa de la guantera estaba abierta. Introdujo la llave en la cerradura y comprobó que la habían forzado.

—Espera. —Viktor le hizo un gesto a Julia para que se detuviera—. Nos han abierto el coche.

Julia se encogió de hombros.

—Genial —rezongó—. Hoy, casualmente, no me he dejado los diamantes en la guantera. Así que como no nos hayan robado el mapa...

Viktor miró a su alrededor, y vio que a unos veinte metros de distancia había un grupo de muchachos que los miraban con atención.

—Igual han sido esos —señaló.

Julia se volvió a su vez y los miró con desdén.

—Ladronzuelos —sentenció—. ¿Qué pretendían encontrar en un coche de alquiler?

Los muchachos parecieron satisfechos al verlos, y después de intercambiarse unas palmaditas amistosas se alejaron tranquilamente. Viktor los siguió con la mirada.

—Déjalos y vámonos —le pidió ella—. No hemos perdido nada.

Después de un registro exhaustivo, el ruso accedió a entrar en el coche. Se sentó en el asiento del conductor y puso el motor en marcha. Luego se volvió hacia Julia y ella pudo captar la tensión en su rostro.

—Eran unos simples gamberros —aseguró Julia—. ¿Qué pensabas? ¿Que nos habían puesto una bomba lapa?

—No me gusta —murmuró él y durante unos instantes pareció sumiso en aquel malestar. Al final, hizo un gesto de resignación—. De acuerdo, soy un exagerado.

Julia sonrió y tomó el mapa que sobresalía de la guantera. Entonces descubrió que debajo había un periódico. Lo miró extrañada. Lo tomó en sus manos y se lo mostró a Viktor. Se trataba de un diario vasco del día anterior. Aquello era sorprendente, pero aún lo era más uno de los titulares de portada:

ARANZAZU ARABA HA APARECIDO MUERTA
EN UN HOTEL DE ZARAUTZ

A los pocos días del asalto a la mansión de Martín Arístegui, su ex esposa ha fallecido en extrañas circunstancias. ¿Simple casualidad?

Pasadas las once de la mañana, el gerente del hotel entró en su habitación y la descubrió muerta sobre la cama. Había recibido el aviso del personal de servicio de que hacía más de veinticuatro horas que tenía puesto el letrero de «No molestar». También se supo que Aranzazu Araba no había salido del hotel y que nadie la había visto desde el día anterior. Se especula por ello que quizá llevase más de un día muerta.

Tras el levantamiento del cadáver, y a pesar del secreto del sumario, se ha filtrado a la prensa que la difunta no presentaba señales de violencia. Personas cercanas a Aranzazu Araba han confirmado que desde la separación del empresario Martín Arístegui se hallaba sumida en una profunda depresión, y que tomaba una dosis muy alta de antidepresivos. Se rumorea, por ello, que podría haber muerto por una sobredosis de estos medicamentos.

Se sabe también que durante los últimos días Aranzazu Araba había estado acompañada por un hombre joven de nacionalidad extranjera, que ha desaparecido. Se desconoce la identidad de este hombre, ya que se comprobó en recepción que se había registrado con un nombre falso. La policía ha ordenado su busca y captura.

Julia tomó aire y miró a Viktor, que mantenía los ojos entornados y las mandíbulas apretadas.

—Demasiados muertos —mascullo él al cabo de unos segundos.

—¿Crees que se ha suicidado?

—No lo sé. —El ruso lanzó un suspiro y se recostó en el asiento—. Además, hay otros asuntos que me preocupan más. Quisiera saber quién nos ha dejado este periódico y por qué.

—Alguien que le interesaba que estuviésemos informados.

—Y que no ha querido darse a conocer —murmuró Viktor.

—¿Una tercera persona? —preguntó Julia horrorizada—. ¿Aún hay más gente implicada en este jaleo?

El ruso se encogió de hombros.

—Yo tampoco llego a ver el alcance de esta historia, te lo aseguro. Lo único que tengo claro es que el *pendrive* esconde un secreto que desconozco, pero que muchos ambicionan. ¿Cuántos y quiénes? No lo sé. Hasta ahora pensé que era cuestión de recuperar unas cuantas obras de arte, pero hay muchos más intereses comprometidos —murmuró Viktor—. No sé dónde me he metido, y francamente, no sé qué hacer ahora.

Julia bajó la mirada hacia el mapa.

—¿Volvemos al hotel y revisamos el *pendrive* a fondo?

—No. —Viktor la interrumpió con brusquedad—. Allí nos están esperando. Y no es para darnos la bienvenida, precisamente.

—¿Quién? ¿El hombre que habló contigo antes de entrar en las catacumbas?

Viktor asintió. De pronto, su mirada se detuvo en un círculo en bolígrafo que rodeaba una zona del mapa. Lo señaló con un dedo.

—¿Hiciste tú esta indicación?

—No.

El ruso tomó el mapa entre sus manos.

—Cattedrale di Palermo —leyó, y después de dejar el mapa en la guantera, puso el motor en marcha.

—¿Qué haces? —le preguntó ella sobresaltada—. ¿Adónde vamos?

—A la catedral.

—¿Por qué?

—Creo que tenemos una cita.

—¿Con quién?

—Con el mismo que les pagó a esos chicos para que nos abrieran el coche y nos dejasen estas pistas. Al parecer, no quería ser visto.

Julia volvió a sacar el mapa de la guantera.

—¿Y no quieres que te indique por dónde ir?

Viktor hizo un expresivo gesto con la mano señalando hacia atrás.

—Nos siguen y quiero darles esquinazo —aseguró—. Aquí no me será difícil. Luego, ya me indicarás.

—¿Qué vas a hacer?

Aún no había acabado Julia de formular la pregunta que ya conocía la respuesta. El ruso apretó el acelerador y enfiló la Via Cappuccini a toda velocidad, pasando de un carril a otro y buscando el hueco entre los coches. Después giró por la primera bocacalle entre chirriar de ruedas y seguido a corta distancia por un Fiat gris. Volvió a girar por la siguiente, entre un caos de vehículos que se cruzaban por todos lados. Una salva de pitidos e insultos se sucedieron mientras Viktor tomaba a cada cruce una dirección distinta y recorría como una exhalación la Via Ernesto Vasile. Tras ella Corso Tukory, y finalmente se internó en un laberinto de pequeñas callejuelas. Después de diez minutos de conducción frenética, miró con satisfacción el espejo retrovisor y comprobó que había dejado atrás a su perseguidor. Detuvo el coche y tomó aliento. Luego se volvió hacia Julia, que se mantenía aplastada contra el asiento y con los ojos abiertos como platos.

—¿Estás bien? —le preguntó, exultante.

Julia no contestó.

—Venga, llévame a la catedral —le ordenó él, impaciente.

—Tú estás loco —balbució Julia, mientras cogía el bolso

dispuesta a tomarse un Trankimazin. El ruso le golpeó la mano con furia.

—¡Basta! —le gritó—. ¡No quiero que acabes como Araba, maldita sea!

Julia se acarició la mano enrojecida en un gesto inconsciente, y después de unos segundos de indecisión, obedeció. Él la había agredido, pero sus palabras la habían herido mucho más. Con un dedo tembloroso, señaló la calle en la que se hallaban. Notó que la vista se le empañaba y parpadeó. Un lagrimón cayó sobre el mapa. Se pasó el dorso de la mano por el rostro con rapidez.

—En el siguiente cruce gira a la izquierda y encontrarás una avenida. —Julia intentó controlar la voz, pero le temblaba ostensiblemente—. Es Corso Calatafimi. Nos conduce directo a la catedral.

Viktor asintió con un leve gesto de cabeza y siguió la indicación. A los cinco minutos se hallaban en los alrededores. Buscó un aparcamiento y descendió del coche sin pronunciar ni una palabra. Julia salió tras él, angustiada por la necesidad de tomarse un tranquilizante y por la certeza de que el ruso iba a impedírselo.

—No veo por qué tienes que... —comenzó a decir ella.

—¡No! —respondió Viktor con brusquedad—. ¡No estoy arriesgando mi pellejo para que luego tú te mates con tus malditas pastillas!

—¿Arriesgando tu pellejo? —repitió Julia sorprendida—. ¿A qué te refieres?

—¡Jo, nena! —Viktor bufó impaciente—. ¿Piensas que no me pregunto para qué coño te necesito?

Julia parpadeó desolada. Las lágrimas volvieron de nuevo a sus ojos.

—¡No me llores! —graznó el ruso—. ¡No soporto las mujeres lloronas!

—Vete a la mierda. —Ella introdujo la mano en el bolso dispuesta a tomarse el tan deseado ansiolítico.

—Te he dicho que no. —El ruso le golpeó de nuevo la

mano—. ¡O paras o te tiro toda la porquería que llevas encima! ¡Me da lo mismo que tengas un puto síndrome de abstinencia!

Julia se detuvo con la mirada fija en el suelo. Él lanzó un nuevo bufido, y tomándola con brusquedad del brazo la obligó a caminar.

—No me hartes, Julia —murmuró él, consciente de que empezaban a despertar el recelo de los viandantes—. O te dejaré tirada por ahí. Y te aseguro que lo que te pasaría no te iba a gustar.

—¿Qué me pasaría?

—Camina, y deja de joderme.

—¿Qué me pasaría?

—Estás muerta, Julia, ¿lo entiendes? —Viktor se plantó frente a ella—. ¡Muerta!

—Pero ¿por qué? —La joven comenzó a sollozar de nuevo—. ¡Yo no sé nada! ¡No he tenido nada que ver con nada! ¡No soy espía ni agente especial! ¡No soy nada!

—Lo sé.

Ahora fue Julia la que se puso frente a él.

—¿Lo sabes? —le preguntó, rabiosa—. Y entonces, ¿por qué me dijiste que yo era una espía de los rusos? ¿Por qué me obligaste a ir contigo?

—Durante un tiempo lo creí —confesó Viktor—. Ahora ya sé que no eres más que una pobre desgraciada con muy mala suerte.

—Oh, Dios... —Julia se pasó la mano por la frente en un gesto de desesperación—. ¿Qué hago aquí, entonces? ¿Por qué no vuelvo a mi casa, a mi vida?

Viktor tardó unos segundos en responder.

—Eres mujer muerta, ya te lo he dicho.

—¿Qué puedo hacer?

—Pegarte a mí como una lapa y no incordiarme mucho —respondió Viktor con rudeza—. Para que no me harte de ti y te deje en manos de cualquiera de los desaprensivos que nos siguen los pasos.

—Pero yo te salvé la vida. —Las lágrimas rodaban por las mejillas de Julia—. Yo te salvé la vida. ¿Qué hice de malo?

—No has hecho nada malo. Has tenido mala suerte, eso es todo —contestó Viktor—. Unos se mueren de un infarto y otros arrollados por un autobús. Tú te has metido en líos con la mafia rusa.

—¡No tengo nada que ver!

—Te relacionan conmigo —contestó Viktor—. Y yo sí que tengo algo que ver.

—¡Pero eso es mentira!

—Tienes que entender. Ellos te han visto a ti. Y tú los has visto a ellos.

—¿Y qué? ¡No pienso ir a la policía! —exclamó Julia irritada—. ¡Yo solo quiero volver a mi casa! ¡Olvidarme de esta pesadilla lo más pronto posible!

—Estoy seguro de que saben dónde vives y dónde trabajas. Lo siento, Julia, pero estás en el punto de mira de unos delincuentes sin escrúpulos.

—Delincuentes sin escrúpulos —murmuró ella aterrorizada—. ¿Qué me harían?

—Te violarían y luego te matarían.

—¿Es eso lo que te dijo el tipo ese de las catacumbas? —preguntó Julia con un hilo de voz.

—Sí.

Durante unos segundos Julia meditó el alcance de aquellas declaraciones. Después tomó a Viktor del brazo. El ruso se sobresaltó, ya que sabía lo remisa que era la joven al más mínimo contacto físico.

—Te voy a pedir un favor —repuso ella con un tono de voz estremecedoramente frío.

—No estoy en condiciones de cumplir favores.

—Sí que lo estás para cumplir el mío —insistió ella—. Será muy fácil.

El ruso la miró de reojo y la instó con un leve gesto a hablar.

—¿Qué quieres?

—Sé que llevas pistola.

—¿Y qué?

—Quiero que me mates.

Viktor se deshizo con brusquedad de la mano de Julia, que le oprimía el brazo.

—No sabes lo que dices.

—Sí que lo sé.

—No puedes pensar con claridad, eso es lo que te pasa. Con lo que te tomas...

—No te engañes, Viktor. Sé muy bien lo que digo.

Él negó repetidamente.

—Me da lo mismo, no lo haré.

—No te costaría nada.

—¿Que no me costaría nada? —Él la miró furioso—. ¿Qué clase de persona crees que soy?

—Tienes que ser práctico. Tú sabes que es lo mejor.

—¿No lo entiendes, Julia? No puedo sacrificarte así, sin más, como un animal —respondió—. Además, te tengo cierto aprecio.

—Por eso te lo ruego. No podría volver a pasar por... ¡La vida no puede ser tan cruel conmigo! —Julia se calló de repente, como si se arrepintiese de lo que acababa de decir. Al cabo de unos instantes, cambió de actitud—. No te hagas el santurrón —le espetó, intentando provocarle—. Estoy segura de que no seré la primera persona que matas en tu vida. Además, conmigo harías una labor social. Soy un despojo, ¿no me ves?

Viktor suspiró profundamente.

—No.

—Dame la pistola —susurró ella—. Lo haré yo.

—He dicho que no.

—Sabes que no me importa morir.

—Pero a mí sí que me importa. Me siento responsable de ti.

—¡No me vengas con milongas! —exclamó ella, furiosa—. ¡O me pegas el tiro tú o me lo pego yo!

Él la tomó por los hombros y la miró a los ojos. Julia se estremeció levemente, pero soportó el contacto.

—Te doy mi palabra de que si me siento incapaz de defenderte, te mataré —anunció—. ¿Te parece suficiente? ¿Estás contenta?

—No, no estoy contenta —sentenció Julia—. ¿No te das cuenta de que yo no soy para ti más que un puñetero lastre? ¡Si hasta tú lo has dicho! ¡No me necesitas para nada!

9

Viktor aparcó lejos de la catedral de Palermo. Consideraba que era mejor acercarse caminando, ya que les resultaría más sencillo pasar desapercibidos por aquel entramado de callejuelas estrechas que circundaban la catedral. Cuando ya estaba a menos de doscientos metros y vislumbraba la cúpula sobresaliendo por los tejados de las casas se detuvo en seco, como si una idea repentina acabase de paralizarlo. Miró a su alrededor, despertando aún más el nerviosismo de Julia.

—¿Qué pasa? —le preguntó ella con voz temblorosa—. ¿Nos siguen?

Viktor negó con la cabeza.

—No —respondió él—. No creo.

—Entonces, ¿qué sucede?

—Estoy buscando un buen sitio para que te escondas —repuso—. Un sitio donde estés a salvo.

—¿Me has dicho que ibas a protegerme y me abandonas a la primera de cambio?

—No te abandono —respondió él, conciliador—. Además, tienes que confiar en mí.

—¿Que confíe en ti? —Ella lo miró como si se hubiese vuelto loco—. ¿Cómo quieres que confíe en un espía ruso?

Viktor dejó escapar una carcajada nerviosa.

—De acuerdo, no confíes. Me conformo con que me obedezcas.

—Dime al menos por qué no quieres que te acompañe.

—Porque acabo de imaginarme a quién voy a encontrar.

—¿A quién? ¿Lo conozco?

—No te lo voy a decir, si tú no lo has sospechado —respondió Viktor—. No obstante, créeme si te digo que puede ser peligroso.

—Créeme si te digo que no me asusta —replicó Julia utilizando sus mismas palabras—. Sobre todo después de estos dos últimos días.

—Aun así, prefiero dejarte al margen.

—Quiero ir contigo.

Viktor negó con la cabeza y señaló la entrada de un establecimiento al final de la calle.

—Te vas a meter ahí y vas a esperar a que yo vuelva.

—¿Y si no vuelves?

—Volveré.

—Déjame ir contigo. No quiero quedarme sola.

—Julia, obedece. —La voz de Viktor adquirió un tono amenazador—. No pienso discutir.

Ella le mantuvo la mirada unos segundos, y al final capituló. Sabía que no tenía elección.

—¿Volverás a por mí?

Viktor dejó escapar una sonrisa y levantó la mano derecha.

—Palabra de espía ruso.

—Maldito capullo —masculló Julia mientras se alejaba.

Viktor la siguió con la mirada hasta que ella entró en un locutorio argentino. Después prosiguió su camino.

Mientras se acercaba a la catedral, en la mente de Viktor aún resonaban las palabras de Julia.

Sí, ella tenía razón. No era más que un estorbo. Pero él no se dedicaba a eliminar todos los estorbos con que se iba tropezando, por muy molestos que le resultasen. Tenía que ser selectivo. Además, si no se hubiese cruzado en su camino, ahora la joven estaría tan tranquila en Lugo, o en cualquier otra ciudad, redactando sus insustanciales artículos, tomando pastillas sin parar, y matándose poco a poco. Porque era una cuestión de tiempo o de método, pero si Viktor tenía alguna certeza con respecto a Julia Irazu Martínez, era que la joven quería morir. Estaba sola en el mundo, sin padres, sin hermanos y sin amigos... No tendría más de treinta años y sus padres ya habían muerto. Además, daba la sensación de que hacía mucho que era huérfana, así que seguramente habrían muerto muy jóvenes. ¿Quizá en un accidente?

¿Tal vez Julia era víctima de un trágico pasado que había marcado su vida?

Qué narices, todo el mundo tenía un pasado desgraciado.

Él mismo.

Julia se sorprendía de que él hablase bien el castellano, pero no era tan extraño. El abuelo de Viktor era vasco, de Gernika. Uno de los miles de niños que fueron enviados al exilio en Rusia durante la Guerra Civil. Muchos de ellos volvieron a España cuando estalló la Segunda Guerra Mundial, pero sus padres habían sido fusilados por los nacionales, así que él se quedó en Rusia. El abuelo de Viktor sobrevivió a la guerra, a la posguerra, al durísimo régimen comunista e incluso se casó con una rusa, Svetlana Sokolova. Tuvieron una hija, Karina. Por desgracia, cuando Karina contaba poco más de quince años, Svetlana murió.

Desde que murió Svetlana, el carácter de Karina se tornó difícil. Se mostraba rebelde e incapaz para los estudios y tuvo que ponerse a trabajar en una fábrica de maquinaria agrícola. Su carácter se agrió aún más; la vida laboral era terrible. Pasaba doce horas al día pegada a una máquina, repasando bajo la atenta mirada de una supervisora las más de mil piezas que pasaban por sus manos. Doce horas al día, seis días a la semana. Cuando no trabajaba, se metía en cualquier antro y aparecía a las tantas de la madrugada, oliendo a vodka y gritando consignas contra el régimen.

La vida para Karina fue de mal en peor. Se quedó embarazada de Viktor con dieciocho años. Para ella, su hijo no fue más que un desgraciado accidente del cual no quería hacerse responsable. No abortó, pero tampoco lo cuidó. Después de cinco años, desapareció. Viktor no sintió ninguna pena; para él no era más que una mujer brusca y siempre ebria que le pegaba sin motivo.

Su abuelo se ocupó de él y, a pesar de que el pobre hombre tenía un sueldo insignificante, nunca les faltó de nada. Años después, el abuelo le confesó que recibía mensualmente un talón desde España. Fue entonces cuando Viktor supo quién era su padre.

Aunque no había querido conocerlo nunca, su padre se había ocupado de su manutención desde el mismo momento en que nació. Era un hombre rico, que incluso salía en las páginas de sociedad como un famoso mecenas del arte.

Viktor supo su nombre y vio su foto en unos periódicos. Aquel descubrimiento, lejos de alegrarle, generó en su ánimo un oscuro deseo de venganza. Aquel hombre había abandonado a su madre nada más saber que estaba embarazada. Ella era muy joven, mucho más que él, y no fue capaz de asumir sola tanta responsabilidad.

Con el paso de los años, Viktor acabó perdonando a su madre y culpando a su padre. El resentimiento creció, y se convirtió en una cuenta pendiente que, más pronto o más tarde, Viktor pensaba saldar.

El tiempo le había proporcionado la oportunidad de vengarse, aunque esa misma venganza había estado a punto de acabar con su vida.

Fantástica la capacidad creativa de Google, maravillosa recreación ambiental de culebrón, extraordinaria documentación de panfleto mal traducido del japonés y aún más magnífica la redacción, propia de un alumno de primaria suspendido en expresión escrita.

Por todo ello, estás despedida.

Sentada entre adolescentes que chateaban con frenesí, Julia leyó el e-mail de Aurora Cruz con el corazón encogido. No recordaba que su texto sobre la muralla de Lugo fuera tan nefasto. Si no fuese por los adjetivos calificativos, incluso llegaría a recelar que aquel correo se lo hubiese enviado la redactora jefe. Pero no había duda. Durante unos segundos enterró la cabeza entre las manos y se lamentó de su mala suerte, una mala suerte que la estaba atrapando como una araña en su tela.

En un arranque de furia, levantó la cabeza y eliminó el correo. Al fin y al cabo, ahora tenía un problema menos que resolver.

Si lo miraba por el lado positivo, se había ahorrado tener que escribir acerca de la Torre de Hércules. No es que redactar un texto que ilustrase las excelencias del faro romano más antiguo del mundo le resultase desagradable. Desagradable había sido buscar información de los malditos soldaditos de plomo o las repipis muñequitas de porcelana. Pero una cosa era escribir dos mil palabras después de pasar una mañana agradable paseando por A Coruña, tras un buen plato de caldo, un poco de lacón con grelos y una copa de albariño, y otra muy distinta encerrarse en un locutorio argentino a buscar información en Google y teclear como una loca, mientras fuera la estaba esperando una banda de mafiosos para echarle el guante. Además, por no tener, ni siquiera tenía su ordenador.

Dando el tema por zanjado, cerró la cuenta de correo y abrió la que dedicaba a los fracasos editoriales. Un número dos en negrita anunciaba dos entradas recientes y esperanzadoras.

> Lamentamos comunicarle que, finalmente, el comité de lectura nos ha informado que, a pesar de su indiscutible interés, su novela no encaja en la línea de nuestra editorial y por eso no podemos incluirla en nuestro plan editorial.

Le agradecemos habernos ofrecido la posibilidad de analizar su obra y lamentamos comunicarle que no podemos incluirla entre nuestras colecciones actuales ya que su novela no encaja en nuestra línea editorial.

Julia entornó los ojos. Al parecer, las editoriales se plagiaban las cartas de rechazo. Mala cosa. Impulsada por una rabia creciente, revolvió en su bolso y sacó todas las pastillas que llevaba encima, intentando pronosticar qué pasaría si se las tomaba todas juntas. ¿Sería suficiente para desaparecer del mapa? Quizá no, ya que su organismo estaba acostumbrado a una ingesta desmesurada. Tal vez solo dormiría durante unas horas, y aparecería en cualquier hospital. O en una habitación oscura, en manos de sus captores... No, no podía arriesgarse. Además, aquellas eran las únicas pastillas de que podía disponer, ya que se había dejado el resto dentro de la maleta. Y Viktor ya le había explicado lo que pasaría si volvían al hotel.

Así que con lo único que contaba era con las reservas que llevaba encima.

Menudo porvenir.

Julia tomó un Trankimazin y abrió su última cuenta, la de las multinacionales farmacéuticas. Había doscientos ochenta y seis correos nuevos en la bandeja de entrada.

Abrió el primero y lo leyó. Ni siquiera se dio cuenta de que trataba de la menopausia masculina.

Viktor se detuvo un instante frente a la amplia plaza que se extendía ante la catedral de Palermo, y la observó. Aun para un profano, aquella edificación se mostraba como una mezcolanza de estilos arquitectónicos, ya que había sido construida en diferentes etapas: desde el exterior se podían apreciar unas almenas normandas y la cúpula barroca.

El ruso miró a su alrededor y comprobó que era completamente imposible pasar desapercibido en aquel espacio abierto. En los laterales de la plaza no había soportales, y a aquellas horas del mediodía en que el sol caía a plomo sobre Palermo, no habría más de siete u ocho turistas por la zona. Caminó con paso rápido y decidido, consciente de que estaba arriesgando su vida, pero también confiado de un instinto que le decía que no se trataba de una encerrona: alguien quería hablar con él y proponerle un trato. Si era así, mientras durase el trato, a ese alguien le interesaba que estuviera vivo. Llegó frente a la entrada y, nada más atravesar la portada gótica, divisó una planta de cruz latina, con tres naves divididas por columnas y múltiples capillas. Imposible abarcarlo todo con la mirada. Caminó por el pasillo central atravesando la nave. Había muchos turistas allí dentro, algunos orando, aunque la mayoría descansaba o se refugiaba del calor sofocante que reinaba en el exterior. Cuando llegó a la altura del transepto, tuvo la sensación de que lo seguían a poca distancia. Se detuvo y se giró con suavidad. Una sonrisa burlona se dibujó en sus labios.

Había acertado.

Frente a él, el acompañante de Aranzazu Araba. Si hubiese venido con Julia, la situación podría habérsele escapado de las manos. En cambio, ahora podía moverse con toda libertad.

—¿Has matado tú a la Araba? —le preguntó Viktor a modo de saludo.

El joven negó con la cabeza. La expresión de su rostro denotaba que estaba aterrorizado.

—Me he enterado por el periódico —repuso con voz temblorosa—. Hace dos días que me fui del hotel, en cuanto Julia Irazu le robó el bolso.

—¿Cómo sabes su nombre?

—Nada más fácil. Se dejó el móvil de Aranzazu Araba en su habitación del hotel, y estaba registrada con su verdadero nombre. Luego, solo fue cuestión de buscar información. Descubrí también que su tapadera era un trabajo de redactora en una editorial. —El hombre se detuvo y miró a Viktor—. Tengo que suponer que todo eso ya lo sabes.

—Sí, lo sé —reconoció Viktor alegremente—. Aunque parece difícil de creer, ¿no?

—Sí. —El hombre asintió—. El comportamiento de Julia Irazu es muy extraño.

—¿Por qué? —El ruso se divertía de lo lindo.

—Parece una novata, bastante tonta, por cierto. Pero surge y desaparece, y no deja rastro. ¿De dónde ha salido? —El hombre se encogió de hombros—. Es bien rara, desde luego. Y lista. Además de enviar textos a la editorial, tiene otras cuentas de correo electrónico, todas extrañísimas. Desde luego, si lo que recibe son mensajes encriptados, ni nuestros mejores especialistas han sido capaces de descifrarlos.

—¿Vuestros mejores especialistas? —repitió Viktor cada vez más sorprendido.

El hombre joven lanzó una mirada furtiva a una de las capillas laterales.

—¿Podemos hablar allí dentro? —le preguntó con voz trémula—. Aquí estamos a la vista de todo el mundo.

Viktor le lanzó una mirada especulativa. Quizá no fuese una buena idea, pero su instinto le decía que aquel tipo se encontraba solo y sin apoyos. La presunta organización a la que pertenecía era la misma que lo había condenado a muerte. Aquel brillo de temor en sus ojos no podía ser fingido. Después de unos segundos de indecisión, asintió con la cabeza y lo siguió.

En realidad, la capilla era la entrada a una cripta subterránea, y tras descender por unas escaleras, ambos se encontraron en un sótano con bóvedas de crucería y sostenida por columnas de granito. El silencio allí abajo era espeso, solo roto por los *flashes* de dos turistas que, unos metros delante de ellos, se dedicaban a fotografiar todas las tumbas y sarcófagos de la cripta.

—Tengo que recuperar las fotos.

Viktor dejó escapar una carcajada.

—¿Y qué quieres? ¿Que te las dé, así, por las buenas? Además, si nos has seguido, habrás visto que no eres el único que está interesado en ellas.

—Puedo proponerte un trato muy favorable.

—Estás solo y muerto de miedo —le espetó Viktor—. Es evidente que buscas un aliado. ¿Qué puedes ofrecerme a cambio?

—Información.

—Me parece que información es justamente lo que necesitas tú para seguir con vida —replicó el ruso—. ¿Me equivoco o tus jefes te han amenazado con rebanarte el cuello si no recuperas las fotos?

—Sí. He fracasado, y solo me queda una oportunidad.

Viktor se encogió de hombros e hizo un gesto de desdén.

—Mala suerte, chico. Perdona si no voy a tu entierro, pero es que estoy muy ocupado.

El hombre apretó los dientes, humillado.

—Sé muchas cosas que te interesarían.

—¿Como qué?

—Sé quién te ha traicionado.

—Primero dime por qué sabes que me han traicionado.

El hombre tardó unos segundos en responder. Al fin, tomó una decisión.

—Porque yo soy del FSB.

Tras media hora perdiendo el tiempo, Julia cerró la cuenta de correo y resopló. No estaba de suerte, ya que las multinacionales de farmacia parecían haberse puesto de acuerdo para fantasear con pandemias fantasma, inventar enfermedades más o menos glamurosas o anunciar unos productos de cosmética que parecían salidos del club del *gourmet* de El Corte Inglés.

Caviar, perlas, vino de Burdeos, polvo de diamante, orquídeas cuidadosamente seleccionadas... Productos excepcionales que se utilizan para luchar contra el tiempo con fórmulas de puro lujo...

Julia miró hacia la puerta para comprobar una vez más que Viktor no había vuelto. Sentía unas ganas casi irresistibles de huir, pero sabía que lo único que podía hacer era mantenerse pegada al ruso. Además, confiaba en él. O por lo menos, lo intentaba. No tenía otra opción, por ahora. Pero ¿cuánto iba a durar aquel absurdo periplo? ¿Cuánto tiempo iba a transcurrir antes de que los atraparan? ¿Qué pasaría entonces? Julia meneó la cabeza y tomó otro Trankimazin.

Demasiadas preguntas.

Ninguna respuesta.

Por pura inercia, abrió la última de sus cuentas de correo, la más antigua.

Tenía que matar el rato de alguna manera, aunque fuera de una forma tan estúpida. Hacía meses que aquella cuenta se había convertido en un frenopático, ya que se había llenado de trastornados que se dedicaban a reenviar los mejores hoaxes que les llegaban a la bandeja de entrada: suculentas informaciones relativas a bandas criminales, sectas satánicas, productos cancerígenos, tráfico de órganos...

Uno de los correos llamó su atención. El texto era breve, pero no por ello menos sugerente:

Tú puedes acabar así.

Julia abrió el archivo adjunto y apareció una foto que ocupaba toda la pantalla del monitor. Lanzó un gritito y estuvo a punto de levantarse de la silla. No obstante, al ver que había despertado la curiosidad de los que la rodeaban, dejó escapar una sonrisa forzada y volvió la mirada hacia el ordenador.

La foto no era una imagen cualquiera. Ella estaba acostumbrada a husmear en los vertederos de internet, que eran inconmensurables, y en su búsqueda había encontrado webs de lo más didácticas: rostros destrozados a balazos o a cuchilladas, cuerpos mutilados, deformes, quemaduras de ácido, mordiscos de pitbull... No obstante, aquel espeluznante primer plano tenía un plus de horroroso que superaba todo lo que ella había visto hasta ahora.

Por un instante, Julia pensó que se trataba de una foto salida de las Catacumbas de los Capuchinos, como tantas había visto. Pero no. La diferencia no radicaba en el aspecto, que era muy similar, sino en algo mucho más sutil.

Frente a ella tenía la imagen de una persona viva.

Se trataba de una cara quemada sin labios, sin nariz, sin párpados y sin orejas. Y por supuesto, sin ojos. Sin nada que sobresaliese de una costra reseca con forma de pelota de rugby con orificios. Era lo que quedaba del rostro de una joven que había sufrido un aparatoso accidente y había ardido durante cuarenta y cinco segundos dentro del vehículo —aquel dato se remarcaba en negrita— antes de que pudiesen sacarla de allí. La foto a primera plana era el inicio de un completo publirreportaje que Julia examinó con estupor: la joven yacía en brazos de sus familiares; inexpresiva, monstruosa, con las cuencas oculares enfocadas en el infinito —nos explicaban que los ojos le habían estallado con el calor—, en otras imágenes bebía agua de una cañita que sostenía entre sus enormes dientes, siempre al descubierto...

Sus sacrificados padres cedían las imágenes de su hija deformada —la primera momia viva de la historia— para que corriesen alegremente por internet con la intención de que «a nadie le sucediese lo mismo nunca más».

—Mi misión era pegarme a Aranzazu Araba como una sombra —confesó el hombre—, y asegurarme de que cumplía su parte de trato.

—No lo tuviste difícil.

—No, eso fue lo más fácil de todo —reconoció—. La vieja estaba desesperada y no me costó nada acercarme a ella.

—¿No desconfió de ti? —preguntó Viktor extrañado.

—Era una mujer ansiosa de venganza. Quería hacerle daño a Martín Arístegui por encima de todo. Así que, aunque sospechase que yo podía tener relación con los servicios secretos, creo que no le importó.

—¿Cómo os pusisteis en contacto con ella?

—Al acceder a sus finanzas, vimos que tenía un descubierto de casi trescientos mil euros. Aranzazu Araba estaba acostumbrada a un tren de vida que no quiso abandonar con la separación. Ella sabía que su situación era insostenible, así que cuando le ofrecimos colaborar en el atraco, no nos costó nada convencerla. Era su oportunidad de oro de vengarse de Martín Arístegui, y además, conseguía un buen pedazo del pastel. Accedió de inmediato, sin valorar los riesgos. Nos hizo un plano detallado de la casa y nos puso en contacto con uno de sus vigilantes para que nos facilitase la entrada a la finca. Y no solo eso, nos ofreció unas fotos que ella aseguró que eran «de valor incalculable». No quiso entrar en detalles, pero aseguró que podían ser el arma perfecta para destruir a Martín Arístegui.

—Lista, la Araba.

—Mucho más de lo que yo pensaba —concedió el hombre—. Nos ofreció las fotos y su colaboración a cambio de tres millones.

—¡Tres millones de euros!

—Por lo visto, Martín Arístegui acumulaba en su casa de Zumaia obras de arte de valor incalculable, así que hubiésemos rentabilizado por diez la información que nos proporcionaba. Y eso, en el peor de los casos.

—Sí, porque en el mejor, tú le hubieses robado las fotos.

El hombre asintió, compungido.

—Entonces, cuando hablasteis conmigo... —Viktor recordó aquella entrevista—, todo estaba acordado, incluso mi muerte.

El hombre tardó unos segundos en responder. Y cuando lo hizo obvió las últimas palabras del ruso.

—Aranzazu Araba había tenido una reunión previa con el FSB de la cual yo fui informado —prosiguió—. En ella, se le dieron instrucciones precisas de lo que debía decirte. Y reconozco que fue muy convincente. Estoy seguro de que creíste que el Jaguar tenía para ella un gran valor sentimental, cuando en realidad no lo quería para nada. De hecho, ni siquiera tenía carnet de conducir.

—Me engañó por completo —reconoció Viktor—. Era una buena actriz, hubiera hecho carrera. Por cierto, ¿fue en esa reunión donde se planeó mi asesinato?

El hombre meneó la cabeza y sonrió malicioso.

—¿Te crees que soy tonto? No pretenderás que te lo diga gratis.

Viktor tragó saliva. Aquel tipo se le había atragantado, pero tenía que intentar arrancarle el máximo de información posible antes de hacérselo saber.

—¿Qué pasó cuando supisteis que yo no había muerto? —insistió.

El hombre le mantuvo la mirada unos segundos y al final decidió responder. Al fin y al cabo, su baza consistía en venderle a Viktor el nombre de quien lo había sentenciado a muerte. Todo lo demás no eran más que suposiciones que podía ofrecerle al ruso como muestra de buena voluntad.

—Muchas cosas salieron mal aquella noche, tantas que resultó un auténtico fiasco.

—¿Qué más salió mal?

—El contacto de Aranzazu Araba dentro de la casa, el vigilante... Alguien lo mató.

Viktor asintió con la cabeza.

—Me lo encontré dentro del maletero del Jaguar. ¿No fue cosa vuestra?

—Era nuestro cómplice, lo necesitábamos vivo. Por lo menos hasta que acabase su trabajo.

—Igual que yo.

—Esa decisión no fue cosa mía, lo sabes muy bien. —El hombre señaló el cielo con un dedo—. Vino de arriba.

—Ya, ya —le interrumpió Viktor, impaciente. Era evidente que el tipo no iba a soltar prenda—. Por cierto, supongo que ya sabéis que la cámara acorazada estaba vacía. Yo no robé nada porque no quedaba nada que robar.

—El mismo que mató a nuestro cómplice se adelantó, y se apoderó de todo.

—¿Alguien del FSB? —le tentó Viktor, y copió su gesto—. ¿Alguien «de arriba»?

El hombre se encogió de hombros.

—No lo sé.

—No me extrañaría —concluyó Viktor irónico—. En el FSB somos todos unos traidores. Y por lo que veo, todos hemos sido traicionados.

> Una noche negra como boca de lobo tendió su oscuro manto. Tras el ocaso, gris y plomizo, en las brumosas tierras donde la realidad vil prevalece en la servil existencia de sus conciudadanos, John Randall, el viejo y tullido...

Julia cerró el archivo PDF furiosa. No había aguantado ni tres líneas del último y aclamado *bestseller* de un autor de fama mundial, con cuya última obra pensaba alcanzar los veinte millones de libros vendidos. La editorial que lo publicaba en España ofrecía en su página web la posibilidad de leer el primer capítulo.

O el traductor era el peor enemigo del escritor, o este era el juntaletras más nefasto de los últimos años. A pesar de ello, un lector ávido de emociones fuertes hallaría entre sus páginas docenas de fiambres escabechinados, varios arcanos religiosos, una o dos sectas satánicas, trece crímenes rituales y ocho violaciones múltiples.

No obstante, si Julia esperaba encontrar algo que la mantuviese despierta y orientada, no lo había conseguido. Aquel texto lo único que le despertó fue las ganas de dormir eternamente y de olvidar lo mal repartida que estaba la suerte. ¿Qué podía hacer? Después del último Trankimazin había notado una horrible pesadez en los párpados, y la sensación de que una presión insoportable la aplastaba contra el asiento. La voz de la gente que se movía a su alrededor le sonaba lejana y reverberaba en su cerebro. Un mantra insidioso recorría su mente, agotando sus últimas energías:

Te has pasado... te has pasado... te has pasado...

Julia dejó que su mirada turbia vagase por el locutorio mientras intentaba dilucidar cómo podía despejarse.

—Señorita...

Ella levantó la cabeza del teclado y lanzó una mirada vacía al joven que estaba frente a ella.

—¿Se encuentra bien?

—Sí, perfectamente.

—¿Seguro? Tiene muy mala cara.

—Sí, sí —insistió Julia, ahora molesta, haciendo un explícito gesto con las manos—. Vete, vete...

El joven se alejó reticente y volvió a sentarse en su asiento, frente a los teléfonos. Tomó entre sus manos el libro de Jorge Bucay que fingía leer, pero no le quitó ojo a Julia. Consciente de que tenía todo el aspecto de una drogadicta con sobredosis —exactamente lo que era—, ella miró el salvapantallas intentando decidir qué podía hacer para disipar el terrible sopor que amenazaba con dejarla inconsciente.

Durante unos segundos repasó todas las posibilidades. Necesitaba algo realmente estimulante. Nada de rechazos editoriales, ni hoaxes amenazantes, ni fotos de momias vivas. Algo que captase su atención y que activase su maltrecho encefalograma.

¿Quizá leer algún fragmento de los Grandes? ¿Conrad? ¿Capote? ¿Kafka? No, Kafka, no. Era lo único que le faltaba: convertirse en cucaracha.

Entonces tuvo una idea luminosa, casi una revelación.

Entró en YouTube y se puso a ver vídeos de Cálico Electrónico.

—¿Llevas las fotos encima?

Viktor negó con la cabeza.

—Se las he dejado a mi compañera.

El hombre lanzó un bufido de desdén.

—¿A tu compañera? —repitió con el gesto torvo—. ¿A quién te refieres? ¿A esa maldita chiflada?

—Exactamente.

—¿Cómo has podido confiar en ella?

—Soy un desaprensivo.

—Maldito Viktor Sokolov —masculló el hombre—. Yo pensaba que eras un tipo listo, pero estoy viendo que no haces más que meter la pata.

El ruso se encogió de hombros mientras dejaba escapar una sonrisa de disculpa.

—Lo siento —murmuró avergonzado—. ¿Quieres que vaya a buscarlas?

El hombre le hizo un gesto despectivo.

—¡No tardes o me marcharé! —El hombre miró a su alrededor y comprobó lo que Viktor ya sabía: estaban solos. En aquel instante no tenían más compañía que la discreta presencia de varios obispos y algún rey, todos bien calladitos dentro de sus tumbas—. Supongo que aquí estoy a salvo. Tráeme las fotos antes de que cambie de opinión. Si me voy, nunca sabrás quién firmó tu sentencia de muerte.

Viktor asintió con la cabeza y se volvió, dándole la espalda pero sin dejar de mirarle. Su mano derecha se introdujo suavemente en la abertura entre dos botones de la recia camisa caqui, demasiado recia para los treinta grados de justicia que caían sobre Palermo.

—No tardaré —aseguró—. Estaré de vuelta en un segundo.

—Y te aconsejo una cosa. —El hombre lo señaló con un dedo—: Deshazte de esa tía, no es más que un estorbo.

El ruso asintió con la cabeza.

—Tú también eres un estorbo —sentenció, mientras se situaba frente a él.

Fue entonces cuando el hombre vio una Walther PPK con silenciador. Pero ya era demasiado tarde. Un segundo después, ya no vio nada. Su cara se había convertido en un amasijo irreconocible de carne sanguinolenta.

10

Viktor tardó unos instantes en descubrir a Julia en el centro de un corrillo de muchachos hispanos que habían sido atraídos hasta su ordenador como un imán y ahora reían las peripecias de un superhéroe. El ruso atisbó por encima de sus cabezas y descubrió extrañado un tipejo bajito, gordinflón y vestido como Superman, que hablaba con deje cómico y luchaba contra un monstruo esperpéntico.

Julia vio a Viktor, asomando por encima de los chavales. Este le devolvió una mirada de desdén y se dirigió al encargado del locutorio. Ella lo siguió con la vista, y observó cómo el ruso hablaba con el joven y llegaba a algún tipo de trato. Viktor sacó un billete de veinte euros de la cartera y se lo dio al muchacho. A continuación, se dirigió a un cuartillo adyacente. Julia se levantó de la silla y fue tras él. Golpeó la puerta con los nudillos y, abriéndola unos centímetros, asomó la cabeza.

—¿Puedo entrar? —Julia lo vio frente a un ordenador.

El ruso dejó escapar un suspiro y la invitó con un movimiento de mano. Julia pasó y cerró la puerta tras ella.

—Te dejo unos minutos y te conviertes en una estrella del ciberespacio —repuso él, sarcástico.

—Tenía que pasar el rato.

—¿Era preciso llamar la atención de esa manera?

Julia se encogió de hombros en un gesto de disculpa, y fue

a sentarse a su lado. Se sentía tan ridícula que tardó unos segundos en alzar la mirada. Y cuando lo hizo, lo primero que vio fueron unas minúsculas manchitas parduscas que salpicaban la camisa de Viktor. De inmediato comprendió de qué se trataba.

—Tienes sangre en la camisa —susurró.

Viktor dejó escapar una sonrisa amarga mientras introducía el dispositivo USB en la boca del ordenador.

—Ya lo sé —contestó—. ¿Y tú sabes que tienes los ojos inyectados en sangre?

Julia parpadeó inútilmente.

—El ambiente está muy cargado —mintió.

—No me hagas reír. La que va muy cargada eres tú.

Julia se mantuvo en silencio durante unos segundos.

—Lo siento —respondió, al fin—. Con la tensión no puedo controlarme.

—Eres una irresponsable.

—Sí —aceptó Julia.

Era molesto soportar aquellas críticas, pero era evidente que él estaba muy nervioso, así que prefirió no irritarlo más.

—El tipo me dijo que eras un estorbo —prosiguió Viktor iracundo—. Y en eso llevaba toda la razón.

—¿Era el acompañante de Aranzazu Araba? —preguntó Julia, intentando reconducir la conversación.

El ruso la miró con fijeza.

—¿Aún te queda capacidad para razonar?

—No estoy tan mal.

—Por favor... —Él lanzó un bufido de impaciencia.

—De acuerdo, de acuerdo. —Julia meneó la cabeza—. Me he pasado, lo reconozco. Y ahora, dime, ¿era él?

—Sí.

—Luego lo pensé. ¿Qué otra persona podría tener interés en decirnos que Aranzazu Araba había muerto?

—Bravo.

—¿La mató él?

—Dice que no.

Viktor abrió el primer archivo y una de las momias apareció ante sus ojos. Ambos la miraron en silencio. La piel reseca, las cuencas vacías, la mandíbula retorcida en una extraña mueca. Si aquella imagen encerraba algún tipo de mensaje secreto, no sería fácil descubrirlo. Y menos aún con el soporte técnico del que disponían y, lo que era peor, su nula preparación.

—No quiero dejarte tirada, Julia —murmuró el ruso mientras abría el segundo archivo—. Pero tengo que encontrar una solución para ti y para mí. No podemos seguir así.

Julia ocultó el rostro entre las manos. De improviso, todo le daba vueltas.

—La solución ya la sabes —musitó.

Él negó con vigor.

—Yo te metí en este lío y yo te sacaré viva. Luego, tú ya te puedes ir matando poco a poco, si es lo que quieres.

Julia lanzó un bufido de impaciencia. Maldito ruso terco, pensó.

—Y ahora, ayúdame si puedes. —Viktor le dio un golpecito en el hombro—. Cuatro ojos ven más que dos. Fíjate, a ver si ves algo que te sorprenda. Yo no veo más que dientes.

—¿Sabes lo que buscas? —preguntó Julia, resignada.

—No, pero sé que la clave está aquí, entre estas fotos.

Durante unos minutos se mantuvieron en silencio. Viktor pasó de una foto a otra, utilizando el *zoom* para ampliarlas. Momia tras momia, no apreciaron ningún detalle significativo. Ni números de cuenta impresos entre las falanges, ni iconos de Fabergé asomando bajo las faldas, ni mensajes secretos dentro de las cuencas oculares.

Nada.

—¿Lo has matado? —preguntó Julia de improviso.

Viktor apretó las mandíbulas pero no apartó la mirada de la pantalla.

—¿De qué hablas?

—Lo sabes muy bien. Esas manchitas de tu camisa son salpicaduras de sangre.

—¿Y?

—¿Le has disparado?

—Tú has visto demasiados seriales americanos —bromeó Viktor, evasivo.

—Lo has matado.

—Hice lo que tenía que hacer —respondió el ruso al cabo de unos segundos—. Eso es todo.

De repente, Julia sintió unas náuseas casi insoportables, y a punto estuvo de levantarse y salir corriendo de allí. Pero no se movió. Casi ni parpadeó. Se mantuvo inmóvil, mientras ante sus ojos volvían a pasar la pobre Rosalía Lombardo, Fray Silvestre de Gubbio y todos aquellos héroes anónimos.

—Si él hubiera podido, te hubiera cortado el cuello —repuso Viktor a modo de disculpa.

—Pero no lo has matado por eso.

—Es cierto. Fue por algo mucho más sencillo: o él o yo.

—¿Te amenazó?

Viktor negó con la cabeza mientras pasaba a la siguiente imagen. En aquella se podía distinguir un angosto pasillo lleno de momias colgadas de las paredes. Al fondo de la foto se veía un grupo de visitantes que asistía al tétrico espectáculo mientras escuchaba al guía.

—¿Por qué quería hablar contigo? —preguntó Julia.

—Para proponerme un trato.

—¿Qué trato?

Julia no acabó de formular la pregunta. Viktor había elegido la parte central de la fotografía, y después de ampliarla sucesivamente, eligió grupos de dos o tres personas, según su disposición. La gran mayoría se hallaba de espaldas y escuchaba al guía, que estaba de frente. Tres hombres estaban apartados de los demás, y Julia había reconocido a uno de ellos.

—¡Es Martín Arístegui! —Ella señaló un rostro con el dedo. Las fotos eran de alta resolución y su imagen era nítida. A pesar de que Julia solo lo había visto en los periódicos, no le cabía la menor duda. Martín Arístegui miraba a la cámara con el ceño fruncido mientras a su lado se podía percibir el perfil de un hombre que hablaba. Y la espalda de un tercero junto a ellos.

Viktor asintió con la cabeza.

—Así que el valor de la foto no estriba en los muertos, sino en los vivos —repuso, mientras ampliaba la imagen hasta el máximo—. Tienes razón, es Martín Arístegui. Y no está solo. Pasemos a la siguiente, a ver si tenemos suerte.

En las siguientes imágenes, los tres hombres desaparecieron de la foto. Quienquiera que las hubiera hecho, eligió otros centros de interés.

—Las fotos las hizo Aranzazu Araba —repuso Viktor señalando la fecha impresa en el ángulo inferior: 30-08-2007. En el año 2007 aún estaba casada con Martín Arístegui, y supongo que él quiso aprovechar un viaje, aparentemente turístico, para hacer negocios.

—Estaban casados, pero ella ya desconfiaba de él —murmuró Julia—. Estoy segura de que tomó estas fotos con la intención de que le sirvieran en un futuro.

—Si fue así, era muy lista.

—De poco le sirvió.

—Eso es cierto. Es muy posible que si no hubiese tomado estas fotos, ahora estaría viva.

—En el periódico hablaban de suicidio —le recordó Julia.

—No creo que se suicidase —sentenció Viktor—. Cuando hablé con ella me pareció una mujer con muchas ganas de vengarse. Esa es una razón poderosa para vivir.

—Piensa que todo le salió mal. Perdió la última posibilidad que tenía de vengarse de Martín Arístegui. Quizá, sumado a un consumo incontrolado de antidepresivos...

Viktor la miró de reojo.

—Tú entiendes mucho de eso, ¿verdad?

Julia dejó escapar un bufido, agobiada.

—Dejémoslo. —Viktor lanzó un suspiro y volvió su atención de nuevo a la pantalla del ordenador—. Bien, necesitaría ver la cara de los tipos que están con Martín Arístegui.

Abrió el último archivo y ante ellos se mostró una nueva foto con el grupo de visitantes. Utilizando el *zoom* aparecía de nuevo Martín Arístegui, de medio lado y conversando con el hombre que en la foto anterior aparecía de espaldas. Ahora estaba de frente y su rostro se distinguía nítidamente. El tercer hombre seguía sin mostrarse a la cámara.

—Aquí tenemos a uno de los amigos de Martín Arístegui —murmuró Viktor satisfecho.

—¿No sabes quién es? —preguntó Julia.

El ruso negó con la cabeza.

—No, pero sé quién puede ayudarme a descubrirlo —repuso.

A continuación, abrió una cuenta de correo electrónico dispuesto a enviar un e-mail. Curiosa, Julia leyó la dirección electrónica de su destinatario: *sashashemiakin@yandex.ru.* Sorprendida, pudo ver cómo Viktor adjuntaba la fotografía sin ningún tipo de protección. Después tecleó un mensaje en ruso, en mitad del cual se podía leer el nombre de Martín Arístegui. Tras una rápida lectura, Viktor envió el e-mail.

—Bien —concluyó, sacando el *pendrive* del ordenador y levantándose—. He acabado.

—¿Así envías tú los mensajes? —le preguntó ella sorprendida.

—¿Qué pasa?

—Hasta un aprendiz de *hacker* entraría en tu correo y abriría el archivo adjunto —le recriminó ella—. Además, ni siquiera está encriptado. ¿Qué tipo de seguridad utilizas?

—Ninguna.

—No entiendo nada.

—A la persona que le envío el mensaje es de mi completa confianza —confesó Viktor—, y lo que es más importante: es un genio de la informática. Será capaz de rastrear a cualquiera que entre en mi cuenta de correo.

—Entonces, ¿es una trampa?

—Exacto.

—No obstante, aunque descubras la identidad del que te vigila, no podrás evitar que consiga la foto.

—Ya lo sé —aceptó él—. Y me interesa.

Julia meneó la cabeza.

—¿Por qué te interesa?

—Quiero compartir la foto con todo el mundo, a ver qué efectos produce. —Viktor sonrió beatífico—. Y ahora, mientras espero la respuesta, vamos a comer a un buen restaurante. ¿Qué te parece?

Julia lo miró desconcertada.

—¿Un buen restaurante? Me dijiste que los billetes de avión a Palermo te habían dejado sin fondos.

El ruso abrió una cartera y le mostró una tarjeta MasterCard.

—El FSB invita —repuso, guiñándole el ojo.

Julia vio grabado en relieve el nombre de Mijail Petrov.

—¿Se la has robado al muerto? —preguntó.

Viktor asintió con vigor.

—Total, a él ya no le va a hacer falta.

—Es una tarjeta robada, y seguro que en este momento...

—En este momento, ¿qué? —le interrumpió Viktor—. En este momento la policía ha descubierto un muerto irreconocible y sin documentación.

—¿Irreconocible? —repitió Julia, sobrecogida.

—Le disparé en la cara.

11

Para un eslavo de metro noventa y cuatro de altura y noventa kilos de peso, un buen restaurante no tiene nada que ver con las estrellas de la guía Michelin. Eso pudo comprobarlo Julia cuando vio a Viktor devorar un plato de *pasta chi crocculi arriminata*, un *farsumagru* y una ración enorme de tarta de tiramisú. Todo bien regado con vino de Marsala.

—Solo me faltaría una cosa para ser feliz —repuso el ruso recostándose en el respaldo del asiento.

Julia revolvió el helado de *stracciatella* sin decidirse a llevárselo a la boca.

—Conmigo no cuentes.

—¿Tan desagradable te resulto?

Viktor Sokolov podría resultar brusco, desabrido y todo lo violento que cabe esperar de un delincuente ruso. Incluso, para una mujer menuda como Julia, excesivamente aparatoso. Pero desagradable, no. Ella no podía dejar de percibir que aquel gigante rubio despertaba el interés del público femenino allá adonde iba. Y en aquel momento, había provocado un pequeño revuelo entre las camareras del restaurante.

—¿Necesitas una mujer? —le preguntó ella—. Porque si es así, creo que puedes proponérselo a cualquiera de las empleadas. Estoy segura de que se ofrecerían gustosas.

—Ya lo sé —repuso Viktor vanidoso—. Y yo te aseguro que no las decepcionaría.

Julia dejó escapar una risa irónica.

—Me impresionan poco tus alardes de macho alfa.

—Pues a mí sí que me impresionas tú. Ni eres hetero, ni lesbiana, ni beata. Sencillamente, es como si estuvieses muerta.

—¿Tanto te molesta que no me interese el sexo?

—Me sorprende.

—A mí también me sorprende que seas capaz de matar a un hombre e irte a comer luego tan tranquilo —replicó Julia, furiosa.

Viktor sonrió malicioso.

—Bravo, he conseguido ofender a la mujer impenetrable —bromeó—, nunca mejor dicho.

—Eso ha sido una grosería.

—Es que soy un grosero, pero me alegro de que te hayas enfadado —murmuró, risueño—. Por un momento pensé que no te corría la sangre por las venas.

—No estoy muerta.

—En cierto sentido sí que lo estás, reconócelo. Si consideramos la atracción sexual como parte de la vida, tú estás muerta en ese aspecto. Yo, en cambio, a pesar de que estás flaca como una araña, te considero lo suficientemente atractiva como para desearte.

—Cállate —replicó Julia—. Si sigues por ese camino, yo...

El teléfono móvil de Viktor la interrumpió. El ruso miró el nombre en la pantallita y esbozó una amplia sonrisa.

—Sasha —murmuró.

Sin dar explicaciones, se levantó de la mesa y se dirigió a la salida del restaurante, dejando a Julia con la palabra en la boca y enfurecida. Ya en la puerta, él se volvió y le hizo un leve gesto con la mano. «Ahora vuelvo.»

En cuanto Viktor desapareció de su vista, Julia revisó sus provisiones y decidió tomarse un par de pastillas de Trankimazin. Necesitaba subir el ánimo para lidiar con el ruso. Aquella conversación la había dejado exhausta.

Sacó el blíster con discreción del bolso, siempre mirando que Viktor no entrase de nuevo en el restaurante y la pillase in fraganti. Lo creía muy capaz de quitárselas. Además, contaría con el beneplácito del personal femenino del restaurante, que lo miraba sin entender qué hacía semejante pedazo de hombre con ella.

—¿Ya lo has conseguido?

—Me lo has puesto fácil —contestó Sasha.

—No te lo he puesto fácil, lo que pasa es que eres el mejor —alabó Viktor—. Has ido tan rápido que no he tenido ni tiempo de comer. Así que, por favor, hazme un resumen rápido. Estoy en un restaurante.

—¿Quieres que te llame más tarde?

—No, no. Además, quiero pedirte otro favor.

—Este servicio te costará caro —repuso Sasha alegremente.

—No hay problema, seré generoso. Y ahora, habla.

—Bien. —Sasha tomó aliento—. El tipo que acompaña a Martín Arístegui se llama Boris Djacenko. En este momento está en paradero desconocido y reclamado por la ley. Hay un fiscal en Suiza que tiene pruebas sobre una trama de comisiones y tráfico de obras de arte provenientes del expolio del Hermitage y de muchos otros museos. Se sospecha que tenía cuentas millonarias en bancos suizos, pero que ha conseguido desviarlas a otros paraísos fiscales.

—Menudos amigos que tiene Martín Arístegui —ironizó Viktor.

—Sí, y no es el único —prosiguió Sasha—. Boris Djacenko también tiene buenos amigos, porque en los años ochenta pasó de ser alcalde de Yakutsk, un pueblo perdido en mitad de Siberia, a ser nombrado administrador del patrimonio artístico de la Federación rusa, con sede en Moscú. De un plumazo pasó a asumir la responsabilidad de dirigir a cientos de trabajadores y de gestionar un patrimonio de millones de rublos.

—A eso le llamo yo ascensión meteórica —reconoció Viktor—. Está claro que el tal Djacenko tenía a alguien en las altas esferas que propuso su nombre. Un padrino.

—Es evidente, pero no lo he descubierto. Tendrás que darme más tiempo.

—Tómate el tiempo que necesites —dijo Viktor—. El asunto lo requiere.

—¿Qué vas a hacer tú?

—Volveré a San Petersburgo —contestó Viktor—. No me queda más remedio.

—Ni se te ocurra. Es muy peligroso.

—Ya lo sé, pero no puedo huir eternamente. Además, hay gente con la que tengo que mantener una larga conversación, *amigos* del FSB que se alegrarán mucho de verme con vida.

—Intentarán matarte de nuevo.

—Estaré alerta.

Sasha tardó unos segundos en contestar.

—Sabes que puedes contar conmigo.

—Lo sé —dijo Viktor—. Por eso voy a pedirte no uno, sino dos favores más.

—Dime.

—Quiero información de una persona. Es una mujer española.

—¿Vive en Rusia?

—No. —Viktor dejó escapar una carcajada—. Pero vivirá.

—¿Puedo saber qué tiene que ver contigo?

—Nada. La he metido en un lío, eso es todo. Y ahora te voy a pedir el segundo favor: quiero que busques un sitio seguro para esconderla, hasta que todo esto pase. Podría ser una granja aislada en mitad del campo, pero que no esté muy lejos de San Petersburgo.

—¿Es tu amante? Debe de ser muy guapa para que te tomes tantas molestias.

—Ni es tan guapa, ni me acuesto con ella.

—Pues déjala, que se espabile.

—No se espabilará.

—Pues que se muera.

—Me ha salvado la vida.

Sasha tardó unos segundos en responder.

—¿Y por qué quieres información? ¿Crees que puede ser algún agente encubierto?

—No lo es, pero intenta descubrir lo que sea.

—No lo tengo fácil, si ella vive en España.

—Tranquilo, haz lo que puedas. Mira si está fichada por la policía, aunque no lo creo. —Viktor lanzó un suspiro—. Sí, ya sé que es como buscar una aguja en un pajar, pero me interesa, ¿entiendes?

—Te has vuelto loco, Viktor.

—Por favor...

—De acuerdo. Dime cómo se llama la chica.

—Julia Irazu Martínez.

—Miraré a ver qué encuentro.

—Busca también informes psiquiátricos... —Viktor dudó unos instantes—. Es adicta a los medicamentos.

—Definitivamente, te has vuelto loco.

Después de alojarse con el nombre de Mijail Petrov en una modesta pensión del centro de Palermo, Viktor desapareció durante unas horas. Tantas, que Julia creyó que, finalmente, había decidido abandonarla. Ella estuvo todo aquel tiempo sentada frente a la pantalla de la televisión, pasando de un canal a otro. No entendía nada, ni le importaba. Era incapaz de hacer otra cosa que esperar.

Ya había oscurecido cuando él entró en el cuarto. Estaba sudoroso, pero su rostro reflejaba satisfacción. Dejó en el suelo dos grandes bolsas y se dejó caer sobre una de las camas, que emitió un agudo chirrido. Después de comprobar que no había roto el somier, se recostó de nuevo y sacó un pasaporte del bolsillo.

—Ahora te llamarás Leonela Maldonado —repuso lacónico, tirándolo sobre la cama.

Julia miró el pasaporte desconcertada y lo tomó entre sus manos. El desconcierto pasó a estupor cuando, al abrir un documento de la República Argentina vio su foto al lado de la ciudadana Leonela Abigail Maldonado Guzmán.

—Soy yo —musitó, anonadada—. Es la misma foto que tengo en el DNI.

—Cierto. —Viktor se introdujo una mano en el bolsillo del pantalón y sacó un documento de identidad—. Toma, te lo cogí prestado.

—¿Cómo lo has conseguido? —Julia miró su DNI con cara de asombro.

—¿El qué? ¿Quitarte el DNI? —preguntó Viktor divertido—. Fue mientras me besabas apasionadamente. ¿Recuerdas? No te diste cuenta de que yo hurgaba en tus bolsillos.

—¡No me refiero a eso! —le interrumpió Julia, impaciente—. ¿Cómo has conseguido hacerme un pasaporte falso?

—Casi mejor que no lo sepas. —Viktor meneó la cabeza—. Por cierto, me he tomado algunas libertades más. Espero que no te importe.

El ruso se levantó con pesadez, y cogiendo una de las bolsas, volcó su contenido sobre la cama. Julia descubrió ropa interior femenina, unos pantalones de pana, una camiseta afelpada y un grueso jersey.

—Confieso que conseguir ropa de abrigo ha sido más difícil que hacerte un pasaporte falso. Mucho más difícil.

—Pero ¿para qué? —Julia meneó la cabeza, sin entender.

—Para que no te mueras de frío nada más llegar.

—¿Llegar adónde? —preguntó Julia con la cara desencajada—. ¿Para qué necesito el pasaporte? ¿Y la ropa de abrigo?

—Verás, Julia... —Viktor sacó del interior de su cartera dos billetes de avión.

Palermo – San Petersburgo

—¿Vamos a ir a San Petersburgo? —preguntó ella con un hilito de voz.

—Sí.

—¿Por qué?

—Es allí donde vivo.

—¡Y yo vivo en Barcelona! —graznó ella—. ¡Y quiero volver!

—Hoy por hoy es imposible —repuso Viktor—. Quizá, cuando todo esto pase... Aunque no sé, tal vez debería procurarte una nueva identidad para el resto de tu vida... ¿No te gusta el nombre de Leonela?

—¡No!

—Es muy útil —prosiguió Viktor con suavidad—. Verás, te he hecho un pasaporte argentino porque así no necesitarás visado para entrar en Rusia. Hay un acuerdo especial entre Argentina y Rusia que permite el libre tránsito de sus ciudadanos por ambos países. Siendo española solo podría conseguirte un visado de turista que tiene una validez total de un mes, y si tienes que quedarte más tiempo en Rusia, pongamos seis meses o un año, o quizá más tiempo...

Julia lo miró implorante. No podía creerse lo que estaba escuchando. Su condena a cadena perpetua.

—No puede ser —gimió.

—No te preocupes, mujer —la animó Viktor con poco entusiasmo—. No tendrás ningún problema en la aduana, no creo que los rusos distingan el acento argentino del catalán.

—No es eso —Julia se tapó el rostro con las manos—. San Petersburgo...

—Allí hace frío, no lo niego —concedió Viktor—. Pero seguro que te acostumbrarás. Todo el mundo se acostumbra, qué remedio... Además, te he comprado el jersey y los pantalones gruesos para que vayas bien preparada. San Petersburgo está bastante al norte, cerca de la zona de clima boreal. Y hace frío.

—¿Allí no correré peligro? —musitó ella intentando encontrar alguna salida—. En San Petersburgo está el Hermitage. ¡Seguro que está lleno de espías rusos!

—No vivirás en la ciudad. Le he pedido a un amigo mío que te busque un lugar seguro.

—¿Un lugar seguro? —repitió Julia con voz agónica.

—Sí, en el campo, aislada. A unos ochenta o cien kilómetros de San Petersburgo. Por ejemplo en los alrededores de Siastrói o Smiritvrhina... Es una bonita zona, cerca del lago Ládoga... Y muy sana. Así podrás curarte esa adicción que te está consumiendo.

—¿Me estás diciendo que me vas a enterrar en un pueblucho ruso? Sin mis medicinas, sin internet, sin...

—Lo que tú tomas no son medicinas, Julia.

—¡Sí, lo son! ¡Y las necesito! ¿Entiendes?

—No, no las necesitas.

—Mira, escúchame... —Julia sudaba a mares—. Iré adonde tú quieras, te lo prometo. Seré buena, seré obediente, pero tienes que prometerme que me suministrarás lo que yo te pida. Necesito cada día tranquilizantes y anfetaminas. Eso, como mínimo.

Viktor negó con la cabeza.

—Estarás sola en mitad del campo. No habrá farmacias, ni camellos a tu disposición —murmuró—. Además, yo no puedo estar contigo, ni ocuparme de irte proporcionando tus drogas. Primero, porque tengo otros problemas que resolver, y segundo, porque no quiero.

—¡Oh, Dios! ¡No lo soportaré! —Julia se pasó las manos por el rostro con desesperación—. ¡No puedo vivir sin mis medicinas! ¡No puedo!

Viktor se levantó de la cama y negó repetidamente con la cabeza.

—Pues tendrás que hacerlo, Julia —sentenció—. No te queda más remedio.

Dando la conversación por concluida, el ruso se dirigió al lavabo y cerró la puerta tras él. Julia se levantó de un salto y caminó por la habitación, cegada por la desesperación, sintiendo que un horrible final se cernía sobre ella. Se volvería loca. Eso es lo que pasaría; sufriría alucinaciones, oiría voces y al final, acabaría lanzándose al vacío. Desquiciada, se asomó a la ventana y miró hacia abajo. Era fácil. Era rápido. Puso las manos sobre el quicio e intentó tomar impulso. No pudo. Sus brazos no respondieron. Estaba aterrorizada.

Durante unos minutos estuvo así, debatiéndose internamente, intentando hallar el valor suficiente para lanzarse por la ventana. No podía, no estaba lo bastante desesperada. Dejó escapar un gemido de angustia y buscó dentro de su bolso los últimos tranquilizantes que le quedaban. Solo un blíster de Trankimazin. Sacó tres comprimidos y se los metió en la boca. No consiguió tragarlos y los masticó. Tenía la boca tan seca que formaron una argamasa espesa y le comenzaron a provocar arcadas. Horrorizada ante la posibilidad de vomitar tres valiosas pastillas, abrió la puerta del lavabo y entró con sigilo. Viktor se estaba duchando y el ruido del agua era casi ensordecedor. Julia se inclinó sobre el lavabo y bebió directamente del grifo, consiguiendo digerir el engrudo. Se incorporó, y cuando estaba a punto de salir del cuarto, vio un barullo de ropa sucia en el suelo, y sobre ella un objeto metálico. Una pistola. El corazón de Julia se aceleró aún más, martilleándole con furia dentro del pecho. El arma la atrajo con intensidad hipnótica. Eso sí, a eso sí que se atrevía... Viktor estaba al otro lado de la cortina, duchándose, y no podía oírla. Ni verla. Un disparo en la cabeza y adiós problemas. Solo tenía que apretar el gatillo. Clic. Tan fácil y rápido como accionar un interruptor y encender la luz. Clic.

Julia inspiró profundamente, intentando controlar un horrible vértigo que se había apoderado de su mente, como si estuviese subida en una meteórica montaña rusa. Las paredes del lavabo empezaron a girar con rapidez, y se recostó contra la pica del lavabo, intentando controlar una sensación insoportable de angustia, como si su corazón fuera una bomba de relojería a punto de explotar. Cerró los ojos y tomó aliento. Estaba tan cerca de su objetivo...

Un paso, otro...

La cortina se abrió de repente, y un brazo mojado la atrapó con brutalidad. Julia intentó revolverse, pero Viktor la atrajo con tal violencia que la dejó sin respiración, paralizada. Ella empezó a chillar, y el ruso la empujó con fuerza, derribándola. Julia cayó de espaldas e intentó levantarse, pero Viktor cayó sobre ella y la sujetó por los hombros, aprisionándola contra el suelo. Consciente de que había perdido su oportunidad, empezó a llorar.

—Por favor, por favor —sollozó—. Te lo ruego, haré lo que tú quieras, te daré lo que quieras, pero déjame la pistola. Yo me dispararé... Me iré de aquí, lejos, me meteré en cualquier callejón y ya está... No quiero traerte más problemas. Yo soy cobarde y no me atrevo a tirarme por la ventana. No me atrevo. Soy muy cobarde...

Julia siguió varios minutos más rogando, implorando, suplicando. Fue inútil. Viktor la mantuvo inmóvil contra el suelo, mirándola con fijeza, los ojos convertidos en dos pequeñas rendijas, las pupilas diminutas, las mandíbulas apretadas. Poco a poco, Julia fue abandonándose al agotamiento, casi desvanecida. Sus músculos dejaron de ofrecer resistencia, relajándose. La batalla estaba perdida, y el exceso de medicación estaba produciendo sus efectos. Dejó de llorar. Con la mirada extraviada y confusa, como si no consiguiera recordar dónde estaba, recorrió el techo del lavabo, bajó por las paredes y se detuvo en el rostro de Viktor, que seguía sin liberarla.

Poco a poco, como en cámara lenta, su mirada descendió por el cuerpo del ruso. En aquel momento Julia fue consciente de su desnudez. Sus ojos recorrieron el tórax, el estómago y siguieron explorando unas intimidades que él mostraba sin ningún pudor. Atrapada en aquella visión inédita, descubrió el pene, sobresaliendo entre el vello púbico.

Aun distendido, le pareció enorme.

La desquiciada mente de Julia vagó errática por los recovecos de su subconsciente. Buscó alguna posible referencia, y acabó evocando un reportaje de la National Geographic.

El rinoceronte blanco macho es el doble de voluminoso que la hembra, y la acosa por las llanuras del Serengueti, hasta que ella acepta ser montada por el persistente macho que, provisto de un miembro viril en erección de más de sesenta y cinco centímetros de longitud, la penetra y copula durante media hora larga. La hembra, exhausta...

En algún momento del documental, Julia perdió la conciencia.

Viktor la tomó en brazos, y llevándola a la habitación, la dejó con suavidad sobre la cama. Después volvió al lavabo, tomó la pistola y la escondió bajo la almohada de su cama. Se estiró y se tapó con la sábana. Apagó la luz y lanzó un profundo suspiro.

No, aquella noche no le sería fácil conciliar el sueño.

Le despertó el sonido del teléfono móvil. Abrió los ojos y vio que Julia dormía profundamente, en la misma postura en que la había dejado la noche anterior. Miró la hora. Eran las ocho de la mañana.

—Hola, Sasha. —Su voz sonó cavernosa.

—Viktor, ¿estás bien? ¿Te he despertado?

—No, tranquilo. —Viktor se sentó en la cama y estiró los músculos—. Dime.

—Tengo información de tu amiga, y también he encontrado un sitio seguro para esconderla.

—Eres el mejor —alabó Viktor—. A ver, empieza por la información.

—No te va a gustar.

—Me lo imagino. No te preocupes.

—Bien. Julia Irazu Martínez no tiene antecedentes policiales, tal y como pensabas. Así que por ahí no conseguí nada. Pero tiré del hilo de los psiquiatras y, amigo, lo que me encontré...

—Déjate de preámbulos.

—De acuerdo. Julia Irazu Martínez ha ingresado dos veces de urgencias en un hospital de Barcelona. Las dos veces por sobredosis de medicamentos. Las dos veces fue derivada a la unidad de psiquiatría.

—¿Y?

—He tenido acceso a su ficha médica.

—¿La tienes ahí?

—La he grabado en mi disco duro, no quiero enviártela por e-mail.

—Ni se te ocurra —replicó Viktor—. Dime lo que pone y destruye el informe, no quiero que corra por internet.

—Así lo haré.

—Venga, habla.

—Bien, en resumidas cuentas, el estado mental de tu amiga es terrorífico: adicción a las benzodiacepinas y al metilfenidato, entre otras sustancias. Tendencias suicidas. Comportamiento obsesivo e hipocondría. Fobia social.

—Dios santo.

—No he acabado.

—¿Aún más?

—Y peor. Posibles brotes psicóticos por sobredosis de psicofármacos. Ya sabes: alucinaciones, ideas delirantes, paranoias...

—Joder.

—Viktor, eso es locura.

—Ya lo sé.

—Esa tía está loca, ¿entiendes?

—No, no lo está. Si consigo que se desenganche, se le pasará. Estoy convencido.

—No es fácil —apuntó Sasha—. Me he documentado un poco, y resulta que la adicción a las benzodiacepinas es tan fuerte como a cualquier otra droga. Y el síndrome de abstinencia es brutal.

Viktor tardó unos segundos en asimilar aquella información.

—¿No le puedo quitar las pastillas de golpe?

—Sería la peor de las torturas. Acabaría cometiendo algún disparate.

—Entiendo. Debería desengancharse poco a poco.

—Exacto. Tendría que ir bajando la dosis paulatinamente, hasta la abstinencia total. Pero eso no se consigue en un día, Viktor. Además, supone una voluntad de hierro por parte de la persona implicada. Y me temo que, con su historial, tu amiga ha demostrado que no está por la labor.

—Lo estará.

—No lo estará.

Viktor lanzó un bufido de impaciencia.

—No quiero discutir contigo, solo quiero que me ayudes —replicó—. ¿Puedes conseguirme un poco de todo?

—Sí, será fácil —reconoció Sasha—. He investigado el tema, y resulta que en Rusia la gente también se pone morada de pastillas. Hay un próspero mercado negro en internet.

—Viva la globalización.

—¿Quieres que compre?

—Te lo agradecería.

—De acuerdo, no te preocupes —cedió Sasha—. Me ocuparé de ello.

—Saca de mi cuenta lo que haga falta.

—Ya lo sé, Viktor —aceptó Sasha—. El dinero no es problema, ya lo sabes.

Durante unos instantes, ambos se mantuvieron en silencio.

—Hay algo más.

Viktor se pasó la mano por el cabello en un gesto de desesperación.

—¿Algo más? —repitió con dificultad. Tenía la garganta seca.

—Sí. Al final del informe el psiquiatra apunta las diversas causas que, según su criterio, han podido provocar su estado actual.

—¿Qué dice?

—Te lo voy a leer, más o menos: el psiquiatra asegura que Julia Irazu Martínez muestra una actitud negativa y hermètica ante el tratamiento psicológico, y no colabora en su curación. Al parecer, se niega en redondo a hablar de sí misma. Y cuando se le pide que explique algo de su pasado, se encoleriza. La irritación adquiere la máxima virulencia cuando se intenta que hable de sus padres.

Viktor recordó un comentario al respecto.

—Ella me dijo que no tenía padres. ¿Estarán muertos?

—En el informe no se especifica. Lo que sí afirma el psiquiatra es que la paciente presenta un cuadro de bloqueo emocional severo.

—¿Bloqueo emocional severo?

—Sí, Julia Irazu Martínez es incapaz de relacionarse y manifiesta un rechazo anormal por el sexo. Esos síntomas, relacionados con la actitud opositiva al intentar que hable de su pasado, apuntan a que...

Viktor inspiró hondo. Las piezas en su puzle mental empezaban a encajar.

—... fue víctima de abusos sexuales en la infancia.

12

Cuando el avión de la compañía de *low cost* aterrizó con tres horas de retraso en el aeropuerto de Púlkovo, en San Petersburgo reinaban unos agradables quince grados de temperatura. Agradables, aunque estuviesen en pleno mes de junio, sobre todo porque durante el último invierno el termómetro había descendido hasta los treinta grados bajo cero.

Viktor y Julia cruzaron el *finger* y se dirigieron a la zona de recogida de sus escasos equipajes. Ella agradeció el jersey grueso y los pantalones de pana, después de soportarlos en Palermo, a treinta y dos grados a la sombra.

La excursión había sido larga y penosa. Desde el mismo momento en que Julia recuperó la conciencia, Viktor comprobó que la joven había dado un paso adelante en su particular cruzada hacia la autodestrucción, dándole la razón a Sasha.

Ni pesar, ni agradecimiento, ni la más mínima muestra de emoción.

Definitivamente, Julia Irazu Martínez era un caso perdido.

Nada más levantarse, la joven sacó las últimas pastillas de Trankimazin que le quedaban y se las tragó, con una mirada desafiante que casi hizo perder los nervios al ruso.

La noche anterior había estado a punto de levantarse la tapa de los sesos ella solita, y en vez de agradecerle que se lo impidiera, ya que cualquiera podía ser víctima de un momento de desesperación, ella seguía machacándose a pastillas.

Si estaba decidida a acabar con su vida, nada podría impedirlo. Así que, ¿para qué intentarlo? No, en la próxima ocasión él no movería ni un dedo para salvarla.

Luego, Julia se puso la ropa que él le había comprado y se sentó en la cama, silenciosa, a la espera. Obedeció como un autómata todas las órdenes del ruso, sin mostrar ningún tipo de emoción, sin exteriorizar ningún sentimiento. Como si la exhibición de la noche anterior, aquellos lloros y ruegos, hubiesen agotado su capacidad expresiva. Durante el viaje en coche se mantuvo silenciosa, con un silencio que a Viktor le supo a castigo. Después, al saber que el vuelo partiría con tres horas de retraso, hizo un leve gesto de disgusto, aunque enseguida se resignó. Fue a sentarse a la zona de embarque, como si tuviese pensado pasarse allí todo el tiempo de espera. Viktor le anunció que iba a dar una vuelta por el aeropuerto, y que si quería alguna cosa. Ella abrió la boca por primera vez para pedir una libreta. De tapa dura, lisa, preferentemente de un color oscuro, con las hojas sin troquelar, de papel blanco, reciclado y de 80 g. También un Pilot supergrip de color azul.

Viktor asintió con vehemencia y se marchó. Recorrió todos los *Duty Free*, buscó prensa española, pero solo encontró un diario deportivo. Buscó prensa rusa y no halló nada. Al final, con desgana, se ocupó del encargo de Julia.

Ella aceptó con un leve gesto de desdén una libreta de tapa blanda y con Valentino Rossi estampado en la tapa. *Gallina vecchia fa buon brodos.*

Y un bolígrafo Bic.

Julia abrió la libreta y, cruzando las piernas sobre el asiento, se puso a escribir. Después de cinco minutos sentado a su lado, Viktor volvió a levantarse y se dirigió a una cafetería cercana. Desde allí podía divisar el panel de la zona de embarque y a la joven, que estaba tan enfrascada en su trabajo que no la vio levantar la cabeza ni una sola vez. Su mano se movía con agilidad, y la veía pasar una hoja tras otra. ¿Qué estaría escribiendo? Una hora después, volvió a su lado, pero ella seguía inmersa en aquel absorbente proceso creativo. Volvió a levantarse y se situó frente a una pantalla de televisión, y así consiguió hacer pasar el tiempo que quedaba. Cuando por megafonía se comunicó la salida del vuelo a San Petersburgo, Julia cerró la libreta y buscó al ruso con la mirada. Se levantó y fue a su encuentro.

—He tomado una decisión —anunció.

El ruso levantó una ceja, expectante.

—Estoy dispuesta a dejar las pastillas, pero no puedo hacerlo así, de repente —repuso.

No era lo que Viktor se esperaba, y su rostro lo evidenció.

—Me sorprendes —atinó a responder, mientras la invitaba a acompañarlo con un gesto.

Ambos se dirigieron a la zona de embarque y se colocaron en la cola de pasajeros.

—¿Y qué esperabas? —preguntó ella.

—Que me pidieras que te deje tranquila, que deje de entrometerme.

Julia respiró profundamente, y tardó unos segundos en responder.

—Verás, es que no sé si quiero morirme.

Por lo que tenía de brutal, pero sobre todo de sincero, aquel comentario arrancó una sonrisa amarga al ruso.

—Yo sí que lo sé.

—No, en serio —replicó Julia—. He reflexionado mucho acerca de lo que pasó ayer por la noche.

—¿Y?

—Estoy avergonzada de mi comportamiento —murmuró ella, sin mirarlo—. Quiero pedirte perdón.

Viktor parpadeó impresionado.

—Me sorprendes muy agradablemente, la verdad —dijo—. No me lo esperaba. Pensé que estabas enfadada conmigo.

—¿Enfadada? —repitió Julia meneando la cabeza—. No, por favor...

—Bueno, por lo que a mí respecta, no tienes por qué avergonzarte, ni pedirme perdón. Dije que me ocuparía de ti, y sigo estando dispuesto a hacerlo. Aunque si me ayudas, será mucho más fácil para los dos.

—Haré lo que pueda —musitó ella.

Durante unos segundos permanecieron en silencio, avanzando en la cola.

—Dime —preguntó Viktor, curioso—. ¿A qué responde este cambio de actitud?

—Yo... —Julia se sonrojó intensamente—. No estoy acostumbrada a que nadie se preocupe por mí. Sé que no soy una persona fácil, que no estoy muy fina, y con mis adicciones y mis cosas... En fin, te agradezco que no me dejes tirada. Yo no sé cómo decirlo... —ahora meneó la cabeza con vigor—, no estoy acostumbrada a expresar mis... mis...

Viendo cómo sufría, Viktor le dio unas palmaditas cariñosas en el hombro.

—Te he entendido, Julia —dijo.

Aquellas fueron las últimas palabras que se cruzaron antes de entregar los billetes y mostrar los pasaportes a nombre de Leonela Abigail Maldonado Guzmán y Mijail Petrov. Durante unos segundos interminables, una empleada revisó los documentos y observó las fotos. Después los devolvió con una sonrisa cortés. Viktor y Julia atravesaron el *finger* con rapidez, aliviados. Nada más ocupar sus minúsculos asientos, él miró a la joven de reojo. Había algo más que le preocupaba..

—Por cierto —murmuró con suavidad—. No quiero que me malinterpretes, ni que pienses que soy un fisgón, pero ¿qué escribías con tanto entusiasmo?

Julia se puso tensa.

—Eso es cosa mía —replicó.

—Claro, claro —dijo Viktor en tono conciliador—. Solo que no quiero que te pongas a escribir un diario íntimo o algo parecido. Es muy peligroso que te dediques a poner por escrito todo lo que sabes. ¿Entiendes?

—No es un diario íntimo —replicó Julia—. Ni mucho menos.

—Perfecto —concluyó Viktor con un gesto de alivio—. Ya imagino que no puedes ser tan tonta.

Julia tragó saliva, pero no consiguió tragarse la rabia y la frustración. Aquel «tonta» le golpeó en el cerebro con la fuerza de una bofetada. Se hundió en el asiento y cerró los ojos.

Cuando el avión aterrizó en Púlkovo, Julia ya había estudiado todas las posibilidades, sin encontrar ninguna solución. Estaba, como siempre, en un callejón sin salida. Durante el tiempo en que se dedicó a crear las bases de su próxima novela —un *bestseller* de éxito internacional—, su mano escribió febrilmente, y su mente, llevada de una inusitada euforia, fue descargando línea a línea la sinopsis y el primer capítulo de una novela de aventuras que no era más que una crónica de sus propias vivencias. Por primera vez en su vida literaria se alejaba de los personajes atormentados y creaba una heroína accidental —como ella—, un poco chiflada —como ella—, sumida en una vorágine de sucesos increíbles y disparatados —como ella—, pero capaz de resolver con valor e ingenio todas las situaciones a las que se enfrentaba. Exactamente como ella había hecho hasta ahora, aunque obviando algunos oscuros episodios. Así que nada de drogas, nada de estados depresivos, nada de pensamientos suicidas.

Si hasta ahora Julia se había dejado llevar por su arrollador talento natural, emulando al *Ulises* de Joyce —monólogo interior, pensamientos sin secuencia lógica, sucesión de imágenes caóticas y desestructuradas—, creando un estilo que enloquecía de gusto a los profesores de escritura creativa —junto con la mención de Ezra Pound—, pero que a los pobres lectores de editorial les levantaba un dolor de cabeza insoportable, ahora se lanzaba de lleno a crear una obra de entretenimiento, con la calidad literaria que la caracterizaba, pero con todos los elementos que tanto gustaban al lector de *thrillers*: ritmo frenético, muertos por doquier, acción trepidante, tensión sexual —el antagonista era un atractivo y malísimo espía ruso—, y un final para quitar el hipo. Bien, el final aún no lo había pensado, pero seguro que hubiese sido de traca. Y ahí se veía ella, sin la posibilidad de llevar al papel aquella idea, que aunque excesivamente comercial, le iba a proporcionar la fama y el reconocimiento que se merecía. Julia ya se había imaginado los subtitulares en la sección de cultura de los diarios, justo debajo de «Una nueva autora en el panorama literario español»:

> Una novela apasionante, con una heroína memorable. Un argumento bien entretejido y salpicado de sobresaltos.
>
> Un *thriller* electrizante, ambientado en el mercado negro del arte. Una hábil amalgama de ficción y realidad, que retrata con pulso magistral el turbio mundo de las mafias internacionales. Su autora es la revelación literaria del año.
>
> Steven Spielberg ha comprado los derechos de *Para morir siempre hay tiempo*. Estamos, sin lugar a dudas, ante un éxito mundial y un seguro candidato a los Oscar.

Adiós Spielberg, adiós reconocimiento mundial, adiós fama y dinero. Durante tres horas Julia creyó que su vida tenía un sentido, que durante los días o semanas o meses que pasaría enterrada en Dios sabe dónde, se dedicaría a crear *Para morir siempre hay tiempo.* Luego la enviaría a los mejores agentes literarios firmando con seudónimo. Las ofertas le lloverían a decenas, y ella elegiría entre los grandes grupos editoriales, exigiendo en su contrato unas férreas condiciones de anonimato, creándose a su alrededor un halo de misterio, aún mayor que el de J. D. Salinger.

Fin del sueño.

13

Alexandr Shemiakin —Sasha— era, físicamente, la antítesis de Viktor. Bajito, enclenque, de cabello negro que contrastaba con su piel blanquísima, casi traslúcida, tenía un aspecto tan frágil que sorprendió a Julia nada más verlo. Ella esperaba otro eslavo enorme y rubicundo, y se encontró con que el amigo de Viktor Sokolov tenía toda la apariencia de un enfermo terminal. Aquella fragilidad tan manifiesta despertó una leve simpatía en la joven, que al estrecharle la mano le regaló una sonrisa que sorprendió a Sasha y lo hizo enrojecer de placer.

—Hola, Julia —la voz de Sasha era grave y profunda—. ¿Qué tal?

—¿Hablas castellano? —preguntó ella sorprendida.

—Soy profesor de español, igual que Viktor —explicó Sasha orgulloso—. Aunque yo lo hablo mucho peor.

—Qué va, lo hablas muy bien —repuso ella—. Mucho mejor de lo que yo hablo ruso.

—¿Hablas ruso? —preguntó él.

—¿Yo, ruso? —repitió Julia señalándose con un dedo—. No, ni una palabra.

Sasha tragó saliva. Por un momento pensó que el trato con Julia Irazu Martínez iba a ser un paseo por el campo.

—Bueno, chicos, me encanta esta conversación trascendental —mascculló Viktor impaciente—, pero tenemos mucho que hacer.

—Tengo el coche en la salida del aeropuerto —apuntó Sasha.

—Estupendo —dijo Viktor casi empujándolos—. Salgamos de aquí, esto es un hervidero de cámaras.

Cruzaron el vestíbulo, y ya en el exterior, Julia fue consciente del brutal cambio de temperatura.

—Qué agradable la primavera aquí, en Rusia —murmuró, estremeciéndose.

—Tengo una chaqueta en el coche —apuntó Sasha mientras señalaba un destartalado Lada estacionado en el aparcamiento—. Si la quieres...

—¿*Eso* es el coche? —preguntó Julia torciendo el gesto.

—A ver, nena —replicó Viktor molesto—. Que tú tampoco tenías un Maserati.

Julia le lanzó una mirada asesina.

Sasha sacó del maletero una chaqueta forrada de borreguillo y se la ofreció a Julia. Ella estuvo tentada de rechazarla, pero miró a Viktor de reojo y se abstuvo. Se la puso y comprobó que, aunque le iba enorme, no olía mal. Viktor hizo un gesto de aprobación.

—Bueno, Julia, aquí nos despedimos.

Ella levantó una ceja.

—¿No vienes conmigo al poblado ese?

Viktor negó con la cabeza.

—Sasha te llevará. Es de toda confianza.

—Soy de toda confianza. —Sasha se tocó el pecho con la mano en un gesto divertido e inútil, ya que la joven no le hizo ningún caso.

—Pero, Viktor, ¿me envías a mí sola a un pueblo de mala muerte y ni siquiera me acompañas?

Durante unos segundos, él pareció reconsiderar la posibilidad. Después negó con vigor.

—No voy a ir, Julia. Es peligroso para ambos. Si nos vieran juntos...

Ella hizo un gesto impaciente con las manos.

—De acuerdo. No quiero molestarte más.

—No se trata de eso, Julia. Entiéndelo.

—Por supuesto. No se trata de eso. —Ella se volvió bruscamente y se enfrentó a Sasha—. ¿Qué, nos vamos?

—No quieres entenderlo —insistió Viktor—. Aún no eres consciente del peligro que corres. No te das cuenta de que tienes a una organización muy peligrosa pisándote los talones.

—Basta, Viktor. —Julia meneó la cabeza impaciente—. No soy tan tonta. Pretendes que crea que soy una especie de Roberto Saviano y que, a partir de ahora, viviré perseguida por la mafia rusa. Lo que pasa es que en vez de estar vigilada por cuarenta guardaespaldas de élite y dormir en un hotel de cinco estrellas, voy a dormir en una granja custodiada por gallinas y conejos. Es una diferencia de bulto. Por lo demás, yo también hubiera escrito *Gomorra*..., si me hubieses dejado. Pero claro, la seguridad ante todo.

Durante todo el tiempo que duró aquel monólogo, Viktor y Sasha se miraron impasibles. Después, el primero lanzó un suspiro y prosiguió como si tal cosa.

—Me pondré en contacto contigo en cuanto pueda. Pero no quiero engañarte; seguramente pasarás una buena temporada sin tener noticias mías.

—¿Una buena temporada?

—Semanas, quizá meses.

—Bueno.

—Estarás bien cuidada, Julia.

—Seguro que sí.

—Adiós, Julia.

—Adiós.

A pesar de que la lacónica despedida había concluido, ninguno de los dos se movió, esperando que fuese el otro el que tomara la iniciativa. Al final fue Viktor, que se dirigió a Sasha.

—Venga, es mejor que os vayáis ya.

Sasha asintió con la cabeza, abrió la puerta del copiloto e invitó a Julia a entrar. Cuando ella obedeció, el asiento emitió un profundo crujido. Luego, intentó cerrar la puerta pero no encajaba.

—Más fuerte.

Julia lanzó la puerta contra la carrocería y la cerró con estrépito, haciendo retemblar todo el vehículo. Se hundió en el asiento mientras Sasha se sentaba a su lado. Ella miró a Viktor y le dedicó una mueca que pretendía ser una despedida.

Él respondió con una sonrisa forzada.

Sasha puso el coche en marcha al séptimo u octavo intento. El motor emitió un sonido afónico y doliente, pero continuado. Sasha estiró con fuerza de la palanca del cambio de marchas y la primera chasqueó con un ruido de engranajes rotos. El coche se puso en movimiento a trompicones.

Viktor observó el Lada hasta que desapareció de su vista. Aún tardó unos minutos más en irse. En su mirada no había el más mínimo atisbo de alivio. Quizá debiera sentirse feliz de librarse de aquella mujer desquiciada que le había complicado la existencia durante los últimos días, pero no era así.

Solo sentía un gran vacío, y la certeza de que la había abandonado.

La sensación de desamparo fue en aumento conforme Julia iba siendo consciente de que no tenía ningún punto de referencia al que agarrarse, de que su soledad era total y absoluta. Había pasado de mano en mano como una querida en una partida de póquer. Eso era ella, una ficha intercambiable y devaluada.

El desamparo dio paso a un oscuro resentimiento.

Viktor se había librado de ella. Le destrozaba la vida y ahora le inventaba una nueva sin preguntarle si le parecía bien o no. Además, la dejaba en manos de un desconocido que, por muy esmirriado e inofensivo que pudiera parecer, quizás era un rufián a sueldo que la dejaría medio muerta en una cuneta.

Conforme los pensamientos de Julia se iban tornando más aciagos, ella se hundía en el asiento, con la mirada fija y una inmovilidad casi total. Incluso para un extraño como Sasha, era evidente que la joven se sentía como un condenado a muerte. Durante más de veinte minutos permanecieron en silencio, mientras Sasha tomaba una carretera que se dirigía al norte.

Pasaron a pocos kilómetros de San Petersburgo. El perfil de la ciudad se recortaba bajo el cielo, inconfundible: el *skyline* de sus agujas, de los puentes móviles que cruzaban el río Nevá y de las hermosas cúpulas multicolores con forma de cebolla. Nada de eso pareció interesar a Julia.

Sasha se dirigió al lago Ládoga. La carretera resultó ser una caja de sorpresas, a veces amplia y muy transitada, en otras mal pavimentada y angosta. En algunos tramos tenía dos carriles y circulaban potentes vehículos, sobre todo cuando pasaban cerca de algún núcleo urbano. Pocos kilómetros más adelante, la calzada quedaba reducida a un estrecho carril ocupado por un humeante y lentísimo tractor que iba dejando un rastro de estiércol a su paso. A pesar del bucólico y contrastado paisaje que iban descubriendo, Julia permaneció inmóvil, casi inerte, sin hacer ningún comentario.

—Así que le salvaste la vida.

Julia tardó en contestar.

—Sí —murmuró con desgana.

—¿Cómo fue?

—No te molestes en darme conversación.

—Me interesa saberlo.

Julia lanzó un suspiro.

—Tuvo un ataque de alergia —respondió.

—Un choque anafiláctico —apostilló Sasha.

Ni siquiera aquella aclaración médica despertó el interés de Julia.

—Exacto.

—Fue una gran suerte que lo encontrases en aquel preciso momento —prosiguió Sasha imperturbable—. Unos minutos más y Viktor hubiera muerto.

—¿Una gran suerte? —repitió Julia con el gesto torvo—. ¡Fue mi desgracia!

—Le salvaste la vida —apuntó Sasha con suavidad—. ¿No te alegras?

—No.

—No digas eso. Deberías sentirte muy orgullosa.

—Fue una maldita casualidad, nada más. Una casualidad que me ha pasado una factura muy cara.

—¿Estás segura? —dijo Sasha—. Yo no creo en la casualidad, ¿sabes? Estoy seguro de que nuestro destino está determinado de antemano, y que todo lo que nos sucede tiene un objetivo. Quizás, en tu caso, ese objetivo es que tengas la oportunidad de cambiar el rumbo de tu vida.

Julia se mantuvo unos minutos en silencio, con la vista al frente.

—¿Qué te ha explicado Viktor de mí?

—Que eres adicta a muchas sustancias.

—Claro. —Julia asintió con la cabeza—. Y tú me estás diciendo que esta es la ocasión ideal para que me desenganche de ellas.

—Sí.

—¿Y si yo no quiero?

—¿Cómo no vas a querer? ¿Quién puede querer vivir así?

—Yo.

—No estás en condiciones de opinar. Tu mente no funciona con lucidez.

—¿Y si no me interesa estar lúcida? ¿Y si prefiero ir por la vida drogada hasta las cejas?

—Entonces tu vida será muy corta.

—¿Y si quiero que sea muy corta?

Sasha negó con la cabeza.

—La vida es hermosa.

Julia dejó escapar una carcajada, tan brusca y amarga que sonó extraña, como una especie de alarido.

—Bonita afirmación, breve pero intensa —repuso—. ¿Qué os pasa aquí? ¿También leéis a Paulo Coelho?

—¿Quién es Paulo Coelho?

Julia lo observó de reojo y comprobó que su rostro, antes blanquecino, se estaba tornando grana.

—Perdona —se disculpó—. Tú eres amable conmigo y yo, en cambio, te trato con desprecio. Ya ves, soy una impresentable.

—Eres una adicta. Todo lo que dices y haces está gobernado por una droga que no te permite comportarte tal y como eres.

—No te equivoques. Drogada o no, yo soy así de borde.

—¿Borde?

—Estúpida —aclaró Julia—. Desagradable, antipática.

—No es cierto —insistió Sasha—. Seguro que dentro de ti hay una mujer amable y cariñosa.

—¿Amable y cariñosa? —le interrumpió Julia con cara de asco—. Anda, cállate ya o vomitaré.

El gran lago Ládoga apareció y desapareció a la izquierda de la carretera. Se podían apreciar una infinidad de islas, algunas albergaban palacios e iglesias ortodoxas, todas con sus preciosas y multicolores cúpulas encebolladas. Hasta hacía pocos minutos, además, habían tenido como ruidoso compañero al río Nevá, que viajaba en dirección contraria, desde el lago Ládoga hasta el golfo de Finlandia, regando con su abundante caudal verdísimos prados y bosques espesos de coníferas y abedules. Cuando cruzaron el puente Liteyni, de más de un kilómetro de ancho, el río Nevá parecía no tener fin, en su confluencia con el Tosna. Al dirigirse al este, lo perdieron definitivamente de vista.

—Viktor me ha dado instrucciones para que te proporcionen una dosis diaria de tranquilizantes y anfetaminas. Son tus principales adicciones, ¿verdad?

Aquellas dos palabras sonaron en los oídos de Julia como música celestial. Ni riqueza arquitectónica, ni bellos parajes naturales, ni hermosos bosques de coníferas.

Tranquilizantes y anfetaminas.

Aunque Julia intentó no exteriorizar la euforia repentina que se apoderó de su ánimo, su voz tembló levemente al responder, lo suficiente para que Sasha se diera cuenta.

—Qué amable.

—No te entusiasmes —la amonestó el ruso—. Que no te vas a poner morada, ni mucho menos. Cuando me refiero a una dosis diaria, me refiero a una dosis mínima.

—¿Mínima? —preguntó Julia—. ¿Y eso qué quiere decir?

—Seis miligramos de benzodiacepina y veinte de metilfenidato.

—Con eso no tengo ni para empezar.

—He consultado a un médico, y me ha dicho que es suficiente para que no sufras convulsiones ni delirios.

—Dile a tu médico que esa es una dosis ridícula. Yo consumía alrededor de cinco veces más. Y eso los días que estaba tranquila, porque de los otros, ni te cuento.

—¿Cinco veces más? —repitió Sasha torciendo el gesto—. ¿Y lo dices con orgullo?

—No lo digo con orgullo —replicó Julia—. Lo digo porque es verdad.

—Aun así tendrás que conformarte. Da gracias a que el médico aseguraba que si te retirasen bruscamente las sustancias que consumes sufrirías un síndrome de abstinencia y te volverías una persona muy desagradable.

—Muy desagradable, sí —replicó Julia, burlona—. ¿Te lo imaginas? ¡Mucho más de lo que soy ahora!

Sasha negó con la cabeza.

—Por favor, Julia. Tienes que tomártelo en serio.

Ella dejó escapar una carcajada brusca.

—¿Más aún?

—Tienes que intentarlo. Piensa que es una oportunidad única de comenzar una nueva vida, de sentirte bien contigo misma.

—Me siento de coña conmigo misma.

—Eso no es verdad. Te odias, y por eso te autodestruyes.

—Cualquier persona con un mínimo de inteligencia debería odiarse. Y odiar a los demás. El mundo es odioso.

—Por favor...

—Es imposible —negó Julia—. Totalmente imposible que me des una razón convincente.

—Le salvaste la vida a Viktor.

—Fue una puñetera casualidad, ya te lo he dicho. Además, no me alegro.

—Tal vez encuentres la posibilidad de hacer algo bueno, de ayudar a los demás.

—¿Ayudar a los demás? ¿Yo? —Julia se señaló con desprecio—. Yo no sirvo para nada.

—No digas eso. Todos servimos...

—¡Cállate ya! —exclamó Julia impaciente—. Estoy muy cabreada con Viktor, porque me ha destrozado la vida y ahora me abandona. Y estoy cabreada porque empiezo a notar la falta de tranquilizantes y eso me angustia. ¿Comprendes?

—Lo siento.

—¡Pues deja de sentirlo y dame una pastilla de una vez! ¿No ves que me estoy poniendo mala de los nervios?

—Yo no las tengo.

—¿Que no las tienes tú? ¿Y quién coño las tiene?

—Las personas con las que vas a convivir.

—¿Qué me estás diciendo? ¿Que no me las vas a dar a mí?

—No. Te las tomarías todas de golpe.

Julia se revolvió en el asiento como una serpiente de cascabel.

—¿Y a ti qué te importa? —le espetó furiosa—. ¿Qué más te da?

—Le prometí a Viktor que me ocuparía de ti.

—¿Y a Viktor qué le importa?

—Esa es la pregunta del millón —murmuró Sasha, asqueado—. Yo le hago el favor a Viktor. Y Viktor, ¿a quién se lo hace?

—¡A mí, no!

—Bueno, tranquilízate —repuso Sasha comprendiendo

que el estado de ánimo de Julia era una bomba de relojería—. No conseguirás nada poniéndote tan nerviosa.

—¡A la mierda con todo! ¡Estoy harta!

—Por favor, Julia. Yo no tengo la culpa. ¿Puedes tranquilizarte e intentar ser un poco más amable conmigo?

—¡No! ¡No tengo la más mínima intención de ser amable contigo, a pesar de tu aspecto moribundo!

Sasha apretó las mandíbulas.

—Eso no ha sido correcto.

La ira venía a oleadas, con tal virulencia que Julia sintió ganas de morder, de golpear, de matar. Una ansiedad brutal se apoderaba de su corazón, que le martilleaba en el pecho. Le silbaban los oídos.

—¿Por qué no vino Viktor? —rugió, histérica—. ¡A él podría insultarle tan a gusto! ¡Ahora le estaría llamando cabrón, maldito hijo de la gran puta! ¡Ruso de mierda! ¡Mierdaaa!

—Contrólate, Julia.

—¡Contrólate tú, maldito saco de huesos! ¡No eres más que un esqueleto andante, un puto zombi escuálido! ¡Un muerto viviente...!

Sasha lanzó su mano derecha con rapidez y acierto. El bofetón sonó como un disparo y lanzó a Julia contra la ventanilla. Ella estuvo unos segundos inmóvil, con las mandíbulas apretadas. De repente reaccionó, devolviéndole la bofetada a Sasha, que la recibió con estoicismo. Apretó las manos en el volante.

—Nos vamos a matar —dijo con voz ronca.

—¡Me importa un pito!

—¡Pero a mí no!

—¡Además, me has pegado! —gritó Julia, desquiciada—. ¡Me has pegado y a mí nadie me pega!

—¿Que te he pegado? —Sasha la miró con ojos fieros—. ¡Espera que detenga el coche y verás cómo te doy una buena tunda!

—¡No, joder! —graznó Julia furiosa—. ¡No soy un animal!

—¡Sí, claro, pero yo tengo que aceptar que me llames muerto viviente y puto zombi y esqueleto andante! ¡No te lo consiento!

La nariz de Sasha comenzó a sangrar. Un hilo fino y brillante resbaló hasta su boca. Ella lo observó con un creciente sentimiento de culpa.

—Te sangra la nariz.

—Culpa tuya. Me has sacudido de lleno.

—¿Quieres que te la limpie?

—Ni se te ocurra tocar al muerto viviente.

—Lo siento, Sasha. —Julia empezó a llorar—. ¿Ves qué me pasa? ¡No soy más que una drogadicta histérica!

—¿Y así te sientes feliz?

—¡Por Dios, deja el discurso moralizante de una vez! ¡No quiero discursos, quiero pastillas!

Sasha viró hacia la derecha y salió de la carretera bruscamente, pasando del asfalto a la tierra entre una enorme polvareda y un desagradable chirrido de amortiguadores. Frenó en seco y detuvo el coche en mitad de un descampado. Bajó del vehículo, y dando la vuelta, abrió la puerta de Julia y la instó a bajarse.

—¡Sal! —le ordenó.

—¿Qué vas hacer? —preguntó ella asustada.

—¡Que salgas!

—¿Me vas a dejar aquí?

—¡Sí!

El rostro de Julia se transformó de inmediato. Si hasta aquel momento mostraba una furia incontrolable, la ira se convirtió en pánico.

—No serás capaz.

—¡Claro que sí!

—Pero, Sasha, tú le prometiste a Viktor que cuidarías de mí.

—¿Viktor? ¿Dónde está Viktor? —Sasha se volvió y miró a su alrededor con los brazos en alto—. ¡Aquí solo veo a Alexandr Shemiakin, o sea yo! ¡Y yo estoy harto de ti!

—Ya me doy cuenta.

—¡No, no te das cuenta! —Sasha se tocó la frente con un dedo—. ¿Eres consciente de tu situación?

Ella lo miró desafiante durante unos segundos. Después, bajó la mirada e instintivamente se rodeó el pecho con los brazos, en un gesto protector.

—Soy muy consciente de que estoy sola —murmuró—. Completamente sola.

—Sí, Julia. Y dependes de mí. —Sasha se secó con el dorso de la mano la sangre que le seguía manando de la nariz.

—Lo sé.

—¡Pues si lo sabes, podrías ser algo más amable!

—¿Qué es lo que quieres? —preguntó ella con un hilo de voz.

En aquel instante Sasha recordó todos y cada uno de los detalles que componían la ficha psiquiátrica de Julia Irazu Martínez. Sintió una punzada de compasión, y la certeza de que ella estaba sufriendo. Aun así, no cedió.

—Podría decírtelo con mucha suavidad —repuso él con lentitud—, tal y como a mí me gustaría. Yo soy un tipo culto y educado, y me gusta tratar bien a todo el mundo. Histéricas y drogadictas incluidas.

—Sí. —Julia bajó la mirada y las lágrimas rodaron por sus mejillas a mares—. Eso es lo que yo soy.

—Pero como a ti te gusta que te traten con brutalidad, pues te trataré con brutalidad —prosiguió Sasha imperturbable—. ¿Sabes lo que quiero de ti?

—Sí.

—¡No! ¡No lo sabes, jodida chiflada! —exclamó Sasha enfurecido—. ¡Quiero que dejes de darme por culo! ¿Verdad que se dice así en español? ¡Deja de darme por culo!

Julia levantó la mirada y parpadeó, desconcertada.

—¿No quieres que te haga un favor sexual?

—¿Un favor sexual? —repitió Sasha riendo—. ¡No, por Dios!

—Yo pensé...

—Yo pensé, yo pensé... ¿Te piensas que yo metería mi preciado miembro entre tus dientes? ¡No estoy loco!

—De acuerdo. —Julia levantó las dos manos en un gesto de paz—. No quieres sexo. Solo deseas que... ¿me porte bien?

—Exacto. —Sasha asintió con vigor—. Viktor me ha pedido un favor y, para mí, un favor de Viktor es una orden. Pero, además, también me siento comprometido con las personas que van a ocuparse de ti.

—¿También? —Julia lo miró sorprendida—. ¿Por qué?

—Porque son buena gente, gente que ha aceptado esa pesada responsabilidad. Y no lo han hecho por amor al arte, sino por lealtad. Así que exijo que te comportes.

—¿Son de tu familia?

—No, exactamente. Son conocidos de unos familiares míos.

—¿Y cómo los habéis convencido? ¿Es que pertenecen a una oenegé o algo parecido?

—No. Les hemos pagado un buen dinero.

—Hombre, acabáramos...

—No, no. —Sasha meneó la cabeza—. Ocuparte de ti no tiene precio, Julia. Eres insoportable.

—Vaya.

—Pero vas a cambiar ahora mismo. Prométemelo o no subirás al coche. Te dejaré aquí tirada y a ver cómo te espabilas.

—Eres cruel.

—Prométemelo.

—Te lo prometo —obedeció ella a regañadientes.

—Además, quiero que te esfuerces en aprender ruso y que te muestres útil. Ya que vas a vivir en una granja, será bueno que participes en las labores cotidianas.

—Me niego.

Sasha hizo un gesto despectivo.

—Pues ahí te quedas.

—¡Vale! —exclamó Julia con rapidez—. ¿Qué tendré que hacer?

—Lo típico. Ordeñar las vacas, limpiar el establo... En fin, lo que haga falta.

—Dios Santo.

—No he acabado. Si te pido que aprendas ruso y seas útil es también porque quiero que seas un buen ejemplo para Marinoschka.

—¿Marinoschka? —repitió Julia—. ¿Quién es?

—Vas a vivir con un matrimonio y su hija de catorce años, Marinoschka.

—¿Me estás diciendo que voy a tener que bregar con una puñetera adolescente?

—Exacto. —Sasha asintió con entusiasmo—. Una puñetera adolescente con síndrome de Down.

14

Krasnarozh'ye era un pueblecito de postal. No más de treinta casas de madera agrupadas en torno a una pequeña iglesia ortodoxa de sobria cúpula gris. Minutos antes, Sasha se había apartado de la carretera para tomar un camino sin asfaltar. La humedad lo había convertido en un lodazal casi inexpugnable, como si sus habitantes intentasen protegerse del acoso de los turistas.

Tras dos kilómetros de camino serpenteante, internándose más y más en un espeso bosque, tan verde que no parecía de verdad, la senda murió en una amplia explanada. Y frente a ellos, Krasnarozh'ye. Tal y como había imaginado Julia, una aldea perdida en mitad del bosque.

Sasha se detuvo frente a la iglesia, y de la nada surgieron hombres, mujeres y niños. Todos rubísimos y rebosantes de salud. Al bajar del coche lo recibieron como a un héroe, algunos incluso lo abrazaron y besaron efusivamente, mientras Julia miraba la escena con estupor. Él era completamente distinto a todos, como si fuera de otro planeta. Quizá Sasha fuese un campeón mundial de ajedrez, un orgullo nacional. Tal vez los habitantes de Krasnarozh'ye saludaban así a todo el mundo. Bien, ella no estaba dispuesta a someterse a semejante recibimiento.

—Sal del coche —le ordenó Sasha.

—Ni hablar.

—Sal del coche ahora mismo.

Julia obedeció a regañadientes para comprobar, con alivio, que nadie se le acercaba. No solo eso, enseguida descubrió que todos la observaban con desprecio, hasta los niños. Los hombres le lanzaron una mirada analítica, que resbaló por su cuerpo sin encontrar ni una sola curva donde detenerse, y las mujeres sonrieron con suficiencia, conscientes de su superioridad genética. Así que nada de calurosa bienvenida, sino todo lo contrario. Julia hubiera preferido ser recibida con indiferencia.

—Me siento como una cucaracha negra en mitad de un campo de trigo —murmuró, dolida.

Sasha dejó escapar una carcajada. A continuación, dirigió a su rendida audiencia unas palabras tranquilizadoras, y todos transformaron el semblante en una sonrisa compasiva. El momento de tensión había pasado.

—¿Qué les has dicho?

—Que no eres mi novia. Que no tengo absolutamente nada que ver contigo y que no me gustas nada.

—¿Y eso los ha tranquilizado?

—Pues sí —aclaró Sasha—. Mis familiares quieren que me busque una mujer hermosa y sana para tener muchos hijos hermosos y sanos.

—Me encanta —repuso Julia molesta—. Y tú, ¿ya te has mirado bien al espejo?

—Cuidadito conmigo, que aún estoy a tiempo de dejarte en un descampado —replicó Sasha con una sonrisa maliciosa.

Julia se pasó el pulgar y el índice por los labios en un gesto expresivo de silencio.

—Exacto, calladita —dijo Sasha satisfecho—. Y ahora vamos a la que será tu casa.

—No he visto a ninguna niña con síndrome de Down entre tu coro de admiradores.

—Marinoschka y sus padres no viven en el pueblo —aclaró Sasha—, sino en lo alto de la loma. Pero no podemos ir en coche, porque después de las últimas lluvias el camino se ha convertido en un barrizal. Así que, ¡en marcha!

Sasha cogió la bolsa de Julia del maletero, y después de unas breves explicaciones a todos los que les rodeaban, instó a la joven a acompañarlo. Ella se encogió de hombros y comenzó a caminar tras él, sin hacer ningún gesto de despedida y sin recibir ni una palabra de ánimo.

Atravesaron el pueblo en menos de cinco minutos, y al otro lado les esperaba el bosque. El camino de tierra que debía conducirlos a lo alto del montículo ahora parecía un río de barro. Los pies se les hundieron al primer paso, y desde ese preciso instante Julia comenzó a maldecir, y no calló durante todo el trayecto. Sasha iba delante, en silencio, imperturbable, mientras ella hundía una y otra vez los pies en el fango hasta los tobillos, y notaba un dolor creciente en los músculos de las piernas. Cuando ya estaba casi desfallecida y dispuesta a rendirse, el camino dejó de ascender y viró a la derecha.

Entonces vio la casa.

Era una tradicional *izby* —casa de campo rusa—, de madera, con los marcos de las ventallas tallados y pintados en vivos colores. Julia se detuvo a tomar aliento y la observó admirada. Era un paraje idílico, frente a un enorme prado salpicado de flores amarillas.

A la entrada había una muchacha que se levantó de un salto nada más verlos, y se acercó corriendo, con un perrillo pegado a sus talones que ladraba desaforadamente. Al llegar, se detuvo a tomar aliento y Julia la observó con curiosidad. Era una niña preciosa, a pesar de los rasgos mongólicos y de una incipiente obesidad. Y rubísima, como todos. La niña se abalanzó sobre Julia y la oprimió entre sus brazos, mientras el perro saltaba a su alrededor intentando unirse a la fiesta. Después de estrujarla durante unos segundos, la liberó y sonrió entusiasmada.

—*Priv'et!* —exclamó—. *Min'a zavut Marinoschka!*

Julia cerró los ojos y meneó la cabeza, desesperada. Aquel era el abrazo más efusivo que recordaba haber recibido en su vida. En definitiva, un horror. No obstante, abrió los ojos, y después de mirar a Sasha de reojo, contestó:

—Yo me llamo Julia.

—*Julia!* —exclamó Marinoschka encantada, como si aquella fuera una excelente noticia.

Del interior de la casa habían salido los padres de la muchacha, que alertados por los ladridos del perro, los estaban esperando en la entrada. Al llegar hasta allí, Julia y Sasha recibieron un cálido saludo de bienvenida. Ellos se presentaron como Natasha y Nikolay, y después de dirigir a Julia unas cuantas frases amables, y de ver que ella no mostraba ningún interés en resultar simpática, tomaron a Sasha por un brazo y se apartaron unos metros.

—No hace falta que os alejéis para hablar mal de mí —repuso Julia con menosprecio—. Yo no entiendo ruso, ni tengo la menor intención de entenderlo.

Natasha le envió una mirada de reproche; el tono que había utilizado la joven era inconfundible. No obstante, como si Julia no le mereciese más atención, se volvió hacia Sasha y le lanzó una andanada de preguntas, que este contestó dubitativo. Era evidente que poco podía saber Sasha de Julia Irazu Martínez, aparte de su propia y desagradable experiencia a lo largo de las dos horas que había tenido que soportarla. Julia se encogió de hombros y se sentó en un tronco, mientras el perro brincaba ante ella con la lengua fuera e intentando obsequiarla con un lametón. Al parecer, el can era impermeable al desaliento, y no desistió por mucho que ella intentó alejarlo.

—*Putin!*

El perrillo miró a Marinoschka, que se hallaba con el grupo de adultos. Movió la cola, pero volvió a la carga. Mientras tanto, ahora era Nikolay el que llevaba el peso de la conversación.

—*... pazhalusta, schet, ya sdes pa nuzcha kakoy muy rasbuidite jarosheva, Michael Jackson?*

Julia levantó la mirada y lo observó sorprendida.

¿Michael Jackson?

Nikolay se sonrojó, y después de recibir una amonestación de su mujer, todos se apartaron aún más. Bien, ahora ya sabía de qué estaban hablando. Era evidente que aquellos pobres intentaban encajarla en su imaginario de bichos raros. Y francamente, salvando las diferencias, el hecho de que la comparasen con el rey del pop no le parecía mala idea. Por un momento estuvo tentada de levantarse y danzar ante ellos como un zombi, y aquella idea le pareció divertidísima.

Cause this is thriller, thriller night
there ain't no second chance against
the thing with forty eyes.

Empezó a reír con desmesura, en parte por lo surrealista de la situación, en parte por el descontrol y el estado de ansiedad que se estaba apoderando de su ánimo.

You know it's thriller, thriller night

¿Y si se levantaba de repente y se dirigía a ellos con los ojos desencajados y enseñando los dientes? Pum, golpe de cadera... *Thriller*... Soy un muerto viviente... ¿No os habéis dado cuenta, idiotas?

You're fighting for your life inside of killer,
thriller tonight

La risa se tornó violenta, convulsa, y durante unos segundos Julia temió que iba a ser víctima de un ataque de locura. Respiró profundamente, y consiguió controlar poco a poco los espasmos. Al cabo de unos minutos, extenuada pero serena, dirigió su mirada hacia los que la rodeaban. Todos observaron con un brillo de horror en sus ojos, conscientes de que se enfrentaban a una adicta con síndrome de abstinencia. Ella misma fue consciente de la fragilidad de su cuerpo, de lo fácil que era perder el control. Avergonzada, ocultó el rostro entre las manos, y por eso no pudo ver cómo Natasha entraba en la casa y salía con una pastilla y un vaso de agua. Se la ofreció a Julia, que levantó la mirada, y a pesar de lo humillante de la situación y de la triste evidencia, la tomó con manos temblorosas y se la tragó.

—Gracias —acertó a decir.

Natasha le acarició el cabello con suavidad.

—Gracias *nyet*, *spasiba*.

—*Spasiba* —susurró Julia.

La conversación entre Sasha y los padres de Marinoschka duró poco más, ya que a estos últimos les había quedado muy claro el tipo de espécimen con el que tendrían que lidiar. Julia se había sentido una *outsider* allá donde estuviera, pero ahora ya había adquirido la categoría de monstruo, algo realmente anormal. Sasha se despidió de los tres miembros de la familia, y se acercó.

—Me voy a ir.

—Adiós. —Julia ni se dignó levantar la mirada.

Sasha se agachó frente a ella y le puso las manos sobre las rodillas, a pesar del gesto de rechazo con que lo recibió la joven.

—Ya sé que no es fácil para ti —murmuró—. Y ya sé que estás pensando que voy a volver a aburrirte con un discursito de los míos.

—Exacto.

—Óyeme, Julia. —Él le tomó la barbilla con las manos para obligarla a mirarlo a los ojos—. Tienes todo lo que yo envidio. ¿No te das cuenta?

—¿Todo? —preguntó, sarcástica—. ¿A qué te refieres? ¿A mi simpatía natural? ¿A mi autocontrol? ¿A mi síndrome de abstinencia?

—Tienes una vida por delante.

Bruscamente, Sasha se acercó, y la besó en las mejillas. Después, sin decir ni una sola palabra más, se levantó y se fue.

Dos miligramos de benzodiacepina eran para Julia lo mismo que, para un niño, pegarle una chupadita a un Maxibon. O sea, tortura psicológica. Quizá fuera lo suficiente para no sufrir alucinaciones y desvaríos, pero ella no notó ni la más mínima sensación de bienestar. Estaba tensa, rabiosa y deprimida. Pasó más de dos horas sentada en el tronco, sin molestarse en conocer la casa ni los alrededores, sumida en aciagos y terribles pensamientos autodestructivos. Hasta *Putin* se cansó de ella y volvió a sus quehaceres cotidianos.

—Pauzhinat'!

Julia permaneció con la cabeza escondida entre los brazos. Marinoschka repitió la palabra, ahora en voz alta, sin éxito. Tras unos segundos de indecisión, tomó a Julia de un brazo y estiró con fuerza, levantándola de un salto.

—¿Qué haces, maldita mongólica? —Julia intentó deshacerse de la mano de Marinoschka, pero ella apretó con fuerza, clavándole los dedos en el brazo.

—*Pauzhinat', pauzhinat'!* —repitió la niña, imperturbable.

—¡Suéltame, estúpida! ¡Suéltame ya!

Marinoschka comenzó a arrastrarla hacia la casa, sin hacer caso de sus palabras. Era muchísimo más fuerte que Julia, y para ella no significaba ningún esfuerzo manejarla como a una marioneta.

—*Nyet, nyet! Ochyen'zhdu! Ya jachu tut pauzhinat'!*

Era evidente que Marinoschka estaba dispuesta a llevarla a rastras si era preciso, así que Julia dejó de oponer resistencia.

Nada más cruzar el umbral, a la joven le vino un delicioso aroma a carne guisada, que aumentó aún más su sensación de desdicha. No tenía hambre y eso que no había comido durante mucho tiempo. Quizá ni siquiera había almorzado. Tal vez llevaba veinticuatro horas sin ingerir alimento.

No lograba recordarlo.

Su mirada recorrió la estancia. Se trataba de un amplio comedor con la cocina al fondo, todo en madera, vigas incluidas, también talladas. Sobre los muebles, de abedul, había multitud de objetos decorativos, aunque el que despertó la atención de Julia fue una muñeca *matryoshka* al lado de una colección de *jojlomas* de todos los colores del arco iris. En vez de una vivienda auténtica, Julia tuvo la sensación de que acababa de entrar en una tienda de *souvenirs*, tal era la profusión de motivos decorativos y la viveza de sus colores.

Marinoschka se descalzó —el suelo estaba cubierto de alfombras— y esperó a que Julia la imitase. Después, Natasha invitó a la joven a sentarse a la mesa y puso frente a ella una humeante jarra de cerámica. Ella miró en su interior con curiosidad, y descubrió un guiso de carne con patatas.

—*Zharkoye* —anunció Natasha.

Julia negó con la cabeza, y apartó la jarra. Casi de inmediato, Marinoschka la volvió a acercar, y con expresión amenazante cogió la cuchara. Julia la miró a los ojos.

—¿Me vas a hacer comer a la fuerza? —le preguntó.

Marinoschka asintió con vigor, como si la hubiese entendido.

—*Da.*

Julia comenzó a comer. Masticó cada bocado lentamente, luchando con el nudo que tenía en la garganta. Después de más de media hora, consiguió ingerir la mitad de lo que contenía la jarra. Levantó la mirada, implorante, y recibió un compasivo asentimiento de Natasha.

La tortura había concluido.

Tras la cena, Marinoschka recogió los platos y los fregó, mientras Nikolay y Natasha se sentaban frente a una antiquísima televisión sin mando a distancia —Julia no sabía que existían—, y se pusieron a ver una serie de ficción plagada de crímenes, en la que un veterano héroe de la guerra de Chechenia —metrallón en mano— se enfrentaba a una horda de patosos espías británicos y delincuentes occidentales en general. O algo parecido. Más tarde, el héroe dio paso a un programa de dibujos animados sospechosamente parecido a *South Park*, pero con unos personajes que simulaban políticos rusos. Julia lo observó durante unos minutos, pero no vio a nadie que se pareciera a Vladimir Putin ni tampoco a Dimitri Mevdeved.

Aún no eran las diez de la noche cuando Nikolay se levantó del sofá, y tras bostezar ruidosamente, apagó la televisión. Natasha se levantó también y abrió un cajón del mueble del comedor. Ante la mirada de asombro de Julia, sacó una pastilla y se la dio a la joven, acompañada de un vaso de agua.

Sorpresa.

Los tranquilizantes no estaban guardados en una caja de

caudales con una combinación de diez dígitos, ni escondidos tras un cuadro de varegos cazando martas en Siberia, ni tampoco protegidos por un cosaco armado con la *shashka* y dispuesto a rebanarle el cuello. Sus amadas benzodiacepinas estaban dentro de un cajón del comedor, tan accesibles que Julia empezó a sudar copiosamente. Aceptó la pastilla con la mirada brillante, un alegre *spasiba,* y la certeza de que aquella noche se iba a dar un festín.

A las diez en punto estaba dentro de una cama, en la misma habitación que Marinoschka, y embutida en uno de sus pijamas. Había recibido dos cálidos besos de la niña, de su madre, un lametón de *Putin* y una palmadita en la espalda de Nikolay. Nada de eso le importó. Nada, solo las veintiocho pastillas de benzodiacepina que la estaban esperando dentro del blíster.

Las horas pasaron lentamente. Las once. Las doce. El corazón de Julia le martilleaba en el pecho con tal fuerza que pensó que despertaría a Marinoschka. No. La niña dormía plácidamente el sueño de los justos, emitiendo un levísimo ronquido que, en otras condiciones, hubiese irritado a Julia. En cambio, en aquella situación le resultaba calmante, un fantástico indicador de que la niña dormía. Faltaban unos minutos para la una de la madrugada cuando Julia se levantó con sigilo y atravesó el cuarto. Ya en el corredor, comenzó a descender con cuidado los peldaños de madera que la conducían a la planta baja. De repente, se acordó de *Putin* y se detuvo. El perrillo la observaba al pie de la escalera, con la cola en movimiento y la lengua fuera. Julia siguió bajando las escaleras, con la esperanza de que el can no comenzase a ladrar. Al llegar hasta él lo acarició suavemente y murmuró unas palabras amables, algo que no había hecho en su vida, ni con perro ni con humano. *Putin* pareció satisfecho y siguió a Julia alegremente por el comedor, tan silencioso como la joven.

Julia abrió el cajón. Dentro había seis cajas de medicamentos. Las tomó con manos temblorosas y las miró a la tenue luz dorada que reinaba en el comedor. Su estado de ansiedad era tan extremo que ni siquiera se sorprendió de que a la una de la madrugada entrase la luz del sol por la ventana. Cogió la caja comenzada y empezó a sacar comprimidos de las celdillas. Hasta cinco. Se los metió en la boca y los comenzó a masticar. Le pareció oír un crujido y se detuvo. De repente, la luz del comedor se encendió, y apareció Marinoschka al pie de la escalera.

—*Nyet, nyet*! —gritó furiosa.

Julia intentó tragar el engrudo, pero antes de que pudiera conseguirlo, la niña ya había llegado hasta ella. Julia se revolvió, dispuesta a defender su botín, pero su inferioridad física era aplastante. Marinoschka la derribó de un brutal bofetón, y del mismo golpe la joven vomitó parte de la masa. Ya en el suelo, la niña se abalanzó sobre ella y le introdujo los dedos en la boca hasta la campanilla, arrastrando todo resto de pastillas. Julia sintió unas arcadas horribles y acabó de expulsar hasta el último grumo de benzodiacepina. Derrotada, se quedó acurrucada en el suelo, en posición fetal. Marinoschka se levantó y se la quedó mirando, con los brazos en jarras y la respiración agitada. Natasha y Nikolay habían bajado las escaleras y observaban la escena, preocupados. Aquello era mucho más complicado de lo que esperaban. Julia se levantó con dificultad, y trastabillando, se dirigió a la puerta de entrada. La niña fue tras ella, pero sus padres la detuvieron.

—*Poka vsyo, Marinoschka.*

Julio abrió la puerta y salió al exterior. Ni siquiera tenía fuerzas para huir. Dio unos veinte pasos, cayó sobre la hierba y empezó a llorar.

Había pasado un cuarto de hora cuando *Putin* llegó hasta ella y le lamió las lágrimas que le resbalaban por el rostro. Julia ni se dio cuenta. Tampoco notó que Marinoschka la envolvía con una manta y se sentaba a su lado, abrazándola. Pasó media hora más. Eran las dos de la madrugada y reinaba una tenue claridad, que parecía provenir de una antorcha misteriosa oculta un poco más allá del fin del mundo. Julia comenzó a notar un intenso sopor, y la sensación de que su corazón latía más despacio. La angustia que le oprimía el pecho comenzó a ceder, dando paso al agotamiento. Se incorporó y miró a Marinoschka, que permanecía a su lado, dándole calor. Sonrió levemente, y la niña la apretó entre sus brazos. Julia señaló con un dedo el dorado horizonte.

—Noches blancas —susurró.

—*Belye nochi* —respondió Marinoschka.

—*Belye nochi* —repitió Julia con un hilito de voz.

Y se desmayó.

15

A la una de la madrugada Viktor recorría la avenida Nevskij, únicamente iluminada por la luz dorada del sol. Era sábado por la noche, y parecía que todos los habitantes de San Petersburgo habían decidido salir a pasear por sus calles en penumbra, admirando el hermoso espectáculo de las noches blancas. El sol, que se dejaba ver tan poco durante los meses de invierno, entre mayo y julio no llegaba a ocultarse por completo, regalando sus rayos a una ciudad que durante aquellos dos meses estaba más viva que nunca.

Después de dejar atrás el Literaturnoe kafe —café de los literatos—, lleno a rebosar de turistas, Viktor prosiguió su ruta caminando con rapidez. Él no iba de fiesta y hubiera preferido no tener que moverse por una zona tan transitada.

Entró en una amplia portería, cuya lujosa fachada de metal brillante y cristal espejado era antagónica —arquitectónicamente hablando— a las fachadas de los edificios colindantes, de líneas clásicas. El vestíbulo, minimalista y desangelado como el interior de un museo de arte contemporáneo, estaba desierto. Viktor se extrañó. Había pasado varias veces por delante de aquel edificio, a diferentes horas, y había encontrado que la casi nula decoración de la entrada incluía, eso sí, un fornido guardia de seguridad. Felicitándose por su suerte, subió por las escaleras hasta el segundo piso, prescindiendo del ascensor. Ya en el rellano, se detuvo frente a una puerta en la que brillaba una placa dorada:

YURI VINOGRÁDOV
Abogado

Yuri Vinográdov era su contacto con el FSB. Viktor nunca lo había visto, solo había hablado con él por teléfono. Al descubrir que tras aquel nombre había un abogado con un despacho en la mejor zona de San Petersburgo, imaginó que, o bien aquel bufete era una tapadera, o bien su contacto suplantaba la personalidad de un supuesto Yuri Vinográdov. Fuera lo que fuese, intentaría encontrar alguna relación con el FSB o con él mismo dentro de aquellas oficinas.

Si ya resultaba sorprendente que el vestíbulo se hallase desierto, aún lo fue más que la puerta de acceso al despacho estuviera entreabierta. Viktor la empujó para descubrir una elegante sala de espera a oscuras. Sabía que era una imprudencia aventurarse a entrar, pero no tenía alternativa. Era evidente que se trataba de una encerrona, pero su instinto le decía que quizá le conviniera caer en una trampa tan burda.

—Bienvenido, señor Sokolov.

Viktor escuchó la voz al mismo tiempo que se cerraba la puerta de entrada tras él. En una de las estancias adyacentes a la sala de espera descubrió el perfil de un hombre sentado detrás de una mesa.

—¿Quién es usted? —preguntó Viktor mientras su mano se deslizaba suavemente bajo la camisa.

—Deje el arma en el suelo, señor Sokolov —ordenó la voz. Al momento, Viktor escuchó a su espalda el chasquido de dos pistolas. Obedeció.

—Muy bien, ahora venga y siéntese. Tenemos mucho de qué hablar.

Viktor entró en el despacho. Tras él escuchó los pasos de dos hombres. Uno de ellos recogió la Walther PPK que él había dejado en el suelo.

—Primero me gustaría saber con quién hablo —repuso Viktor.

—Mi nombre no importa, pero llámeme Ivanov.

—Ivanov, déjese de tonterías y dígame quién es.

—Digamos que represento a una organización interesada en la compraventa de arte. Digamos que tengo una oferta que puede interesarle.

—¿A cambio de qué?

—No tenga tanta prisa, señor Sokolov. Le veo un poco nervioso.

—No es para menos —protestó Viktor—. Tengo a sus dos matones apuntándome a la nuca.

—No queremos hacerle daño, créame. Es solo una medida preventiva.

—He caído en su trampa y estoy desarmado. ¿Qué puede temer?

—Señor Sokolov, no se haga la víctima. Le hemos seguido por media Europa, y hemos descubierto que es bastante escurridizo, y que cuando es necesario, no le tiembla la mano para deshacerse de sus enemigos.

—¿Enemigos? —repitió Viktor irónico—. Yo no tengo enemigos.

Ivanov asintió con vigor.

—Le pondré un ejemplo para que comprenda hasta qué punto estoy informado —dijo—. Hay un fiambre en el depósito de cadáveres de Palermo con la cara destrozada y sin identificar. Creo que se llamaba Mijail Petrov y creo que lo mató usted.

—¿Cree que lo maté yo? —repuso Viktor sin inmutarse—. Es posible. Aunque, ¿puede asegurarlo?

Ivanov sonrió malicioso.

—No tengo ningún interés —respondió—. Eliminando a Petrov nos hizo un favor, así que no seremos nosotros quienes lloremos su muerte.

—¿Por qué les he hecho un favor? ¿No era uno de los suyos?

—No.

Viktor lanzó un bufido de impaciencia.

—No sé qué es lo que quieren, pero me estoy hartando de jugar al ratón y al gato. ¿Podemos empezar a hablar en serio?

—Por supuesto. Para eso estoy aquí.

—Quiero respuestas.

—Empiece a preguntar.

—¿Quién era Petrov? ¿Para quién trabajaba? Él me dijo que era del FSB.

—Es cierto. Petrov era del FSB, igual que Yuri Vinográdov.

—¿Existe Yuri Vinográdov? —Viktor meneó la cabeza confuso—. ¿Mi contacto con el FSB es el mismo hombre que está anunciado en la puerta de este despacho?

Ivanov asintió con la cabeza.

—Ya ve, por un lado abogado, por otro, contacto del FSB. En definitiva, un hombre ambicioso que quiso jugar con dos barajas a la vez. Mala cosa.

—¿A qué se refiere? Todos los que tenemos relación con el servicio secreto necesitamos una tapadera.

—No me refiero a un trabajo honrado como el suyo, señor Sokolov. Profesor de español, qué bonito... —dijo Ivanov en tono sarcástico—. Vinográdov hizo su fortuna a base de utilizar su posición privilegiada en el FSB. Tenía información de primera mano, conocía a todos los marchantes de arte ilegales y comerció con esa información. No solo tenía acceso a las piezas robadas en el Hermitage, sino de toda Europa del Este. Utilizó su cargo en el FSB para facilitar la salida de obras de arte e incluso su venta en galerías. En fin, que el señor Vinográdov se sacó un sobresueldo aparte de su trabajo como abogado. Comenzó trabajando para nosotros, pero luego recibió una oferta mucho más sustanciosa, y acabó traicionándonos. Hizo tratos con dos clanes rivales, y esa fue una gran equivocación por su parte.

—¿Qué ha pasado con Yuri Vinográdov? —preguntó Viktor, aunque conocía la respuesta.

—Ah, un triste accidente.

Viktor se mantuvo en silencio durante unos segundos, asimilando aquella información. Su contacto en el FSB había desaparecido, y con él la posibilidad de saber quién lo había traicionado.

—¿Fue Vinográdov quien planeó el robo a Martín Arístegui y mi muerte?

—Fue uno de ellos.

—¿Uno de ellos? —repitió Viktor—. ¿Quién fue el otro?

—Para empezar, tengo que decirle que Yuri Vinográdov no tenía ningún interés en matarle, señor Sokolov. Él solo obedecía órdenes e informaba. De su ficha en el FSB extrajo su punto débil: la alergia a los insectos. Una manera sencilla de eliminarle sin dejar rastro.

—¿Quién fue el otro? —insistió Viktor—. ¿Quién quería matarme?

Ivanov respondió con otra pregunta.

—¿Recuerda la foto que le envió a Alexandr Shemiakin por e-mail?

Al escuchar el nombre de Sasha, Viktor se sobresaltó.

—Sí.

—Por lo que sé, su amigo supo identificar a Boris Djacenko.

—Sí.

—Sé que le estoy poniendo nervioso al mencionar a Alexandr Shemiakin.

—Entonces no lo haga.

—Tranquilo, señor Sokolov —repuso Ivanov—, y prosigamos con nuestra conversación... Si recuerda la foto, había tres hombres que nos interesaban. Uno de ellos era Martín Arístegui: coleccionista de arte, empresario de éxito y millonario. Con residencia fija en el norte de España, pero también con propiedades y cuentas secretas en las Bahamas. El nombre de Martín Arístegui ha sido involucrado en investigaciones sobre asuntos de contrabando de arte, pero siempre ha salido absuelto, sin cargos. Un tipo listo y codicioso, pero no el peor. El peor se llama Boris Djacenko. Está en paradero desconocido y buscado por la Interpol. Hay un fiscal en Suiza que tiene pruebas contra él del expolio al Hermitage y de muchos otros museos. En los años ochenta pasó de ser alcalde de un pueblucho de Siberia a ser nombrado administrador del patrimonio de la Federación. Necesitaba una infraestructura para sacar del país todo lo que robaba, y se relacionó con Martín Arístegui, que ya había estado en Rusia y había robado todo lo que pudo. Ahora se dedicaba a mover en el mercado negro obras de arte que robaban otros...

—¿Y el tercer hombre?

—Yuri Vinográdov.

Viktor chasqueó los labios.

—No lo reconocí en la foto porque nunca llegué a verlo en persona. Siempre hablé con él por teléfono.

—Era listo, el tal Vinográdov —concedió Ivanov—. Usted no lo vio nunca, y nosotros, en contadas ocasiones. Aquí, por su despacho, no aparecía jamás. Tenía un selecto grupo de abogados que se ocupaban de los casos. Él cobraba las minutas, pero no se dedicaba a la defensa de sus clientes.

—No me extraña, si estaba tan ocupado.

—Sí, muy ocupado en estafar y traicionar —replicó Ivanov sarcástico—. Ciertamente, era un hombre ocupadísimo. Tanto, que nos dio pena y le liberamos de tan pesada carga.

Viktor lo miró expectante, esperando que prosiguiera.

—Cuando Boris Djacenko tuvo que desaparecer de la vida pública, buscó a alguien que le proporcionase información de primera mano de los movimientos del mercado... Yuri Vinográdov se ofreció a trabajar para él, a la par que lo hacía para nosotros.

—¿Y esto lo descubrieron con la foto?

Ivanov asintió.

—Teníamos nuestras sospechas, pero Vinográdov nos resultaba muy útil, y no queríamos desprendernos de él si no era imprescindible.

—¿Era necesario matarlo?

—El negocio del arte da mucho dinero, pero también crea

muchos enemigos. No debemos permitir que esos enemigos consigan infiltrarse en nuestras líneas. Vinográdov lo sabía, y aun así aceptó correr el riesgo. Curiosamente, la amenaza no provino de ninguno de nosotros, sino de Aranzazu Araba. No tengo ni idea de cómo lo consiguió, pero logró hacer una foto que para Vinográdov era una sentencia de muerte si caía en nuestras manos. Así que Vinográdov envió a Petrov a recuperarla. Y ahí se equivocó, porque Petrov demostró ser el más inútil de los espías. No solo no descubrió dónde Aranzazu Araba tenía escondida la foto, sino que Julia Irazu se la robó casi delante de sus narices. Increíble. Luego les siguió hasta Palermo, y lo demás... Bien, el resto de la historia lo conoce usted mejor que yo.

—Sí, tengo una ligera idea.

—Por cierto, creo que fue muy entretenido su viaje a Palermo —repuso Ivanov irónico—. Recibió varias ofertas.

Viktor lo miró con los ojos entrecerrados.

—Yo diría amenazas —replicó.

—No sea tan sensible, señor Sokolov.

Viktor lo señaló con un dedo.

—¿Era uno de sus hombres el que me esperaba a la entrada de las catacumbas? —preguntó burlón—. Nos seguía tanta gente que ahora estoy un poco confuso.

—Sí. Necesitábamos la foto para descubrir qué era lo que vendía Aranzazu Araba.

—Su hombre me ofreció protección, pero no incluía a Julia Irazu en el trato.

Ivanov sonrió.

—Eso es negociable, por supuesto.

—¿Negociable?

—Dejemos a Julia Irazu para más tarde, por favor. —El ruego de Ivanov era una orden—. Y centrémonos en el tema que nos interesa. Necesito que lo entienda.

—¿El qué? ¿Que estoy en medio de un fuego cruzado entre dos clanes mafiosos? —replicó Viktor—. Eso ya lo sé.

—Sí, pero no sabe por qué.

Viktor lanzó un bufido impaciente.

—Dígamelo usted.

—Por ahora, permita que le explique el valor de la foto en la que salen juntos Martín Arístegui, Boris Djacenko y Yuri Vinográdov —repuso Ivanov y tomó aliento—. Aranzazu Araba la guardó para chantajear a su marido si venía el caso, ya que Martín Arístegui aparecía junto con uno de los hombres más perseguidos de Rusia, Boris Djacenko. Era una buena baza. Pero aquella foto, en realidad, no perjudicó a Arístegui, sino a ella misma. Le costó la vida.

—¿Aranzazu Araba también fue asesinada? —preguntó Viktor sobresaltado.

—Sí, Djacenko le dio pasaporte —explicó Ivanov—. Creo que ha sido el único favor que me ha hecho ese cabrón.

—¿Ustedes también la hubiesen matado?

—Por supuesto —respondió Ivanov tan tranquilo—. La maldita vieja histérica no era más que un engorro.

—Desde luego, no se puede decir que sean hermanitas de la caridad —dijo Viktor con desdén.

—¿Le recuerdo quién mató a Petrov? —preguntó Ivanov, sonriente—. Señor Sokolov, todos tenemos las manos manchadas de sangre, así que no nos mire con tanto desprecio.

—Yo no pude elegir. Petrov iba a por mí.

—Sí, eso explíqueselo a las autoridades rusas. Para ellos, Petrov era un probo funcionario al servicio del Partido, mientras que usted no es más que un bala perdida, un maleante dispuesto a cualquier cosa por dinero. Porque, ¿cuánto le ofrecieron por ir a robar a Martín Arístegui?

—Mucho.

—¿No le pareció extraño? Era un trabajo importante, y usted no era más que un satélite del FSB, un vividor que aceptaba encargos sin importancia para aumentar su nómina. Necesitaban a un especialista y usted no lo es.

—Es cierto.

—¿No sospechó?

—No. Me dijeron que Martín Arístegui era un traficante

de arte, y que no había manera de echarle el guante de manera legal. Lo mío sería un trabajo fácil y limpio. Sin muertos.

—Y aceptó. Tenía que entrar en una villa protegida con los más sofisticados sistemas de seguridad, y no se preguntó si era el más indicado.

—Tenía ayuda de dentro. Uno de los guardias anularía el sistema de alarma, y se ocuparía de reducir a los otros vigilantes.

—Sí, el que apareció muerto en el maletero del coche.

—No tuve nada que ver.

—Lo sabemos, señor Sokolov. Lo mató Djacenko, y pensaba sumárselo a usted en su cuenta. Por su lado, Vinográdov se puso en contacto con Aranzazu Araba, y le dio las órdenes precisas. Luego, usted obedeció como un buen muchacho.

—Cuando llegué a la casa, Martín Arístegui estaba inconsciente y la caja fuerte, vacía.

—Alguien fue más rápido, y se le adelantó —repuso Ivanov con una sonrisa.

—¿Ustedes?

—Exacto. Le habíamos seguido desde San Petersburgo, señor Sokolov, y digamos que estuvimos presentes en la entrevista que tuvo con Aranzazu Araba. Luego, lo único que hicimos fue anticiparnos.

—¿Y por qué no mataron a Martín Arístegui?

—Porque recibimos órdenes expresas de no hacerlo.

—¿De quién?

—Eso no importa.

—¿No son del clan rival? ¿No se hubieran apuntado un tanto?

—En este momento no es Martín Arístegui quien nos preocupa, sino Boris Djacenko. Él es el que se puso en contacto con usted, Sokolov. Quería matar a ambos, y además, que usted apareciera como el ladrón y asesino de Arístegui.

Viktor se estremeció. El plan era diabólico.

—¿Por qué yo?

—Por venganza. Boris Djacenko conseguía eliminar a

Arístegui, que para él no era más que una molestia. Esta razón debería ser suficiente, pero no es la única.

—¿Qué otras razones hay?

—Lo siento, pero no estoy autorizado a decírselo. No obstante, no se preocupe. Todo a su debido tiempo.

—¿Y qué es lo que está autorizado a decirme? —le espetó Viktor.

—Es bueno que sepa que mientras Arístegui tuvo el poder fue, dentro de lo que cabe, un rival honrado. Respetó nuestro espacio y nosotros respetamos el suyo. Pero en cuanto Djacenko apareció, su ambición le llevó a intentar acaparar nuestro mercado. Durante los últimos años hemos tenido que matar a varios de sus hombres, y ellos han hecho lo mismo con los nuestros, de tal manera que ahora nos odiamos a muerte. La nuestra es una guerra que puede estallar en cualquier momento, y tenemos que estar preparados. Cada minuto que pasa nos disputamos el control, y no estamos dispuestos a ceder ni un ápice.

—Este discurso me ha llegado al alma. —Viktor se puso una mano en el pecho—. Pero hay algo que no entiendo, ¿qué pinto yo en todo esto?

Ivanov sonrió.

—No se moleste en disimular, señor Sokolov. Todos lo sabemos. Djacenko lo sabía, y por eso le utilizó. Fue usted una marioneta en sus manos.

—¿Qué es lo que saben?

—Que para usted, el dinero que le ofrecieron por robar a Martín Arístegui fue lo de menos.

Viktor dejó escapar un bufido.

—Lo hizo para vengarse —prosiguió Ivanov—. ¿Me equivoco?

—No.

Durante unos segundos, los dos hombres permanecieron en silencio.

—Esta conversación es muy interesante, pero estoy un poco cansado —repuso Viktor—. ¿Adónde quiere ir a parar?

Ivanov tardó unos instantes en responder.

—Antes mencioné a Alexandr Shemiakin.

—No metan a Sasha en esto, él no tiene nada que ver —masculló Viktor—. Y lo saben. Solo es mi informador.

—Gran informador, sí —concedió Ivanov—. Hay que reconocer que usted se rodea de los mejores. Si además tenemos en cuenta a la señorita Irazu, la ladrona del grupo, nos encontramos con un equipo perfecto.

Viktor apretó las mandíbulas.

—Lástima que ella sea drogadicta y él se esté muriendo de leucemia, ¿no?

—¿Qué coño quiere? —Viktor se levantó de un salto con los puños apretados.

—Tranquilo, tranquilo... —Ivanov lo invitó a sentarse con un gesto—. Únicamente hacerle entender que sabemos muy bien cuales son sus intereses. ¿Me equivoco?

—Hable de una vez.

—Voy a proponerle un trato —repuso el hombre—. Un trato que resultará muy favorable para ambos. Por su lado, usted conseguirá unos sustanciosos beneficios para esas personas que le importan, y por el otro, nosotros conseguiremos también lo que queremos.

—¿Me están diciendo que podrían causarle daño a Sasha y a Julia si no obedezco?

El hombre negó con la cabeza.

—No es necesario —apuntó Ivanov—. Alexandr Shemiakin tiene los días contados, y Julia Irazu está en el punto de mira de Djacenko. Es cuestión de días o semanas que la localicen. Y entonces...

—¿Qué quiere?

—Nos ofrecemos a protegerlos. Alexandr precisa una médula ósea, que no le va a llegar por el sistema público, y Julia Irazu necesita una identidad nueva. Dos cosas que usted no puede conseguir sin mi ayuda.

—¿Y usted va a ayudarme?

—Si acepta mi trato, sí.

—¿Cuál es el precio?

—Quiero utilizarle de cebo para atraer a Djacenko.

Viktor tragó saliva.

—¿Y que me mate? ¡Buenísima idea!

—No quiero que lo mate, señor Sokolov. Quiero provocar un enfrentamiento entre Martín Arístegui y Djacenko.

—¿Y por qué iban a enfrentarse?

—Tienen muchas razones, pero Martín Arístegui ha eludido siempre las hostilidades. Sé que ahora dará la cara.

—¿Y por qué lo hará?

—Para salvarle la vida.

—¿Se ha vuelto loco? —exclamó Viktor, rabioso—. ¿Qué le importará a ese maldito hijo de puta si yo estoy vivo o muerto?

—Deje de fingir, Sokolov —le recriminó Ivanov—. Sabemos que Martín Arístegui es su padre.

Viktor tardó unos segundos en contestar.

—De acuerdo, ¿y qué? —reconoció—. Jamás quiso conocerme. Abandonó a mi madre nada más saber que ella estaba embarazada.

—No es todo tan sencillo, señor Sokolov. Ahora me dirá que su madre también lo abandonó cuando era pequeño y nunca más quiso saber de usted, ¿verdad?

Viktor lo miró de reojo.

—¿Qué sabe de mi madre?

Ivanov negó con la cabeza.

—Perdone, señor Sokolov, he hablado demasiado. Tranquilícese y retomemos el tema. ¿Está dispuesto a aceptar mi propuesta?

—¿Qué otra opción me queda?

—Ninguna.

—Adelante, entonces. Solo quiero saber qué garantías tengo de que, si yo muero, ustedes cumplirán con su parte del trato.

—Solo tengo mi palabra. ¿Le basta?

—¿La palabra de un mafioso?

Ivanov lo miró con desdén.

—Incluso los mafiosos tenemos nuestro código de honor, señor Sokolov. Eso debería saberlo.

—De acuerdo —aceptó Viktor—. Al fin y al cabo, cuando esté muerto, ya nada me importará.

Ivanov lo miró durante unos segundos.

—¿Tengo que entender que acepta?

—Sí.

—Bien, señor Sokolov. Para empezar, le ruego que no vuelva a su casa. No es segura.

—¿Y adónde quiere que vaya?

—Le hemos reservado una *suite* en el hotel Sheremetyev —dijo Ivanov mientras le ofrecía un documento de identidad ruso.

Viktor aceptó la identificación falsa.

—La cuenta del hotel corre a nuestro cargo —le informó Ivanov—. El lunes por la mañana, alrededor de las diez, quiero que vaya a dar una vuelta por las salas de arte italiano del Hermitage Nuevo. Tome. —Ivanov le alargó un carnet de *Friends of the Hermitage Society* a nombre de Ivan Rupniewski—. Utilícelo o no conseguirá entrar jamás. Antes solo nos visitaban occidentales, pero ahora vienen americanos, japoneses y hasta australianos. En fin, es una plaga.

—Es bueno que se conozca el Hermitage, y no solo por los hurtos.

—Ha aumentado espectacularmente el control, y eso no me interesa. —Ivanov meneó la cabeza apesadumbrado—. En fin, pasee por las salas de arte italiano, compórtese con naturalidad, pero no se aleje de allí. Alguien se pondrá en contacto con usted y le pondrá al tanto de nuestros planes.

—¿No puede hacerlo usted, ahora? —preguntó Viktor—. ¿A qué viene tanto misterio?

—Quedan un par de cabos sueltos —respondió Ivanov—. Alguna llamada, quizás una respuesta...

Viktor asintió resignado, y se levantó de la silla. La puerta que había tras él se abrió.

—No necesitará la pistola, señor Sokolov. Así que, si no le molesta, nos la quedaremos.

Viktor se encogió de hombros.

—Una última cosa. —Ivanov le hizo un guiño cómplice—. Le hemos buscado una señorita que le estará esperando en su habitación del hotel, señor Sokolov. Disfrútela.

—¿A qué viene el regalo? —replicó Viktor molesto—. ¿Qué es? ¿El último deseo del condenado a muerte?

—Tómeselo como quiera, señor Sokolov. Digamos que es deferencia de la casa. Después de pasearse por media Europa con Julia Irazu, supongo que estará un poco apurado.

—No tengo nada en contra de las prostitutas, Ivanov, pero no me gusta pagar por acostarme con una mujer. Por ahora no lo necesito.

—Reconozco que Ivanka es una profesional, señor Sokolov, pero no sea tan orgulloso —aseguró el ruso con una sonrisa maliciosa en los labios—. Ella le gustará.

16

Eran las cinco y media de la madrugada de un hermoso domingo cuando Marinoschka la despertó. Julia entreabrió un ojo para descubrir una habitación en penumbra, profusamente decorada. Tardó unos segundos en recordar dónde estaba, pero antes de que tuviese tiempo de ubicarse por completo, la niña ya la había destapado y la estiraba del brazo, obligándola a levantarse. Julia obedeció resignada, consciente de lo inútil de su resistencia. Se vistió ante la mirada impaciente de Marinoschka y bajó las escaleras a trompicones.

—*Dobry dyen'!*

Julia respondió al saludo de los padres con un leve asentimiento de cabeza. Se sentó a la mesa y se enfrentó a una taza humeante llena de un líquido amarillento recubierto de una densa capa de nata. Tan inútil como pretender seguir durmiendo era pedir leche semidesnatada, así que apartó la nata con la cuchara y bebió un trago sin paladear. A continuación tomó un trozo de pan del cesto y lo untó de miel, mientras recibía un cursillo acelerado de ruso. Marinoschka le señaló todos los alimentos dispuestos sobre la mesa, esperando que ella aprendiese los nombres. Julia repitió obediente cada uno de los vocablos, como un loro, recibiendo la aprobación de Nikolay, que asentía satisfecho a cada palabra suya. *Zavtrak, kasha, jleb, sirniki...* Con un leve gesto, como precio por su esfuerzo, la madre le indicó una pequeña pastilla que había al lado de la taza, y que ella aún no había visto. Ritalin. Made in USA. Julia la miró extrañada, y recibió como respuesta una parrafada de Nikolay, en la que le venía a decir que en Rusia no se fabricaban esas porquerías occidentales. Julia se encogió de hombros y se tomó su dosis mínima de metilfenidato.

Después de desayunar, Nikolay y Marinoschka se levantaron de la mesa. Con un gesto enérgico, el padre instó a Julia a acompañarlos. La joven obedeció imaginando que le esperaba una larga y dura jornada de trabajo. Sabía que sería absurdo negarse, y tampoco tenía la intención de hacerlo; quizás el hecho de mantenerse ocupada consiguiera que su cerebro dejase de enviarle absurdas consignas relacionadas con atracones de pastillas e ideas suicidas.

En cuanto salieron al exterior, Julia descubrió que el sol estaba en el mismo sitio donde lo había dejado la noche anterior, solo unos pocos grados sobre el horizonte. Nada más cruzar la entrada, se vio asaltada por *Putin*, que parecía entusiasmado de verla. Julia estuvo a punto de hacerle una caricia pero casi de inmediato se dio cuenta de lo extravagante de su proceder, como si hubiese perdido el juicio. Ella no acariciaba seres vivos.

Cruzaron un sendero que rodeaba la casa, y fueron a la parte posterior, que la joven aún no conocía. Conforme se iban acercando a un cobertizo, Julia notó el olor intenso a animales, a estiércol y orines. Cuando Nikolay llegó hasta la puerta, descorrió una enorme balda de hierro que bloqueaba la entrada, y entró en su interior.

—*Sonya! Bim!*

De repente surgieron dos bestias inmensas, peludas, como salidas del mismo infierno. Julia creyó por unos instantes que había llegado su final, y que no se parecía en nada a lo que había imaginado. En realidad, iba a morir devorada por dos alimañas gigantes. Instintivamente, se tiró al suelo y se cubrió la cabeza con las manos, sintiendo cómo aquellas fieras la golpeaban con las patas y la olisqueaban, mientras corrían a su alrededor. Ni lloró, ni dejó escapar un lamento. Esperó a sentir los colmillos de las bestias desgarrándole el cuero cabelludo, clavándose en sus brazos, en la espalda, en el cuello.

No sucedió nada. Julia se quedó allí, esperando la muerte, mientras los dos enormes *borzois* se aburrían de ella, que no daba ningún juego, y se lanzaban alegremente a correr por el prado.

—Julia.

Ella levantó la cabeza, aún protegida por los brazos, y miró a Nikolay, que la observaba impaciente.

—*Zhdu vashyego otyeta.*

Algo avergonzada, se levantó y buscó con la mirada los dos perros, que ajenos al ataque de pánico que habían provocado, correteaban entre alegres ladridos. Ella se encogió de hombros como gesto de disculpa, pero solo recibió un chasquido de desdén del padre. Humillada, siguió a Nikolay y Marinoschka al interior del cobertizo. Allí dentro descubrió el variopinto conjunto de habitantes de la granja, convenientemente presentado por la niña. Dos vacas, *Kristina* y *Malyshka*, la cabra *Nochka,* la cerda *Dacha,* los lechones *Risi*, *Besa* y *Rabka* y varias gallinas, pollos y un gallo peleón, *Glusks*. Felizmente, las gallinas y los pollos no tenían nombre. Julia asistió a la entusiasta presentación de los animales con la sensación de que era una alumna de preescolar de excursión en la granja. Pero no. Era una mujer de treinta años, perseguida por la mafia rusa y que sufría un horroroso síndrome de abstinencia al cual nadie parecía dispuesto a prestar atención, y Nikolay menos que nadie.

El hombre acompañó a una de las vacas, *Kristina*, hasta una parte del cobertizo con el suelo de cemento. Le ató las patas de detrás, cogió un taburete bajo, un cubo de aluminio y se sentó a su lado. Mientras le lavaba suavemente los pezones con agua, *Kristina* mugía alegremente, dispuesta a dejarse vaciar la henchida ubre. Nikolay apretó uno de los pezones de la vaca con todos los dedos de la mano, y al estirarlo, salió un chorro de leche que el hombre dejó caer en el suelo. La leche recorrió un camino sinuoso y desapareció por un desagüe. Al tercer o cuarto chorro, Nikolay comenzó a llenar el cubo. Cuando llevaba unos pocos minutos ordeñando a *Kristina*, le hizo un gesto a Julia para que se acercase. La joven obedeció renuente, teniendo la sensación de que la vaca la miraba de reojo. A la orden de Nikolay, tomó con su mano uno de los pezones y estiró, recibiendo un mugido molesto de *Kristina*, que levantó la cola y cagó una pastosa y rotunda boñiga como respuesta. Julia se separó de inmediato de la vaca, mientras Nikolay y Marinoschka rompían a reír a carcajadas.

Felizmente, el absoluto fracaso que había representado el contacto de la joven con *Kristina* hizo que Nikolay desistiese de que ella lo probase con *Malyshka*, que era mucho más inquieta, y con *Nochka*, la cabra, que era hiperactiva. Aun así, el trabajo no había acabado, ni mucho menos. Después de la sesión de ordeño, vino la de limpieza y aseo del establo. Aquí Julia no tuvo escapatoria. Se encontró con unos guantes, unas botas de agua y un escobón de estopa. Tuvo que emplearse a fondo para limpiar el suelo de los establos, de la pocilga de *Dacha*, la cerda, y de los lechones, *Risi*, *Besa* y *Rabka*, que la persiguieron durante un rato, intentando morderle las botas, mientras ella los espantaba con la escoba y recibía la nula ayuda de Nikolay y Marinoschka, que se dedicaban a reponer alimento y agua de todos los comederos y bebederos, mientras se reían de ella como si estuviesen viendo la película cómica más divertida del mundo.

Cuando Julia creyó que había concluido su trabajo y que ya podía volver a casa y recibir un tranquilizante como premio a su buen comportamiento, descubrió que aquella era solo una pequeña parte del quehacer en una granja. Aún quedaba el trabajo en el campo. El cansancio y una irritación creciente se convirtieron en una deprimente certeza: no sobreviviría a aquel tormento. Tras la limpieza y el acondicionamiento de los establos ella ya no podía más, pero resulta que ahora se iban a ocupar de un huerto que requería diariamente escardar la tierra para mantenerla suelta, arrancar las malas hierbas, recalzar cada una de las plantas, tutorar los tallos de los pepinos y berenjenas, de los guisantes y los tomates, despuntar los pimientos y las calabazas...

Nikolay sacó unos rastrillos del cobertizo, y le dio uno de los aperos a su hija. Cuando le extendió otro a Julia, algo en la mirada de la joven debió de conmoverlo. Después de intercambiar unas frases con su hija, Marinoschka lanzó un gritito de alegría y salió corriendo del cobertizo, dejando el rastrillo en el suelo. Nikolay le dio unas palmaditas en el hombro a Julia, indicándole que siguiera a la niña. Cuando la joven salió del establo, arrastrando los pies y con los hombros caídos, vio que Marinoschka estaba frente a un manzano, con una vara de unos tres metros de largo que tenía atada en la punta una lata vacía. Julia lanzó un bufido de desdén. Se había librado del trabajo en el huerto, pero no de los árboles frutales. Seguro que tendría que ocuparse de una labor pesada y laboriosa, como todas las de la granja. No obstante, aquello del palo con la lata parecía, cuando menos, interesante.

Julia se acercó a la niña para comprobar de qué manera tan ingeniosa conseguía recoger la fruta madura que se hallaba en lo más alto del árbol. Marinoschka consiguió introducir una manzana dentro de la lata, y después dio un golpe seco en el pedúnculo. Luego le señaló a Julia una vara que había en el suelo, animándola a imitarla.

A pesar de lo sencillo que parecía, en los primeros intentos Julia se mostró francamente torpe. Golpeó las manzanas, sin ser capaz de colarlas dentro de la lata, y luego tampoco consiguió dar el golpe de gracia que permitiese separar la manzana del pedúnculo. Tras unos desmañados comienzos, y cuando los brazos le dolían aún más que su orgullo herido, consiguió su primera manzana, entre los saltos de júbilo de Marinoschka y el aplauso de Nikolay.

A partir de entonces, y durante más de una hora, las dos jóvenes se disputaron las mejores piezas de fruta. Pelearon con las varas, se robaron las manzanas y rieron a carcajadas, ante la mirada complaciente de Nikolay, que faenaba incansable entre las hortalizas y las verduras. Al cabo de ese tiempo, y cuando el cesto de mimbre estaba lleno a rebosar, Marinoschka trepó por el tronco del árbol con gran pericia, y Julia fue tras ella, como el gato tras el ratón. No pensó en el vértigo, ni en los posibles desgarrones, ni en que luego tendría que bajar. Trepó por el tronco de un árbol por primera vez en sus treinta años de vida, y le hizo una mueca burlona a Marinoschka cuando estuvo a su lado. La niña le devolvió la mueca, pero luego arrancó una manzana que tenía al alcance de la mano, le pegó un mordisco y se la ofreció. Julia pensó fugazmente en microbios, bacterias y virus, pero le hincó el diente. Al saborearla le pareció la manzana más deliciosa que había comido en la vida, mucho más sabrosa que la que Eva le ofreció a Adán, y pensó que ella estaba en el paraíso y que nadie la iba a echar de allí por comerse una manzana. Todo eso pasó por la mente de Julia mientras Marinoschka la miraba en silencio y le brillaban los ojos. Después, la niña le dijo algo y Julia no entendió nada de nada, pero resultó tan reconfortante que contestó a su vez:

—Sí, yo también me alegro.

Después de una opípara comida, y tras los efectos de un único tranquilizante, Julia fue a estirarse al prado, entre millones de flores amarillas. Enseguida vino Marinoschka a estirarse a su lado, acompañada de *Putin*. Los tres compartieron el inmenso cielo azul, y durante los escasos minutos en que Julia se mantuvo despierta, tuvo la sensación de que era feliz por primera vez en su vida, o de que, si alguna vez lo había sido, ya no lo recordaba. No llevaba ni un solo día en aquella casa, pero tenía la sensación de que todo lo que la rodeaba era muy cercano, como si llevase viviendo allí muchos años. Era curioso, ya que ni siquiera hablaban el mismo idioma. No lo necesitaba. Aunque también presentía que aquellos momentos no iban a repetirse, y que aquella felicidad no era más que un espejismo.

No podía ser.

Aquello era un sueño bucólico y pegajoso, una película americana de sobremesa. La historia de la chica drogadicta y trastornada que, después de un día limpiando establos y recogiendo manzanas, recuperaba las ganas de vivir. Menudo argumento para una novela.

Ni siquiera Nicholas Sparks conseguiría hacerla creíble.

Ella estaba predestinada al fracaso, y el fracaso no tardaría en llegar. Acechaba.

Unos instantes antes de sucumbir al tranquilizante, Julia miró a Marinoschka y comprobó que la niña la observaba atentamente. Al descubrirla, la niña sonrió con humildad. Se miraron a los ojos durante unos instantes, hasta que la benzodiacepina cumplió su misión, sumiéndola en una oscuridad tenebrosa.

—Hola.

Julia abrió los ojos sobresaltada para descubrir el hermoso rostro de una mujer rubia de ojos azules que la miraba expectante.

—Perdona, no quería asustarte.

Julia se incorporó y miró a su alrededor. Seguía en el prado, entre las flores. Pero Marinoschka y *Putin* se habían esfumado. Estaba a solas con la linda rusa.

—¿Hablas español? —le preguntó Julia con voz ronca.

—Sí —respondió la rusa esbozando una sonrisa de dientes perfectos—. Me llamo Olya y he venido a visitarte.

Julia la miró con el ceño fruncido. Antes de que consiguiese formular su pregunta, Olya respondió:

—Sasha y yo somos primos, y él me ha encargado que viniera a verte y a interesarme por ti.

—Estoy muy bien —respondió Julia—. Ya puedes decírselo.

E hizo un gesto brusco y desagradable de despedida.

Olya debía de estar informada de las habilidades sociales

de Julia Irazu, ya que no se dio por aludida. Se limitó a señalar la entrada de la casa, donde había una mesa de madera bajo el porche.

—Te he traído algunas cosas. —Olya señaló una mochila sobre la mesa—. ¿Vamos a sentarnos allá?

Julia se encogió de hombros, y después de unos instantes, se levantó perezosamente. Notó una sensación familiar de ansiedad e irritación, y aquello la deprimió. Veinticuatro horas no eran suficiente tiempo para que su organismo se olvidase de años y años de consumo desaforado.

—¿Estabas ayer en el pueblo cuando llegué con Sasha? —preguntó Julia caminando tras Olya.

—Sí, estaba allí.

—Entonces ya sabes que no soy muy simpática.

—Sí, lo sé.

Durante unos segundos, ambas se miraron a los ojos, Julia desafiante, Olya paciente.

—No te recuerdo. Aunque no es extraño, ¿sabes? Sois todos iguales, tan rubios y tan guapos. Todos menos Sasha —prosiguió Julia, implacable—. ¿Y dices que es tu primo? ¿Estás segura?

La duda era ofensiva, pero Olya no se alteró.

—Nuestros padres son hermanos.

—Qué interesante —replicó Julia, incapaz de controlar la irritación—. Así que tu primito Sasha te ha pedido que vengas a vigilarme. ¿Acaso tiene miedo de que cometa alguna atrocidad? ¿Te ha dicho que soy adicta a las pastillas y que estoy medio loca? —Julia se detuvo, esperando la respuesta de Olya, pero esta se mantuvo imperturbable—. Claro que te lo ha dicho, por eso has venido a vigilar. —Julia asintió con vigor—. Tranquila, como ves, todavía no he estrangulado a nadie.

—Ni lo harás —afirmó Olya.

—No estés tan segura.

—He hablado con Nikolay, y me ha explicado que esta mañana has trabajado mucho, y que te has portado muy bien, sobre todo con Marinoschka. La niña está encantada contigo, y no creo que tengas ninguna intención de estrangularla.

—Es cierto —reconoció Julia—. Son todos unos santos, y Marinoschka aún más.

—Pero no es tonta. Si no le gustases, ya lo sabría.

—Sí, es curioso —dijo Julia—. Aquí me quiere hasta el perro.

—Porque te portas bien con ellos —confirmó Olya—. Así que no entiendo por qué me has recibido tan mal. Creo que no he hecho ni dicho nada incorrecto.

Julia lanzó un bufido de pesar. Se detuvo de nuevo, y ahora también lo hizo Olya, que la miró a los ojos, a la espera.

—Lo siento, yo soy la única culpable —se disculpó Julia—. Es que estoy irritada y nerviosa por la falta de... En fin, ya sabes.

La rusa aceptó la disculpa con un asentimiento de cabeza. Al llegar al porche, ella cogió la mochila que había dejado sobre la mesa y sacó un termo de su interior.

—Justamente para eso te he traído una infusión que he hecho yo misma con plantas medicinales. Seguro que te irá muy bien.

Julia levantó una ceja.

—¿Qué es? —preguntó con desdén—. ¿Valeriana? Podría comérmela a matojos y no me haría nada.

Olya dudó un segundo antes de responder.

—No es valeriana, es *Leuzea carthamoides*.

—Tiene un bonito nombre, pero no me tranquilizará.

—Pruébala mientras charlamos —la animó Olya—. ¿Puedes traer un par de vasos?

—¿Vas a acompañarme?

—Por supuesto —contestó Olya—. Yo también estoy un poco nerviosa.

Julia dejó escapar una carcajada y entró en la casa. Encontró a Marinoschka y Nikolay sentados a la mesa del comedor, uno frente al otro, en absoluto silencio. Enfrascados en una partida de ajedrez. La joven cogió los dos vasos y salió lentamente, sorprendida. Cuando ya estaba en el umbral de la puerta, Marinoschka movió un caballo, tomó el reloj de arena que había a su izquierda y lo giró. El rostro de su padre se iluminó con una amplia sonrisa, y henchido de orgullo, estiró la mano derecha por encima del tablero y se la estrechó a su hija.

—*Pozdravlyayu!*

Pero Marinoschka no estaba para felicitaciones, así que instó a Nikolay a proseguir con el juego. Cuando Julia salió de la casa, su rostro era el vivo retrato del asombro. Al sentarse de nuevo frente a Olya, la joven rusa la recibió con una mirada benévola.

—¿Qué pasa? —le preguntó.

—Marinoschka y Nikolay están jugando al ajedrez.

—Todo el mundo en Rusia juega al ajedrez —dijo Olya—. Por cierto, ¿tú sabes jugar?

Julia negó con la cabeza.

—Solo sé mover las piezas y un par de movimientos —confesó—. La apertura Ruy López y poco más.

—Ah, entonces no intentes jugar con Marinoschka. Ella no tiene paciencia con los principiantes.

—Pero...

—Ella necesita aprender y en Krasnarozh'ye se está quedando sin rivales a su altura —dijo Olya—. Vaya, es una pena que no sepas jugar...

Julia la miraba atónita.

—¿No te interesaría aprender? —le preguntó Olya de repente.

—¿Yo? ¿Al ajedrez?

—El ajedrez estimula la atención, la capacidad de análisis y síntesis, fomenta la autoestima, la toma de decisiones, la memoria visual, el poder combinatorio, la velocidad para calcular, el poder de concentración, el pensamiento lógico... —Olya tomó aliento—. ¿Qué te parece?

Julia asintió con vigor, abrumada.

—Sí, es estupendo.

—Después de todo lo que te he dicho. —Olya la señaló con el dedo—. ¿No te parece un reto interesante?

—Sí, por supuesto.

Olya asintió complacida.

—Entonces, ¿por qué no quieres?

—No es que no quiera. —Julia vaciló unos instantes antes de proseguir—. Perdona, quizá son estúpidos prejuicios, pero me sorprende que Marinoschka pueda aprender estrategias. Quiero decir, más allá de mover las piezas, pura mecánica. Tiene el síndrome de Down, y eso equivale a retraso mental.

—Muy bien expresado —aceptó Olya.

—¿El qué?

—Lo de los estúpidos prejuicios, por supuesto.

—Pues lo del retraso mental tampoco me lo he inventado yo.

—Cierto, pero ya que sabes tanto, te habrás enterado de que existen diferentes tipos de inteligencia, y entre ellas, la emocional. Ya sabes, esa inteligencia que todo lo puede.

—¿Inteligencia emocional? —repitió Julia, despectiva—. ¿Y eso qué tiene que ver con el razonamiento lógico?

Olya meneó negativamente la cabeza, mientras escanciaba un líquido humeante y dorado en los dos vasos.

—Veo que no tienes ni idea de ajedrez.

Julia la miró a los ojos y acabó lanzando un suspiro.

—Y aún menos de inteligencia emocional —reconoció con humildad—. Perdona.

—Es cierto que Marinoschka sufre retraso mental —confirmó Olya—, pero es leve, y ella lo compensa con voluntad de superación y unos deseos de aprender superiores a la media. —Le hizo un gesto a Julia para que probase la infusión—. En ese sentido, es una persona excepcional.

—Oh. —Julia la miró con la boca abierta—. Y tú, ¿cómo lo sabes?

—Porque soy su maestra.

—¿Eres maestra de niños con síndrome de Down?

Olya sonrió.

—No. Soy maestra de todos los que quieren aprender.

—No te entiendo.

—Prueba la infusión, por favor.

Julia tomó un trago, obediente. Olya la miró complacida.

—Y ahora, para explicártelo, debería contarte algunas cosas de mi vida.

Julia la invitó con un gesto.

—Adelante, me interesa.

—Para empezar, te confesaré que mi situación en Krasnarozh'ye es, digamos, irregular... —Olya tomó aliento—. Resulta que este es un pueblo muy pequeño, en total solo hay once niños entre seis y doce años. No tiene escuela, y por más que los vecinos se ofrecieron a construir una, el gobierno no envió a ningún maestro, ni siquiera de enseñanza primaria. Todos los niños mayores de seis años de Krasnarozh'ye tendrían que ir en autocar a un pueblo que está a treinta kilómetros. Puedes imaginar que estos niños no podrían asistir a la escuela durante todo el invierno, ya que las carreteras son impracticables —dijo Olya—. Cierto que hay otras soluciones, como por ejemplo, llevarlos a un internado.

Julia bebió un nuevo trago de infusión, casi sin parpadear.

—¿Quién querría llevar a su hijo a un internado?

—Nadie —reconoció Olya—. En Krasnarozh'ye quieren que sus hijos crezcan en el pueblo, como mínimo hasta la secundaria. Por eso decidieron costear de su bolsillo el sueldo de una maestra.

—Y la maestra eres tú.

—Exacto.

—Bonita historia —reconoció Julia, sin el mínimo deje de ironía en su voz—. ¿Por qué dices que eres la maestra de todos los que quieren aprender?

—En mi clase no solo hay niños de primaria. También está Marinoschka, y Sergey, que tiene ochenta y dos años, y Yuri, que tiene ochenta, y Tanya, y Elena... Todos ellos han decidido que quieren aprender más. En mi clase acepto a todos los que quieren aprender.

—Pero Marinoschka tiene catorce años —repuso Julia—. ¿No debería ir a una escuela de secundaria?

—¿Una escuela de secundaria para niños especiales?

—Llámala como quieras.

—¿Para qué? ¿Para aprender a utilizar la cuchara? ¿Para aprender a sonarse los mocos? ¡Marinoschka sabe leer, escribir y razonar!

—Si tiene capacidad —dijo Julia sin entender—, ¿cuál es el problema?

—El sistema educativo normal no tiene espacio para Marinoschka —respondió Olya—. No es aceptada en una escuela ordinaria, porque necesitaría un programa de estudios a su medida, más lento, y eso al parecer nadie puede asumirlo. Por otro lado, existen escuelas privadas muy buenas, pero son muy caras. Así que yo voy a preparar a Marinoschka para que consiga el nivel de secundaria. Cuando esté a punto, se presentará por libre a las pruebas y conseguirá el titulo —afirmó Olya con los ojos brillantes.

—Pero ¿cuántos años piensas estar aquí, en Krasnarozh'ye? —preguntó Julia extrañada—. Es un pueblo muy pequeño, sin oportunidades para una persona joven, como tú.

—Toda la vida, si me dejan.

—¿Eres maestra titulada? ¿No preferirías estar en San Petersburgo? Además, supongo que por muy bien que te traten y por mucho que se esfuercen, el sueldo que te pagan entre todos debe de ser muy pequeño.

Olya asintió con la cabeza.

—Muchas veces no me pagan en rublos, sino en especie. Leche, carne, verduras...

—¿Por qué lo haces?

Olya dejó escapar una risa amarga.

—Esa pregunta no tiene una respuesta sencilla.

Julia cruzó los brazos sobre le mesa en un gesto cómico.

—Ánimo, yo tengo todo el tiempo del mundo.

—De acuerdo —aceptó Julia—. Yo responderé a cambio de que tomes un poco más de infusión.

—¿Me hará falta? —preguntó Julia divertida—. ¿Tan trascendentales van a ser tus revelaciones?

—Quizá sí. —La mirada de Olya se tornó sombría.

—Bien, pues por mí que no quede. —Julia apuró el vaso y lo volvió a llenar—. Por cierto, no sé si lo estoy soñando o qué, pero juraría que me está haciendo efecto.

—Te está haciendo efecto —sentenció Olya recuperando la sonrisa—. ¿Verdad que ya no estás tan tensa?

—Sí —confirmó Julia—. ¿Puedo beber más?

—Todo la que te apetezca.

—Dios mío, esto es la panacea.

Olya dejó escapar una carcajada.

—El único problema es que la *Leuzea carthamoides* es una flor que crece en lo alto de la montaña. Tendremos que pedirle a Nikolay que vaya a buscártela.

—¿No se puede comprar en una herboristería?

—¿Tú has visto alguna herboristería por aquí? —Olya se volvió y miró a su alrededor.

—¿Y tú cómo la conseguiste?

—Yendo a buscarla, como todo el mundo.

—¿Todo el mundo la conoce? ¿Nikolay también?

—Por supuesto. La *Leuzea carthamoides* es conocida por sus efectos sedantes desde hace varios siglos y está incluida en la farmacopea rusa.

—¿Y por qué yo no había oído hablar de ella?

—Porque se trata de una planta considerada como una especie rara y en peligro de extinción, por lo que el gobierno de Rusia ha limitado su consumo al país, prohibiendo la exportación.

Julia asintió con vigor.

—Estoy profundamente agradecida al gobierno ruso por compartir su farmacopea conmigo —repuso, divertida—. Y ahora que me siento estupendamente, ¿querrás explicarme por qué quieres trabajar en Krasnarozh'ye el resto de tu vida?

—Porque no puedo ejercer de maestra en ninguna escuela. Me han retirado el título.

—Ah. ¿Y eso?

—He estado en la cárcel.

El rostro de Julia sufrió una transformación casi instantánea. Tomó un buen trago de infusión y se mostró incómoda, a la espera. Era evidente que la conversación se había convertido para ella en algo desagradable y violento.

—Vaya —murmuró con un hilo de voz—. ¿Debo preguntar por qué?

—Sí, debes hacerlo —replicó Olya—. Yo quiero explicártelo, y no puedes rechazarme.

Julia lanzó un bufido.

—Dime.

Olya tomó aliento.

—Maté a mi marido.

—Ah.

Durante unos instantes, ambas permanecieron en silencio.

—¿Se lo merecía? —preguntó Julia.

—Sí —contestó Olya sin pestañear.

—¿No había otra solución?

—Era un hombre con poder. Mis denuncias fueron inútiles.

—Denuncias...

—Llegué a la conclusión de que, o bien me mataba yo, o bien lo mataba a él. Finalmente, tomé la decisión correcta.

—Lo siento —replicó Julia con sequedad.

—Lo sé —repuso Olya—. En tu mirada soy capaz de ver comprensión y solidaridad.

—No tanta solidaridad —Julia meneó la cabeza—. Prefiero que no me expliques nada más, si no te importa.

Olya observó durante unos instantes el rostro tenso de la joven, y no pudo más que sentir una honda compasión. El comportamiento de Julia Irazu era expresamente irritante, una obscena exhibición de indiferencia.

—Tranquila, no te voy a explicar nada más, si no quieres —repuso Olya con suavidad—. Por cierto, te he traído más cosas.

Julia miró intrigada cómo la rusa rebuscaba dentro de la

mochila. Para su sorpresa, Olya sacó unos cuantos libros y los expuso ante ella.

—Un poco de alimento para el alma —dijo la rusa, sonriente—. Supongo que lo agradecerás.

—Dios mío... —Julia tomó uno de los libros y lo abrió con sumo cuidado, casi con veneración—. ¡*Cinco horas con Mario*, de Miguel Delibes! ¡En español!

—¿Ya lo has leído?

—¿Y qué más da? —Julia dejó aquel libro y tomó los demás—. *¡El camino! ¡La hoja roja!* ¿Cómo los has conseguido?

—Los tenía en mi casa —repuso Olya—. No tengo muchas ocasiones para practicar el español, y me hago traer libros del Instituto Cervantes de Moscú.

—Muchas gracias —repuso Julia acariciando los libros—. Eres muy amable.

—No tiene importancia. —La rusa sonrió arrobada—. Me alegra mucho ayudarte. Sasha me lo pidió, y además me dijo que eras una persona muy importante para Viktor.

Julia la miró sobresaltada.

—¿Conoces a Viktor?

—Por supuesto.

—Ah.

Olya observó el rostro de Julia. Por más que la joven intentase mostrarse desinteresada, la sola mención de Viktor la había turbado.

—Sasha y yo conocimos a Viktor en el Centro Español de San Petersburgo hace ya muchos años —explicó la rusa—. Los tres, junto con muchos otros, somos nietos de españoles.

Julia asintió con vigor, invitándola a proseguir.

—Nuestros abuelos fueron Niños de la Guerra —continuó Olya—. Por tu expresión, deduzco que sabes de qué te hablo.

—Soy vasca —dijo Julia—. Conozco la historia de primera mano. Durante la Guerra Civil miles de niños fueron enviados al exilio. Muchos de ellos vinieron a Rusia. En mi pueblo natal, Getaria, hubo decenas de niños y niñas que vinieron aquí, aunque luego volvieron. Hablaban muy bien de los rusos.

—El abuelo de Viktor era de Gernika, y el nuestro, de Sasha y mío, de Santurtzi. Ellos no volvieron nunca a España. Pero siempre llevaron su querida Euskadi en el corazón.

Julia asintió con tristeza.

—¿Tú también? —preguntó Olya.

—Yo también, ¿qué?

—¿Tienes añoranza de tu tierra?

—No —negó Julia con determinación—. De hecho, yo llevo muchos años viviendo en Barcelona.

Olya esperó unos instantes, pero era evidente que Julia no tenía la intención de explicar nada más.

—Bueno, creo que voy a irme. —La rusa se levantó al mismo tiempo que Marinoschka salía de la casa con los brazos en alto y aire triunfal. Tras ella, un aparentemente abatido Nikolay, pero con un delator brillo de orgullo en los ojos. Olya le preguntó a la niña, y esta le relató la partida como una emocionante contienda donde torres y alfiles se peleaban a muerte. Al escuchar a su hija, Natasha salió del interior de la casa, y los cuatro se enfrascaron en una animada conversación, que a pesar de sus intentos, Marinoschka no consiguió monopolizar. Tras unos minutos de atropellada charla, parecieron darse cuenta de la presencia de Julia, que había permanecido inmóvil, pero de ninguna manera indiferente. Marinoschka la miró como si la descubriese de repente, y de manera impulsiva, la abrazó, estrujándola contra su pecho.

—*Ochyen rad chto u tyebya vsyo jorosho!*

Todos asintieron gravemente. Julia miró a Olya.

—Marinoschka está muy contenta de que estés bien —tradujo la joven.

Julia se estremeció y su rostro se tiñó levemente de rojo.

—*Spasiba* —musitó—. Yo también estoy contenta.

Nikolay y Natasha asintieron complacidos. No era preciso entender el significado de las palabras para comprender que Julia había mejorado sensiblemente su actitud.

—Tendrás que aprender ruso —bromeó Olya.

—Sí, supongo que sí.

Después, Olya se despidió calurosamente de todos.

—Puedes venir a verme siempre que quieras —le dijo a Julia—. Serás bienvenida.

—Gracias.

Cuando Olya ya se alejaba, Julia corrió tras ella.

—Quisiera pedirte algo.

Olya la miró, intrigada.

—Aunque no prometo nada —se disculpó Julia, casi hablando para sí misma.

El rostro de la rusa se iluminó con una amplia sonrisa.

—Tengo lo que necesitas —repuso Olya convencida—. Mañana se lo daré a Marinoschka.

Julia la miró asombrada.

—¿Sabes qué voy a pedirte?

—Por supuesto —respondió Olya—. *Ajedrez, aprender y progresar* de Anatoli Karpov.

17

El trágico destino de la *Dánae* de Rembrandt.

Dánae, hija de Acrisio, rey de Argos, fue encerrada por su padre en una torre de bronce para evitar que tuviese hijos, ya que el oráculo de Delfos había predicho que el hijo de Dánae mataría a Acrisio. Zeus se prendó de la belleza de la joven y logró penetrar en la torre, metamorfoseándose en lluvia de oro. Fruto de esa relación nacería Perseo.

En el cuadro, Dánae estaba desnuda, recostada en su cama, recibiendo el potente rayo de luz que anticipa la entrada de Zeus.

Viktor dejó que su mirada se perdiese por el hermoso cuerpo de la joven, realzado por una luz dorada que provocaba un atractivo contraste de luces y sombras. No obstante, aquel cuadro no era mundialmente famoso solo por la maestría de su autor, sino por su triste historia. Había sido rociado con ácido sulfúrico y acuchillado por un lituano que fue declarado enfermo mental. Después de muchos años, el cuadro se mostraba al público protegido por un vidrio blindado y acompañado de fotografías que ilustraban el penoso estado de la obra tras el atentado y los trabajos de restauración.

Dánae, a pesar de los daños sufridos, seguía siendo una mujer rotunda, de generosas proporciones. Viktor sonrió.

Estaba de buen humor.

De muy buen humor.

Atrapado por la imagen de aquella mujer desnuda, permaneció inmóvil, embelesado frente al cuadro.

Hay necesidades que un hombre debe cubrir. Necesidades que le recuerdan que no deja de ser un pobre animal desbordado por las hormonas. No importa. Aquel no era el momento de plantearse ciertas cuestiones existenciales. No se sentía humillado ni ridículo, sino aliviado. Nunca había estado con una prostituta, y además, tenía una idea preconcebida de mujer pintarrajeada y escuálida, con un chulo que la mataba a palos. Ivanka no tenía nada que ver con ese esquema. Grande, rotunda como Dánae, y capaz de matar a un hombre de un sopapo, Viktor no sabía si estaba allí por propia voluntad u obligada. Evidentemente, no se lo preguntó. Aprovechó el servicio que le ofreció, en calidad y en cantidad, y cuando se despertó por la mañana, ella ya había desaparecido.

—¿Te gusta Rembrandt?

Viktor se volvió para descubrir una joven delgadísima y oculta bajo una gruesa capa de maquillaje muy claro, casi blanco. Los ojos estaban intensamente sombreados de azul ultramar y los labios pintados de rabioso carmín. En conjunto parecía salida de una película de vampiros. De manera inconsciente, él hizo un gesto de disgusto.

—¿Viktor Sokolov? —preguntó ella.

Él la miró con los ojos entornados, sin responder.

—Soy tu contacto con Ivanov —murmuró la muchacha.

El ruso asintió, mirándola despectivo. La minifalda no hacía más que mostrar unas piernas flacas de rodillas huesudas. Era una Lolita del siglo XXI; su índice de masa corporal también era menor de edad.

—¿Cómo te llamas? —le preguntó.

—Svetlana.

—Muy bien, Svetlana —replicó—. No te lo tomes como algo personal, pero quiero que te largues y que le digas a Ivanov que yo no soy ningún pederasta.

La jovencita lo miró boquiabierta.

—No entiendo...

Viktor se agachó y le habló al oído.

—Tienes todo el aspecto de una putilla, y eso me desagrada. Pero no es lo peor. Lo peor es que no creo que tengas ni quince años.

—Tengo veintitrés —se apresuró a desmentir ella.

—¿Veintitrés? No me hagas reír.

—Es verdad —insistió ella, ofendida.

—Aunque te creyera, sigues pareciendo una fulana. —Viktor hizo un gesto de desdén—. ¿No te das cuenta de que parecemos el chulo y su puta buscando clientes?

—Lo siento —murmuró ella al borde del llanto—. Ha sido culpa mía. Pensé que así te gustaría más.

—¿El qué? —Viktor no entendía nada—. Lo único que quiero es saber los planes que Ivanov tiene para mí. No he venido aquí buscando ligue, y mucho menos con una adolescente anoréxica.

—Me he equivocado —repitió Svetlana—, eso es todo. Pero no puedes rechazarme. Yo soy tu contacto.

—Eso ya me lo has dicho —replicó Viktor impaciente, y después de lanzar un vistazo por la sala, observó que un guardia de seguridad los tenía en su punto de mira—. Vamos al Palacio de Invierno —decidió—. Si seguimos aquí acabaremos teniendo problemas.

Recorrieron la sala de Rembrandt, y salieron del Hermitage Nuevo sin intercambiar ni una palabra. Cruzaron por Dvortsovaya, paralela al río, y entraron en el Palacio de Invierno, que estaba abarrotado de turistas. Al entrar en la sala Malaquita, ella se detuvo.

—Lo siento, ahora veo que ha sido una equivocación.

—¿Cuántos años tienes, Svetlana?

—Veinte, te lo prometo.

—¿Y cómo es posible que una cría como tú esté metida en esto?

—Se lo pedí a Ivanov —murmuró ella con voz trémula—. Tengo mis razones, y quizá te las explique más adelante.

—¿Más adelante? —Viktor torció el gesto—. ¿Quieres hacer el favor de dejarte de evasivas? Empiezo a pensar que no tienes ni idea de nada.

Svetlana se detuvo un momento, como si necesitase poner sus ideas en orden. Si había planificado aquella entrevista, no estaba saliendo según sus perspectivas. Al final, decidió no andarse con rodeos.

—Verás, Sokolov —dijo—. Al fin hemos conseguido ponernos en contacto con Martín Arístegui, y no ha sido nada fácil.

Al escuchar el nombre de su padre, Viktor dejó escapar un bufido y se cruzó de brazos.

—Sigue —la invitó.

—Arístegui no quería hablar con nosotros.

—No me extraña —ironizó Viktor—. Yo tampoco querría.

Svetlana hizo caso omiso.

—Le propusimos devolverle todo lo que le habíamos robado a cambio de un millón de euros. Era una propuesta que no podía rechazar.

Viktor sonrió.

—No podía rechazar, pero rechazó. ¿Me equivoco?

—No te equivocas —concedió Svetlana—. Y eso que dentro de la caja fuerte tenía joyas por valor de unos cinco millones de euros. Eso sí, casi todo robado, y por tanto, sin asegurar. Así que su única posibilidad de recuperarlo era negociar con nosotros. No quiso.

—Debe de tener diez veces más en sus cuentas secretas.

—Seguramente —dijo Svetlana—. Pero sé por experiencia que el que más tiene es el que más ambiciona.

Viktor estuvo a punto de hacer algún comentario jocoso acerca de la experiencia de Svetlana, pero se contuvo. Había algo en ella que le resultaba inquietante, la percepción creciente de que, a pesar de sus pocos años, aquella joven conocía muy de cerca las miserias humanas. Y que su aspecto, entre patético y desvalido, no era más que una máscara. O una especie de provocación a conciencia.

—¿Qué paso, al final? —preguntó.

—Cuando ya lo dábamos por perdido, Arístegui se mostró dispuesto a negociar el rescate del icono de Fabergé.

—Si no vale más de medio millón...

—Arístegui confesó que para él tenía un gran valor sentimental.

—¿Cuánto le habéis pedido?

—Un millón.

—¿Y aceptó?

—Sí —Svetlana esbozó una amplia sonrisa.

—Chochea.

—Eso mismo pienso yo.

—¿Cuál es el misterio, Svetlana?

—Le ofrecimos algo que no pudo rechazar.

—¿Qué?

—A ti. Le dijimos que tú irías a hacer el intercambio.

—Mierda.

—Felicidades, Viktor Sokolov. ¿O debería decir Viktor Arístegui?

Durante unos instantes, él permaneció en silencio. La razón por la que Martín Arístegui quería verlo le resultaba un auténtico misterio. Y no se hacía ilusiones. Seguro que no tendría nada que ver con un repentino amor paternal.

—Es una encerrona —sentenció Viktor.

—Sí.

—¿Queréis matar a Arístegui?

Svetlana sonrió burlona.

—Me parece, Sokolov, que si nos hubiésemos querido cargar al viejo ya lo habríamos hecho, ¿no? Creo que Ivanov ya te lo dijo: nuestra intención es atraer a Djacenko.

—¿Queréis tenderle una trampa?

—Exacto. Djacenko se enterará del intercambio y saldrá de su escondrijo dispuesto a aprovechar la ocasión de eliminar al padre y al hijo. La jugada perfecta. —Svetlana tomó aliento—. Y allí estaremos nosotros.

Viktor la miró sorprendido.

—Que Djacenko quiera cargarte a Arístegui lo entiendo, pero ¿a mí? ¿Por qué?

—No lo sé.

—Sí que lo sabes. —Viktor le mantuvo la mirada unos segundos, pero desistió, consciente de que no había forma de presionarla. A pesar de su juventud, había una firmeza en la mirada de Svetlana que resultaba contundente—. Bueno, más pronto o más tarde me enteraré. Y ahora, ¿puedes decirme qué razones tienes para meterte en este lío?

—Ah... —titubeó Svetlana—. Yo voy a acompañarte a tu encuentro con Arístegui.

Viktor se detuvo frente a ella y negó con la cabeza.

—Ni hablar.

Ella asintió con vigor.

—Es necesario.

—Svetlana, yo no soy una maldita niñera.

—Lo siento —respondió ella—, pero voy a acompañarte, quieras o no quieras. Ivanov quiere estar informado en todo momento de lo que haces.

—¿Y qué pasa si no acepto?

Ella miró al suelo.

—Tienes que aceptar, Sokolov. Sé razonable.

—No.

—Si no te avienes a mis condiciones, todos lo pasaréis muy mal.

—¿Todos? —repitió Viktor, extrañado.

—Sí. Empezando por la amiguita que escondiste en Krasnarozh'ye.

El ruso se estremeció. Ni siquiera él recordaba el nombre del pueblo con tanta precisión. Miró a la muchacha, y ella le devolvió una mirada fría e impasible.

La creyó.

—Entiende, Sokolov —insistió ella—. No tienes ningún poder de decisión. Tu situación es bastante complicada, y lo único que puedes hacer es ser obediente y confiar en nuestra buena voluntad.

Aquellas amenazas eran muy creíbles, pero Viktor no estaba dispuesto a amilanarse tan fácilmente.

—Lo sabes igual que yo, Svetlana —replicó—. Vosotros también me necesitáis, casi tanto como yo a vosotros.

La joven no respondió. Pasaron a una gran sala, decorada con vasos de lapislázuli, y en cuyas paredes se podían apreciar pinturas italianas y españolas del Siglo de Oro. No obstante, el silencio de Svetlana no respondía a la veneración y el respeto que le merecía aquella riquísima colección, sino a un cambio de estrategia que estaba valorando sobre la marcha.

—Tienes razón —concedió—. Nosotros también te necesitamos. Por eso voy a confesarte algo, para que comprendas que mi decisión de acompañarte no es solo un capricho de Ivanov.

Viktor la animó con un gesto impaciente.

—Tengo mis propias razones para ir —reconoció Svetlana.

—¿Qué razones?

—Personales.

—No estoy para adivinanzas, Svetlana. Explícate.

—Quiero vengarme de Djacenko.

Viktor tardó unos segundos en responder. Al final, meneó la cabeza negativamente.

—Olvídalo, Svetlana.

Ahora fue ella la que demoró la respuesta.

—Hay cosas que no se pueden olvidar.

—¿Quieres vengarte de un capo de la mafia rusa? —preguntó él dejando escapar una risa amarga—. ¿Y cómo piensas hacerlo?

Svetlana asintió.

—No estoy sola. No te pienses que vamos a ir al encuentro de Arístegui sin apoyos.

—Será una encerrona, con o sin apoyos.

—Quizá —respondió ella al cabo de unos instantes—. Aunque a mí me valdrá la pena si consigo que muera Djacenko.

—¿Cómo es posible tanto rencor? Solo tienes veinte años.

—No es solo una cuestión de rencor —respondió ella, misteriosa—. Tengo otros motivos... Ya lo sabrás más adelante.

Viktor se encogió de hombros, resignado. Tenía la sensación de que la suerte estaba echada, de que él era una pieza en el puzle, una marioneta sin el más mínimo poder de iniciativa. Era una sensación desagradable. Y no era nueva.

—Supongo que no voy a poder convencerte.

—No —replicó ella de inmediato.

Caminaron en silencio, atravesando las salas del Palacio de Invierno. Salieron del Hermitage. Svetlana se detuvo.

—Tendrás noticias nuestras, Sokolov. Mientras tanto, no te preocupes por nada. Disfruta de tu estancia en el Sheremetyev, y no te olvides de que ahora te llamas Ivan Rupniewski...

Viktor no contestó.

—Por cierto, ¿no vas a invitarme a tu hotel? —preguntó ella.

—¿Y eso a qué viene?

—Va, confiésalo. —Svetlana se pasó la punta de la lengua por el labio superior—. Dime que te gusto.

—No, no me gustas.

—Soy muy guapa. —Ella alargó una mano y le acarició el pecho—. Todos me lo dicen... Aún hoy, mi cuerpo sigue siendo de los más cotizados del mercado. Y eso que ya han pasado seis años desde que perdí la virginidad.

Viktor se apartó de repente, como si hubiese recibido una descarga eléctrica.

—¿Qué estás diciendo?

Ella sonrió.

—Lo que oyes —murmuró—. Ya sé que he perdido valor, pero puedo compensarte con mi experiencia. Tengo mucha experiencia.

—Óyeme bien. —Viktor reprimió un gesto de repugnancia—. Si no me queda más remedio que llevarte conmigo a Suiza, te llevaré. Pero deja de comportarte como una putilla o te pegaré la paliza que debía haberte pegado tu padre.

Svetlana dejó escapar una carcajada amarga, tan amarga que Viktor se estremeció. No era difícil imaginar una realidad escalofriante tras aquella risa desoladora.

—No tengo padre —repuso ella.

Viktor meneó la cabeza.

—No me importa si tienes padre o si no lo tienes. Lo único que me importa es lo que me incumbe a mí. Así que dile a Ivanov que acepto sus condiciones, pero ya que él mismo lo mencionó, dile también que tengo mi propio código de honor.

Svetlana lo miró extrañada.

—¿Qué quieres decir?

—Que se ha equivocado conmigo —repuso Viktor con rotundidad—. Una cosa es que yo esté dispuesto a hacer trabajos al otro lado de la ley, y otra muy distinta que me guste acostarme con niñas.

—Claro que te gusta —aseguró ella—. Todos los hombres sois unos cerdos. Y tú también.

Tras aquella taxativa afirmación, Svetlana lo miró desafiante, esperando su respuesta. Por desgracia para ella, no era la primera vez que una mujer llamaba cerdo a Viktor, aunque por muy distintas razones. El ruso lanzó un bufido de despreocupación y se volvió, dispuesto a irse. No tenía la menor intención de defender su supuesta nobleza de espíritu.

—¿No vas a decirme nada? —le preguntó ella, decepcionada.

—Sí —respondió Viktor asintiendo con vigor—. Te voy a pedir un favor.

Svetlana sonrió maliciosa, pero su sonrisa se tornó una mueca en cuanto él concluyó la frase.

—Cuando llegues a tu casa, lávate la cara.

Y sin darle la oportunidad de replicar, Viktor se alejó,

atravesando la plaza del Palacio. Instantes después, Svetlana marcó un número en su teléfono móvil.

—Misión cumplida, Ivanov —dijo.

—¿Cómo te ha ido?

—Se ha resistido un poco, pero ha accedido.

—Estupendo.

—Por cierto, tenías razón. Parece un buen tipo.

—Te lo dije —respondió Ivanov—. A lo único que se ha dedicado ha sido a trapicheos, trabajos menores para el FSB y robos por encargo. Y aunque le dio el pasaporte a Petrov, tampoco es un asesino a sueldo. Aunque así se empieza...

—No es un santo, ya me lo imagino. Pero hay una sola cosa que yo no podría soportar, ya sabes cuál es. —Svetlana tomó aliento, como si aquellas palabras le resultasen muy dolorosas—. Cuando me acerqué a Viktor Sokolov no vi en su mirada ese asqueroso brillo que he visto en otros hombres. Así que, tal vez sea un hijo de puta, pero si lo es, lo disimula muy bien. Y ya sabes que yo soy una experta en hijos de puta.

—Lo sé, Svetlana Djacenka —concluyó Ivanov—. Vaya si lo sé.

18

El lunes, la vida en Krasnarozh'ye dejó de parecerse a un almibarado capítulo de *La casa de la pradera.*

Julia tuvo que levantarse a la misma hora que el domingo, las cinco y media de la madrugada, pero aquel día no disfrutó de ningún indulto. Bajo la estrecha vigilancia de un taciturno Nikolay llevó a cabo un sinfín de labores; limpió, rastrilló, escardó y recolectó hasta que la espalda y los brazos le dolían tanto que se sentó en el suelo, totalmente agotada.

—Basta —murmuró.

Nikolay la llamó varias veces, pero ella se limitó a negar, testaruda. En un gesto infantil, escondió el rostro en el regazo. Déjame en paz, pensó. Se sentía muy deprimida, no solo por el cansancio, sino por la certeza de que su vida cotidiana iba a convertirse en una implacable monotonía. Además, echaba de menos a Marinoschka. La niña estaba en la escuela, y sin ella, las horas pasaban mucho más lentas. El día anterior, por lo menos, la había divertido con su inoperancia, y eso, al fin y al cabo, le daba un sentido a su esfuerzo. No sabía el porqué, pero el hecho de procurarle un momento de felicidad a Marinoschka le hacía sentirse útil, como si, por primera vez en la vida, ella sirviera para algo. Pero la niña no estaba allí, y se sentía incómoda con el hombre, aunque él se mostraba lo suficientemente frío y distante como para no incomodarla. No obstante, la hacía trabajar como un negrero, sin pensar que ella era una debilucha chica de ciudad que solo estaba acostumbrada a teclear en su ordenador.

Su ordenador...

Además, si a todas aquellas desgracias sumaba que Natasha había sustituido las pastillas de benzodiacepina por la maldita pócima que trajo Olya, su estado de ánimo era deplorable.

Cuando llevaba varios minutos en aquella incómoda posición, levantó la cabeza, y descubrió que Nikolay la invitaba a irse a la casa, que era lo que había intentado decirle desde el primer momento. Julia se levantó pesadamente y murmurando un tímido *spasiba,* pasó a su lado y se alejó renqueando, seguida de la mirada de Nikolay, que meneó la cabeza y prosiguió con su trabajo. Al salir de la zona del huerto, *Sonya* y *Bim* se abalanzaron sobre ella, juguetones, y la patearon y lamieron un poco, con escaso éxito. Julia se cubrió el rostro con las manos y esperó paciente a que los enormes *borzois* se aburriesen de ella, como siempre. Prosiguió su recorrido hacia la casa, pero sin darse cuenta atravesó el territorio de *Gluks*, el gallo, que se lanzó contra ella con la cresta enhiesta y una determinación en la mirada que aterrorizó a Julia, que echó a correr y llegó al porche de la casa gritando y pidiendo ayuda, mientras *Gluks* sacudía sus plumas y volvía de nuevo con sus gallinas.

Por desgracia para Julia, nadie hizo caso de sus alaridos, y se encontró sentada en el porche, sudorosa, humillada y sin resuello. Licenciada en Filología Hispánica, rozando el *cum laude*, redactora —bueno, ex redactora— en un gran grupo editorial, inteligente, culta... ¿Cómo era posible que hubiese acabado en una granja rusa, corriendo delante de los gallos y llena de mierda? Maldijo su mala suerte durante largo tiempo, mientras *Putin* se acercaba a ella dispuesto a consolarla. Julia le lanzó varias patadas, hasta que consiguió que el pobre can desistiera.

Aquella vida era insostenible.

Necesitaba volver al mundo civilizado. A su ordenador portátil, a sus cuentas de correo electrónico... ¿Cuántos correos de farmacéuticas se habrían acumulado en la bandeja de entrada? ¿Y hoaxes de chiflados? ¿Y deliciosas —y clónicas— negativas de editoriales? Dios mío, estaba incluso dispuesta a registrarse en Facebook, colgar una foto en la cual sonriera seductora y dejar que se le agregasen unos cuantos miles de indeseables. El mundo civilizado, con su Xbox One o su PlayStation 4 para poder jugar al GTA V o a Call of Duty Black Ops 3. O los vídeos de YouTube con palizas entre adolescentes y grabadas con el móvil. O los videoclips de Lady Gaga, o los realitys en *prime time*, protagonizados por delincuentes, toxicómanos, alienígenas y maltratadores...

El mundo civilizado.

Definitivamente, Krasnarozh'ye estaba en otro planeta.

Durante la comida, en completo silencio, el ánimo de Julia no mejoró. Natasha y Nikolay la obligaron a comer, amenazándola. Ella no entendió las palabras, pero el tono era evidente. Estaban dispuestos a hacerle comer a la fuerza. Después de recibir como premio de consolación una nueva taza de aquel maldito brebaje, fue a estirarse al prado como el día anterior, solo que esta vez ya no tenía pensamientos felices, sino la creciente determinación de que tenía que huir de allí aunque no tenía ni la menor idea de cómo. Julia intentó encontrar alguna escapatoria, pero no halló solución alguna. Su única posibilidad era Viktor, pero sabía que el ruso estaba decidido a tenerla allí escondida. Estaba atrapada.

Pasaron los minutos, y aunque tenía la seguridad de que iba a ponerse cada vez más ansiosa por la falta de benzodiacepinas, se fue tranquilizando, y sus pensamientos aciagos fueron dando paso a un sopor agradable, a una sensación creciente de bienestar. ¿Era posible que la *Leuzea carthamoides* le procurase aquel efecto tan intenso? Qué extraño... Pero se sentía bien y ya casi no le importaba tener que trabajar tanto...

—*Julia!*

La joven abrió los ojos para descubrir el rostro sonrosado y sonriente de Marinoschka. Durante un instante se sintió feliz, y casi estuvo a punto de hacerle un gesto cariñoso a la niña. Entonces recordó a Karpov.

—Ni hablar —murmuró, cerrando los ojos y dispuesta a seguir durmiendo.

La niña la estiró del brazo, impaciente.

—Ya lo sé, me has traído el puñetero libro de ajedrez —repuso Julia—. Paso.

—*Julia!* —Marinoschka la tomó por debajo de los sobacos y la levantó como un fardo—. *Zhyelayu vsyego joroshyego! U myenya vsyo po pryezhnyemu! Mnye by khotyelos uznat o tyebye pobolshye!*

—Vale. —La joven asintió con vigor—. Yo también me alegro de verte, pero quiero que sepas que tus padres son unos hijos de la gran puta que me han matado a trabajar, que me tienen a régimen de pastillas, y que solo me dan la asquerosa infusión del carajo.

—*Leuzea carthamoides!* —exclamó Marinoschka como si la hubiera entendido—. *S nyetyerpyeniem zhdu otvyuta Leuzea carthamoides!*

—*Marinoshcka! Julia!* —gritó Nikolay desde el porche—. *Shast'ya i zodorov'ya!*

Julia vio al padre, que las apremiaba impaciente. Descubrió que llevaba una escopeta de caza, y una canana a la cintura repleta de cartuchos. Los *borzois* brincaban eufóricos a su lado, ansiosos de correr aventuras. Entonces comprendió qué era lo que iban a hacer, y de inmediato sintió una ilusión infantil.

—Qué buenos son los padres escolapios que nos llevan de excursión —canturreó mientras corría por el prado.

Marinoschka rio alegremente. El soniquete de la frase de Julia le resultó muy divertido. Y lo cierto es que esta había cambiado su semblante y ahora mostraba una sonrisa de oreja a oreja, algo que si ella misma hubiera podido ver en un espejo, la hubiese asustado. Casi no parecía ella, con aquel brillo en los ojos. Lo cierto es que la *Leuzea* le causaba unos efectos sedantes tan intensos como cualquier tranquilizante al uso, y además, ya no tenía que pelear con una vocecita interna que le recordaba, de tanto en tanto, que era una adicta.

Cuando las dos llegaron hasta Nikolay, Marinoschka le pidió algo a su padre, a lo que él se negó con determinación. Evidentemente, ya habían hablado de ello con anterioridad.

—*Niet, niet, niet!*

Julia lo miró curiosa. Nikolay tomó a su hija del brazo y se alejó para que ella no pudiera escucharles. Era un gesto absurdo, ya que la joven no entendía nada. Marinoschka insistió e insistió, y como su padre no cedía, rompió a llorar. Natasha salió de la casa al escuchar el llanto, y se unió a favor de la hija y en contra del padre. Al final, el hombre cedió —como siempre desde el principio de los tiempos—, y Marinoschka dio un salto de alegría y salió corriendo en dirección al cobertizo. Nikolay le lanzó a Julia una mirada llena de reproche y ella se encogió de hombros, desconcertada. Al cabo de un par de minutos apareció Marinoschka de nuevo, con una canana a la cintura y portando una escopeta de caza, mucho más pequeña y manejable que la del padre. Pasó por delante de Julia caminando como una *top model* en la pasarela Cibeles, cargando la escopeta en un hombro y el otro, alternativamente. La joven aplaudió el pase, consciente del motivo de la discusión. Al final, Marinoschka le ofreció la escopeta para que la calibrase. Julia negó con la cabeza mientras le lanzaba una mirada furtiva a Nikolay.

—Es muy bonita, Marinoschka —repuso—, pero tu padre tiene razón. Sigo siendo una drogadicta y podría freíros a tiros en un momento de debilidad.

Nikolay aceptó el gesto de Julia con un leve asentimiento de cabeza.

Marinoschka, ajena al gesto, tomó su escopeta ofendida y comenzó a caminar, en dirección al norte. Tras ella, el padre y los dos *borzois*, lanzando ladridos de despedida. Finalmente

Julia, algo abatida. Cuando ya había recorrido unos cuantos metros, sintió pasos apresurados tras ella. Era Natasha, que sin mediar palabra, le estampó un sonoro beso en la mejilla. Luego, se volvió a la casa, con *Putin* pegado a sus talones. Era evidente que, a diferencia de *Sonya* y *Bim*, el perrillo prefería la tranquilidad del calor del hogar a las excursiones y el olor de la pólvora.

En cuanto perdieron la casa de vista, Julia tuvo la sensación de que se internaba en un espacio mágico, de intenso olor a humedad y a naturaleza. Había una gran abundancia y variedad de árboles. Robles, tilos, abedules, arces... con un sotobosque espeso que amenazaba con engullir el estrecho camino de ascenso. Entre los árboles, Julia escuchó un grito semejante al mugido de un bisonte, que la sobresaltó. La joven miró hacia arriba con aprensión, esperando encontrar alguna bestia prehistórica entre las ramas. Entonces descubrió que el cielo estaba prácticamente oculto por las frondosas copas de los árboles, creando una sensación inquietante y sombría. El sol lucía aún a muchos grados de altura sobre el horizonte, pero no conseguía atravesar la espesura del follaje, solo unos pocos rayos llegaban tímidos al suelo.

Ahora escuchó de nuevo el grito, seguido de un intenso aleteo. Un ave con forma de gallina, de color negro, lanzó su mugido al viento. Julia sonrió. Solo lo había visto en los libros de ciencias naturales, pero no cabía duda de que se trataba de un urogallo. Y además, en celo. A varios metros del urogallo, una sombra furtiva ascendió con agilidad por el tronco de un árbol, buscando refugio entre la espesura: era una marta cibelina, que tenía la desgracia de vestirse con uno de los abrigos más codiciados del mundo.

Después Marinoschka la fue instruyendo en el conocimiento de los animales del bosque. Le mostró huellas de pisadas, excrementos, piñas roídas por ardillas y castores. No eran estos los animales que inquietaban a los *borzois*, que prosiguieron su camino ajenos a los descubrimientos de Marinoschka hasta que, en un momento en que el camino se abría en una pequeña explanada, se detuvieron y miraron a Nikolay. Los dos lebreles, con sus finas orejas erguidas, esperaron la orden de su amo, que obligó a las dos jóvenes a que se colocasen tras él. Julia notó que su corazón latía desbocado al ver a un lobo a menos de treinta metros. El animal se detuvo y los miró tranquilamente, mientras los dos *borzois* emitían un gruñido tenso. El lobo no pareció interesado, ni tampoco nervioso. Los observó durante unos segundos, y luego desapareció.

Nikolay hizo un gesto con el brazo para que prosiguieran su camino. No iban de caza, así que no era preciso perturbar el equilibrio del bosque malgastando un cartucho de advertencia. Ni Nikolay estaba interesado en el lobo, ni el lobo en Nikolay. Eran dos enemigos que se tenían respeto y que no tenían intención de calibrar sus fuerzas; el mundo era lo suficientemente grande para ambos. Prosiguieron su marcha, y al cabo de una hora de camino, la espesura de los árboles fue disminuyendo, los abedules y arces dieron paso a los abetos. El suelo se volvió más rocoso. El sol entró de nuevo, y sorprendió a Julia, que entornó los ojos al sentir su calor. Se detuvo un instante, y al oír cómo Marinoschka la llamaba, los abrió de nuevo y vio que la niña le mostraba con orgullo el paisaje que se abría frente a ellos. Tras unos últimos metros de camino se encontró con un enorme prado que se extendía a un lado de un arroyo ruidoso. Julia pudo admirar también las faldas nevadas en la cara norte de las montañas. Incluso para un alma tan poco sensible como la suya, aquella exhibición de la naturaleza le arrancó una leve exclamación y la certeza de que, si Dios había creado el mundo, allí se había esmerado un poco más.

Nikolay se acercó a la orilla del arroyo, y señaló una planta de tallo anguloso de más de un metro de altura, rematado por un denso corimbo de pequeñas flores rosáceas.

—*Leuzea carthamoides* —anunció.

Por alguna razón que Julia en aquel momento no llegó a comprender, Marinoschka dejó escapar una risa que reprimió de inmediato al ver la expresión de desaprobación del padre. Nikolay la fulminó con una mirada severa, y la niña se deshizo en disculpas. Julia observó la escena extrañada, y se maldijo por no entender el ruso. No obstante, Marinoschka se rehízo al instante, y comenzó a arrancar las plantas que su padre le indicaba, justamente las más grandes y de corimbo más amplio. Cuando ya hubieron recogido un buen manojo, Nikolay, que había estado valorando algún plan, tomó una decisión y se la comunicó a su hija. Marinoschka lanzó un grito de alegría, y abrazándolo, lo cubrió de besos. Nikolay la apartó de un suave empujón, pero tan sonrojado y satisfecho que era evidente ver en su rostro el rendido amor que sentía por su hija. Aquella mirada de inmensa ternura, de devoción absoluta en los ojos del reservado Nikolay, despertó en Julia un oscuro sentimiento de envidia que la envenenó durante unos instantes. Algo horrible se revolvió en su interior, y ella supo que jamás conseguiría librarse de sus fantasmas. Ni allí, tan lejos de todo, conseguía un solo instante de paz. Cualquier gesto, cualquier pequeña señal, arrancaba la obsesiva maquinaria del odio. Julia meneó la cabeza, dispuesta a disipar aquellos pensamientos. Como fuese. Aunque tuviese que comerse aquellas flores crudas para aplastar al monstruo.

Marinoschka señaló el tronco de un árbol que mostraba signos de impactos de bala y manchas de pólvora. Julia descubrió también que alguien había hecho unas muescas en la corteza, a modo de diana. Por lo visto, padre e hija se dedicaban a hacer excursiones a la montaña y practicar la puntería con el pobre árbol. Marinoschka cargó su escopeta, y colocando con destreza la culata sobre el hombro, ajustó el punto de mira y disparó. Las hojas del árbol se agitaron y una bandada de pájaros salió volando despavorida. La bala se incrustó en el grueso tronco, y los dos *borzois* lanzaron unos ladridos nerviosos y saltaron alrededor de la niña, molestos por aquel desperdicio de pólvora. A continuación, Marinoschka le ofreció de nuevo su escopeta a Julia. Esta negó de nuevo, pero Nikolay la miró sonriente y asintió. Julia aceptó que la niña se colocase detrás de ella para intentar mostrarle la posición correcta para disparar. Julia cerró un ojo, y la niña se colocó frente a ella y negó con vigor, haciéndole señales.

Los dos ojos abiertos.

Aquello de disparar era complicado. La culata sobre el hombro derecho, y el punto de mira señalando el tronco del árbol. Julia apretó el gatillo y la escopeta se desvió, disparando a las montañas. Avergonzada, devolvió el arma. Marinoschka negó con la cabeza y volvió a insistir. Para complacerla, Julia aceptó de nuevo el reto, aun cuando se sentía completamente incapaz de acertar. No obstante, después de colocar la escopeta sobre el hombro, intentó ajustar lo máximo el punto de mira y controló la desviación. Disparó. La bala se incrustó en el tronco del árbol. Entusiasmada por el inesperado éxito, Julia le devolvió la escopeta a la niña y empezó a dar saltos por el prado, seguida de los dos *borzois* que no podían dar crédito a lo que veían. La invitada cansina daba, al fin, muestras de vitalidad. Cuando Julia fue consciente de su extraño comportamiento, se detuvo y se volvió, mirando a Nikolay y a Marinoschka, que la señalaron con un dedo y comenzaron a reír alegremente. Julia meneó la cabeza, y volvió, con la cabeza gacha, una falsa expresión de orgullo herido y el convencimiento de que la vida le estaba brindando unos momentos de felicidad que, quizá, no se repetirían nunca más.

La vuelta fue mucho más rápida, ya que la tarde comenzaba a decaer. Nikolay las apuraba para llegar lo antes posible. Eran las ocho cuando avistaron la casa frente al prado y al pequeño *Putin* saludándolos desde la puerta. Al pasar frente al cobertizo, Marinoschka se ofreció a guardar la escopeta del padre, y le pidió a Julia que la acompañase. La joven se encogió de hombros, pero obedeció, mientras Nikolay se dirigía a la casa con el manojo de hierbas. Cuando entraron en el cobertizo, todos los animales, que estaban ya dormitando, se revolvieron nerviosos. La niña les susurró unas palabras cariñosas y los tranquilizó. Con un gesto de la mano invitó a Julia a seguirla, y se dirigieron a la parte trasera del cobertizo en la cual Nikolay guardaba las herramientas y los aperos de labranza. Marinoschka abrió los portones de un armario enorme, para descubrir en su interior un universo de utensilios e instrumentos, todos perfectamente ordenados y limpios. La niña vació los cargadores, y colocó con cuidado las dos escopetas y las cananas en un estante, seguramente siguiendo las estrictas instrucciones de su padre. Luego se giró hacia Julia, y con los ojos brillantes de emoción le hizo un gesto expresivo, pasándose el índice sobre los labios.

Silencio. Voy a explicarte un secreto.

La niña levantó una tabla en la parte inferior del armario, a ras de suelo, para dejar al descubierto un doble fondo.

Así que Nikolay tenía alguna cosa interesante allí escondida.

Julia estiró el cuello y miró en el interior del hueco. Entonces vio una funda negra de forma alargada. Marinoschka la tomó entre las manos con sumo cuidado, casi con devoción. Abrió la cremallera, mostrándole a la joven su contenido.

Julia tragó saliva.

Aquella arma no tenía nada que ver con una escopeta de caza. Impresionada, Julia pasó un dedo por el cañón y miró a Marinoschka. La niña sonrió maliciosa.

—*Kalashnikov* —musitó.

Julia asintió con lentitud, hipnotizada por la visión del fusil de asalto. Una máquina de matar.

El cargador extraíble, curvo, estaba relleno de munición.

Treinta balas.

El arma más empleada en los conflictos bélicos de todo el mundo. Un arma que había conocido todas las guerras del planeta, todas las batallas, todas las masacres.

Un escalofrío recorrió la espalda de Julia y la obligó a estremecerse. Acababa de tener una horrible premonición, la certeza de que algo espantoso iba a suceder.

La visión de una tragedia.

Solo que ahora ella ya no tenía diez años, sino treinta.

19

Diez días después, Viktor recibió una llamada de Ivanov, para informarle de que tenía que estar a las cuatro de la tarde en una terminal del aeropuerto de Púlkovo. A pesar de que Viktor intentó arrancarle alguna información, el hombre se limitó a recordarle que llevase su documentación y que fuese puntual.

Cuando el ruso miró su reloj y comprobó que ya pasaban treinta minutos de la hora convenida, lanzó un bufido de impaciencia. Había visto en el panel de anuncios que el vuelo con dirección a Ginebra salía en menos de una hora.

Fue entonces cuando la vio llegar y casi no la reconoció. Svetlana ya no cubría su rostro con una espesa capa de maquillaje, pero tampoco iba con la cara lavada. Curiosamente, ahora no parecía una niña. Después de todo, quizá tuviese veinte años. Al llegar hasta él, Viktor pudo observar que aunque ya no llamaba la atención con su indumentaria provocativa, era una joven de gustos caros. Camiseta Givenchi, pantalones Paige Premiun Jeans, deportivas Bikkembergs. Y en la muñeca, un Cartier.

Evidentemente, el comunismo había fracasado con Svetlana.

—Llegas tarde.

—He tenido que cambiar rublos por francos suizos —se disculpó ella haciendo un mohín—. Por cierto, me gustan estos suizos, siempre tan suyos, pasando del rollo de la Unión Europea y sus estúpidos euros.

—Has tenido diez días para ir al banco.

—No seas paleto. Seguro que eres uno de esos pueblerinos que llegan al aeropuerto tres horas antes.

Viktor estuvo a punto de replicar, pero se contuvo. Era demasiado fácil entrar en aquel juego infantil de acusaciones cruzadas.

—Venga, vamos —la apremió—. Aún perderemos el vuelo.

Facturaron los equipajes. Al mostrar sus pasaportes falsos, a nombre de Ivan Rupniewski y Katrina Karpova, no tuvieron problemas, y eso que Viktor se quedó en blanco y no recordaba su nombre. Después de recorrer Europa bajo cuatro o cinco identidades distintas comenzaba a tener problemas de personalidad. Finalmente, la empleada les entregó las tarjetas de embarque. Ambos dejaron sus respectivas maletas sobre la cinta transportadora. El equipaje de Svetlana también era de marca.

Después de pasar varios controles de seguridad, y ya dentro de la zona de pasajeros, ella quiso dedicar el poco tiempo que le quedaba a recorrer los *duty free*. Viktor se negó, señalando el reloj.

—Sobra tiempo —insistió la joven.

—Haz lo que quieras —contestó Viktor encogiéndose de hombros—. Por mí te puedes quedar en tierra.

—Qué desagradable eres.

—Mucho.

—¿Sabes cuál es el mejor *duty free* del mundo? —le preguntó ella, alegremente.

Viktor la miró con los ojos entrecerrados. Aquella muchacha estaba acabando con su paciencia y eso que no llevaba ni diez minutos con ella.

—El de Puerto Iguazú, es maravilloso —concluyó Svetlana, imperturbable.

El ruso creía que las cataratas de Iguazú eran maravillosas, no había oído nada acerca de su *duty free*. Pero cuando iba a hacerle algún comentario cáustico a la joven, esta ya se dirigía a la tienda libre de impuestos más cercana. Viktor la observó malhumorado mientras ella se dirigía a un mostrador de perfumes, y le pedía varias muestras a la dependienta. Después de olisquear con fruición varias tiras de papel secante y de lanzar todo un repertorio de exclamaciones y grititos, Svetlana se decidió por un pequeño y estrambótico frasquito que, desde la distancia, a Viktor le pareció que tenía la forma de un ángel de color rosa. Desde megafonía una azafata anunció el vuelo a Ginebra, y Svetlana salió del *duty free* con el perfume, después de abonar una cantidad obscena de rublos.

Viktor la miró con desdén mientras se acercaba.

—Sé que piensas que soy una frívola —repuso ella al llegar a su lado—, pero te equivocas. No soy lo que aparento.

De manera inconsciente, Viktor recordó su último viaje de avión. Con Julia. Ni relojes caros, ni jeans de diseño, ni botes de colonia con formas celestiales. Ella se conformó con una libreta y un bolígrafo, y ni siquiera se molestó en merodear por el *duty free*. Julia hablaba poco, ni un uno por ciento de lo que bullía en su cerebro. Y sus comentarios, aunque crudos e irónicos, estaban llenos de sustancia. Una sustancia sincera y brutal. Como ella.

La sensación de añoranza fue repentina e intensa, y durante unos instantes lo desconcertó. Aquel desastre de mujer, dependiente de los medicamentos. Bajita, poca cosa, ni guapa ni fea. De mirada oscura, de oscuro pasado y aún más oscuro futuro.

Julia.

Viktor meneó la cabeza, como si con aquel sencillo gesto pudiese disipar sus pensamientos. No. Los sentimientos románticos no entraban dentro de sus planes. Y mucho menos, cuando se trataba de una persona desequilibrada como Julia Irazu Martínez, que no tenía en su vida más objetivo que destrozarla lo antes posible. Era ridículo.

No obstante, aquel sentimiento se aferró obstinado a su ánimo, sumiéndolo en un fastidioso malestar.

Nada más ocupar sus asientos, Viktor se ajustó el cinturón de seguridad y cerró los ojos, dispuesto a dormitar, o como mínimo, a evitar la conversación de Svetlana. Ella se puso unas gotas de perfume en el dorso de la mano y se dedicó a olisquearla durante todo el tiempo que duró el despegue. Luego, cuando una azafata anunció que ya podían desabrocharse los cinturones de seguridad, ella suspiró profundamente y miró a Viktor con desdén.

—Qué aburrido eres.

El ruso entreabrió un ojo.

—Sí.

—¿Quieres que hablemos de algo?

—De perfumes, no. Por cierto, apestas a flor podrida.

—Es Yves Saint Laurent.

—Oh.

—Me tranquiliza.

—¿El qué? ¿Oler a flor podrida?

Svetlana lo miró con tal expresión de odio que Viktor dejó escapar una carcajada.

—Perdona, muchacha —se disculpó—. ¿Qué pasa? ¿Te da miedo volar?

Ella tardó unos segundos en responder.

—Me da pánico —respondió, haciendo pucheros.

—¿Y esnifar perfume te tranquiliza?

—Sí.

—¿Y no te valdría agua de lavanda?

—La dependienta me dijo que el olor de este perfume era muy seductor.

—La dependienta estaba drogada, seguro.

Svetlana meneó la cabeza.

—Lo que pasa es que no me encuentras atractiva.

—Eso debe de ser.

—Quizá no sabes apreciar una belleza delicada como la mía.

—Ciertamente.

—Porque yo valí un Cézanne.

Viktor la miró, sobresaltado.

—¿Qué?

—Lo que oyes. ¿Podrías tú pagar un Cézanne?

—¿A cambió de qué?

—De mi virginidad.

—No pagaría ni un rublo por la virginidad de nadie.

—No te creo.

—Me importa un rábano que no me creas —concluyó Viktor y volvió a cerrar los ojos, dando la conversación por acabada.

Svetlana se mantuvo en silencio unos instantes.

—Hay muchos hombres dispuestos a pagar fortunas por desflorar a una jovencita, cuanto más jovencita mejor.

—El mundo está lleno de pervertidos —murmuró él.

—Pervertidos con dinero.

—Sí, veo que eso te ha quedado claro —replicó Viktor mordaz.

—¿Qué quieres decir?

—No quiero herirte. —Viktor meneó la cabeza—. Pero tu actitud, digámoslo poéticamente, no encaja con el de una mujer traumatizada. Creo que, en vez de vengarte de Djacenko, tendrías que darle las gracias por enseñarte una forma de ganar dinero fácil.

Svetlana tardó unos segundos en responder. Al final, dejó escapar una carcajada histérica.

—¿Qué te pasa ahora? —preguntó Viktor extrañado.

—Que al final, el Cézanne será para mí.

—¿Qué pasa? ¿Piensas comprárselo a Djacenko?

—No será necesario.

—¿Quieres explicarte mejor, Svetlana? No tengo ganas de jugar a las adivinanzas.

—Tienes que saber que Boris Djacenko no es un simple traficante. —El tono de voz de la muchacha era irritante—. No busca solo enriquecerse, aunque es multimillonario, sino ganar a todos los que, como él, quieren hacerse con la obra de arte más impresionante, la más renombrada. No le mueve el amor a la belleza, solo el deseo de poseer una pieza única. El ansia de propiedad es el valor absoluto. La finalidad no es el arte en sí, sino el coleccionismo.

—¿Y eso qué tiene que ver contigo?

—Boris Djacenko compite con otros mafiosos para ver quién consigue apropiarse de la obra más extraordinaria —prosiguió Svetlana, impermeable a la creciente impaciencia de Viktor.

—¿Y qué?

—Está poseído por la ambición, y cuando descubre que un cuadro famoso se mueve por el mercado negro, se obsesiona de tal manera que haría lo que fuera por conseguirlo. Lo que fuera, ¿entiendes?

—Lo entiendo —respondió Viktor cansado—. Mataría a su madre.

—No mataría a su madre porque ya está muerta —replicó Svetlana—. Pero tiene una hija. Y no la mataría, porque no le reportaría ningún beneficio. Mejor... venderla.

Viktor tragó saliva al comprender.

—¿Tú eres su hija?

Svetlana lo miró durante unos instantes, y al final asintió con vigor.

—Por eso te digo que el Cézanne será para mí. Porque yo soy su heredera.

Viktor meneó la cabeza, impresionado.

—¿Él te obligó? ¿Tu propio padre te obligó a prostituirte?

Svetlana tardó unos segundos en contestar.

—No, exactamente —confesó—. Él me lo pidió, me dijo que sería la primera y la última vez. En realidad, mentía. Hubo otras veces... Primero fue un Cézanne, después un Dubuffet, más tarde un Watteau, al final un simple boceto de Miró. Mi precio ha ido bajando conforme he sido usada. —Svetlana sonrió amargamente—. Ya ves, me he devaluado.

—¿No pudiste negarte?

Svetlana sonrió amargamente.

—No. Él vino a buscarme a la escuela privada donde estaba interna estudiando. Me dijo que no había otra solución, que si yo no aceptaba, nos arruinaríamos.

—¿Le creíste?

Svetlana se encogió de hombros.

—¿Qué querías que hiciera?

—¿Y tu madre? ¿No se opuso?

—¿Mi madre? No sé quién es mi madre.

Viktor la miró insistente, esperando que ella prosiguiera, a lo que Svetlana accedió con desgana, como si hablar de su madre fuese el tema más aburrido del mundo.

—Ella me abandonó al nacer. Mi padre... —Svetlana meneó la cabeza con irritación—, quiero decir Djacenko, me aseguró que era una mala mujer, que se quiso deshacer de mí. Me dijo que si hubiese sido por ella, hubiera abortado. Bah, qué más me da.

El ruso asintió, abatido. La realidad era mucho más brutal de lo que esperaba, y Svetlana no la había asumido en absoluto, por mucho que quisiera aparentar desinterés. Él lo sabía por experiencia propia.

—Lo siento mucho —murmuró—. No era mi intención juzgarte, ni mucho menos. No debe de haber sido fácil.

—No lo ha sido —añadió ella—. Piensa que yo tenía catorce años cuando Djacenko me vendió. Él era todo lo que yo tenía, el único en el que yo podía confiar. Y me vendió. Entonces supe que estaba sola en el mundo.

—¿Y por qué no huyes? Ahora ya tienes veinte años. Empieza una vida nueva, aléjate de todo.

—Es imposible —negó Svetlana—. Estoy acostumbrada al lujo, no podría vivir como una miserable. Además, soy la heredera legal de Boris Djacenko. Por eso quiero que muera, para quedarme con su fortuna.

Al llegar al aeropuerto de Ginebra, Viktor descubrió que salir de Rusia era mucho más fácil que entrar en Suiza. De hecho, cualquier cosa es más fácil que entrar en Suiza. Los suizos tienen unas leyes de extranjería muy restrictivas, que endurecen a cada nueva legislatura. Con solo pasearse durante cinco minutos por el centro de Ginebra, uno ya se da cuenta del porqué.

Los suizos están forrados.

Ginebra acoge la sede de gran número de organizaciones internacionales, además de las tiendas más selectas del mundo de relojes de lujo. Su sello de calidad —Poinçon de Genève— se otorga con criterios muy estrictos. No obstante, los suizos no solo viven de relojes. También albergan las sedes principales de industrias químicas y farmacéuticas, inmobiliarias, servicios financieros...

Así que, incluso para una mujer experimentada y ducha en el *duty free* como era Svetlana, un paseo por la Rue du Rhône es la demostración de que el dinero está muy mal repartido en el mundo.

Como no podía ser de otra manera, el taxi recorrió le Quai du Mont-Blanc, que bordeaba el lago Léman, y se detuvo frente al hotel Beau Rivage, un edificio construido en 1865, que había hospedado incluso a la emperatriz Sissi. Un mozo de librea se acercó diligente y tomó las dos maletas de las manos del taxista, mientras el jefe de recepción los saludaba solícito y les deseaba una feliz estancia en Ginebra. Svetlana respondió con un fantástico francés, que despertó la curiosidad de Viktor.

—Te dije que había estudiado en un internado —confesó ella.

—Pensé que era ruso.

—Te equivocaste. Hace años que no vivo en Rusia.

Frente al mostrador de recepción, Viktor miró a su alrededor para observar el trasiego de empleados que se movían por el lujoso y elegante vestíbulo. La recepcionista les entregó las llaves de una habitación doble y después de consultar un dato en su ordenador, imprimió un documento y se lo extendió a Viktor.

—*Monsieur Rupnieswski... J'ai un paquet pour vous... Je vous en prie que vous signés cet reçu, s'il vous plaît.*

Viktor alzó una ceja, y después de unos segundos de desconcierto, balbució una disculpa en inglés, ante la mirada burlona de Svetlana. No quería parecer un paleto ante la muchacha, aunque no podía parecer otra cosa. La recepcionista sonrió, y después de disculparse, le hizo saber en un correctísimo inglés que había un envío a su nombre, y que debía firmar el recibo de entrega. Viktor tomó el bolígrafo —Mont Blanc, por supuesto— de la mano de la recepcionista, y plasmó una rúbrica con cara de suficiencia. La empleada llamó a un botones que, en menos de un minuto, fue a la caja fuerte, marcó la contraseña de quince dígitos, cogió un paquete, cerró la caja y volvió con el encargo y una permanente sonrisa en los labios.

—Eficiencia suiza —murmuró Viktor a Svetlana, mientras sopesaba un paquete del tamaño de una caja de zapatos—. Demasiado grande para contener las llaves de un Aston Martin y demasiado liviano para ser una Walther P99 —repuso, recordando a James Bond—. ¿Qué puede ser?

Entraron en el ascensor, que los condujo hasta la quinta planta.

—Qué poca imaginación tienes, Sokolov —murmuró Svetlana cuando el ascensor se detuvo.

—¿Sabes qué contiene?

—Por supuesto.

El botones abrió la puerta de una amplia habitación, decorada con todo lujo de detalles, y cuya ventana ofrecía una vista espectacular del lago Léman, y de *Le jet d'eau* —traducido al castellano pierde algo de su encanto: el chorro de agua—, el símbolo de Ginebra, el principal *landmark*, el icono de la ciudad: un surtidor de agua que lanza un potente chorro vertical de casi ciento treinta metros de altura. Oh.

Viktor se sentó en una cómoda butaca de estilo dieciochesco y rompió el envoltorio de papel que envolvía una caja de cartón. Abrió la tapa. En su interior había un objeto plano envuelto en plástico de burbujas. Supo lo que protegía antes de descubrirlo.

El icono de Fabergé.

Lo desenvolvió con sumo cuidado ante la mirada atenta de Svetlana. Se trataba de un panel que representaba al Cristo Pantocrátor, una imagen sagrada del cristianismo ortodoxo. Tenía un evidente valor religioso, ya que se trataba de un objeto de culto venerado, al cual incluso se le podían atribuir cualidades milagrosas. El icono había sido concebido como libro del conocimiento para un pueblo iletrado, su fuerza y su potencia radicaba en la energía evocativa y mística, en la capacidad de responder a interrogantes comunes a todos los seres humanos. ¿Quiénes somos? ¿De dónde venimos? ¿Adónde vamos?

Viktor suspiró profundamente. Acarició con suavidad, casi con devoción, el marco de oro con incrustaciones de rubíes, zafiros y esmeraldas.

Medio millón de euros.

Con medio millón de euros, uno quizá no hallase la respuesta a los grandes arcanos de la humanidad, pero mientras tanto, podría darse un respiro. Y más cuando no se disfruta de una economía boyante. Así que, durante unos minutos, Viktor Sokolov valoró la posibilidad de convertirse en la versión rusa de *Toma el dinero y corre* de Woody Allen. El sonido del teléfono móvil de Svetlana lo arrancó bruscamente de sus ensoñaciones.

—Ivanov, ya hemos llegado —respondió la muchacha.

Viktor guardó el icono dentro de la caja mientras comprobaba cómo la expresión del rostro de Svetlana se tornaba sombría. Ella asintió varias veces, y en un gesto instintivo, se acercó a la ventana y comprobó que, aparcado frente al hotel, había un coche oscuro con los vidrios tintados.

—Tengo una cita con Ivanov —anunció ella mientras se guardaba el teléfono móvil en el bolso.

—¿Y yo?

—Ivanov ha sido muy claro. No quiere que vengas.

—¿Por qué? —Viktor meneó la cabeza, extrañado—. ¿No soy yo quien tiene que hacer la entrega a Martín Arístegui? ¿Por qué me excluye?

—Lo siento. —Svetlana estaba nerviosa—. Yo tampoco sé muy bien qué es lo que pasa, pero no tengo más remedio que obedecer.

—¿Qué me ocultas, Svetlana?

La muchacha suspiró profundamente.

—Ivanov me ha dicho que tiene que presentarme a una persona muy importante, y que tú no puedes venir.

—No quiero dejarte sola. Ya sé que estás acostumbrada a tratar con esos tipos, pero ahora me siento responsable de ti.

—Tengo que obedecer, Viktor. —Ella meneó la cabeza—. Tenemos que obedecer los dos.

—No soporto esta obediencia a ciegas —mascullo Viktor.

—Confío en Ivanov —repuso Svetlana, mientras se dirigía a la puerta—. Y tú tienes que hacer lo mismo.

—Yo decido en quién confío y en quién no.

—De acuerdo —asintió Svetlana—. Entonces te lo diré de otra manera: no te queda más remedio. Y a mí, tampoco.

El ruso se dirigió a la ventana, y observó a Ivanov, que esperaba impaciente a la entrada del hotel.

—¿Quién puede ser esa persona tan importante?

—Cuando vuelva espero poder explicártelo —respondió Svetlana, ya en el umbral de la puerta—. Por cierto, no me llames. Y no se te ocurra seguirme.

—¿Por tu seguridad?

—Exacto.

El ruso asintió, muy a su pesar.

—Y una última cosa, Sokolov...

Él la miró con el ceño fruncido.

—... gracias por preocuparte por mí —concluyó, y cerró la puerta tras ella.

Viktor la vio salir del hotel y saludar a Ivanov, que estaba frente al vehículo. El hombre le abrió la puerta trasera y la invitó a entrar. Luego, él ocupó el asiento del copiloto y el coche arrancó, alejándose en dirección a Pont du Mont Blanc y perdiéndose entre el tráfico.

Al abrir la puerta del coche, Svetlana descubrió a una mujer madura de aspecto muy elegante sentada en el asiento trasero. Tendría alrededor de cincuenta años o quizás un poco más. Que fuese una mujer tranquilizó a Svetlana. Por lo menos, no se trataba de un repugnante encuentro con un viejo seboso.

La mujer le lanzó una mirada especulativa, intensa, como si pretendiese ver en su interior. No se presentó. De hecho, no dijo absolutamente nada. Se limitó a observarla fríamente. La muchacha aceptó aquel minucioso examen con la serenidad de quien ha sido examinado y valorado muchas veces en su vida. No obstante, cuando ya habían pasado varios minutos en silencio, Svetlana se revolvió nerviosa, y se dirigió desafiante a la mujer.

—¿Qué? —le espetó, descarada—. ¿Le gusto?

Aquel comentario arrancó una sonrisa burlona a la mujer, que se decidió a contestar.

—Eres igual que Djacenko.

Svetlana apretó los puños. Pocos comentarios la habrían herido tanto.

—¿Quién es ella? —preguntó Svetlana furiosa, dirigiéndose a Ivanov—. ¿Por qué tengo que conocerla?

Ivanov cruzó una mirada con la mujer y contestó:

—Te presento a Karina Sokolova.

Svetlana abrió los ojos como platos, estupefacta.

—¿Karina... Sokolova? —repitió, con un hilo de voz.

—Exacto, pequeña —confirmó la mujer—. Como puedes imaginar, la coincidencia de apellidos no es casual: soy la madre de Viktor Sokolov.

Svetlana tragó saliva. El hecho de conocer a la madre de Viktor ya resultaba sorprendente, pero ese descubrimiento no fue el que la dejó paralizada. Algo se revolvió en el fondo de su memoria. Un recuerdo lejano, casi dormido. A su mente vinieron retazos de conversaciones escuchadas a escondidas. Palabras que hablaban de amenazas y traiciones, de ansiadas venganzas. Y entre esas palabras siniestras, Svetlana estaba segura de que había escuchado aquel nombre en boca de su padre.

Karina Sokolova.

Ahora ella estaba a su lado, observándola con curiosidad, pero también con una frialdad en la mirada que resultaba estremecedora. Y más aún porque Svetlana tenía el presentimiento de que aquella mujer iba a hacerle una terrible revelación.

—Soy la madre de Viktor Sokolov, como ya te he dicho —repuso la mujer con una amarga sonrisa en los labios—. Y eso, aun siendo malo, no es lo peor.

20

La defensa Morphy de la apertura española es la línea principal tal y como se juega en la actualidad. Sin duda es la variante más aguda, tanto para las blancas como para las negras. Aparte de otras respuestas buenas, la línea principal continúa con dos variantes básicas dentro de la cual encontraremos el peligroso ataque Marshall.

1.e4 e5 2.Cf3 Cc6 3.Ab5 a6 4.Aa4 Cf6 5.0-0 Cxe4...

Julia ensayó la jugada y se quedó absorta en el tablero.

Llevaba poco más de una semana estudiando el libro de Karpov, jugando dos o tres partidas al día con Marinoschka. Poco más de una semana y ya había descubierto sus estrategias. La primera vez, la niña sacó la dama nada más comenzar y la fulminó con un mate pastor. Luego, siguió utilizando la misma jugada, a pesar de que Julia ya estaba preparada. No obstante, Marinoschka insistía, aunque sacar la dama tan pronto no era bueno, ya que quedaba demasiado expuesta. Durante los dos últimos días, Julia había estudiado la posibilidad de matarle la dama.

Pero le preocupaba la reacción de la niña.

Había descubierto que los recursos de Marinoschka eran bastante limitados, y que se movía dentro de los márgenes que le marcaban unas cuantas jugadas aprendidas de memoria. En unos pocos días, ella había adquirido un nivel semejante al que la niña había conseguido después de años y años de esfuerzo. ¿Cómo lo asumiría? Tenía que ser frustrante.

Julia bebió otro trago de tisana. Estaba irritada. ¿Por qué tardaba tanto en causarle efecto? Había aumentado la dosis al mediodía, cuando Natasha y Nikolay descansaban. Comenzó un blíster nuevo de tranquilizantes y lo vació. La infusión estaba cargadísima. Mucho. Y lo peor de todo es que podía ser una mezcla impredecible, explosiva. Aunque eso, a Julia, poco le importaba.

¿Por qué tardaba tanto en hacerle efecto?

Apuró el vaso y se escanció otro. En un arrebato de furia pasó una mano por el tablero, tirando todas las piezas.

La vida era una mierda.

—Hola.

Julia se volvió lentamente para descubrir a Olya. Se limitó a hacer un leve gesto con la cabeza a modo de saludo.

—He visto a Marinoschka en el pueblo con unas amigas y he aprovechado para venir a visitarte —explicó la rusa.

—Bien —murmuró Julia.

—¿Qué es lo que te pasa? Te he visto tirar las piezas de ajedrez como si estuvieses muy enfadada.

—No vale la pena que aprenda más.

—¿Por qué?

—Porque con lo poco que sé, ya me tengo que dejar ganar —murmuró.

La rusa se sentó frente a ella, y la miró sorprendida.

—¿Ya? ¿Tan pronto?

—He leído dos o tres capítulos del libro de Karpov y es más que suficiente para conocer al dedillo el juego de Marinoschka. En definitiva, una apertura, un par de defensas y para de contar.

—¿Tanto te duele?

—Me duele el engaño, Olya. Me hiciste creer que Marinoschka era una experta y eso es mentira. La pobre no domina más que los rudimentos.

—No es tan poca cosa.

—Por favor... Para ella es todo un logro, pero no para una persona normal.

—¿Qué entiendes tú por persona normal? —preguntó Olya—. Hay mucha gente de esa que tú llamas normal que no tiene ni idea de jugar al ajedrez, y que lo único que sabe es manejar el mando de la televisión.

Julia lanzó un bufido de desdén.

—Ya me has entendido.

—Pero tú no me has entendido a mí —replicó Olya—. Te dije que Marinoschka tiene un leve retraso mental que compensa con voluntad de superación. ¿Te lo dije?

—Sí.

—Pues la próxima vez que juguéis juntas, gánale y dile cómo lo has hecho. Enséñale la jugada.

—¿No se enfadará?

—Sí, muchísimo. —Olya sonrió—. Pero si la quieres un poquito, no te queda más remedio que implicarte.

Julia meneó la cabeza, molesta.

¿Implicarme?

A pesar de la vida en el campo, de limpiar los establos y de recoger las manzanas, aún distaba mucho de ser Laura Ingalls ayudando a su hermanita ciega.

Sobre todo porque aún no sentía los efectos de la infusión. Apuró el tercer vaso y se escanció otro sin mirar a Olya.

—Todo esto es ridículo —replicó, crispada—. No pretenderás que yo me convierta en una cooperante de oenegé.

—Plantéatelo como un reto, sin más —rectificó Olya—. Yo estoy segura de que puedes enseñarle algunas jugadas a Marinoschka. Solo eso.

—La estáis engañando, creándole unas expectativas que no se ajustan a la realidad.

—¿Qué expectativas? —preguntó Olya.

—Marinoschka es dependiente, y por mucho que aprenda, necesitará ayuda toda su vida. ¡Y tú quieres que piense que es un genio del ajedrez!

—Eso no es cierto.

—Sí que lo es. Ella tiene una visión irreal de sí misma.

—Marinoschka vivirá en Krasnarozh'ye, rodeada de todos nosotros. Todos la ayudaremos y no consentiremos que le falte de nada. ¿Qué mal hay en intentar que mejore lo máximo posible?

—Qué bonito —murmuró Julia con desdén—. Qué buenos sois todos.

—Marinoschka lo vale —insistió Olya—. Y tú lo sabes.

Julia tardó unos segundos en responder. Al final, meneó la cabeza con obstinación.

—Da lo mismo que yo me implique como que no me implique. Marinoschka seguirá intentando el mate pastor por los siglos de los siglos.

—Amén —concluyó Olya con una sonrisa beatífica—. Venga, relájate.

Julia suspiró profundamente y bebió un nuevo trago de infusión. Lo cierto es que Marinoschka le preocupaba mucho más de lo que estaba dispuesta a reconocer. Y, además, comenzaba a sentir cierto sosiego, la inequívoca presencia de la benzodiacepina corriendo por sus conexiones neuronales.

—¿Qué tal la tisana? —le preguntó Olya intentando no mostrar inquietud en su pregunta—. ¿Es efectiva?

—Muy efectiva —respondió Julia asintiendo con vigor.

—Te dije que podías beber toda la que quisieras, pero tal vez es perjudicial...

—¿Perjudicial? ¿Por qué?

—Podría sentarte mal.

—No, qué va —respondió Julia acercándole el termo—. ¿Quieres?

—No, gracias.

—¿Tienes miedo de que te siente mal?

—No, no es eso.

Julia sonrió irónica.

—Tienes razón, es mejor que no la pruebes.

Olya la miró intrigada.

—¿Por qué lo dices?

Julia dudó un instante. Cállate, le dijo una vocecita interior, a la cual no hizo ningún caso. Estaba demasiado sobreexcitada para comportarse con sensatez.

—Vete tú a saber cómo te sentaría.

—¿A qué te refieres?

—La infusión lleva tranquilizantes. No quisiera iniciarte en el consumo de benzodiacepinas.

—¿Cómo lo sabes?

—Lo sé —replicó Julia—. ¿Ha sido cosa tuya?

La rusa tardó unos segundos en confesar.

—Pensé que conseguiríamos engañarte.

—Y lo hicisteis. Pero un día decidí husmear en el cajón del comedor y vi que faltaban muchas pastillas, y ya me imaginé que no se las había comido el perro. ¿Adónde habían ido a parar? ¡A mi infusión de *Leuzea carthamoides*!

—No es *Leuzea carthamoides* —respondió Olya enrojeciendo.

Ahora le tocó a Julia sorprenderse. Por lo visto, el fraude era completo. Aunque, para ser sinceros, en aquel momento comenzaba a darle igual.

—¿Y qué es?

—Valeriana.

Julia lanzó un bufido de indignación.

—Miserables.

—Cuando te traje la infusión, me dijiste que si era valeriana no te causaría efecto —confesó Olya—, así que pensé otro nombre. Imaginé que si alguna vez habías tomado valeriana, habría sido en cápsulas. Efectivamente, no reconociste el sabor. Y cuando fuiste con Nikolay y Marinoschka a la montaña, tampoco reconociste su flor, que es inconfundible para nosotros.

Ahora Julia recordó cómo se había reído Marinoschka cuando Nikolay le hizo creer que habían ido a recoger *Leuzea carthamoides*.

Aquel descubrimiento, que incluía a la niña en el grupo de mentirosos que la habían engañado le resultaba, paradójicamente, reconfortante.

—Así que *Leuzea carthamoides* —repuso Julia, dejando escapar una sonrisa amarga—. Qué imaginación más prodigiosa. ¿El nombre también te lo inventaste?

—No, claro que existe. Pero no crece aquí, sino en zonas casi inaccesibles de Siberia. Además, sus efectos no son sedantes.

—¿Y cuáles son sus efectos?

—Se cree que sirve para reponer las energías en el caso de gran actividad sexual.

—Además de miserables, sois unos guarros. ¿Y eso de la actividad ya lo sabe Marinoschka?

—Por supuesto. Aquí es habitual que a los toros sementales se les mezcle con la comida unas raíces de *Leuzea carthamoides* para que mejoren su rendimiento con las vacas. Y en el caso de las hembras, para alargar su período de celo.

Julia asintió con un rictus irónico en sus labios. Tampoco le hubiese ido mal a ella.

—¿Estás enfadada? —preguntó Olya con suavidad.

—No.

—Lo hicimos por tu bien, créeme —prosiguió Olya más tranquila—. Pensamos que si le añadíamos pastillas a la infusión y luego íbamos bajando la dosis, te sería mucho más sencillo desengancharte.

—¿Se lo habéis explicado a Marinoschka? —preguntó Julia.

Olya pudo comprobar, una vez más, que la única opinión que le importaba a Julia era la de la niña.

—Lo de las pastillas, no. Pero sí lo de que te engañamos diciéndote que era *Leuzea carthamoides* —reconoció—. Le costó mucho creer que tú no te darías cuenta de que era valeriana. Yo le expliqué que las personas que viven en las ciudades no saben nada de plantas silvestres.

—Es lógico.

—No es lógico, es incultura. Porque no eres capaz de distinguir la valeriana del saúco o la parietaria del malvavisco. Si te quedases sola en la montaña, morirías enseguida.

—¿Y qué interés tengo yo en quedarme sola en la montaña?

—La vida da muchas vueltas, como puedes ver.

Julia la miró con los ojos entornados, harta de aquel sermón edificante.

—No te ofendas, pero es cierto —insistió Olya—. No has tenido ningún contacto con la naturaleza, no tienes ni idea de qué plantas son comestibles ni cuáles no. Te comerías unas bayas venenosas solo por su bonito aspecto, y morirías a los pocos minutos.

Julia asintió con vigor.

—Como una tonta.

—Tampoco conoces el comportamiento de los animales salvajes. Te asustarías, y ellos notarían tu miedo y te atacarían, devorándote.

Julia ocultó el rostro entre las manos, fingiendo terror.

—Francamente, prefiero morir envenenada. Si puede ser.

—¿Quieres que siga? —preguntó Olya, imperturbable.

—No es preciso. Me hago cargo de que soy una ignorante, una zafia inculta y demás.

—Eso dijo Marinoschka. Y se compadeció de ti.

—Me parece correcto. —Julia empezó a columpiarse en la silla como una niña traviesa—. No sé nada de bayas venenosas, porque yo me enveneno con pastillas perfectamente esterilizadas y envasadas.

Olya no apreciaba el sarcasmo, y Julia empezaba a sacarla de sus casillas. Aun así, como buena y paciente maestra que era, perseveró con su alumna más díscola.

—Así que tienes que rectificar tu opinión acerca de Marinoschka, ya que ella ha nacido y crecido en contacto con la naturaleza, y posee unos conocimientos que le permiten desenvolverse allá donde tú no durarías ni cinco minutos.

—Y yo que me alegro.

—Por tanto, ¿puedes corregir esa estúpida opinión acerca

de la dependencia, el retraso mental y todas esas ideas preconcebidas?

Julia estuvo a punto de aplaudir, pero se contuvo.

—De acuerdo, Marinoschka es un genio y, además, tengo que reconocer que la quiero un poquitín —confesó impulsivamente.

—También lo sé —repuso Olya suspirando profundamente. Estaba agotada—. Creo que eres buena persona, a pesar de todo.

—Sí, muy a pesar de todo. —Julia dejó escapar una carcajada que sonó como un ladrido.

—Y por eso voy a salvarte.

—¿A salvarme? ¿De qué? ¿De las bayas venenosas?

—De ti misma.

Julia dejó escapar una carcajada estridente, histérica.

—Me ha encantado —exclamó—. Salvarme de mí misma. Un bonito título para un tratado de autoayuda. ¿Podrías adelantarme un par de párrafos para comenzar?

Olya meneó la cabeza, reprochándole su comportamiento. Tras observarla durante unos segundos, la señaló con un dedo.

—¿Le has metido más pastillas a la infusión?

Julia se balanceó, divertida.

—Sí, alguna.

Olya se levantó con lentitud.

—Perdóname por lo que voy a hacer, Julia.

La joven la miró aturdida. De repente se le habían pasado las ganas de reír. Intuía que algo muy malo iba a sucederle.

—¿Qué vas a hacer?

—Se acabó.

—¿El qué? ¿Qué es lo que se acabó?

Olya hizo caso omiso a sus preguntas y entró en la casa. Llamó a Nikolay y Natasha, que le contestaron desde el piso superior. Julia se levantó de la silla y dio un traspiés. Era incapaz de coordinar sus movimientos. Con torpeza, trastabillando, siguió a Olya. Al llegar a la entrada, se apoyó en el umbral de la puerta y observó con la mirada turbia la escena que se desarrollaba ante sus ojos. Natasha había abierto el cajón donde guardaba las pastillas, y con horror comprobaba que dos de las cajas que ella creía llenas, ya estaban vacías. La mujer miró a Olya, y luego volvió su mirada a Julia, que se apoyó en la pared, torpemente, incapaz de articular una disculpa.

—Ni una pastilla más, Julia —repuso Olya con dureza—. Vas a sufrir un síndrome de abstinencia terrible, pero estamos preparados. Espero que tú también lo estés, porque no va a ser fácil.

—No es buena idea —repuso Julia con lentitud—. Yo no sé si podré aguantar.

—Sí que podrás. Y aunque no nos creas, lo vamos a hacer por ti —concluyó Olya, mientras Natasha y Nikolay asistían a la escena en silencio, con tal decepción escrita en sus rostros que no tenía valor para mirarlos—. No vamos a permitir que te destruyas.

—No hay salvación para mí. —Julia negó con lentitud mientras se sujetaba a la pared—. No hay salvación.

Olya se acercó a ella, y, tomándola por los hombros, la sacudió con fuerza.

—¡Reacciona! ¡No puedes vivir así, sumida en ese infierno!

Julia meneó la cabeza negativamente y salió de la casa a trompicones. Cruzó el porche tambaleándose y se adentró en el prado. Olya fue tras ella y se interpuso en su camino.

—Tienes que hablar, Julia —le ordenó—. Tienes que librarte de esa pena que te atormenta. Tienes que hacerlo.

La joven negó una vez más.

—No puedo.

—Todo viene de la infancia, ¿verdad?

Julia la miró con los ojos empañados.

—¿Por qué dices eso? ¿Qué sabes de mí?

Olya negó con la cabeza. Había hecho un juramento, muy a su pesar, y tenía que respetarlo.

—No sé nada, solo ha sido un presentimiento.

—Olvídate. Y no me acoses con tus intentos de terapia, porque pierdes el tiempo.

—Yo quiero ayudarte.

—Pero yo no quiero que me ayudes —gimió Julia—. Yo solo quiero que no le digas a Marinoschka que no he sido valiente y que no soy capaz de controlarme. Por favor, no se lo digas.

—Basta de lamentarte, Julia. —Olya estaba furiosa—. Deja de comportarte como una víctima y enfréntate a tu vida de una vez por todas.

—No puedo —musitó ella meneando la cabeza con obstinación.

—Todos hemos sufrido, ¿sabes? —prosiguió Olya, implacable—. Tú no has sido la única. Viktor ni siquiera conoció a su padre, y su madre lo abandonó con cinco años, y Sasha, ¿sabes que tiene leucemia?

Aquel fue un golpe bajo, por el estilo y por el momento. Pero Julia no estaba en condiciones de devolverlo.

—Lo lamento —murmuró.

—¡No lo lamentas! —Olya extendió los brazos al cielo—. ¡Vives muy a gusto en tu burbuja de autocompasión! ¡Seguro que piensas que tu drama es muy superior a los nuestros!

—No es eso, no es eso...

Una arcada obligó a Julia a doblarse sobre sí misma. Cayó de rodillas sobre el prado, humillada.

—Es que no puedo superarlo.

Y vomitó.

Cuando Marinoschka regresó, Olya ya se había ido. La niña intentó convencer a Julia de que jugasen una partida de ajedrez, pero la joven se negó repetidamente. Natasha llamó a la niña y le ordenó que preparase la mesa para la cena. Marinoschka obedeció sin entender por qué todos tenían aquel aspecto tan sombrío, pero no rechistó. Estaba demasiado alegre después de una tarde de correrías y travesuras, y ya que había cometido alguna trastada de la cual Natasha recibiría cumplida información al día siguiente, prefería no irritar a su madre de antemano.

Después de cenar en completo silencio, Nikolay y Natasha se sentaron frente al televisor, mientras Julia se ofrecía a lavar los platos y Marinoschka hacía unos deberes que acababa de recordar, entre los blandos reproches de sus padres. Julia miró de reojo un programa en el cual los concursantes tenían que superar todo tipo de ridículas y humillantes pruebas. En definitiva, el sumun del entretenimiento sin desgaste neuronal. De pronto, el programa fue interrumpido por un avance informativo. Una presentadora con dos trenzas rubias enrolladas en la cabeza —modelo Yulia Timoshenko— comunicó una noticia de última hora. En la pantalla apareció la imagen de un furgón policial con las puertas traseras abiertas y atravesado en mitad de una carretera. En el suelo había dos bultos cubiertos por mantas. De ambos fluían espesos regueros de sangre que se habían extendido por la calzada. Tras aquella imagen tan brutal, se escuchó la voz en off de un periodista, mientras en la pantalla salían las fotos de dos individuos. Julia se secó las manos y se acercó a la televisión para observarlos de cerca, atraída por una mezcla de horror y curiosidad morbosa. Se trataba de dos hombres jóvenes, cuya torva mirada transmitía una siniestra impresión de perversidad. Eran dos delincuentes muy peligrosos, que habían conseguido huir dejando un rastro de sangre tras ellos.

Cuando aquellos rostros desaparecieron de la pantalla para dar paso al programa de batacazos, ella observó a Natasha y Nikolay, y comprobó que ellos ni se habían fijado. Ni un comentario, ni la menor inquietud en sus rostros. Marinoschka seguía concentrada en sus ejercicios de matemáticas y solo había dedicado unos segundos de atención a la noticia. El mundo era así de brutal, y los asesinatos se sucedían con tal frecuencia que el espectador los observaba imperturbable. El mundo seguía rodando, y Julia volvió a la cocina y acabó de secar los platos. El mundo seguía rodando mientras en su retina se habían grabado aquellos rostros para siempre.

Unos dos mil kilómetros al oeste y en distinto huso horario, pero en aquel mismo instante, Svetlana cruzaba el lujoso vestíbulo del hotel Beau Rivage. Su rostro era tan sombrío como el de Julia Irazu Martínez, y aunque seguramente no llegarían a conocerse en la vida, tenían mucho en común. Sobre todo un sentimiento desapacible, la certeza de que el futuro iba a depararles sorpresas muy desagradables.

Aquel día había sido un buen ejemplo.

En cuanto Svetlana supo que aquella mujer era Karina Sokolova, intuyó que esta le haría revelaciones acerca de sí misma que cambiarían de forma súbita el curso de los acontecimientos, como así había sido.

Había un antes y un después de aquella entrevista.

Karina Sokolova era la madre de Viktor Sokolov, y como ella bien había dicho, aun siendo malo, no era lo peor.

Svetlana vio a Viktor en el bar Atrium, dentro del hotel. De repente sintió un repentino bienestar, una minúscula gota de alegría insospechada. No había contemplado más que los aspectos negativos de aquella revelación, pero ahora descubría que, quizá, no todo fuese tan malo. Viktor Sokolov había dejado de ser un hombre cualquiera. Era un buen tipo, o es que, ¿sabía algo?

Imposible.

Cuando él la vio, dejó el vaso sobre la barra y se acercó con paso rápido. En su mirada llevaba escrita la ansiedad. Viktor Sokolov se preocupaba por ella. Svetlana respiró profundamente. Era reconfortante. No obstante, recordó de improviso que había flirteado con él y aquel recuerdo la avergonzó. Pero ¿ella qué iba a saber?

—¿Estás bien? —le preguntó Viktor tomándola del brazo.

—Sí, tranquilo.

—Empezaba a impacientarme.

—Todo ha ido perfecto —insistió Svetlana, intentando mostrarse tranquila—. Además, ya sé dónde vamos a encontrarnos con Martín Arístegui. Será mañana, en un pueblo a unos veinte kilómetros de Ginebra que se llama Yvoire. Hemos quedado a las...

—Deja los detalles para más tarde —interrumpió Viktor—. ¿Quién era esa persona tan importante con quien tenías que entrevistarte? ¿Por qué yo no podía acompañarte?

Svetlana recordó las últimas palabras de Karina Sokolova. «No quiero que le digas nada a Viktor, yo me ocuparé de él cuando llegue el momento.»

—Se trata de alguien que va a ayudarnos a atrapar a Djacenko.

—¿Y por qué tengo que quedar excluido?

—Es que ese alguien tiene razones personales para ayudarme.

—¿Razones personales? —repitió Viktor examinándola con detenimiento—. ¿Puedes hablar más claro?

Svetlana reflexionó durante unos instantes. Al fin y al cabo, podía confesarle la mitad de la historia, la que le afectaba a ella. Nada había dicho Karina Sokolova al respecto.

—Esa persona que he conocido —confesó Svetlana con voz temblorosa— es mi madre.

21

Yvoire es una villa medieval situada sobre un espolón rocoso y bañada por las aguas del lago Léman. Podría ser suiza, pero es francesa. De hecho, si uno se dedica a dar la vuelta al lago por carretera, con sus valles y sus colinas alpinas, se pasará el día saliendo de Suiza, entrando en Francia, y viceversa.

Sus casas son de piedra y madera y están decoradas con hermosas jardineras atestadas de pensamientos, violetas, petunias y rosas, cuyas corolas de aterciopelados y multicolores pétalos la convierten en un mundo de ensueño. Ni una mala hierba, ni una sola jardinera descuidada, ya que sus habitantes venden su imagen de postal —*le plus beaux village de France*— con orgullo, sabiendo que es gracias a su trabajo y no a la naturaleza —aunque también— que los turistas descargan las baterías de sus cámaras digitales entre las murallas de la villa fortificada.

A las ocho de la tarde, todos esos turistas ya se habían retirado a sus aposentos en los magníficos hoteles del próximo Évian-les-Bains, sumergidos en burbujeantes jacuzzis, o bien habían buscado la orilla oriental del lago Léman, al calor de los múltiples conciertos de jazz que se celebran durante el mes de junio y julio en Montreux, la capital de la Riviera del Vaud. Otro paraíso, en este caso, suizo. Así que quedaban unos pocos turistas despistados cuando Viktor y Svetlana llegaron a la villa.

No había sido una jornada fácil para ninguno de los dos. La espera se hizo eterna, y deambularon por el hotel Beau Rivage esquivándose mutuamente. Cuando llegó la hora de viajar a Yvoire, Viktor había alquilado un coche y estaba esperando a Svetlana en la entrada, con el icono de Fabergé oculto en el maletero, y un arma bajo la camisa. Sabía que era una precaución inútil, que tendría que desprenderse de ella, pero no había podido evitarlo. Viejas costumbres.

Aquel fue un día muy largo para Viktor, aunque no tranquilo. Ni mucho menos. El primer sobresalto se lo proporcionó Olya al llamarle por teléfono.

—Sasha está en el hospital —le espetó, sin decirle ni hola.

Viktor tardó unos segundos en reaccionar. Aquel hecho no tenía nada de extraordinario.

—¿Es grave?

La pregunta era intrínsecamente estúpida, sobre todo tratándose de un enfermo de leucemia.

—Ha tenido otra hemorragia —respondió Olya dejando escapar un gemido.

—Dios...

—Sasha me ha hecho prometerle que no te lo explicaría. —Ahora Olya sollozaba con intensidad creciente—. Pero yo creí que deberías saberlo...

Viktor hizo un gesto de impotencia. Había un desagradable poso de censura en las palabras de Olya, la acusación perenne de que él nunca estaba donde tenía que estar.

—Claro que debo saberlo —reconoció él—, lo que pasa es que poco puedo hacer en este momento.

—¿Dónde estás?

—No puedo decírtelo, Olya.

—¿Por qué? ¿Por qué nunca puedes decirme dónde estás ni lo que haces? —explotó ella, furiosa—. ¡Siempre pides favores y nunca das nada a cambio!

Viktor no tuvo oportunidad de defenderse. Olya rompió a llorar con fuerza, ahorrándole el esfuerzo de tener que inventar alguna estúpida disculpa. Esperó paciente, con el móvil separado de la oreja unos centímetros, mientras se dirigía al bar Atrium. Quizás un whisky —o dos— le ayudarían a hacer más llevadera la lluvia de reproches.

—Lo siento —musitó Olya al cabo de un minuto largo—. Es que estoy muy preocupada.

—Eso te pasa porque eres una gran persona —repuso Viktor mientras se acodaba en la barra y le señalaba al barman la botella de Macallan—. Siempre estás ahí, ayudándonos.

—¿De verdad? —preguntó Olya—. ¿Tú me valoras?

—Muchísimo. —El barman llenó una tercera parte del vaso, y antes de que consiguiera preguntarle si quería hielo, Viktor ya le había arrebatado el whisky—. Te valoro muchísimo.

—Quiero que sepas que los médicos, a falta de una médula compatible, están considerando la posibilidad de hacerle a Sasha un nuevo autoimplante de su propia médula —prosiguió Olya—. Para ello es necesario tratarle con radioterapia.

Viktor recordó la primera vez que su amigo pasó por aquel largo y tortuoso proceso, con resultados negativos.

—Sasha se niega —dijo.

—Quizás es su última posibilidad —musitó Olya—. Y yo sé que si tú hablases con él lo convencerías.

—No puedo presionar a Sasha para que se someta otra vez a un tratamiento tan duro. Si no sirviese para nada, yo no me lo perdonaría.

Olya rompió de nuevo a llorar.

—Es su última posibilidad —balbució entre sollozos—. Y tú eres su mejor amigo. A ti te escucharía...

Viktor se maldijo a sí mismo por estar allí, en un hotel de lujo, mientras Sasha agonizaba en la cama de un hospital. Sabía muy bien que Olya tenía razón, y que con su apoyo, Sasha aceptaría someterse de nuevo al tratamiento. Pero de nada valía lamentarse.

—Lo siento, no puedo.

—¿Tan importante es lo que estás haciendo? ¿Más que ayudar a tu amigo?

—Nada es más importante que Sasha —replicó Viktor—. Sencillamente, es que tengo que hacerlo.

—No sé, Viktor... Siempre andas metido en unas cosas tan extrañas...

—Te prometo que regresaré lo antes posible. Tal vez, en dos o tres días.

—¿Lo dices en serio? ¿Dos o tres días nada más?

—Sí, Olya —replicó Viktor, cansado de formular promesas que no cumpliría—. Y otra cosa, ¿qué tal va con Julia?

Ella tardó unos segundos en contestar. El brusco cambio de conversación le resultó muy irritante. Tanto, que su respuesta mostró aquel malestar.

—Mal.

—¿Muy mal?

—La odio.

Aquella respuesta tan rotunda impresionó a Viktor. Olya, la bondadosa, la indulgente, la compasiva Olya.

—Lo siento —repuso Viktor—. ¿Es para tanto?

Su comentario espoleó aún más la rabia que sentía la rusa. Por supuesto que era para tanto, y aunque Olya hubiese odiado a cualquier protegida de Viktor Sokolov, lo cierto es que Julia Irazu Martínez hacía méritos de verdad. Julia era una drogadicta sin remedio, que había abusado de la confianza de Nikolay y Natasha sin importarle desilusionar a Marinoschka, que la adoraba. Además, se regodeaba en sus miserias, ahogándose en la autocompasión, sintiendo una cómoda lástima por sí misma que la eximía de cualquier esfuerzo por superarse. Era antipática, brusca, maleducada...

—No podéis más, lo entiendo —la interrumpió Viktor—. Así que, si queréis, le pegáis un tiro y la enterráis en el bosque. Nadie la encontrará a faltar.

La rusa tardó unos segundos en reaccionar.

—Viktor...

—Olya, te pedí un favor. Si Julia fuese la madre Teresa de Calcuta, entonces no sería un favor, ¿entiendes?

—No eres justo conmigo.

Viktor se maldijo a sí mismo. Era un desagradecido. Olya era una buena amiga, y bregar con Julia Irazu no era cualquier cosa. Seguro que tenía razón, y aún se quedaba corta. No obstante, siempre que le hacía un favor —lo cual sucedía con relativa frecuencia—, Olya tenía una manera de ayudarle que le recordaba continuamente lo buena persona que era y lo mucho que lo quería. Y en cambio él, nada de nada. Era un ataque directo a su mala conciencia.

Mala conciencia.

Quizás Olya no podía evitar reprocharle que no la amase. Él no tenía la culpa, pero ahí estaba, como una condena. Venía de antaño, casi podría decir que de toda la vida. Conocía a Olya desde la infancia, y desde que recordaba, ella había estado enamorada de él. Olya y Viktor, Olya y Viktor. Todos lo daban por hecho; los dos rubios y tan guapos... Pero Viktor se escurría como una anguila. Le gustaban todas las mujeres, no solo Olya. Y eso incluía a las rubias, a las morenas, a las altas, a las bajas, a las gordas y a las delgadas. Y no aguantaba al lado de ninguna más de uno o dos meses. Con el paso de los años, Olya comprendió que Viktor nunca se comprometería. Entonces, intentó alejarse. Y aunque Viktor no tuvo la culpa de que ella se casase con el primer tipo que se le cruzó al paso y que resultó ser un maltratador, siempre pesó sobre su conciencia el hecho de que le había negado la felicidad. Si tú me hubieses querido, yo no hubiese tenido que casarme con otro. No me habría equivocado, cegada por la desilusión. Era sutil, pero efectivo. Hasta cierto punto. Conseguía culpabilizar a Viktor, pero no conseguía a Viktor.

Aun así, ella formaba parte de su vida, era un punto de referencia. Es bueno que alguien te quiera, aunque seas un bala perdida.

Cuando Olya le confesó que la situación era insostenible, él tomó la decisión inmediata de matar a su marido. No podía hacer otra cosa. Era su obligación, y además, él era un miembro del Partido, alguien a quien no podía enfrentarse por la vía legal. El maltratador se iba a ir al infierno, y no precisamente de rositas. Pudo hacerlo él mismo, y ganas no le faltaron, pero tenía que ser inteligente. Si él aparecía como el asesino, de inmediato se atarían cabos, y Olya también resultaría implicada. Así que encargó el trabajo a un profesional. Por desgracia, Viktor cometió la equivocación de explicarle a Sasha cuáles eran sus planes, y Sasha cometió la equivocación de explicarle a Olya cuáles eran sus planes, como un dulce anticipo del próximo final. ¿Qué mujer no disfrutaría al saber que su verdugo iba a desaparecer? Olya. Total, lo único que Viktor había hecho era contratar a un asesino a sueldo para que le cortase algún apéndice y lo dejase morir desangrado dentro de un coche robado y lleno de droga. Ajuste de cuentas. Perfecto.

En cuanto Olya lo supo, llamó a Viktor y lloró e imploró por la salvación de su marido. O por una muerte menos dolorosa, le rogó. También dijo alguna tontería referente a su honor. ¿El honor de un maltratador? Viktor se mostró inflexible. Entonces ella se adelantó y lo envenenó con cianuro.

Que, ciertamente, tampoco fue un regalo de muerte.

—Eres tonta —se limitó a decirle Viktor—. Ya había pagado el trabajo por adelantado.

Luego, cuando Olya fue acusada de asesinato, Viktor contrató al mejor abogado para defenderla, un picapleitos sin escrúpulos que ya había salvado de la cárcel a varios altos cargos de la antigua KGB. Al final, la condena se convirtió en dos años de prisión. Homicidio con atenuantes. El abogado costó mucho dinero, que Viktor pagó con trabajos sucios; robos, amenazas, extorsiones... Todo amparado bajo un revestimiento oficial.

Se había convertido en un sicario del FSB.

No obstante, Viktor no culpaba a nadie de su meteórica carrera. Ni Olya ni nadie fue culpable de que él solito decidiese caminar por arenas tan movedizas. Resultaba dinero fácil, y con el ridículo sueldo de profesor de español, él nunca hubiese disfrutado de aquella vida de abundancia y mujeres.

Todo había salido a pedir de boca hasta que Julia Irazu Martínez se cruzó en su camino. Maldita sea, cómo le gustaría pillarla por el cuello y apretárselo fuerte.

—Perdona, Olya —se disculpó—. He sido muy injusto contigo, como siempre. Ya sé que Julia es insoportable.

—Sabes que haría lo que fuera por ti, Viktor —susurró ella con voz entrecortada—. Lo que fuera...

—Olya, yo no sé qué decir.

Durante unos instantes reinó un pesado silencio. Él estuvo a punto de inventar alguna excusa y colgar, pero no fue tan miserable. Aguantó, teléfono en mano, aunque tampoco consiguió articular ninguna palabra de consuelo.

—Respecto a Julia...

—¿Sí? —preguntó Viktor, sobresaltado—. ¿Qué más?

—No es tan mala. Quizás he sido un poco dura. Es buena persona, sé que tiene buenos sentimientos. Lo que pasa es que ella y yo no nos gustamos.

Viktor dejó escapar una carcajada de alivio.

—No te preocupes, Olya —dijo—. Julia no le gusta a nadie.

—¿Y a ti? —preguntó ella—. ¿A ti tampoco te gusta?

—¿A qué te refieres?

Olya tardó unos segundos en preguntar.

—¿Estás enamorado de ella?

—¡No, por Dios! —replicó Viktor, como si hubiese oído la tontería más grande del mundo—. ¿Yo, enamorado de esa chiflada?

—¿De verdad? ¿No me mientes?

—Por favor, Olya, parece mentira...

—Entonces, ¿aún tengo esperanzas?

Viktor suspiró profundamente.

—No puedo prometerte nada en este momento, tienes que entenderlo.

—Luego, cuando todo pase...

—De acuerdo —mintió Viktor—. Cuando todo pase.

—Muchas gracias por tu comprensión —repuso ella con voz temblorosa—. Yo te quiero, Viktor.

El ruso tragó saliva. Pasó un segundo. Soy un hijo de la gran puta, pensó. Tomó aliento.

—Yo también te quiero, Olya.

Entonces escuchó un gemido al otro lado del teléfono. Ella se despidió entre sollozos.

—Te espero, cuídate.

—Eso haré, Olya.

Cuando concluyó la llamada, Viktor llamó de nuevo al barman.

Necesitaría otro whisky.

Con el whisky aún intacto sobre la barra, sonó de nuevo su teléfono móvil. Miró el nombre en la pantallita y dejó escapar un suspiro.

—Mierda.

No estaba en condiciones de enfrentarse a lo que venía a continuación, pero tampoco podía evitarlo.

—Hola, Sasha.

—Hola, capullo. ¿Qué haces?

El tono de voz de Sasha no era el propio de un moribundo, ni mucho menos.

—Iba a llamarte ahora mismo —mintió.

—No te creo.

—De acuerdo. —Viktor tomó un trago de Macallan—. Pero me voy a tomar un whisky en tu honor.

—Eso está mejor, tío. Conmigo en dique seco ya es suficiente.

—Sé que estás en el hospital.

—Y yo sé que has hecho llorar a Olya.

—Maldita sea, ¿ya te ha llamado?

—Pues sí. Acabo de hablar con ella, y está enfadadísima contigo.

—Ya lo sé, me lo merezco —respondió Viktor compungido.

—Dice que estás locamente enamorado de Julia Irazu —replicó Sasha dejando escapar una carcajada—. Tío, ¿es que te has vuelto loco?

Aquello no era, desde luego, lo que Viktor esperaba.

—¿Olya te ha llamado al hospital para decirte esa idiotez?

—Ya sabes que soy su confidente.

—Sasha, en este momento no estás en condiciones de escuchar esas bobadas, con lo mal que debes de estar.

—Tonterías. Además, no te he llamado para que me compadezcas. Te he llamado para informarte de dos cosas. Una buena y otra no tanto.

Viktor tardó unos segundos en reaccionar.

—Dime primero la buena.

—La buena noticia es que, en realidad, no me encuentro tan mal —confesó Sasha.

—¿No has tenido una hemorragia?

—Una de tantas. Estoy acostumbrado.

—¿No van a darte quimio y radio?

—Sí.

—Sasha. —La voz de Viktor se quebró—. ¿Cuál es la buena noticia?

—No va a haber autoimplante. Los médicos aún no lo saben, pero yo sí.

—No te entiendo, Sasha. Si no ha aparecido un donante, tendrán que hacerte un autoimplante.

—Ha aparecido.

—¿Cuándo? ¡Acabo de hablar con Olya!

—Ella no lo sabe porque no se lo he dicho.

—¡Explícate de una vez, Sasha!

—He recibido la visita de un amigo tuyo.

—¿Un amigo mío?

—Ivanov.

—¡Mierda! ¿Qué te ha dicho ese hijo de puta?

—Tranquilízate, por favor. Ivanov fue muy correcto conmigo, y además, me dio una buena noticia.

Viktor lanzó un suspiro tan fuerte que resonó con fuerza al otro lado del teléfono.

—Escúchame, Viktor —insistió Sasha—. Estoy bien.

—Ese tipo es un mafioso.

—Me hago cargo.

—¿Qué te ha dicho?

—Que era un buen amigo tuyo, y que tenía ciertas influencias...

—¡Sigue!

—... y que gracias a esas influencias ha encontrado un cordón umbilical compatible en un banco privado.

—¿Un banco privado?

—Sí, amigo. De Estados Unidos.

—¿Me estás diciendo que te vas a curar con un puto cordón umbilical estadounidense? —preguntó Viktor dejando escapar una risa histérica.

—Exacto.

—No entiendo. ¿No me has dicho que es un banco privado?

—Sí.

—¿Y han accedido a cederte el cordón?

—Sí, previo pago por las molestias. Ya ves. Ivanov me ha dicho que corre con todos los gastos.

Viktor respiró profundamente.

—Ahora entiendo que no se lo expliques a Olya.

—Ya la conoces. Es tan honrada...

—Sí, sería capaz de mandarlo todo al traste.

Durante unos segundos, ambos se mantuvieron en un silencio cómplice.

—Ese Ivanov...

—Es un mafioso, ya te lo he dicho.

—Además de mafioso, sabe que yo me dedico a *hackear*.

—¿Lo ha utilizado para amenazarte? —replicó Viktor furioso.

—No, tranquilo. Surgió de una manera casual.

—Nada es casual con estos tipos —aseguró Viktor—. ¿Qué te dijo exactamente?

—Yo le pregunté cómo podían buscarme un donante así, por las buenas —explicó Sasha—. Ya sabes que es necesario conocer al detalle mi grupo sanguíneo; el sistema ABO, el factor Rh... Resumiendo, una serie de datos que te aseguro que no salen en mi Facebook. ¿Me sigues?

—Los muy cabrones han accedido a tu historial médico.

—Exacto —respondió Sasha, divertido—. Ivanov me contestó que yo no era el único que sabía romper los sistemas de seguridad informática.

Viktor suspiró profundamente.

—Ivanov no es amigo mío, Sasha, pero estoy contento. Los dos hemos hecho un trato, y veo que él está cumpliendo con su parte.

Ahora fue Sasha el que se sorprendió.

—No te entiendo.

—Tengo que hacer un trabajo —respondió Viktor—. Y para presionarme, me han ofrecido beneficios para dos personas que me importan y que están en apuros.

—Yo soy una de ellas.

—Sí.

—No quiero que arriesgues tu vida por mí.

—No hay opción, Sasha. Me veo obligado a hacerlo, y lo único que hago es intentar sacar el máximo de provecho posible.

—¿Puedes explicarte mejor?

—No, pero no te preocupes, y sobre todo no te sientas culpable de nada. —Viktor tomó aliento—. Cuídate, ese es el único favor que te pido. Quiero que salgas de esta.

—No sé cómo agradecértelo.

—Ya te lo he dicho —replicó Viktor, y de nuevo forzó un giro en la conversación—. Y ahora, dame la otra noticia, la mala.

—No es exactamente una noticia —aclaró Sasha—, es una información que he descubierto.

—¿Acerca de quién?

—De la otra persona que está en apuros... y que te importa.

Viktor tragó saliva.

—No comprendo. ¿No estás en el hospital?

—Verás, me he traído mi ordenador portátil, y lo tengo escondido debajo de la camilla. Las horas aquí se hacen eternas.

—¿Cómo has conseguido más información de Julia?

—No quiero aburrirte con detalles, pero tuve que desplegar todas mis destrezas, que no son pocas —explicó Sasha, orgulloso—. Conseguí entrar en una zona restringida y descubrí unos archivos secretos.

—¿Y?

—He tenido acceso a un historial extraído de informes policiales.

—¿Lo tienes en tu poder? —le preguntó Viktor preocupado—. Ya has visto que Ivanov te tiene vigilado, y que igual que tú pudiste entrar en esos archivos, otros pueden hacerlo en los tuyos. No quiero que corra por internet.

—Ni siquiera hice una copia. Me limité a leerlo.

Viktor lanzó un bufido de alivio.

—Tranquilo, yo tampoco quiero perjudicar a Julia —insistió Sasha—. Bueno, ¿quieres que te lo explique?

—Sí.

—Habla de sus padres.

—¿No están muertos? —preguntó Viktor sobresaltado—. ¿Julia me ha mentido?

—No te ha mentido. Murieron hace veinte años, en 1991.

—¿Los dos juntos?

—No, con dos meses de diferencia. El padre en julio, y la madre en septiembre.

—¿De alguna enfermedad? ¿Un accidente?

—El padre se suicidó. Y la madre murió por los efectos de una sobredosis de barbitúricos. En ese caso es difícil determinar si se le fue la mano o es que quería matarse de verdad.

Viktor se mantuvo unos instantes en silencio, asimilando aquella información tan brutal. Mentalmente, hizo sus cuentas. Julia tendría diez años.

Diez años.

Para Viktor, lo más sensato hubiera sido no querer saber nada más, olvidarse de Julia Irazu. Ya tenía bastantes problemas.

Pero no lo hizo. Necesitaba saber, comprender.

—Así que la madre también era adicta —repuso, intentando que no le temblase la voz—. ¿Y el padre, sabes cómo se mató?

—Se ahorcó.

Viktor se estremeció de horror. Él había visto a un hombre ahorcado, y la visión era espeluznante. El rostro hinchado, deforme, la lengua fuera, todo de un intenso color azul.

—Supongo que ella no llegaría a verlo muerto.

—Por desgracia, sí. De hecho, fue ella quien lo descubrió. Al parecer, el padre se mató durante la noche. Enrolló una cuerda alrededor de la lámpara del comedor y saltó desde la mesa. Por la mañana lo encontró Julia, y fue ella quien llamó a la policía. Puedes imaginarte la escena, el tío colgando por el cuello en mitad del comedor.

—¿Estaba sola en casa?

—No, pero como si lo estuviera. En el informe consta que la madre había ingerido tantas pastillas que fue incapaz de levantarse de la cama. Vino la policía y tuvieron que llevarla al hospital de tan drogada que iba. Durante unas semanas, Julia estuvo en un centro de acogida, hasta que la madre fue a buscarla. Pero reincidió, y dos meses después consiguió matarse.

—¿De sobredosis?

—Mucho peor. Se pegó un atracón de pastillas y cayó al suelo boca arriba. Empezó a vomitar y se ahogó en su propio vómito delante de Julia.

—Terrorífico.

—Desde luego. Además, en el informe apunta que el comportamiento de Julia fue extrañamente sereno. Lo normal en estos casos es que hubiese gritado, saliera al rellano del edificio y alertase a los vecinos pidiendo ayuda. Y que fuesen estos los que avisasen a la policía.

—Tal vez estaría en estado de *shock*.

—Julia esperó a que la madre estuviese bien muerta para descolgar el teléfono y llamar a los servicios de urgencias. ¿A ti te parece que es el comportamiento de una persona en estado de *shock*?

—Es difícil interpretar el comportamiento de una niña de diez años —repuso Viktor impresionado.

—Es difícil, pero a mí no se me ocurre más que una explicación.

—¿Cuál?

—Julia quería que su madre muriera.

Los dos amigos permanecieron en silencio durante unos instantes.

—¿Qué pasó después? —preguntó Viktor—. ¿Lo sabes?

—Julia volvió al centro de acogida, hasta que una tía suya aceptó hacerse cargo de ella. A los dieciocho años dejó Getaria y se fue a estudiar a San Sebastián. A partir de ahí la familia le perdió la pista.

—Terrible —murmuró Viktor sobrecogido.

—Además, tienes que saber que toda esta información fue obtenida durante el primer ingreso de Julia por sobredosis de fármacos. El psiquiatra intentó indagar en su pasado, pero ella se negó a hablar, así que el médico consultó a la policía.

—No hace falta ser psiquiatra para imaginar que una infancia así marca para toda la vida.

—Desde luego, es una historia brutal —reconoció Sasha.

—Además, estoy seguro de que lo que dice en el informe no es más que la punta del iceberg —apuntó Viktor—. ¿Recuerdas que me explicaste que el psiquiatra pensaba que Julia había sido víctima de abusos?

—Imposible olvidarlo.

—Exacto. —Viktor tomó aliento antes de concluir—. Ahora estoy seguro de que fueron sus propios padres quienes abusaron de ella.

22

Mientras Viktor se preocupaba por Julia, Svetlana se preocupaba por sí misma. Al fin y al cabo, era la ocupación lógica y principal de una joven de veinte años, hija de Boris Djacenko y Karina Sokolova, ambos capos de la mafia rusa y enemigos declarados.

Tenía mucho en qué pensar.

De la sorpresa inicial y una leve emoción fraternal fue reaccionando para llegar a la conclusión de que tener un hermanastro no era ninguna ventaja. Primero, porque Viktor podía representar otra boca más, ansiosa del suculento pastel que representaba el tráfico de arte. Y ella, como mujer, no lo tenía nada fácil. El mundo de la mafia era, como tantos otros, un mundo de hombres, aunque aquella situación también estaba cambiando.

Y como muestra, un botón: su propia madre.

Por otro lado, Karina Sokolova no había mostrado hacia ella ni hacia Viktor el más leve sentimiento de amor materno. No tenía la menor intención de reunir a la familia, no era una *mamma* protectora que venía a resguardarlos bajo el ala. Karina Sokolova no se había disculpado por abandonar a Svetlana nada más nacer, ni pretendía establecer a partir de ahora un lazo afectivo, cosa que a la joven tampoco le interesaba. Si había vivido los primeros veinte años de su vida sin madre, podía pasar el resto perfectamente. Pero entenderse con ella resultaba imprescindible. Y el trato que le había propuesto Sokolova era muy beneficioso y se basaba en lo único que ambas tenían en común.

Odiaban al mismo hombre.

Boris Djacenko.

Si los planes de Karina Sokolova salían bien, Boris Djacenko pasaría a peor vida —ojalá existiese el infierno—, aunque no se iría solo. Era imprescindible sacrificar a alguien más para conseguirlo. Eso no parecía importarle a Karina Sokolova, que tenía una relación mucho más directa con el damnificado. Así que, ¿por qué tenía que preocuparle a ella?

Aquel mundo era brutal. Inhumano. Implacable. Pero el dinero era la droga más potente que existía en el mundo, y ella era una adicta. Dispuesta a todo. A venderse a sí misma. A vender a los demás.

A matar.

Si echaba una mirada retrospectiva, tenía que remontarse a su adolescencia, cuando su padre la vendió por un cuadro a un coleccionista mafioso llamado Pavel Skuratov. El susodicho era, además de mafioso, un pederasta. Svetlana fue violada sin piedad, hasta perder la conciencia. Aun así, lo realmente doloroso no fue sufrir una brutal violación, sino saber que su padre la había consentido.

Aquella experiencia traumatizó a Svetlana durante unos meses, pero cuando su padre la obligó a pasar por la misma experiencia de nuevo, ahora sin falsas excusas, supo que tenía que buscar alguna vía de salida si no se quería ver convertida en un despojo. Quizás otra muchacha hubiese enloquecido en su situación, pero ella analizó sus circunstancias y decidió tomar las riendas. Con frialdad.

Iba a aprovecharse.

Tenía un objetivo a largo plazo, y necesitaba mantenerse cuerda y serena si pretendía conseguirlo.

La venganza tendría que esperar. Svetlana se comió toda la rabia y la repugnancia del mundo, se puso en contacto con Pavel Skuratov y le propuso un trato. Tenía quince años. Le ofreció lo que él quería a cambio de que la ayudara a entrar en el mundo del tráfico de arte. Mientras Djacenko andaba envuelto en sus negocios, utilizando a su hija querida cuando le venía en gana, para luego enviarla de nuevo a su internado de Suiza, Svetlana se dedicaba a hacer de porteadora, a cerrar el trato con compradores dispuestos a hacerse con una obra de arte robada. Cuando Djacenko se enteró de las andanzas de su hija, no hizo más que felicitarla. Si pensaba que Svetlana estaba destrozada y traumatizada de por vida, descubrió que la muchacha sabía negociar y se vendía al mejor postor, con la misma facilidad con que lo había hecho su madre. Al fin y al cabo, de casta le viene al galgo. Con los años, Svetlana consiguió crearse un pequeño espacio en aquel mundo, pero siempre tropezaba con su padre a la hora de conseguir negocios mayores, Djacenko le impedía acceder a los bocados más sabrosos. No seas tan ambiciosa, le decía. Y en sus ojos podía ver el brillo de la amenaza. Ella sonreía. Cuando su padre le preguntó si sabía algo del asesinato de Pavel Skuratov, que había aparecido muerto en su casa con evidentes signos de haber sido torturado, ella volvió a sonreír.

Aquel repugnante pederasta había recibido lo suyo, pero su objetivo final era matar a Boris Djacenko. Y ocupar su lugar.

El momento se acercaba, pero Svetlana no podía confiarse. Karina Sokolova le había prometido la colaboración de Martín Arístegui, y aunque sabía que el español odiaba a Djacenko tanto como Karina Sokolova o ella misma, desconfiaba de él.

No era para menos.

Al llegar a Yvoire, Svetlana recibió una llamada de teléfono. Nada más contestar, ofreció el teléfono a Viktor.

—Ivanov quiere hablar contigo.

Viktor asintió con la cabeza y cogió el móvil.

—¿Ivanov?

—Sí, soy yo. ¿Todo va bien?

—No mucho.

—¿Qué pasa?

—Sé que hoy ha ido a visitar a Sasha.

Ivanov tardó unos segundos en responder.

—Supongo que estará contento.

—No.

—No lo entiendo. He cumplido con el trato.

—No quiero que vuelva a molestar a Sasha bajo ningún concepto —replicó Viktor con brusquedad—. Ocúpense de que esa donación llegue a término pero sin molestar a mi amigo nunca más, ni hacerle insinuaciones de ningún tipo. ¿Entendido?

—Fue una visita de cortesía.

—Ahórrese las cortesías, Ivanov. Cumpla con su trato y punto.

—Le veo muy nervioso, Sokolov —repuso Ivanov irónico.

Viktor lanzó un bufido.

—¿Cómo quiere que esté? Como un cerdo antes de ir al matadero.

Ivanov dejó escapar una carcajada.

—Me gusta su estilo, Sokolov. Es sincero y directo. Bien, yo también lo seré —contestó Ivanov—. Es cierto, su misión es peligrosa.

—¿Aparecerá Djacenko?

—Sí, sabemos que sus informadores le han puesto al corriente de la entrevista que tendrá lugar en casa de Arístegui.

—¿Quién le ha informado?

—Eso no puedo decírselo, Sokolov.

—¿Tampoco puede decirme con quién se entrevistó Svetlana ayer por la tarde y por qué me excluyeron?

—En este momento, no. Más adelante.

—¿Más adelante? —preguntó Viktor sarcástico—. ¿En el otro mundo?

—Solo puedo asegurarle una cosa, Sokolov —contestó Ivanov—. Y es que mi jefa... quiero decir, mi jefe, ha dado órdenes expresas de que usted no sufra ningún daño.

Viktor percibió aquella rectificación tan sutil, aunque no hizo ninguna mención.

—Palabras.

—Pagaré muy caro cualquier equivocación —insistió Ivanov—. ¿Puede creerme?

—Qué remedio —replicó Viktor, impaciente—. Bien, dejémoslo. Quiero saber qué tengo que hacer.

—Irá a la casa de Martín Arístegui. Solo.

—¿Y Djacenko?

—No se preocupe por Djacenko. Es cosa nuestra.

—Por supuesto —replicó Viktor mordaz—. ¿Me va a decir dónde está esa casa o también tengo que confiar en que la providencia divina me conduzca hasta allí?

—Martín Arístegui tiene una mansión aislada a un par de kilómetros de Yvoire, en la carretera que conduce a Évian-les-Bains, frente al lago Léman. Se llama Sainte-Geneviève. Está a menos de cien metros de un cruce que indica a Sciez y es muy fácil de encontrar. Está rodeada de un jardín de varias hectáreas, pero la puerta de entrada se ve desde la carretera. Por cierto, no lleve armas. El detector de metales bloquearía el sistema de apertura de la puerta. Además, no le servirá para nada.

—Claro que servirá. En caso de necesidad, alguno me llevaré por delante, ¿no?

—¿Con una pistolita? —bromeó Ivanov—. No me haga reír, Sokolov. Los hombres de Djacenko utilizan subfusiles MP5-K o Mini Uzi.

Viktor dejó escapar una carcajada nerviosa.

—Joder, eso me tranquiliza.

—Así me gusta, Sokolov, que se lo tome con humor —repuso Ivanov—. Bueno, no quiero entretenerle. Martín Arístegui lo espera en su casa a las nueve y ya son casi las ocho y media. No tiene tiempo que perder.

Viktor miró instintivamente su reloj y comprobó que no tenía más que treinta y cinco minutos.

—¿Algo más? —preguntó.

—No —concluyó Ivanov—. Se entrevistará con Arístegui y después... ya está.

—¿Y el icono? —preguntó Viktor extrañado.

—Ah, sí... el icono. Llévelo.

—No lo entiendo. ¿Mi misión no es intercambiar el icono de Fabergé por un millón de euros?

—Sí.

Viktor entornó los ojos. Ya no le cabía la menor duda de que el icono no tenía ninguna importancia. No era más que una torpe excusa para conducirlo al degolladero.

—No voy a salir vivo de esa casa, ¿verdad?

—Procuraré que sí.

—¿Y Djacenko?

—No es a Djacenko a quien yo temo, Sokolov. Y le aseguro que, por lo que a mí respecta, velaré por su seguridad como si se tratase de mi propio hijo.

—¿Martín Arístegui sabe de la encerrona de Djacenko?

—Sí.

—Maldito cabrón. Quiere acabar conmigo.

—No, Sokolov. Está muy equivocado. Mucho. Y lo siento, pero el tiempo corre muy deprisa.

Antes de que pudiese decir nada más, Ivanov cortó la comunicación. Viktor le devolvió el teléfono a Svetlana, que lo miró expectante.

—Me voy ahora mismo —le anunció—. Tú no vas a venir, así que lo mejor es que busques alojamiento en Yvoire, porque me voy a llevar el coche. Por la mañana, si no has recibido noticias mías, ponte en contacto con Ivanov.

La joven asintió con la cabeza y guardó el teléfono dentro del bolso. No hizo ninguna pregunta.

—Suerte —se limitó a decir.

Viktor abrió la puerta del coche y se sentó al volante. Svetlana lo siguió con la mirada y una expresión hermética en el rostro. Él arrancó el motor, y cuando se disponía a acelerar, la joven golpeó con los nudillos en la ventanilla. Viktor la bajó.

—Confía en mí —le dijo, enigmática—, a pesar de todo.

Y sin esperar respuesta, se alejó con paso rápido.

Aún faltaban diez minutos para las nueve cuando Viktor halló la casa frente al lago. Las indicaciones de Ivanov eran precisas, ya que nada más dejar atrás el cruce a Sciez, vio la entrada a la finca. Durante el trayecto el sol había descendido sobre el horizonte y ahora lanzaba una agónica andanada de rayos rojizos. Viktor aparcó el coche a un lado del camino y se detuvo unos instantes a contemplar la puesta de sol. Quizá fuese el último crepúsculo del que disfrutase en su vida. Después cogió una caja del maletero y la abrió. Las piedras preciosas que conformaban el hermoso marco del icono de Fabergé brillaron con la última luz del día. Viktor cerró la caja de nuevo, quería aferrarse a la estúpida idea de que aquel era un trabajo como tantos. Un intercambio entre ladrones. Un icono robado a cambio de dinero robado.

Estúpida idea.

Atravesó con paso firme un camino que moría frente a una puerta de hierro forjado. Una placa dorada le confirmó que había llegado a su destino: Sainte-Geneviève. Presionó el timbre y una cámara de circuito cerrado de televisión giró lenta y lo colocó en el centro de su objetivo. Viktor esperó impaciente. A los pocos segundos escuchó un chasquido y se supo observado.

—Hola, Viktor —la voz masculina al otro lado de la cámara lo cogió desprevenido. Hablaba en castellano y tenía un fuerte acento vasco.

—¿Martín Arístegui? —preguntó con voz vacilante. No se imaginaba que con la millonada que debía de valer aquella finca y sus aledaños, su dueño tuviese que hacer las funciones de portero.

—Sí, adelante.

La puerta lanzó un quejido y comenzó a abrirse, invitándolo a entrar. Tras ella Viktor descubrió un camino adoquinado a ambos lados del cual se extendía un hermoso jardín con parterres de flores multicolores. Viktor entró, y casi de inmediato, la puerta comenzó a cerrarse de nuevo. Cruzó el camino sorteando los chorros pulverizados que le lanzaba el riego automático que, traidor, parecía estarlo esperando para enviarle una descarga de agua. Al fondo del camino, flanqueado por enormes y frondosos tilos, se alzaba la casa. Era una construcción típica suiza, de madera y piedra, estucada de blanco, con los balcones de madera atestados de jardineras llenas de flores.

En la entrada, esperándolo, estaba Martín Arístegui.

Viktor llegó hasta él y lo miró con aprensión. A pesar de la diferencia de edad, de altura, de constitución, e incluso de color de pelo, reconoció en aquel hombre su propio rostro. Su mirada, entre desafiante e irónica, como si nada pudiese sorprenderle. La nariz grande y algo aguileña. La boca, que se extendía en una sonrisa sincera, rotunda. Aquella similitud física lo aturdió durante unos segundos. No obstante, él ya había visto a Martín Arístegui, y no solo en fotografías, ya que la noche en que entró en su casa de Zumaia, él estaba tendido en el suelo de su habitación. Pero en aquel momento, con el rostro deformado a golpes, fue imposible descubrir aquellos detalles. Ahora lo tenía frente a él y sabía que aquella cara se grabaría en su memoria para siempre.

Martín Arístegui lo observó a su vez, satisfecho. Era evidente que el aspecto de Viktor Sokolov le complacía.

—Me alegro de conocerte, Viktor. —Martín Arístegui le tendió la mano.

El ruso meneó la cabeza negativamente.

—Esta no es una visita de cortesía —replicó con brusquedad—. Me he visto obligado a venir.

—Sí, y lo siento —contestó Arístegui con una expresión de pesar en el rostro que parecía auténtica—, pero era la única solución.

Viktor lo miró un instante, intentando descubrir la traición en los ojos de Arístegui. Lo único que encontró fue una mirada cansada.

Y la certeza de un final trágico.

—Traigo el icono —dijo Viktor, ofreciéndole la caja.

—Sí, de acuerdo. —Arístegui se hizo a un lado—. Pasa, por favor.

—¿No podemos concluir aquí el trato?

—No —replicó Arístegui con voz firme—. Tenemos que hablar.

—Yo no tengo nada de qué hablar.

—No seas ridículo, Viktor. Sabes que soy tu padre.

—Me es indiferente.

—Pero a mí no. Y espero que, una vez que me hayas escuchado, entenderás algunas cosas...

—No tengo nada que escuchar.

—Por favor.

Viktor lo miró de nuevo a los ojos y se encogió de hombros, resignado. Quizá valiera la pena oír lo que aquel hombre quería decirle. ¿Qué podía perder, si ya lo imaginaba todo perdido? Arístegui aprovechó aquel momento de indecisión para invitarlo a entrar en la casa.

—Venga, pasa y tomemos una copa —le dijo—. Creo que nos irá bien.

Arístegui lo condujo a través del vestíbulo a una amplia sala. Viktor lanzó una mirada a su alrededor y se encogió de hombros. La profusa decoración mostraba a un hombre de gustos eclécticos y no demasiado refinados, que había dedicado parte de su vida a recorrer el mundo y a proveerse de *souvenirs*. Si Martín Arístegui era un coleccionista del mejor arte ruso, allí nada parecía acreditarlo.

—Sí, ya sé que la decoración es horrenda y que atenta contra todas las leyes del buen gusto, pero aquí no acostumbro recibir visitas, y no tengo que demostrar nada a nadie —explicó Arístegui con una sonrisa en los labios—. Por lo demás, me gusta lo que me rodea.

Viktor sonrió. No, él tampoco era de gustos minimalistas, aunque aquella sala parecía el almacén de atrezo de la Metro Goldwyn Mayer. Dos enormes colmillos de elefante flanqueaban la estancia, y tras pasar bajo ellos, Viktor apreció varios muebles de *art déco*, sobre los cuales reposaban porcelanas chinas, vasijas de bronce, figuritas de jade y de obsidiana. En cualquier momento aparecería Charlton Heston dispuesto a luchar contra la marabunta. O contra una manada de elefantes.

Arístegui se detuvo frente a una mesilla baja ocupada por un ajedrez de ónice. Las piezas estaban dispuestas para comenzar la partida.

—¿Te gusta jugar al ajedrez? —preguntó Arístegui, invitándolo a sentarse en una de las dos butacas a ambos lados de la mesa.

—No sé jugar.

Arístegui dejó escapar una sonrisa.

—Bueno, no importa. De todas maneras, te ruego que te sientes aquí.

Viktor accedió, y cuando ocupaba una de las butacas, frente a las negras, comprendió dos cosas. La primera, que él era un perdedor nato y la segunda, que aquella era la zona de la sala que estaba mejor controlada por las cámaras de televisión.

Así que no estamos solos, pensó.

—¿Qué quieres beber? —preguntó Arístegui—. ¿Un vodka?

—¿No puede ser un whisky? —preguntó Viktor a su vez—. Un Chivas Regal de doce años me vendría bien.

Martín Arístegui dejó escapar una carcajada.

—Menudo ruso estás tú hecho —dijo.

Viktor aceptó la ironía sin molestarse. Aquella situación le resultaba surrealista, y el ambiente acompañaba mucho. Allá donde mirase descubría más y más objetos de exóticas procedencias. Un dios Shiva de bronce, un rechoncho Buda, una pagoda tailandesa de caña...

Arístegui trajo el whisky en un vaso tallado que dejó en el borde de la mesa. Para él se había servido lo mismo. Viktor hizo un gesto de embarazo con la caja que traía en las manos y se la ofreció.

—El icono de Fabergé.

Arístegui tomó la caja entre las manos. Quitó la tapa, el protector de plástico y miró su contenido con una sonrisa en los labios. Luego, sin más, dejó el icono dentro de la caja y la tiró al suelo, con descuido.

—Es una buena falsificación —dijo—. Yo me preocupé personalmente de que resultase lo más fidedigna posible.

—¿Una falsificación? —preguntó Viktor extrañado—. ¿Por qué?

—Bueno, el marco es el auténtico —repuso Arístegui—. Pero el icono es una reproducción.

Viktor tomó un buen trago de whisky. No conseguía entender nada.

—Te pido disculpas, Viktor —prosiguió Martín Arístegui—. Ya sé que todo te debe de parecer un maldito galimatías, pero te aseguro que responde a un plan.

El ruso lanzó un bufido.

—A la mierda los planes, Martín Arístegui. Dime qué es lo que quieres y deja que me largue.

—Ahora no puedes salir de aquí —repuso el hombre en voz baja—. Te acribillarían a balazos en la entrada.

—Bien, empiezas a hablar claro.

—No sería mi responsabilidad —respondió Arístegui dejando escapar un suspiro—. Puedes creerme o no, pero intento salvarte.

—¿Y cómo lo harás? —replicó Viktor furioso—. ¿Invitando a tu amigo Djacenko a la fiesta?

—Djacenko no es mi amigo —murmuró Arístegui—. Y él ha puesto precio a tu cabeza.

—Que tú le sirves en bandeja de plata. ¿Por qué? ¿Necesitas dinero para comprarte más colmillos de elefante? ¿Es eso?

Martín Arístegui soportó el sarcasmo con resignación.

—No. Intento buscar una forma de librarte de él para siempre.

—No te creo.

—Es lógico y te entiendo —aceptó Arístegui—. Pero déjame que te explique algunas cosas. Más adelante, el tiempo te demostrará que lo que te he dicho es cierto.

—Habla.

Martín Arístegui tomó un buen trago de whisky y se estremeció cuando bajó por su garganta.

—Yo abandoné a tu madre para protegeros —dijo, sin respirar.

Viktor no esperaba aquella confesión tan rotunda e inesperada. La ira lo impulsó a levantarse de un salto.

—Deja a mi madre en paz.

Arístegui también se levantó, y con gesto conciliador lo invitó a sentarse de nuevo.

—Soy un traficante, Viktor. Siempre lo fui. No pretendo que creas que soy un bienhechor de la humanidad ni nada parecido. Pero yo no era consciente de lo brutal que era el mundo de la mafia hasta que me impliqué en aquel asunto del Hermitage. Había tanto dinero en juego, tantas las ambiciones... Y cuando lo descubrí, ya era demasiado tarde. Algunos de mis proveedores habían sido asesinados. A mí no me importaba correr ese peligro, al fin y al cabo era mi responsabilidad. —La mirada de Arístegui se tornó turbia—, pero supe que no había ninguna clemencia. Mujeres, hijos, madres..., nadie estaba a salvo de un ajuste de cuentas. En cuanto supe que Karina estaba embarazada, la abandoné. No podía tener una familia, no podía arriesgarme a que os hicieran daño.

—Eres un gran padre, sí —repuso Viktor irónico.

—Ella podrá confirmarte que siempre me preocupé por ti.

—¿Ella? ¿Quién?

—Tu madre, por supuesto.

—¿Mi madre? —Viktor arrugó el ceño—. Me abandonó con cinco años y no he vuelto a verla. ¿Es que tú sabes algo de ella?

Martín Arístegui bajó la mirada.

—Sé que se fue, pero luego intentó ponerse en contacto contigo. Creo que se había arrepentido de abandonarte.

—No se arrepintió lo suficiente, por suerte.

—¿Por qué lo dices?
—Nunca volví a verla, ni a saber de ella —confesó Viktor—. Francamente, pensé que había muerto.
—¿Tu abuelo no te habló nunca de Karina? Sé que ellos mantuvieron cierto contacto.
—Jamás me dijo nada.
Durante unos instantes, ambos permanecieron en silencio.
—He hablado demasiado, Viktor —se disculpó Martín Arístegui—. Lo siento, pero si Karina no ha querido ponerse en contacto contigo, tengo que respetar su decisión.
—Qué respetuosos sois todos —ironizó Viktor—. Así que, ¿mi madre tiene una nueva familia? ¿Más hijos?
Martín Arístegui negó con la cabeza.
—Entiéndelo, Viktor. Yo no puedo.
—Tiene más hijos —concluyó Viktor con amargura—. Hijos a los que ha querido más que a mí, por lo visto.
La negación de Martín Arístegui fue rotunda.
—Karina Sokolova está sola, Viktor. Tu madre ha cometido muchos errores y ha pagado por ellos. Eso puedo asegurártelo.
Viktor meneó la cabeza con vigor.
—Es igual, no me interesa —mintió—. No me expliques nada de ella.
Martín Arístegui asintió con lentitud.
—Te lo agradezco. Además, no disponemos de mucho tiempo. —Ahora tomó aliento—. Quiero que sepas que yo siempre me preocupé por ti. Supongo que sabes que os envié un cheque cada mes hasta que murió tu abuelo. Para entonces, tú ya tenías veinte años y eras independiente.
—Ya lo sé, pero eso no es criar un hijo.
—¿No lo entiendes, Viktor? —la voz de Arístegui se quebró—. Yo me alejé de ti para protegerte.
—Abandonaste a mi madre, embarazada y con dieciocho años —masculló Viktor—. ¿Y quieres que yo me crea que fue para protegerla? ¿Me has tomado por imbécil?
—Es la pura verdad.

—Vamos a suponer que te creo. Entonces, si vivir a tu lado era tan peligroso, ¿por qué te casaste con Aranzazu Araba? ¿A ella no tenías que protegerla?

—Con Aranzazu no tuve hijos. Fue la única condición que le puse antes de casarme. Y ella la aceptó.

—¿Cómo pudiste ser tan egoísta?

—No puedes juzgarme tan fácilmente. Tienes que saber que Aranzazu no era tan codiciosa como yo, sino más. ¿Sabes que fue ella quien me puso en contacto con Djacenko? Quería que yo me introdujera en negocios mayores. Cada vez más y más. Cuanto más tenía, más ambicionaba.

Viktor recordó idénticas palabras en boca de Svetlana.

—Al final me separé —concluyó Martín Arístegui—. Era insoportable.

—Supongo que ella no quería separarse.

—No quería, pero no te pienses que me amaba, ni mucho menos. O en todo caso, me amaba igual que amaría a la gallina de los huevos de oro. Luego, al ver que la separación iba en serio, intentó quedarse con toda mi fortuna. Llegué a un buen acuerdo con su abogado, pero ella quería más, lo quería todo. Como me negué, intentó extorsionarme.

—¿Con las fotos de las Catacumbas de los Capuchinos?

Martín Arístegui asintió con vigor.

—Ella me amenazó con venderlas si yo no era más generoso. A mí me daba igual. ¿Y qué, si yo aparecía en unas fotos con Djacenko y Vinográdov? Eso no demostraba nada. Siempre podía decir que fue una coincidencia.

—Esas fotos le costaron la vida a Vinográdov.

—Ya lo sé.

—Y también a ella.

Martín Arístegui suspiró profundamente.

—Sí —repuso—. Y si te soy sincero, no puedo decir que lo lamentase mucho. Aranzazu estaba tan cegada por la codicia que al saber que yo no iba a pagar un céntimo por las malditas fotos, no dudó en traicionarme con Djacenko. Y para rematar la jugada, te utilizó a ti para robarme. Suerte que Ivanov fue más rápido. —Arístegui meneó la cabeza—. No, no lo lamento mucho.

—¿Conoces a Ivanov? —preguntó Viktor sorprendido.

Martín Arístegui dejó escapar una sonrisa amarga.

—Los mafiosos formamos una gran familia, no lo olvides. Todos nos conocemos.

—Pero Ivanov no es el líder, hay alguien por encima de él... Una mujer. Lo sé porque, al hablar, se le escapó decir que era su jefa. Luego, rectificó al momento, como si ese detalle fuese importante para mí. —Viktor se encogió de hombros.

—La emancipación de la mujer es una gran cosa —repuso Arístegui con sarcasmo—. Ahora ellas también quieren ser delincuentes.

Viktor observó a Martín Arístegui con fijeza.

—Acabas de decirme que formáis una gran familia —apuntó—. Así que supongo que la conoces.

—Sí.

Viktor disparó su dardo.

—¿Es la madre de Svetlana?

Martín Arístegui se sobresaltó de manera ostensible.

—No es preciso que te esfuerces en disimular —concluyó Viktor—. Ya me has respondido.

—No negaré la evidencia —repuso Martín Arístegui recomponiéndose—. Svetlana es hija de Djacenko y de esa mujer.

—¿Es que no tiene nombre?

—Sí que lo tiene, pero yo no lo sé —mintió—. Lo que sí puedo decirte es que nosotros la llamamos Artika.

—¿Ártica? —repitió Viktor esbozando una sonrisa.

—Es fría como el hielo —bromeó Martín Arístegui.

—Así que estoy entre Djacenko y Artika. No tengo mucho futuro.

—Ella no va a perjudicarte.

Viktor lanzó un bufido de desdén.

—¿Quieres hacerme creer que si no me elimina Djacenko, esa tal Artika me va a dejar tranquilo? No creo que los mafiosos tengan la costumbre de dejar cabos sueltos. Y eso es lo que yo soy, un cabo suelto.

—A pesar de que somos delincuentes, existe un código de honor entre nosotros.

—Sí, eso me dijo Ivanov.

—Puedes creerle. Es un hombre cruel, pero respeta su palabra. Y puedo decir lo mismo de Artika.

—¿Y Djacenko?

—Djacenko es la peor escoria que me he tropezado en mi vida. Maldigo mil veces a Aranzazu por haberme puesto en contacto con él.

—Es fácil maldecir a los muertos.

—Todos nos moriremos un día u otro —replicó Arístegui—. Eso no nos convierte en santos... Y por lo que a ti respecta, quiero decirte que no has hecho gran cosa de tu vida, Viktor.

—Sí, soy un delincuente de medio pelo. Nada comparado contigo.

Martín Arístegui meneó la cabeza molesto.

—Yo ya no estoy a tiempo de nada, pero tú sí —dijo—. Te ruego que dejes de meterte en problemas. Cuando salgas de aquí, olvídate de Ivanov, del FSB y de todo este mundo. Te llevará a la ruina más pronto o más tarde.

—Ya estoy en la ruina.

—No, esta vez creo que podré solucionarlo.

—¿Vas a salvarme? —preguntó Viktor con sarcasmo.

—Sí.

—¿Cómo? No te veo muy bien preparado para repeler un ataque. Ivanov me dijo que los hombres de Djacenko llevan subfusiles.

—Ya lo sabrás llegado el momento. —Arístegui lanzó una rápida mirada a una de las cámaras de televisión y asintió con vigor—. Y ese momento ha llegado.

—El momento, ¿de qué?

Antes de que Arístegui pudiese responder, la puerta del salón se abrió con violencia. Aparecieron dos hombres armados, que se colocaron a ambos lados de la estancia. Y tras ellos entró otro hombre que Viktor reconoció al momento, a pesar de que nunca lo había visto en persona.

Djacenko.

—Qué tierna escena —dijo el ruso acercándose, mientras los apuntaba con una pistola automática—. Padre e hijo dispuestos a morir juntos.

—Maldito Djacenko —bramó Martín Arístegui—. ¿Cómo has sabido que estábamos aquí?

—Tengo buenos informadores —respondió el ruso, mordaz—. De primera calidad.

Y ante la mirada de estupor de Viktor, Svetlana entró en la estancia. Sonrió melosa, y se colgó del hombro de su padre.

—Aquí los tienes, padre —dijo con dulzura envenenada—. Tal y como te prometí.

23

En todos nosotros hay una parte que desea morir, una pequeña caldera de autodestrucción que está hirviendo bajo la superficie.

Paul Auster

Estoy preparada para arrancarme los ojos y chafarlos con las manos hasta que revienten. Esa repugnante gelatina llena de humores resbalará por entre mis dedos como clara de huevo y caerá sobre mis pies. Sobre mis pies... Chof...

Julia Irazu se miró las palmas de las manos. Se había clavado las uñas con tal fuerza que ahora tenía cuatro surcos que sangraban abundantemente. Lamió la sangre.

Estoy preparada para morir.

Estoy preparada para escribir el monólogo de Molly Bloom. Al fin. Siempre imaginé que Joyce tenía que ir drogado perdido para escribir el monólogo de Molly Bloom. Ahora ya lo sé, es una certeza.

Certeza, certeza. ¡Chúpate esa, James Joyce!

Síndrome de abstinencia severo.

Las tres D: Distorsión perceptiva, dolor de cabeza, depresión.

Psicosis.

Qué difícil es habitar en uno mismo. Qué difícil es hacer el amor en un Simca 1000, en un Simca 1000...

He tenido un flash forward. *Me desmayaré y cuando me despierte veré mi futuro frente a una soberbia puesta de sol y las higueras de los jardines de la Alameda y todas las raras callejuelas y las casas rosa y azul y amarillo y las rosaledas y los jazmines y los geranios y cactus...*

Molly Bloom...

Claro que yo también soy creativa, señor Joyce. Si aún no he conseguido publicar es porque todos los agentes y todos los editores de todas las editoriales del mundo son tontos. ¡Tontos! Soy muy creativa.

A la mierda la creatividad. ¡Qué hermoso sería vivir sin inteligencia!

Y sin recuerdos...

Julia vio a *Kristina* y *Malyshka* en mitad del prado. Se aferró con fuerza a un árbol para reírse. Le dolía el estómago de la risa. O quizá de inanición. O de agotamiento. Ella no podía recordarlo, pero llevaba casi veinticuatro horas sin comer. Y sin dormir. Vagando por el bosque.

Cómo me gustaría ser una vaca que pace en la pradera con mis ubérrimas tetas colgando. Tolón, tolón... Tengo una vaca lechera, no es una vaca cualquiera. Kristina *me ha mirado. Tiene una mirada triste, de vaca. Todas las vacas tienen mirada triste y bonitas pestañas. Quiero ser vaca, sí.*

La invasión de los ultracuerpos. En realidad, las vacas son alienígenas de otros planetas que vienen a apoderarse de nosotros. Todos los animales de la granja son alienígenas.

Soy creativa, pero no quiero serlo.

No quiero inventar historias. Y sobre todo, no quiero recordar... El cuento de la niña triste.

Esto ha dejado de hacerme gracia, maldita sea... No quiero pensar en la niña triste.

Quiero estar en stand by.

Pero no puedo.

No hay manera de parar esta puta máquina.

El cuento de la niña triste.

Había una vez, en un reino muy lejano, una niña triste. Antes de ser triste era una niña como todas, tal vez un poquito más rara, pero no mucho más. Un día fue al bosque y se encontró con el Lobo Feroz. El Lobo Feroz no le preguntó adónde iba, ni si la merienda era para su pobre abuelita enferma. Qué va. El Lobo Feroz la violó. Después, la niña triste se encontró a los tres cerditos. El cerdito grande, el mediano y el pequeño. Cuando la niña triste les explicó lo que le había sucedido, dijeron que de perdidos al río, y también la violaron. Los tres. Ya muy trastornada, se encontró con el gato que se acababa de zampar a la ratita presumida pero no le dijo nada, por si acaso. Por desgracia, el gato también la violó. Y el flautista de Hamelín y el Príncipe Valiente y Peter Pan, que pasaba por allí. A la niña triste la violó hasta el narrador. Luego se fue a casa y se lo explicó a su madre, pero como la pobre madre estaba en el limbo no hizo nada al respecto. Así que, al día siguiente, la niña volvió al bosque y se encontró de nuevo al Lobo Feroz, que no le preguntó adónde iba, ni si la merienda era para su pobre abuelita enferma. Qué va. El Lobo Feroz la violó otra vez, y también los tres cerditos, y el gato que se acababa de zampar a otra ratita presumida, y el flautista de Hamelín y el Príncipe Valiente y Peter Pan, que pasaba por allí. La niña volvió a casa y se lo explicó a su madre, pero como la pobre madre estaba en el limbo no hizo nada al respecto. Así que, al día siguiente, la niña le dijo a la madre que no, que solo la había violado su padre, a ver si le hacía caso. Pero como la madre estaba en el limbo no hizo nada al respecto. Y así un día tras otro hasta que la niña se acostumbró. Pasaron los años y se murió su papá que la violaba y su mamá que estaba en el limbo, pero la niña siguió siendo una niña triste y nunca olvidó las cosas tristes que le habían pasado.

Y colorín colorado, este cuento se ha acabado. Y además, fatal.

A Julia le seguía doliendo el estómago pero ya no era de la risa. Se abrazó al árbol con fuerza, pero aun así resbaló lentamente hasta caer de rodillas en el suelo. Las imágenes que la habían inducido a escribir aquella historia se atropellaban en su mente, mostrándose en toda su sordidez. Un mecanismo oculto, agazapado, pugnaba por ponerse en funcionamiento. Era como encender una bomba para desembozar un pozo negro.

Su padre la había violado tantas veces que había perdido la cuenta.

Habían pasado veinte años y esas palabras seguían grabadas con nitidez en su memoria. Cuando ella escribió aquella historia tenía once años y sus padres ya habían muerto. Solo entonces fue capaz de explicarlo, ni que fuese indirectamente. La ocasión la proporcionó su maestra, al pedir que hiciesen una redacción:

«Inventad una historia a partir de un cuento popular. Por ejemplo: *Caperucita Roja*. Diez líneas como mínimo.»

Los niños, ni cortos ni perezosos, se inventaron la Caperucita Marrón, la Caperucita Gris Marengo, la Caperucita Verde Persiana. La abuelita se convirtió en una cuñada o en una madre política, y en vez de comérsela el Lobo Feroz se la comió un oso hormiguero, o un ornitorrinco. En fin, un prodigio de originalidad.

Julia fue mucho más creativa, aunque la maestra no lo valoró así. Al leer el cuento se quedó sobrecogida. Las circunstancias tan brutales que había vivido su alumna ya la alertaban de que en cualquier momento podía suceder un imprevisto. Efectivamente, la maestra estaba preparada para un imprevisto, pero no para aquel imprevisto.

Así que, preocupada, citó a la tía para una entrevista. Por desgracia, la tía no quería ir a la escuela porque tenía mucho trabajo. Tenía mucho trabajo y, evidentemente, ni se le pasaba por la cabeza pedir permiso a su jefe para asistir a una entrevista con la maestra de su sobrina. Menuda extravagancia. La maestra se ofreció a hacer la entrevista en cualquier sitio y en cualquier lugar, dado que consideraba que la cuestión era muy importante. La tía la acusó de que los maestros trabajaban muy pocas horas y tenían tres o cuatro meses de vacaciones, a lo que la maestra contestó que si no quería tener una entrevista, se iría directa a la Ertzaintza y les explicaría una historia muy fea. La tía, de repente, recordó que los viernes no trabajaba —y luego resulta que tampoco los miércoles—, así que se citaron para un viernes.

El día de la entrevista llegó la tía y preguntó impaciente a qué venía todo aquel revuelo. La maestra le ofreció el cuento para que lo leyera. La tía lo leyó con cara de repugnancia y lo tiró sobre la mesa. Dijo que el cuento era una porquería y que era evidente que la niña estaba desquiciada. Era lo normal. Una niña que había asistido al suicidio de su padre y de su madre tenía que estar como una cabra. Punto. Lo que le estaban insinuando era una indecencia y una asquerosidad, y su hermano muerto —el padre de Julia— no podía defenderse de una acusación de pederastia y la que había tenido la culpa de todo había sido la drogada de su cuñada, que siempre iba hasta las cejas de barbitúricos y de todo lo que pillaba y había sido la ruina de esa familia. Entonces, la tía se empeñó en que llamasen a Julia, que estaba en clase de inglés, porque quería hablar con ella. Llamaron a Julia, que entró por la puerta cabizbaja y ni siquiera miró a su tía. La tía le preguntó que por qué había escrito ese cuento tan asqueroso, que era una marrana, y Julia se echó a llorar y dijo que sí, que era una marrana y que se lo había inventado todo porque era una marrana y se arrepentía de todo y que nunca más volvería a pasar.

Y así fue como aquel asunto quedó zanjado y cayó en el olvido. Por lo menos para la tía y para la maestra.

Para Julia Irazu Martínez no tanto.

Julia se incorporó y miró a su alrededor con los ojos entornados. Seguía abrazada al árbol e incapaz de dar un solo paso. Temía que si se separaba del tronco salvador caería de bruces y ya no se levantaría más. Tal vez pereciera devorada por las bestias del bosque, que al verla indefensa y semiinconsciente, se abalanzarían sobre ella y comenzarían a arrancarle pedazos hasta convertirla en un muñón retorcido y sanguinolento. Debía recuperar fuerzas y volver a la casa como fuera, pero no era fácil, y no tenía la menor garantía de que la aceptasen de nuevo. ¿Cómo iban a aceptarla? Era un peligro, una mala influencia, una ruina humana... Y aunque fuesen tan caritativos como para permitir que volviera, ella no podría mirar a Marinoschka a los ojos nunca más. Marinoschka...

No quiero que ella me vea así, destruida, devastada, denostada, demacrada, descompuesta, disgregada, desgajada, desgreñada, destripada...

Julia comenzó a reír de nuevo, pero ahora era una risa indolente, mezquina, de abandono total.

A la niña triste le gustaba. ¿Eh, que sí? Eso se le preguntó su mamá. Pero ¿a ti te gusta, verdad? Porque pudiste resistirte. Pero no. Ni gritaste, ni lloraste, ni te rebelaste. Estabas siempre silenciosa y cabizbaja, pero tú tampoco habías sido una niña muy alegre, así que casi nadie notó la diferencia. Ni siquiera yo. Yo lo único que noté es que papá no me tocaba, papá te prefería a ti. Lo volviste loco, y luego él se ahorcó, porque estaba loco. Y yo también estoy loca, ¿ves?

Entonces mamá cayó de espaldas, y empezó a vomitar, y el vómito le burbujeaba en la boca como si estuviese hirviendo, y mamá se retorció e intentó pedir ayuda, pero la niña triste no la ayudó y la mamá se murió.

Julia nunca escribió este final, que era, en realidad, el auténtico final.

Además, no tenía ni la menor idea de las horas que llevaba desaparecida, con aquel maldito sol que nunca se escondía en el horizonte. Se miró a sí misma, ella sí que parecía una alimaña, sucia, ensangrentada y con la ropa hecha jirones. No podía volver a casa, no podía permitir que la viese Marinoschka. De repente, con brusquedad, se separó del árbol. Se mantuvo de pie, aunque tambaleante. Dio un paso, y luego otro. Cada vez con mayor seguridad. Lo que tenía que hacer era ir a buscar a Olya y pedirle ayuda. Ayuda, ayuda...

Julia avanzó a trompicones por el camino, hasta salir por completo del bosque y conseguir ver la casa. Entonces se dio cuenta de que *Kristina* y *Malyshka* ya no estaban pastando en el prado. Aquella observación tan simple le proporcionó un punto de referencia muy aproximado. Julia sabía que Nikolay siempre encerraba los animales alrededor de las siete de la tarde, y no podía haber pasado tanto tiempo desde la última vez que las había visto. Sí, sufría alucinaciones, pero no podía estar tan enloquecida; su mente no podía soñar con vacas pastando en el prado.

Las había visto de verdad.

Julia observó la casa y se extrañó, la vieja furgoneta de Nikolay no estaba aparcada en el garaje. Lo que ella no sabía es que Nikolay había bajado a Krasnarozh'ye a comprar provisiones, y que había sido Marinoschka la que se había ocupado de llevar los animales al cobertizo. Pero hubo algo más que también le resultó muy extraño: los postigos de las ventanas de la planta baja estaban cerrados. No tenía ningún sentido. Julia se restregó los ojos. Maldito sol, siempre sobre el horizonte. No había manera de saber qué hora era. No obstante, si era tan tarde que ya estaban durmiendo, lo lógico sería que los postigos de la habitación de Marinoschka también estuviesen cerrados...

Se acercó silenciosamente, concentrada en unos pensamientos que fluían en desorden, pero con lógica. Julia fue consciente de que, a pesar de que sufría un brutal síndrome de abstinencia, no era víctima de la locura. Era capaz de pensar con cierta lucidez, y aunque le aterrorizaba admitirlo, había algo realmente inquietante en el ambiente, la sensación de que el horror flotaba muy cerca. Ella era capaz de olerlo. Llegó hasta la casa y se acercó a la ventana de la habitación de Nikolay y Natasha, en el piso inferior. Le pareció escuchar un lamento ahogado. Aplastó la nariz contra el postigo y consiguió ver en el interior de la estancia a través del reducido espacio entre dos lamas de madera. Un grito murió en su garganta al distinguir tres figuras humanas dentro del cuarto.

Dos hombres y una niña.

Los hombres eran los dos fugitivos que había visto en la televisión la noche anterior. Los reconoció de inmediato.

La niña era Marinoschka.

La visión era espeluznante. Era una imagen de violencia extrema, tan brutal que Julia tardó unos instantes en comprender que lo que estaba viendo no era el producto de su imaginación enloquecida.

Ella sería incapaz de imaginar algo tan atroz.

Uno de los hombres esgrimía una navaja ensangrentada mientras bebía directamente de una botella. Reía grotescamente y se paseaba por la habitación clavando la navaja en todos lados, como si las ansias de apuñalar lo consumieran. El otro hombre aprisionaba a Marinoschka boca abajo contra la cama y la violaba salvajemente. El rostro de la niña estaba vuelto hacia la ventana, cubierto de sangre y semioculto entre el cabello enmarañado. Tenía los ojos abiertos y la mirada fija, como si estuviera muerta.

Pero estaba viva.

Y consciente. A cada embestida emitía un gemido agónico.

Julia apartó la mirada, incapaz de soportar aquella visión terrorífica, peor que cualquiera de sus alucinaciones. Entonces fue cuando vio a *Putin*, que yacía a un par de metros de ella. El perrillo tenía el vientre abierto en canal y se desangraba por momentos. Durante un segundo, la mirada del pequeño can y la de Julia se cruzaron, luego *Putin* murió.

Julia se alejó, primero insegura y vacilante, luego cada vez más decidida. Las piernas le temblaban y casi no podía ni respirar. Sabía que cada segundo era vital, pero ¿qué podía hacer?

De repente, un latido sordo y brutal le golpeó las sienes, con tal intensidad que creyó que iba a sufrir un paro cardíaco. Se detuvo y tomó aire.

Kalashnikov.

Aquella palabra le martilleó en el cerebro como un mantra obsesivo y la condujo a trompicones hacia el cobertizo.

Kalashnikov.

Eso es lo que iba a hacer.

Matar.

24

Las cosas, por graves que sean, siempre pueden empeorar.

Viktor miró a Martín Arístegui y descubrió que, o bien su padre era el embustero más grande de todos los tiempos, o realmente no esperaba la visita de Djacenko.

Además, si Arístegui era un actor portentoso, creíble por el palpable temor que reflejaba su rostro, Svetlana no le iba a la zaga. La muchacha aparecía colgada del hombro de Djacenko como si fuese una hija amantísima, cómplice en aquella encerrona mortal. Mostraba la sonrisa maliciosa de Lolita anoréxica con que Viktor la había conocido en el Hermitage, antes de confesarle su triste pasado. En aquel momento nada en el rostro de Svetlana evidenciaba a una muchacha humillada y dispuesta a acabar con la vida de su padre. Tal vez la escabrosa historia que le había explicado Svetlana Djacenka era pura invención. Y él, Viktor Sokolov, el más ingenuo de los mortales.

¿Svetlana le había traicionado? ¿También Martín Arístegui? ¿Ambos?

Imposible saberlo.

En cambio, Boris Djacenko mostraba sus intenciones bien a las claras, empuñando con firmeza el arma, con la soltura de quien está acostumbrado a disparar. Aunque Viktor lo había visto en fotografías, comprobó que al natural su mirada era aún más gélida, sepultada en unos ojillos negros. Tenía un rostro tosco y cetrino de nariz ancha y labios carnosos que se curvaron en una sonrisa cruel. Cierto que, con aquella cara de bulldog, el arco dramático de Boris Djacenko era muy limitado; solo podría interpretarse a sí mismo. No obstante, como Edward G. Robinson representando al gánster Rico Bandello, ese papel lo hubiera bordado.

Finalmente, y para completar la escena, allí estaba él, Viktor Sokolov, mirando a unos y a otros consciente de que no era más que un simple figurante, parte del decorado. Un porteador negro en una película de Tarzán.

Un extra sin frase que iba a morir como un tonto.

—Mi hijo no tiene nada que ver con esto —afirmó Arístegui con el semblante tenso—. Déjalo marchar.

—Qué emotivo. —Djacenko sonrió—. Creo que voy a llorar.

Viktor lanzó un bufido impaciente. ¿Martín Arístegui era imbécil? Lo había conducido al matadero a sabiendas, así que, ¿por qué fingía sorpresa?

—Yo también creo que voy a llorar —repuso, con desdén.

Martín Arístegui lanzó una mirada de reojo a Viktor, que significaba a las claras: «Cállate, por favor.»

—Esto es entre tú y yo, Djacenko —prosiguió.

—No te sobrevalores, Arístegui. Los dos necesitamos colaboradores. —El ruso señaló a su hija—. Aunque como puedes ver, los míos son mejores.

—Mi hijo no está dentro del negocio, ni lo estará. —Arístegui lanzó una nueva mirada a Viktor, ahora de súplica, y este se encogió de hombros.

—Es cierto, no está en mis planes —afirmó Viktor con poco convencimiento.

—¿Ni lo estará? —repitió Djacenko mientras señalaba el icono de Fabergé—. ¿Y cómo explicas tu presencia aquí, Sokolov? Svetlana me ha dicho que eres un colaborador de Ivanov.

—Un colaborador de Ivanov. Hay que ver, qué bien informada estás, Svetlana —dijo Viktor—. Qué suerte tiene papá de tener una hija como tú.

Svetlana apartó la mirada. No tenía ninguna intención de replicar.

—Mucha suerte, muchísima —confirmó Djacenko sonriendo torvamente—. Pero ahora no es tiempo de agradecimientos, sino de venganzas. Y te aseguro que tú formas parte de la mía, querido Sokolov. Y te digo lo de querido porque casi podría considerarte un miembro de mi familia política.

Viktor lo miró con fijeza, sobresaltado.

—No te entiendo.

—Oh, lástima, Sokolov. No tengo tiempo de ponerte al día.

—¿Es eso? —preguntó Arístegui señalando a Djacenko con un dedo—. ¿Quieres vengarte de ella?

—Bravo.

—¿Todavía? ¿Después de tantos años?

—Yo nunca olvido, Arístegui. Y eso quiero que lo sepas tú, pero sobre todo, quiero que lo sepa Karina.

El corazón de Viktor dio un respingo. ¿Karina?

¿Karina Sokolova?

—Karina —repitió Arístegui con rabia—. A ella no le importas, Djacenko. Nunca le has importado. Solo te utilizó para vengarse de mí. ¿Por qué no lo aceptas de una vez?

Djacenko sonrió maliciosamente, apuntó a Viktor y disparó. Con suavidad, casi con cortesía. La bala le atravesó el hombro y le obligó a doblarse sobre sí mismo. Martín Arístegui apretó las mandíbulas, intentando controlar los nervios. Había cometido una torpeza provocando a Djacenko.

—¿Y tú qué opinas, Sokolov? —preguntó Djacenko, irónico.

Viktor levantó la mirada. La fijó en Djacenko y la mantuvo desafiante durante unos segundos. Intentó responder, aunque no consiguió más que emitir un leve jadeo. La mano con que se presionaba la herida se cubrió de sangre que comenzó a resbalar por su camisa, mientras el dolor irradiaba en oleadas ardientes.

—¿Qué? ¿Duele? —preguntó Djacenko apuntándolo de nuevo—. En los huevos duele más, Sokolov. Pero tiene sus ventajas, ¿sabes? Si sobrevives, podrás dedicarte a cantar en la ópera. De *castrato*. Qué gran orgullo para tu madre, ¿no? *Il castrato* Sokolov.

Viktor comprendió hasta qué punto Djacenko odiaba a Arístegui y deseaba torturarlo. Ansiaba amargarle la vida hasta el último suspiro y más allá, si era posible. Aunque no se trataba únicamente de una rencilla entre traficantes. Había razones personales, odios mucho más intensos, relacionados con una mujer.

Y ahora tenía la certeza de que esa mujer era su madre, Karina Sokolova.

—Djacenko, esto no te lleva a ningún lado —repuso Arístegui, intentando mantener la calma.

El ruso dejó de apuntar a Viktor.

—Estás viendo sufrir a tu hijo, ¿piensas que eso no me produce placer?

—Tienes que ser práctico, Djacenko. No puedes liderar a los tuyos si te dejas llevar por el odio.

—No estás en condiciones de dar consejos.

—Escúchame, te voy a proponer un acuerdo muy favorable. Estoy dispuesto a dártelo todo a cambio de que te olvides de Viktor.

—¿Qué es todo?

—Tengo una cuenta en Suiza junto con varios lienzos guardados en la cámara acorazada. Te daré el número secreto. Algunos de ellos son obras magníficas, Djacenko, y hace años que están fuera de la circulación. ¿Recuerdas aquel Matisse?

Djacenko tragó saliva.

—¿El que le robaste al prestamista turco?

—Exacto. *La habitación verde*. Nunca lo puse a la venta. Es para ti.

—¿Cómo puedo saber que no mientes?

—El número secreto lo tengo guardado aquí, en la caja fuerte. Te daré la contraseña.

—¿Dónde está?

Martín Arístegui señaló un vistoso tapiz africano colgado en el fondo del salón. Djacenko le ordenó a uno de sus hombres que se acercase al tapiz. Al descolgarlo, descubrió una caja fuerte encajada en la pared. A continuación, Martín Arístegui le dictó los dígitos. Nada más acabar, se abrió la portezuela. En su interior solo había un sobre, que el sicario de Djacenko les acercó.

—¿No tienes nada más?

—Todo lo tengo en esa cuenta.

Djacenko abrió el sobre y sacó un único documento de su interior. Leyó la información que contenía y sonrió codicioso.

—De acuerdo —repuso—. Acepto tu proposición, Arístegui. Dejaré a tu hijo en paz, a cambio de que desaparezcas.

—Te aseguro que no te arrepentirás, Djacenko.

—¿Por qué te rindes tan fácilmente, Arístegui? ¿Cuál es el misterio?

Arístegui miró a su alrededor.

—¿No lo ves? Mis hombres me han abandonado.

Djacenko lo señaló con un dedo.

—¿Te han dejado solo?

—Sí. Sabían que más pronto o más tarde tendrían que enfrentarse contigo y yo no he podido retenerlos. —Arístegui hizo un gesto de resignación—. Ya te lo he dicho, Djacenko, estoy acabado.

El ruso lo miró con desprecio durante unos instantes, y al final dejó escapar una carcajada.

—El gran Arístegui arrastrándose a mis pies, no puedo creerlo. Todos hablaban de ti con admiración y respeto aunque, en realidad, no eras más que un maldito charlatán, con tu palabrería envolvente. Yo siempre supe que eras un cobarde extranjero, pero tuve que soportar durante años que me ganases la partida, una y otra vez.

—Se acabó, Djacenko. Al final has ganado tú.

—Joder, Arístegui. Si hasta parece que te voy a hacer un favor.

Martín Arístegui apretó las mandíbulas. Le estaba costando mucho humillarse, y ahora temía que tampoco sirviese para nada. El maldito Djacenko no se iba a conformar con un final tan simple.

—He ganado, sí, pero me sabe a poco.

—Vas a ser el más importante, Djacenko. Solo tendrás a una rival, y no creo que ella pueda hacerte sombra.

El ruso negó con la cabeza.

—Quiero verte rogar, pedir por tu vida, Arístegui.

—Estoy acabado, ya te lo he dicho. ¿Qué más quieres que diga?

—No estás sufriendo, maldito. Quiero verte sufrir.

Arístegui meneó la cabeza, impaciente por acabar. Mucho se temía una vuelta de tuerca por parte del ruso.

Un brillo maligno iluminó los ojos de Djacenko. Sacó un revólver de un bolsillo interior. Era un antiguo Smith & Wesson, el juguetito mortal de Harry *el Sucio*. Una pieza de coleccionista. Lo acompañaba desde hacía más de veinte años, ya que, como buen mafioso y asesino, Djacenko era muy supersticioso. Abrió el tambor y de los seis cartuchos solo dejo uno. Después giró el tambor al azar y lo cerró rápidamente.

—Vamos a divertirnos un poco.

—No tengo ganas de jugar a la ruleta rusa.

—Pero yo sí.

—Ya te he dicho que acepto tus condiciones, no es necesario hacer de esto un espectáculo.

Djacenko dejó el revólver sobre el tablero de ajedrez.

—Mis condiciones acaban de cambiar.

Martín Arístegui estuvo a punto de replicar, pero se contuvo. Sabía que el ruso necesitaba pocas provocaciones para volver a disparar sobre Viktor. Y posiblemente, la próxima bala no se alojaría en el hombro.

—¿Cuáles son tus condiciones? —preguntó, sumiso.

—Una vez cada uno —dijo—. Tienes la oportunidad de salvar el pellejo, Arístegui. Además, piensa que tu hijo se está desangrando. Quizá le hagas un favor.

Martín Arístegui meditó durante unos instantes aquellas palabras. Después, tomó el arma y se colocó la boca del cañón en la sien.

—De acuerdo, acepto —dijo—. Pero tú dejarás a Viktor libre.

—Por supuesto —respondió Djacenko, y luego lo miró sorprendido—. Lo que no entiendo es cómo puedes estar tan seguro de que serás el perdedor.

Martín Arístegui asintió satisfecho. Casi divertido.

—Me has dado tu palabra, Djacenko. Te lo recordaré cuando llegues al infierno.

Y apretó el gatillo.

No sucedió nada. Martín Arístegui miró desafiante a Djacenko y sonrió. Su dedo volvió a ceñirse sobre el gatillo, y disparó. De nuevo, el ruido seco de la detonación sin cartucho.

—¡Arístegui! —gruñó Djacenko, furioso—. ¡Detente!

Él se negó, sin despegar el revólver de su sien.

Y volvió a apretar el gatillo.

Un chorro de sangre acompañó al ruido de la detonación. Martín Arístegui cayó hacia delante, sobre el tablero de ajedrez. La mesa se volcó y las piezas rodaron por el suelo, en todas direcciones. Djacenko dio un paso hacia atrás y lo miró con una mueca de frustración en su feo rostro.

—El más valiente y el más estúpido —murmuró, y apuntó con su arma a Viktor—. Y ahora te toca a ti, rata.

Viktor levantó la mirada para enfrentarse a la muerte. Casi sentía alivio. Cerró los ojos consciente de la trampa mortal y de la ingenuidad del hombre que se había sacrificado para nada.

—¿Tú tampoco vas a pedir clemencia, Sokolov?

Viktor negó lentamente.

—El orgullo de los Arístegui —murmuró Djacenko con

rabia mientras lo apuntaba entre las cejas—. No sois más que unos estúpidos.

—Espera, papá —susurró Svetlana con voz dulce—. Déjame que sea yo quien mate a este desgraciado.

Djacenko miró a su hija y sonrió.

—Claro que sí, cariño.

—Será un placer ayudarte a deshacerte de esta escoria —repuso Svetlana tomando el arma—. Además, siempre he deseado saber qué se siente al matar a un hombre.

—El mayor placer del mundo —murmuró Djacenko.

Viktor miró a Svetlana a los ojos, pero no descubrió más que una oscura determinación, la seguridad de que iba a apretar el gatillo.

—El mayor placer del mundo —repitió Svetlana—. Entonces, ¡muere!

Fue rápida como un rayo, meteórica. Svetlana se giró hacia su padre y vació el cargador.

—¡Ahora! ¡Ahora! —gritó.

Los dos hombres que vigilaban la entrada cayeron abatidos por balas que provenían del exterior. Durante unos segundos, aquella habitación se convirtió en un campo de batalla. El rostro de Djacenko desapareció, convertido en un amasijo de carne roja, y ella siguió disparando hasta que no quedó ni una sola bala en el cargador. Al concluir, bajó la pistola y miró a la entrada. Allí estaba Ivanov, acompañado de tres hombres, todos armados.

—He cumplido —repuso ella.

Ivanov asintió. A sus pies yacían los dos secuaces de Djacenko, muertos.

—Viktor —murmuró Svetlana con voz temblorosa—. Lo siento.

Él la miró con los ojos entornados, incapaz de reaccionar. El dolor anulaba su capacidad de razonamiento. Dos de los hombres de Ivanov se acercaron con rapidez, y uno de ellos le desgarró la camisa mientras daba indicaciones a su compañero.

—Taponad la herida, rápido. Se está desangrando.

Ivanov se acercó a observar.

—¿Es mortal? —preguntó.

—Ha pasado muy cerca de una arteria, pero creo que se recuperará.

—Lleváoslo, y decidle a Artika que ha sido imposible evitarlo.

Viktor sintió que le alzaban los brazos, y que lo obligaban a levantarse. Emitió un leve gemido, ya casi inconsciente, pero no opuso resistencia. Los dos hombres lo llevaron a rastras. Pasó al lado de dos esbirros de Djacenko, muertos. Antes de salir, miró a Svetlana, que seguía frente a Martín Arístegui y Djacenko, entre un charco de sangre. Ella no hizo ningún gesto, se mantuvo imperturbable, ahora que había recuperado la serenidad. A lo largo del vestíbulo, Viktor descubrió nuevos cadáveres; hasta siete, todos acribillados a tiros. La puerta de entrada estaba abierta y había un coche aparcado a pocos metros. El hombre que ocupaba el asiento del conductor salió y abrió la puerta trasera. Después ayudó a los otros a que acomodasen a Viktor, volvió a colocarse al volante y arrancó el motor.

—Tiene una herida de bala en el hombro —dijo, dirigiéndose a la mujer que estaba sentada a su lado—. No es importante, pero ha perdido mucha sangre.

—Maldito Ivanov, le voy a retorcer el pescuezo —repuso ella.

—Djacenko le disparó sin más —se disculpó el hombre—. No pudimos evitarlo.

—Ya me lo explicarás por el camino —repuso la mujer, y se giró hacia atrás—. Hola, Viktor, ¿cómo estás?

Él la miró con los ojos entornados.

—Mejor que Martín Arístegui.

La mujer dejó escapar una sonrisa amarga.

—Me lo imagino.

—¿Sabes que se ha suicidado?

—Sí.

—¿Era parte del trato?

—Sí, lo era.

—¿Por qué?

—Déjalo, Viktor, ahora no es el momento. Además, ¿por qué no me dices nada? ¿Es que no me has reconocido?

Viktor asintió.

—Por supuesto —murmuró con un hilo de voz—. Claro que te he reconocido...

Karina Sokolova lo miró expectante.

—Tú eres Artika —concluyó—, fría como el hielo.

25

Papá se subió a la mesa con la cuerda en la mano. Mientras hablaba, hizo un nudo corredizo en un extremo.

¿Quieres que me mate? ¿Es eso lo que quieres? ¿No te das cuenta de que, si se lo dices a alguien, tendré que matarme?

Luego ató el otro extremo de la cuerda a la lámpara y abrió el nudo corredizo lo suficiente para que le pasase la cabeza. Ciñó el nudo a su cuello y me miró desde la altura.

¿Sabes, Julia? Yo me mataré y tú te quedarás sola. Ya sabes que mamá está medio loca y no puede cuidarte. Así que, si yo me mato, vendrán unos hombres y te llevarán a un orfanato. ¿Y sabes qué pasará? Que te harán lo mismo que te hago yo, pero mucho más fuerte. Serán hombres gordos y sucios, que te harán mucho daño... ¿Yo te hago daño, princesa? Si te lo hago muy suave... ¿Verdad que te gusta? Dime que te gusta, mi amor. ¿Quién te lo va a hacer más suave que yo, Julia? Contesta, princesa. Piensa en esos hombres gordos y sucios, haciéndote eso muy fuerte. Te dolerá horrores, mi nena... Dime, ¿aún quieres que me mate?

Mientras papá intentaba convencerme, vi su bragueta abultada y tuve mucho miedo. Pensé que, como había sido mala, él también me lo haría fuerte y yo sangraría, como la primera vez. También vi el hule grasiento y resbaladizo que cubría la mesa del comedor, sobre el que tenía los pies descalzos. Y vi la cuerda sujeta en la lámpara y el lazo que le ceñía el cuello.

Pensé que sería muy fácil.

Estiré bruscamente del hule y papá perdió el equilibrio. Cayó de la mesa hacia atrás y el lazo le comprimió el cuello. Como el nudo estaba tan mal hecho, no lo mató al momento. Papá pataleó y pataleó, mientras sacaba la lengua y la cara se le volvía lila y los ojos se le llenaban de sangre. El bulto de la bragueta aún creció más, y yo lo miré como hipnotizada, hasta que papá dejó de patalear, ya todo amoratado.

Matar es fácil.

Julia descorrió con un golpe seco el enorme y herrumbroso pestillo que cerraba la puerta del cobertizo. La abrió de un empujón y se enfrentó a *Sonya* y *Bim* que, estirando al límite las cadenas que los sujetaban por el cuello, se levantaron sobre sus patas traseras, gruñendo amenazantes.

—Silencio —les ordenó Julia.

Los dos *borzois*, obedientes, se alejaron cabizbajos, lanzando unos aullidos lastimeros. Julia atravesó el corredor y abrió el armario. Destapó el doble fondo, descubriendo la funda negra. Sacó el arma de su interior.

Allí estaba el Kalashnikov junto con la munición. Treinta balas.

Un escalofrío le recorrió la espalda y la obligó a estremecerse.

La premonición se había cumplido.

Tomó el fusil entre las manos, calibrando el peso. Después, acopló el cargador al arma con facilidad endiablada, como si lo hubiese hecho cientos de veces en su vida. Apuntó al techo y apretó el gatillo. El arma no respondió.

Durante un segundo eterno, Julia creyó que moría.

Quizá fuese el mismo diablo el que acudió en su ayuda de nuevo.

Al lado del gatillo había un pequeño selector. El fusil tenía el seguro puesto. Lo accionó. Disparó otra vez, y el retroceso la obligó a dar un traspiés, mientras un casquillo caía al suelo y se abría un boquete de varios centímetros de diámetro en el techo del cobertizo. Todos los animales gimieron nerviosos y se revolvieron, mientras Julia se ponía de pie y salía del cobertizo con el Kalashnikov firmemente sujeto. Desde allí observó la casa. Los postigos seguían cerrados, lo mismo que la puerta de entrada. La mente de Julia buscó frenéticamente la mejor posibilidad de entrar. Entrar y salvar a Marinoschka. Si no, no habría servido para nada. Tenía que coger desprevenidos a los dos hombres, o ellos utilizarían a la niña para protegerse.

Entonces recordó que había un acceso por la parte trasera de la casa, y que no era visible a simple vista. La cocina conducía a una despensa adyacente cuya ventana acostumbraba estar abierta. Julia corrió hacia su objetivo con los dientes apretados y la mente ocupada por un único pensamiento.

Matar es fácil.

Llegó a la ventana y miró a través. No podía pasar con el fusil en las manos y sintió una punzada de horror. No había más que una manera de pasar, pero la dejaba completamente vulnerable durante unos segundos. Consciente de que no tenía tiempo de buscar otra solución, lanzó el fusil al interior de la despensa y saltó a continuación, golpeándose la cabeza en el marco de la ventana. Algo aturdida, recogió el arma y abrió la puerta de la cocina, sin pensar.

Lo que sucedió después fue tan rápido que Julia no tuvo tiempo de pensar ni de tener miedo. Solo de matar.

En poco menos de un minuto.

Atravesó el comedor y entró en la habitación gritando y disparando al hombre que llevaba la navaja. Este cayó contra la pared y Julia lo cosió a balazos, reventándole la cabeza como una sandía. Los sesos salieron disparados y se engancharon a la pared, mientras el rostro desaparecía y la cabeza del hombre quedaba reducida a una masa informe y sanguinolenta.

Matar es fácil.

Ahora Julia apuntó al hombre que violaba a Marinoschka. Su posición de indefensión era total, con los pantalones bajados y mostrándole el culo. Julia lo hubiera matado así, pero temía que alguna bala hiriera a la niña. Aun arriesgándose a que el hombre se volviese y sacara un arma, lo obligó a levantarse.

—¡Apártate, hijoputa! —le gritó. Este se levantó lentamente y la miró a los ojos. Su mirada era fría, completamente vacía.

Julia le hizo un gesto para que se separase de la niña, que permaneció inerte sobre la cama, con un reguero de sangre manando entre las piernas.

Él se movió rápidamente, intentando abalanzarse sobre Julia para arrebatarle el fusil. En eso se quedó, en el intento.

—¡Hijoputa! —rugió ella mientras presionaba el gatillo. Los genitales del hombre, al descubierto, desaparecieron literalmente. Lo acribilló entre el estómago y las rodillas, hasta que se desplomó en el suelo, con los intestinos colgando y un espeluznante boquete entre las piernas.

Julia dejó de disparar. Tenía que reservar la munición. Quizás hubiera alguien más en la casa. Apretó las mandíbulas para que no le castañeasen los dientes y escuchó.

Silencio.

Julia respiró frenéticamente, sujetando el Kalashnikov con fuerza. Se recostó contra una pared.

—Mama... mama...

Julia tardó unos segundos en percibir el levísimo lamento de entre los labios de Marinoschka. Se acercó, sin soltar el fusil y se agachó a su lado, a pocos centímetros de su rostro.

—Soy Julia —murmuró con voz temblorosa—. Ya está, Marinoschka. Se acabó. Se acabó, se acabó... Los he matado... Se acabó...

La niña parpadeó y fijó la mirada en Julia. Sus labios se movieron imperceptiblemente, pero de su boca no brotó sonido alguno.

—Ya está, Marinoschka, ya está —gimió Julia, con los ojos llenos de lágrimas—. Ahora iré a pedir ayuda, ahora...

—*Mama*...

Julia entendió. Se levantó de la cama y miró a su alrededor. Natasha.

Se acercó a la puerta de la habitación y barrió el comedor con la mirada. ¿La habían matado? Había conseguido salvar a Marinoschka, pero Natasha... ¿había muerto? ¿Dónde estaba?

—¡Natasha! ¡Soy Julia! —exclamó, desesperada—. ¡Natasha!

Silencio.

—¡Natasha! —gritó Julia entrando en el comedor—. ¡Natasha!

Un lamento tenue llegó a sus oídos, proveniente de la planta superior. Julia subió las escaleras con el Kalashnikov en la mano, esperando lo peor. Seguramente hallaría a la mujer moribunda, cosida a puñaladas.

Llegó al piso de arriba y miró dentro de la habitación de Marinoschka. Todo estaba en orden.

—¡Natasha!

Silencio.

En el lavabo no había rastro de sangre, ni tampoco en las demás habitaciones.

—¡Natasha!

De nuevo, Julia escuchó aquel lamento. Provenía de la habitación de Marinoschka. Regresó.

—¿Natasha?

Ahora escuchó con claridad un sollozo ahogado que partía del interior del armario. Julia abrió la puerta y descubrió a la mujer, acurrucada en posición fetal.

Escondida.

Julia la miró con los ojos desorbitados; todo el horror de la miseria humana reflejado en su rostro. Le repugnaba comprender qué había sucedido, mucho más que la violenta agresión que había sufrido Marinoschka. Al fin y al cabo, aquellos dos hombres yacían ahora como lo que eran, desperdicios humanos. Representaban la porquería de la sociedad, y habían recibido su merecido. Pero Natasha... Natasha se había escondido al verlos entrar en su casa, se había ocultado dentro de un armario, presa del pánico y del terror.

Había abandonado a Marinoschka a su suerte.

—Cobarde... —siseó Julia sintiendo que una oleada de furia la invadía—. Cobarde, cobarde...

Natasha se levantó torpemente, llorando desesperada, con los brazos ocultándole el rostro.

—¡Cobarde! —Julia la golpeó con el cañón del Kalashnikov—. ¡Ven a ver lo que le han hecho a tu hija! ¡Ven a ver a Marinoschka!

Natasha salió del cuarto llorando histérica y descendió la escalera a trompicones. Julia fue tras ella, empujándola sin piedad con el cañón del fusil, tan ofuscada que ni siquiera se dio cuenta de que la puerta de entrada, antes cerrada, ahora estaba abierta de par en par. Obligó a Natasha a entrar en el cuarto, y la golpeó de nuevo.

El espectáculo era atroz. Uno de los hombres casi no tenía cabeza, solo una argamasa basta y deforme colgándole del cuello. A su lado, el otro yacía sin entrañas, esparcidas por el suelo. Y sobre la cama estaba Marinoschka, boca abajo e inmóvil. De entre sus piernas, llenas de enormes moratones, fluía un hilo constante de sangre.

—¡Mira, Natasha! —gritó Julia enloquecida—. ¡Mira a tu hija! ¡Mientras tú estabas escondida en el armario mira qué le han hecho! ¡Mírala bien, Natasha!

Natasha se puso de rodillas, con el rostro arrasado por las lágrimas. Tomó entre sus manos uno de los pies de Marinoschka que sobresalía de la cama y lo besó frenéticamente. La niña permaneció inerte. Se había desmayado. Luego, Natasha miró a Julia, implorante.

—*Izvini, izvini... Pozhalujsta...* —susurró.

—¿Perdón? ¡No existe el perdón, Natasha! ¡Mira a tu hija! ¡Mírala bien! ¡Que no se te olvide en la vida...!

De repente, Julia dejó de gritar. Acababa de recibir un golpe brutal en la nuca.

Cuando cayó al suelo, ya estaba inconsciente.

26

—Buenos días.

Viktor entreabrió los ojos para descubrir, borrosa, a Karina Sokolova sentada frente a él. Después recorrió con la mirada la estancia en la que se hallaba. Era una habitación amplia, de grandes ventanales cubiertos de visillos, a través de los cuales se distinguía un bello paisaje alpino.

—¿Dónde estoy? —preguntó con voz ronca.

—En una casa de montaña, en Interlaken —respondió ella con una sonrisa—. Perdona que no te hayamos llevado a un hospital, aunque supongo que lo entiendes. Por cierto, te han extraído la bala, pero has perdido mucha sangre. Tendrás que pasar unos días aquí, recuperándote.

—¿Unos días? Ni hablar.

Viktor intentó incorporarse de la cama. No consiguió mover ni un solo músculo.

—No tienes opción, así que te recomiendo que seas paciente.

—Quiero irme de aquí.

—Ya lo sé, pero no te conviene. Ni por tu salud, ni por tu seguridad. Deja que pasen unos días y que todo se calme.

—¿Nos busca la policía?

Karina se encogió de hombros, mientras le alargaba un periódico local.

—Míralo tú mismo.

Viktor se recostó con dificultad sobre las almohadas y observó los titulares. Aunque no tenía ni idea de alemán, las fotos eran lo suficientemente explícitas para entender de qué hablaba el artículo. Se veía, por un lado, la entrada a la finca de Martín Arístegui, y a continuación, una imagen en la cual se podían ver, alineados y cubiertos por mantas, once cadáveres. La zona estaba acordonada, y una foto a vista de pájaro permitía observar un gran despliegue policial.

Viktor le devolvió el periódico a Karina.

—No sé alemán. ¿Sabes qué dice?

—Habla de un ajuste de cuentas entre dos bandas. En principio no tenemos nada que temer, pero es mejor no intentar salir ahora del país. —Karina sonrió irónica—. Ser ruso tiene sus inconvenientes.

—¿Y Svetlana? ¿Sabes dónde está?

—No tengo ni idea, aunque estoy segura de que está mejor que nosotros. La pequeña Svetlana estudió durante unos años en un internado de Suiza y tiene muchas amigas de postín. Es posible que en este momento esté tan tranquila en casa de cualquiera de ellas, jugando a tenis o a pádel.

Viktor miró a Karina con fijeza.

—Es mi hermanastra, ¿verdad?

Karina tardó unos instantes en responder.

—Sí.

—Ella me explicó que la abandonaste al nacer.

—Sí.

—¿Por qué?

Karina lo miró de hito en hito.

—¿Quieres saber por qué abandoné a Svetlana? ¿No prefieres saber por qué te abandoné a ti?

Viktor hizo un ademán despectivo.

—No. En todo caso, me gustaría saber por qué no lo hiciste antes.

—No te entiendo.

—Si me hubieses abandonado nada más nacer, como hiciste con Svetlana, me hubiese ahorrado cinco años de palizas.

Karina asintió con vigor, casi con satisfacción. Era lo que esperaba, ni más ni menos. Su hijo vomitaba odio y lo hacía rápido, sin perder el tiempo.

—Abandoné a Svetlana nada más nacer porque no la quería —respondió Karina como si nada de lo que hubiese dicho Viktor la molestase.

—¿Y por qué no me abandonaste a mí nada más nacer? —replicó Viktor—. Es más, ¿por qué no me abortaste? ¿Por qué no abortaste a Svetlana?

Karina sonrió irónica.

—Ahora descubro que me ha salido un hijo picapleitos.

Viktor cerró los ojos y lanzó un suspiro de resignación. Karina Sokolova estaba protegida por una gruesa coraza, nada parecía herirla. Cuando ya pensaba que ella no se dignaría responder, escuchó su voz y abrió los ojos.

—Cuando me quedé embarazada de ti era muy joven y estúpida. Pensé que así podría atrapar a Martín Arístegui, y lo que conseguí fue todo lo contrario. Yo estaba locamente enamorada de él, como nunca lo he vuelto a estar de otro hombre... Pero él se escapó a España, y no quiso saber nada de mí. Fue muy generoso, eso sí. Desde el momento en que naciste se hizo cargo de tu manutención, y siempre envió un cheque a final de mes. Yo pasé cinco años soñando con que él volvería. Después de cinco años me cansé de soñar.

—Y te acostaste con Boris Djacenko. Sabia decisión.

Karina Sokolova alzó la mano, amenazadora, y la dejó en el aire.

—Pégame, venga. —Viktor la miró con desprecio—. No sería la primera bofetada que me das. Solo que ahora ya no puedes hacerme daño.

Ella bajó la mano, lentamente.

—Pasaron muchos años desde que te abandoné a ti y conocí a Boris Djacenko.

—Entonces, ¿tengo más hermanos aparte de Svetlana? —preguntó Viktor mordaz—. ¿Un pequeño batallón de bastardos?

Karina entrecerró los ojos.

—Veo que me odias —repuso—. ¿Te gustaría verme muerta?

Viktor negó con la cabeza.

—Pensé que estabas muerta. Tantos años sin dar señales de vida... Francamente, eso simplificaba las cosas.

—Pues entiende que ese mismo odio que tú sientes por mí fue el que me impulsó a intentar hacer daño a Martín Arístegui.

—Te equivocas, Karina Sokolova. —Viktor negó con vigor—. Yo te odié mientras estabas conmigo. Luego, no. Ahora, no te odio. Sencillamente, no me importas.

—¿Tan mal lo hice? ¿Tan mala madre fui?

—¿No lo recuerdas? ¿Cuántas veces me pegaste porque venías borracha?

—No lo sé. —El rostro de Karina Sokolova se crispó levemente.

—No se quiere a una madre porque es tu madre, sino porque uno siente que es la persona que más te quiere en el mundo. Pero yo jamás sentí que tú me querías. Así que, cuando te fuiste, dejé de sufrir.

—Parece que te hice un favor.

—Me lo hiciste, y no te lo digo para herirte, porque sé que no te importa. Te lo digo porque es la verdad. Mi abuelo sí que me quería y yo fui muy feliz con él. Él supo rodearme de gente que me quiso como si fuesen mi propia familia.

—El maldito Centro Español —masculló Karina—. Siempre lo odié. Lleno de españoles resentidos que lloraban por una guerra que no era la mía... Yo soy rusa, ¿entiendes?

—No, no lo entiendo. Además, de allí salieron mis mejores amigos. Amigos que quiero como a hermanos. Amigos que darían la vida por mí y yo la daría por ellos, ¿entiendes tú? —Él la miró con desprecio—. Tú qué vas a entender.

Karina tardó unos segundos en responder.

—Sí, lo sé.

Viktor la miró de reojo.

—¿Qué es lo que sabes?

—Que mi padre te cuidó bien.

—Eso es verdad, me dejaste en buenas manos. Hay que felicitarte por ello. Pero ¿y a Svetlana?

—Svetlana, ¿qué?

—¡La dejaste sola con Djacenko!

—¿Qué querías que hiciera? Boris Djacenko es la persona que más he odiado en mi vida. Mucho más que a Martín Arístegui. Por Djacenko solo he sentido odio. Odio y repugnancia. Me alejé de él en cuanto pude.

—Si tanto asco te daba, ¿por qué tuviste una hija con él? Podrías haber abortado. No creo que tengas escrúpulos de ese tipo.

—No, no los tengo. Hubiera abortado si hubiese podido. Pero no pude. Boris Djacenko me mantuvo secuestrada durante todo el tiempo que duró el embarazo. —Karina meneó la cabeza—. En fin, no voy a lamentarme, yo me lo busqué. Cuando Svetlana nació, la dejé en los brazos de Djacenko y desaparecí. Ni siquiera quise ponerle nombre a la niña. Años después, cuando supe que se llamaba igual que tu abuela, maldije a Djacenko mil veces. Aquella niña no se lo merecía.

—¡Claro que se lo merecía! ¡También era tu hija!

Karina hizo un gesto despectivo.

—Ya está bien, Viktor. Al fin y al cabo, no te lo explico para que me juzgues, solo para que lo sepas. No busco tu perdón ni tu comprensión.

—Por supuesto. Eso te rebajaría a la categoría de... madre.

Karina le lanzó una mirada pesarosa. Los golpes comenzaban a causar mella, su coraza no era infalible. Viktor descubrió que, tras aquella máscara de fría indiferencia, había una mujer obcecada y consumida por la amargura. A pesar de su aparente orgullo, no era más que una pobre desgraciada.

—Boris Djacenko era un malnacido y huiste de su lado en cuanto tuviste ocasión —insistió Viktor—. Pero ¿y Svetlana? ¿No te importó nada de lo que le sucediera?

—No.

—¿Nunca pensaste en sacarla de aquel infierno?

—¿Infierno? ¿Qué infierno? —repitió Karina con gesto torvo.

—Svetlana me explicó lo de su violación. ¿Sabes que Djacenko la vendió a un traficante cuando tenía catorce años?

—Svetlana, Svetlana... —Karina esbozó una sonrisa maliciosa—. No te preocupes por tu querida hermanita, Viktor. Svetlana ha sufrido mucho menos de lo que tú te piensas.

—¿Qué quieres decir?

—Que es una zorrita ambiciosa y sin escrúpulos.

Viktor meneó la cabeza, asqueado.

—¿Cómo puedes hablar así de tu propia hija?

—No te equivoques, Viktor. Fue ella la que pactó con Martín Arístegui a cambio de tu vida. O moría él, o morías tú. —dijo Karina, apesadumbrada—. A Svetlana le gusta este mundo, y no le tiembla el pulso cuando ordena una ejecución, te lo aseguro.

—¿Fue idea de ella?

—Sí, junto con Ivanov. Así mataban dos pájaros de un tiro: Martín Arístegui y Djacenko.

—Djacenko lo entiendo, pero Martín Arístegui... Él no le había hecho ningún daño.

—Le molestaba, sencilla y llanamente. Igual que le molesto yo, aunque, por ahora, no se atreva conmigo.

—Y ahora que sabe que tú eres su madre...

Karina sonrió amargamente.

—Aún le molesto más.

Durante unos minutos, ambos permanecieron en silencio. Fue Viktor quien habló de nuevo.

—Dices que a Svetlana no le tiembla el pulso cuando ordena una ejecución. ¿Y a ti? ¿A ti te tiembla el pulso?

La respuesta fue inmediata.

—A mí tampoco.

Viktor tardó unos segundos en sobreponerse a aquella realidad. Su madre era una asesina.

—¿Cómo acabaste siendo una jefa de la mafia?

Karina alzó una ceja, sorprendida.

—¿Tan poco sabes, Viktor? ¿Todavía no conoces las armas que poseemos las mujeres?

La respuesta era impertinente, y la mirada de Karina aún más.

—No hace falta que me expliques cómo lo has conseguido, sino por qué.

—¿Por qué? —Karina consideró durante unos instantes la respuesta—. ¿Para demostrarle a Martín Arístegui que yo era lo suficientemente fuerte o fría o insensible para manejarme en su mundo? Hace tantos años, que ya lo he olvidado... Lo único que no he olvidado es que el dinero fluía fácil, tan fácil que era imposible volver a la fábrica después y trabajar durante doce horas cada día para conseguir sobrevivir... Yo tenía diecinueve años, y era muy guapa...

—Y te habías librado de mí.

—Y me había librado de ti.

—¿Nunca te arrepentiste?

Karina dudó unos instantes.

—¿Qué más da?

Viktor aceptó aquella respuesta con resignación.

—¿Qué te dijo Martín Arístegui cuando supo a qué te dedicabas?

—Que me equivocaba.

—¿No quiso volver contigo?

—No.

—¿No te quería?

—No, y eso me dio fuerzas para continuar.

—Y sentenciarlo a muerte.

—Yo no fui, ya te lo he dicho. Fue Svetlana con ayuda de Ivanov.

—¿No pudiste salvarlo?

—No.

—¿Por qué te entrevistaste con Svetlana? ¿Por qué no quisiste que yo estuviera presente?

—Para recordarle las condiciones de nuestro acuerdo. Por primera y última vez en nuestra vida, Martín y yo estuvimos de acuerdo en una cosa. Y así se lo hice saber a ella.

Viktor la miró a los ojos y tragó saliva. No fue preciso preguntar.

—De acuerdo, con Svetlana no había trato posible. Pero ¿Ivanov? ¿No es tu mano derecha?

—Ivanov era mi mano derecha. Ya no lo es.

—¿Por qué?

—Estoy cansada. Tanto como lo estaba Martín. Y te aseguro que no me importaría correr su misma suerte. —Karina meneó la cabeza, como si pudiera así disipar sus emociones—. Y no hablemos más. Estás muy débil y necesitas recuperarte.

—Hay más cosas que quiero saber.

—Por favor, descansa —dijo—. Ya sé que mi palabra no tiene valor para ti, pero te prometo que aquí, conmigo, no correrás ningún peligro.

Viktor asintió levemente y cerró los ojos. Un sopor intenso se apoderó de inmediato de su conciencia. Estaba agotado, y después de aquella conversación tan intensa, su mente necesitaba descansar. Además, estaba tranquilo. Sabía que ella no mentía.

Durante unos instantes, Karina Sokolova observó a su hijo. Cuando supo que él se había quedado dormido, su semblante se relajó. La expresión de su rostro se tornó dulce. Estiró una mano y le acarició la mejilla.

Podría haberle dicho que, pocos meses después de abandonarlo, volvió a casa llorando. Lo añoraba. Podría haberle dicho que su padre no quiso ni abrirle la puerta. *Aléjate de Viktor, ahora es feliz. Eres una borracha y una mala madre, y no estoy dispuesto a consentir que le vuelvas a poner la mano encima a mi nieto. Ya le pegaste bastante.*

Vete, ni Viktor ni yo te queremos.

Vete y no vuelvas nunca más.

Karina Sokolova parpadeó confusa. Se levantó de la silla y salió del cuarto con rapidez. Lo último que querría en este mundo era que Viktor viese las lágrimas que rodaban por sus mejillas. Compasión, no. Eso no podría soportarlo.

27

Julia se despertó sobresaltada. Abrió los ojos para descubrir que se hallaba en una habitación desconocida. Se incorporó bruscamente, sintiendo una punzada agudísima en la base del cráneo que la obligó a encogerse de dolor. Su mente era un hervidero de imágenes escalofriantes que ahora parecían producto de su atormentada imaginación. Por desgracia, sabía que no. Todo aquel horror no lo había imaginado, ni era una alucinación producida por el síndrome de abstinencia.

Había sucedido en realidad.

Julia se llevó una mano a la nuca y movió la cabeza con lentitud.

—Tranquila —murmuró Olya, que la observaba desde su asiento, a pocos metros del lecho—. Estás en mi casa.

Julia giró la cabeza y la miró confusa, sin entender qué hacía allí. Lo último que recordaba era a Marinoschka, tendida sobre la cama, rodeada de sangre. Inmóvil. Quizá muerta. Y de repente, como si se tratase de un apagón fortuito, todo se había vuelto negro. No sabía si llevaba minutos u horas inconsciente, y cómo había ido a parar a la casa de Olya. Cerró los ojos y tomó aliento, intentando reunir fuerzas para hablar. Una sola cosa le preocupaba, por encima de todo.

—¿Y Marinoschka? ¿Dónde está?

—No te preocupes. Está bien.

—¿Dónde está Marinoschka? —repitió Julia alzando la

voz y recibiendo un pinchazo en la nuca que casi la hizo llorar de dolor—. ¿Ha muerto? ¡No me mientas!

—Está bien, ya te lo he dicho.

—¿Marinoschka está bien? —Julia se golpeó la sien con un dedo en un gesto despectivo—. ¿Tú qué entiendes por estar bien?

Olya apretó las manos en el regazo y dejó escapar un profundo suspiro.

—Está atendida y tranquila. ¿Entiendes? Y tú deberías colaborar un poco y tranquilizarte también.

—¿Está en un hospital?

—No.

—¿Por qué?

—Nikolay creyó que no era buena idea.

—¿No era buena idea? —Julia la miró con los ojos desencajados—. ¡Ha sido brutalmente apuñalada y violada y su padre cree que no es buena idea llevarla al hospital!

—Sí, así lo cree.

—¿Estáis locos?

Olya negó lentamente, intentando controlar la rabia.

—Las heridas de navaja son muy superficiales, meros rasguños —respondió Olya en tono monótono—. Y las demás heridas ya se curarán con el tiempo.

—¿Y si está embarazada? ¿Y si aquel hijoputa tenía alguna enfermedad?

—El hombre no llegó a eyacular.

—¡Es igual! ¡Marinoschka necesitará atención psicológica!

—Marinoschka necesitará el amor y el cariño de los suyos.

—¡No es posible superar una experiencia así!

—¿Y qué te piensas que le harán? ¡La medicarán y la convertirán en un vegetal! ¿Eso es lo que quieres?

—Yo quiero lo mejor para ella.

—Sí, claro. —El tono de voz de Olya era muy duro—. Además, ¿no te das cuenta de que si Marinoschka ingresa en un hospital intervendrá la policía y habrá una investigación?

—¿Y qué? ¡Aquellos dos tipos eran dos convictos fugados que habían matado a sus vigilantes! ¡Yo mismo los vi en televisión!

—¿Y quién los mató?

—¡Yo! —gritó Julia—. ¡Y si volviera a nacer, los volvería a matar!

—¡Perfecto, eres una heroína! ¡Lástima que tu situación aquí sea irregular! ¡En cuanto indaguen un poco en tu visado descubrirán que es falso! —Olya la señaló con un dedo—. ¿Y sabes quién acabaría en la cárcel?

—No me importa. —Julia negó con la cabeza—. ¿Qué más me puede pasar?

Olya se levantó de un salto de la silla y se acercó a Julia.

—No te puedes ni imaginar lo que es una cárcel rusa. No puedes ni soñarlo. —Olya la amenazó con la rotundidad de quien sabe muy bien de qué habla.

Julia apretó las mandíbulas y bajó la mirada. No, había aún muchas cosas que le podían pasar. Cosas terribles.

—No quiero que, por culpa mía, Marinoschka no esté bien atendida —musitó.

—No es solo por ti —confesó Olya—. El Kalashnikov que utilizaste era un arma sin licencia, comprada en el mercado negro. Y eso sí que perjudica directamente a Nikolay.

—Diré que es mío.

—Por favor, Julia, deja de decir estupideces. ¿El Kalashnikov es tuyo? ¿Y a quién se lo compraste? ¡Si no sabes hablar ni una palabra de ruso!

Julia lanzó un suspiro de resignación.

—Está bien, supongo que tienes razón.

Olya asintió mientras se levantaba de su silla y se acercaba a la ventana. Fijó la mirada en algún punto, y Julia descubrió que al fondo se distinguía una cortina de humo. Se levantó con lentitud de la cama y se acercó también.

—¿Y ese fuego?

—Ahora ya son solo cenizas de la casa de Nikolay. Lleva varias horas ardiendo.

Julia bajó la mirada.

—¿La ha quemado para destruir los cadáveres?

—Los cadáveres y los recuerdos —murmuró Olya—. Nikolay dijo que nunca más podría volver a entrar allí. Jamás olvidará lo que vio, pero por lo menos intentará recomponer su familia, comenzar una nueva vida.

—Fue terrorífico.

—Me lo imagino —replicó Olya en un tono que daba a entender que no tenía ningún interés en escucharlo de labios de Julia—. Por cierto, Nikolay se ha ido y me ha pedido que me ocupe de ti.

—Pero ¿no ha sido él quien ha quemado la casa?

—No. Se lo encargó a los hombres del pueblo, que también han recogido los animales. Él partió enseguida con Marinoschka y Natasha.

—¿Adónde?

—A un lugar seguro, ya te lo he dicho.

—Quiero ver a Marinoschka.

—Eso es imposible.

—No la molestaré. Solo quiero verla.

—Verás, Julia... —Olya lanzó un suspiro—. Nikolay te está muy agradecido, y te lo estará siempre. Pero me ha dicho que no quiere que te acerques a Marinoschka nunca más.

—¿Por qué?

—Cree que tu presencia la perjudica.

—He superado mi adicción —musitó Julia—. Ya no siento la necesidad de tomar pastillas.

—No es eso.

—¿Entonces?

—Tu influencia puede ser negativa.

—¿Por qué? ¡Yo no he hecho nada malo!

—Lo siento, Julia —concluyó Olya con determinación—. Así lo ha decidido Nikolay.

Julia tragó saliva. Ya no le molestaba el dolor de cabeza, solo el sufrimiento agónico de pensar que nunca más iba a ver a Marinoschka. Quizá la única persona que había querido en su vida.

—¿Qué va a pasar ahora? —preguntó, con un hilo de voz.

—Tienes que irte de aquí —respondió Olya—, lo más pronto posible. La policía está tras el rastro de los dos fugados y no tardarán en aparecer por Krasnarozh'ye.

—¿Y adónde voy a ir?

—No es fácil —reconoció Olya—. Con Sasha en el hospital y Viktor en paradero desconocido... Bien, lo único que he conseguido es que te alojes con una amiga mía durante unos días, hasta que Viktor aparezca. Luego, él decidirá.

Jamás en la vida Julia se había sentido tan vulnerable y desamparada. Era evidente que Olya no le tenía ningún afecto. Durante toda la conversación la rusa se había mantenido distante y brusca. Y, en aquellas condiciones, e incluso tratándose de Julia Irazu, aquella actitud resultaba una crueldad.

—Haré lo que quieras —repuso Julia sumisa.

—No quiero apremiarte, pero si estás en condiciones, preferiría partir ahora mismo a San Petersburgo.

Julia asintió. Se miró la ropa, para descubrir que llevaba los mismos andrajos con los que había pasado los dos últimos días. Además, olía muy mal.

—¿Puedo asearme un poco?

Olya se encogió de hombros, resignada.

—Bueno.

—¿Me puedes dejar algo de ropa?

Olya asintió con desgana.

—De acuerdo, pero no tardes. Voy a llamar a mi amiga, para que esté preparada.

—Dale las gracias de mi parte.

—No te equivoques. —Olya negó con la cabeza—. He tenido que pagarle buenos rublos para que aceptase.

Julia entró en el lavabo y se miró al espejo. Casi no se reconoció. Su rostro se había convertido en una máscara inexpresiva y su mirada era opaca y distante, de perturbada. Con horror descubrió que tenía las mejillas cubiertas de pequeñas manchas negruzcas. Los recuerdos volvieron con violencia a su mente.

Tenía la cara llena de salpicaduras de sangre.

Se lavó la cara con ímpetu brutal, como si quisiera arrancarse la piel. La sangre se humedeció y corrió roja por sus mejillas, hasta desaparecer. Julia se miró de nuevo al espejo; su mirada ya no era distante, sino desesperada. Ocultó el rostro entre las manos y lloró, ahogando los sollozos para que Olya no la escuchase. Jamás se había sentido tan sola. O, tal vez, es que jamás había sido consciente de lo sola que estaba. Pero ahora ya no podía esconderse bajo el oscuro manto de una dosis de tranquilizantes, y la realidad se mostraba tal cual era. Brutal. Minutos después y tragándose el llanto, Julia se quitó la ropa y se duchó con rapidez. Sabía que Olya estaba deseando librarse de ella lo antes posible y ella también ansiaba librarse de la rusa y de su mirada despectiva. Era curioso, pero si algo le quedaba a Julia Irazu Martínez, era su orgullo.

En unos pocos minutos volvía al cuarto vestida con las ropas que Olya le había ofrecido. Unos tejanos viejos y una camiseta que le quedaban excesivamente holgados.

—No es de tu talla —repuso la rusa lacónica, a modo de disculpa.

—No importa. —Julia se dobló los bajos de los pantalones para no pisárselos—. Venga, vamos.

La calle estaba desierta cuando salieron de casa. Julia tuvo la sensación de que todos la observaban a través de sus ventanas, aliviados de su partida, como si ella fuese un espíritu perverso que había atraído el mal a Krasnarozh'ye. Se sentó en el asiento del coche, pero no se ajustó el cinturón, en un gesto de inconsciente abandono. Olya se sentó a su lado y arrancó el motor.

Durante más de veinte kilómetros permanecieron en silencio, dejando atrás Krasnarozh'ye, un lugar al que Olya ansiaba volver, para recuperar la paz y la tranquilidad. Un lugar al que Julia no volvería nunca.

—Supongo que he sido algo brusca —dijo Olya.

—No importa.

—No lo pones fácil, Julia.

—Lo sé.

—Yo no quisiera que te llevases una mala impresión de mí.

—No importa la impresión que yo me lleve, Olya. De hecho, nada de lo que yo piense debe importarte.

Olya lanzó un profundo suspiro y se mantuvo en silencio durante unos minutos. No obstante, volvió a insistir. La mala conciencia no la dejaba tranquila, y prefería que fuese Julia la que cargase con ese molesto peso.

—Parece que disfrutas tratando con desprecio a todo el mundo.

—Disfruto una barbaridad.

—No me trates como a una estúpida, Julia. Te he soportado desde el primer momento, intentando ayudarte. ¿Y qué he recibido a cambio? Siempre respuestas desagradables.

—Yo soy desagradable. ¿Qué quieres?

—Sí, lo eres. Desagradable y maniática.

—¿Maniática?

—Sí, y supongo que es por eso que Nikolay no quiere que te acerques a Marinoschka.

—Deja a Marinoschka en paz.

—Te has obsesionado con la niña de una manera enfermiza.

—No estoy obsesionada con Marinoschka.

—Sí. Con ella intentas cumplir tus ensoñaciones de la madre que no eres capaz de ser. Y por eso odias a Natasha.

Julia dio un respingo en el asiento. Una imagen que había estado dormida en su subconsciente fluyó con brutalidad.

—Sí, odio a Natasha. La odiaré el resto de mi vida. Y espero que ella también se odie.

—Estás loca —replicó Olya con rotundidad.

—Seguramente.

—¿Cómo puedes decir que odias a Natasha? ¿Acaso no te importa que ella recibiese dos puñaladas intentando proteger a Marinoschka? ¿No te imaginas el infierno que tuvo que pasar, malherida y sin poder salvar a su hija?

—¿Malherida Natasha?

—¡Sí, con dos puñaladas en el vientre! ¡Yo misma he visto los vendajes ensangrentados!

—¿Te lo ha explicado ella?

—¡No! ¡La pobre Natasha no podía ni hablar! ¡Me lo ha dicho Nikolay!

—Nikolay...

—¡Y también me dijo que tuvo que golpearte en la cabeza porque estabas como loca, acusando a Natasha de no defender a su hija! ¡Temió que la matases a tiros! ¡Pobrecita! ¡Con dos puñaladas en el vientre!

Julia se tapó el rostro con las manos. Ahora entendía la desesperación de Nikolay por alejarla de sus vidas. De Marinoschka.

De la verdad.

—¿Qué pasaría si te dijera que Nikolay miente?

—¿Por qué?

—Para defender a Natasha.

Olya lanzó un bufido de desesperación.

—¿Para qué tendría Nikolay que defender a Natasha?

—Cuando yo encontré a Natasha, ella no había recibido ninguna puñalada.

—¡Yo vi la sangre! ¡Los vendajes! ¡Todos lo vimos!

—Natasha estaba escondida dentro de un armario. ¡La muy cerda se metió allí para salvar el pellejo! ¡Yo la encontré y no tenía ni un rasguño!

—¡No te creo!

—¡Natasha se escondió en un armario y no intentó salvar a su hija! ¡Se escondió y esperó! ¡Eso fue lo que pasó! ¡Que se escondió! ¡Y por eso quieren alejarme de Marinoschka! ¡Para que no le diga la verdad! ¡La asquerosa verdad!

—¡Mientes, maldita loca! —Olya meneó la cabeza con furia y dio un volantazo—. ¡Mientes, mientes, mientes!

—¡No miento!

—¡Mientes, maldita drogadicta! ¡Te odio! ¡Te odio!

Julia tragó saliva e intentó controlar la rabia. Olya iba dando bandazos con el volante.

—Olya, para el coche. Me bajo.

—¡No! ¡No te voy a dejar aquí!

—Olya, para el coche.

—¡No, maldita loca! ¡Le prometí a Viktor que cuidaría de ti y eso haré! ¡Por Viktor! ¡Lo haré! ¡Lo haré!

Julia estiró la pierna izquierda y, con decisión, apretó el pedal del freno. Hasta el fondo. Los neumáticos chirriaron sobre el asfalto y Olya perdió el control del volante. El coche patinó de medio lado como un tiovivo hasta empotrarse contra el quitamiedos. El desvencijado cinturón de seguridad no evitó que Olya chocase contra el volante. Sus costillas crujieron.

Julia salió disparada contra la luna delantera. Rompió el cristal con la cabeza, golpeó el capó y cayó al suelo. Se quedó inmóvil sobre el asfalto mientras la sangre, lentamente, comenzaba a manar de sus oídos.

28

Ivanov se recostó en el sofá y esperó paciente la respuesta de Karina Sokolova.

—Qué desastre —dijo ella al cabo de unos instantes.

—A veces surgen imprevistos, Karina —repuso Ivanov con voz suave—. Es imposible controlarlo todo.

Karina lo miró resignada.

—¿Y tú crees que es la mejor solución?

—Hablé con su amigo, Alexandr Shemiakin, y él me aseguró que a Viktor no le importaría.

—¿Ese Shemiakin es el enfermo de leucemia?

—Sí.

—¿Y cómo está el tema?

—El trasplante ha sido un éxito.

Karina lanzó un suspiro.

—Bueno, algo tenemos.

—No le des más vueltas, Karina —repuso Ivanov—. Al parecer, la chica era una bomba.

—Ya. —Ella asintió con pesar—. Pero nos comprometimos a devolverla sana y salva.

—No sé qué ha pasado. De hecho, ni el propio Shemiakin tiene ni idea de adónde iban ni por qué. En teoría, tenían que esperar a que Viktor regresase.

—¿Y la chica que conducía?

—Está mucho mejor. De hecho, solo tiene un par de costillas rotas, y mañana le dan el alta en el hospital.

—Bueno, pues a ver cómo se lo digo a Viktor.

Ivanov se levantó del sofá, dispuesto a irse.

—Un buen tipo, Viktor Sokolov. Fiel a los suyos —dijo.

Karina asintió con una leve sonrisa.

—Tú también, Ivanov —repuso—. Y gracias por todo.

—No me las des. Era parte del trato.

—Aun así.

Ivanov lanzó un suspiro.

—Karina, este es mi último trabajo contigo —le dijo—. Al final, he decidido colaborar con Svetlana.

Ella asintió.

—Me alegro.

—Yo no me alegro —murmuró Ivanov entristecido—. Sé que tienes razón, y lo hago porque me lo has pedido, pero tengo la sensación de que soy una rata que abandona el barco cuando se hunde.

—No te lamentes tanto. —Karina sonrió levemente—. El barco se hunde y no sirve de nada que te quedes.

—Es por lealtad.

—No insistas, Ivanov —dijo Karina—. Te irá mucho mejor con Svetlana Djacenko que conmigo. Ella tiene madera de jefa, y yo estoy acabada.

Ambos permanecieron en silencio durante unos instantes.

—¿Me aceptas un consejo? —dijo Ivanov.

Karina lo miró fijamente, luego asintió.

—Te recomiendo que te retires completamente del negocio —dijo él.

—¿Qué es lo que sabes?

—Svetlana no te quiere.

—Eso ya lo sé.

—Y no sé hasta dónde sería capaz de llegar para apartarte de su camino.

—Me mataría, si fuera preciso.

—Sí —asintió Ivanov—. O te haría daño donde sabe que te duele. Y ella sabe que Viktor Sokolov te duele.

—Maldita zorra.

—Dile también a Viktor que desaparezca —le aconsejó Ivanov—. Además, con lo que le ha dejado Martín Arístegui puede vivir a cuerpo de rey durante toda su vida.

—Se lo diré, pero no sé si me hará caso —dijo Karina encogiéndose de hombros—. No es muy obediente que digamos.

—Es tan tonto como Arístegui.

—Sí. Tan tonto como Arístegui.

Durante unos segundos, Karina Sokolova se mantuvo en silencio, con la mirada ausente. Luego, avergonzada por mostrarse tan vulnerable, se dirigió a Ivanov con energía.

—¿Y el certificado?

Ivanov se llevó las manos a la cabeza.

—Soy un estúpido —dijo—. Ya no me acordaba.

Y ante la mirada de sorpresa de Karina, sacó un documento del bolsillo y se lo extendió.

—¿Leonela Abigail Maldonado Guzmán? —leyó Karina Sokolova arrugando la nariz.

—Ah, es el nombre con el que entró en el país.

Karina hizo un mohín.

—¿Estás seguro de que funcionará?

Ivanov la miró con la cabeza ladeada.

—¿Cuándo te he fallado, Artika?

Ella sonrió.

—Gracias, Ivanov. Eres un buen tipo.

—Sí, soy un buen tipo, dentro de lo que cabe.

Después de dar un corto paseo por los alrededores, Viktor vio a Ivanov que se subía a un automóvil. Intentó apretar el paso para interceptarlo, pero lo único que consiguió fue que la herida le doliese aún más. Frustrado, vio partir el coche y no pudo hacer nada por evitarlo. Los tres últimos días habían sido agónicos para él. Ni Sasha ni Olya respondían a sus llamadas, y tenía la desagradable sensación de que algo grave había sucedido. Por desgracia, su estado físico era deplorable, y aún se sentía sin fuerzas para reemprender la vuelta a San Petersburgo.

En cuanto cruzó el umbral, descubrió a Karina en mitad del vestíbulo.

—Tengo noticias para ti, Viktor. Supongo que has visto a Ivanov.

Él la miró a los ojos.

—¿Malas noticias?

—Entra en el despacho, por favor. Hablaremos con más tranquilidad.

Viktor obedeció, y cruzó el vestíbulo para entrar en la sala. Se desplomó en el mismo sofá que había ocupado Ivanov minutos antes, y miró a su madre impaciente.

—Dime.

—Tu amigo Alexandr Shemiakin ha recibido el trasplante con éxito. Se está recuperando rápidamente.

Viktor sonrió aliviado.

—¿Es por eso que no contesta a mis llamadas?

—Sí —asintió Karina—. Está completamente aislado en una cámara esterilizada, y así permanecerá durante varios días. No tiene teléfono, ya que cuantos menos objetos tenga a su alrededor, menos fuentes de posible infección.

—Por supuesto. —Viktor sonrió satisfecho—. En cuanto vuelva a San Petersburgo iré a verlo.

—Aún tendrá que pasar mucho tiempo en el hospital, así que ten paciencia.

—Lo sé. En estos últimos dos años, Sasha ha pasado más tiempo ingresado en el hospital que en su propia casa. Ha vivido un auténtico vía crucis entre pruebas y tratamientos de todo tipo.

—Me lo imagino.

—Es duro, muy duro.

—Supongo.

La conversación había derivado en un punto muerto, una especie de descanso antes del segundo asalto. Tras unos segundos de tregua, Viktor rompió el silencio.

—Y ahora, dime la mala noticia.

Karina asintió con lentitud.

—Es la chica. Leonela no sé qué...

Viktor tragó saliva. De repente, el mundo dejó de girar.

—¿Qué le ha pasado a Julia? ¿Qué le han hecho?

—Ha sido una fatalidad.

—¿Qué? ¿Quién?

Karina le hizo un gesto expresivo con las manos para que se tranquilizase.

—Nadie ha tenido la culpa. Ha sido un accidente de coche.

—¿Un accidente de coche? ¿Y adónde iba?

—No lo sé, pero se dirigían a San Petersburgo.

—¿Se dirigían? ¿Quiénes?

—Ella y una amiga tuya, que era la que conducía.

—¿Olya?

—Creo que sí. —Karina intentó recordar el nombre que le había dicho Ivanov—. Sí, Olya Vasilieva.

Viktor se tapó el rostro con las manos.

—Olya... No, por Dios...

—Olya está bastante bien, Viktor. De hecho, solo tiene dos costillas rotas. Mañana mismo le dan el alta médica. Es la otra, la del nombre largo, la que ha salido peor parada.

—¿Julia ha muerto?

—Está en coma.

—Dios...

—No llevaba puesto el cinturón de seguridad y salió disparada en el momento del impacto. Al parecer, se golpeó la cabeza contra el suelo y quedó inconsciente.

Viktor se levantó del sofá y se paseó por la habitación como un león enjaulado.

—Maldita sea, Julia —masculló—. ¿Por qué no llevabas el cinturón? ¡Un final tan estúpido, despues de todo!

Karina lo siguió con la mirada, consciente de la angustia que dominaba a su hijo. Fuera quien fuese aquella Julia, el amigo enfermo tenía razón.

A Viktor no le importaría.

—Lo siento —dijo—. Veo que es una persona muy importante para ti.

Viktor se detuvo y la miró.

—Sí, lo es.

—¿Estás enamorado de ella?

—Es mucho más que eso —contestó—. Le debo la vida.

Karina lo miró expectante, esperando que él prosiguiera.

—Es una larga historia que ahora no voy a explicarte. —Viktor meneó la cabeza con vigor—. Además, tengo que irme.

—No puedes. Estás aún muy débil.

—¿No lo entiendes? Tengo que verla.

—No quiero ser brusca, pero si está en coma, a ella le da igual.

—Pero a mí no.

Karina se pasó las manos por la cara en un gesto de desesperación.

—Hay algo más que debo decirte —repuso.

—¿Qué? —Viktor la miró confuso.

—Verás... Tu amiga no es rusa.

—¿Y qué?

—Que su situación es complicada. Tuvimos que visitar a tu amigo para que nos aconsejase.

—¿A Sasha? ¿Ivanov fue otra vez a molestar a Sasha?

—Sí.

—¡Se lo prohibí expresamente!

—Fue preciso, Viktor. Tuvo que pedirle consejo.

—¿De qué? ¿Para qué?

—Tu amiga entró en Rusia con un visado de visita. Necesita un permiso de residencia para que su situación no sea aún más complicada de lo que es.

—¿Y qué importa eso?

—Es importante, Viktor, te lo aseguro —repuso Karina paciente—. Hay cosas que tienen que resolverse.

—De acuerdo —repuso Viktor intentando tranquilizarse—. Julia necesita una tarjeta de migración. ¿Es eso?

—Sí.

—Bien, pues se le falsifica. Yo mismo puedo ocuparme de ello.

—No es preciso, Viktor —asintió Karina con una sonrisa—. Ya lo hemos hecho nosotros.

—Perfecto. ¿Y para falsificarle un permiso de residencia era imprescindible pedirle consejo a Sasha?

Karina asintió con vigor.

—Sí, Viktor.

—¿Por qué?

—Porque para obtener un permiso de residencia, era casi indispensable que tu amiga Julia estuviese casada con un ciudadano ruso.

29

EL SORPRENDENTE TESTAMENTO DE MARTÍN ARÍSTEGUI
Siete días después de su violento asesinato

GUIPÚZCOA.– Los medios de comunicación han tenido acceso al contenido del testamento de Martín Arístegui que, por expreso deseo del difunto, se leyó en presencia de periodistas. La lectura, hecha por un notario de Zumaia a modo de rueda de prensa y con un gran seguimiento mediático, resultó ser una confesión sorprendente e inesperada de las actividades delictivas de Martín Arístegui.

El conocido empresario y mecenas del arte apareció muerto la semana pasada en su casa de Suiza, junto con diez cadáveres más en lo que parece a todas luces un ajuste de cuentas entre bandas. A pesar del secreto de sumario ha trascendido a la prensa que uno de los muertos era Boris Djacenko, un peligroso traficante ruso buscado por la Interpol.

Fuentes cercanas a la policía aseguran que, desde la muerte de Aranzazu Araba, Martín Arístegui era objeto de investigación, ya que, aunque en principio se supuso que su ex esposa se había suicidado, ahora el informe forense señala que podría tratarse de un asesinato y que Aranzazu Araba fue obligada a ingerir la dosis mortal de fármacos.

La lectura del testamento resultó sorprendente, no solo por las circunstancias, sino por su contenido. Martín Arístegui confesaba que gran parte de su colección de arte había sido adquirida en el mercado negro, producto de robos a particulares y museos, entre los que destaca el Hermitage de San Petersburgo, tristemente famoso por el expolio continuado al que fue sometido durante veinte años. Interpol, con ayuda de los mejores peritos en arte ruso, intentará devolver cada pieza a sus dueños originales, en un trabajo que durará meses y quizás años.

Finalmente, y en una muestra de arrepentimiento, Martín Arístegui lega todas sus propiedades —varias mansiones repartidas por Europa— a diferentes entidades benéficas, dado que no tiene familiares directos y con la intención de enmendar a título póstumo sus errores.

Viktor dobló con cuidado el periódico y lo dejó sobre la bandeja del asiento. Sonrió amargamente. En el testamento quedaba bien claro: *Martín Arístegui no tiene familiares directos.*

En su bolsillo llevaba el único legado que le había dejado su padre, que no lo quiso reconocer en vida ni tampoco muerto.

El legado consistía en un sobre que le había dado Karina antes de partir, con un adiós que era para siempre y un par de consejos; el primero de ellos era que desapareciese del mapa.

Si Viktor esperaba algún tipo de mensaje póstumo de su padre estaba muy equivocado. Al fin y al cabo, Martín Arístegui era, después de muerto, tan coherente como lo había sido en vida. Y discreto. Viktor encontró dentro del sobre el número secreto de una cuenta en las Bahamas. Una cuenta que, a diferencia de la que tenía en Suiza y que había utilizado como señuelo para engañar a Djacenko, era millonaria.

Viktor miró a su alrededor, una azafata que estaba charlando con el comandante le dedicó una sonrisa. Él se la devolvió. Se repantigó en el asiento de *business* y cerró los ojos. En dos horas aterrizarían en San Petersburgo. Aquel vuelo se le estaba haciendo eterno, y no por falta de comodidad. Era por las circunstancias. Nada más entrar en la terminal del aeropuerto de Ginebra, Viktor había descubierto a más agentes camuflados que en una reunión del Club Bilderberg. Facturó su equipaje y mostró su documentación.

Ni Vladimir Grushenko, ni Mijail Petrov, ni Ivan Rupniewski.

Viktor Sokolov; nada de irregularidades.

En el salón SWISS Senator Lounge encontró gran variedad de prensa. Viajaba como un VIP, consciente de que era la mejor manera de salvar exhaustivos controles. Eligió tres periódicos, uno de ellos era español y trataba la noticia del testamento de Martín Arístegui. Los otros dos eran económicos, en inglés. Mientras esperaba a embarcar perdió el tiempo hojeando el *USA Today* y *The Financial Post*, que formaban parte, junto con su traje de corte impecable y su reloj Patek Phillippe —carísimo pero no ostentoso— de su disfraz de ejecutivo ruso.

Cuando el avión aterrizó en Púlkovo, Viktor olvidó el segundo consejo que le había dado Karina Sokolova. Era una recomendación que tenía que ver con las relaciones personales y el sentido común. En resumen, que si ahora era un hombre rico, podía gozar de todos los placeres de la vida, y eso incluía a las mujeres.

Nada de mujeres con problemas.

Ya dentro de un taxi, Viktor tomó una decisión que contravenía las sabias indicaciones de Karina Sokolova. No te metas en problemas, no te compliques la vida. Olvídate de Julia Irazu, al fin y al cabo está agonizando en un hospital de mala muerte, sin memoria y sin identidad.

—Al Hospital Chernobil.

Se arrellanó en el asiento del taxi y dejó que su mirada se perdiese entre aquellas calles que conocía tan bien. Volvía a su casa, pero ya no era el mismo. Julia Irazu Martínez lo había cambiado todo. No sabía ni cómo ni por qué, no existía una razón lógica. Además, estaba preocupado. Preocupado y dolido. El hecho de que Olya y Julia, provenientes del mismo accidente, fueran ingresadas en hospitales distintos, y que Julia, en estado crítico, hubiese acabado en el centro sanitario más decrépito de San Petersburgo, resultaba, cuando menos, lamentable.

El taxi se detuvo frente al hospital, que parecía un superviviente de la Segunda Guerra Mundial.

Viktor cruzó la recepción y pensó en dirigirse al mostrador. Cambió de idea. Quizás, identificarse no le traería más que complicaciones. Además, no sería tan difícil localizar a Julia. Si estaba en coma tendría que ocupar una habitación del área de vigilancia intensiva. Atravesó varios pasillos, intentando reprimir una angustia que iba en aumento conforme se internaba en el corazón del vetusto hospital, impregnado por un olor rancio a medicinas, desinfectante, enfermedad y muerte.

Área de vigilancia intensiva.

A través de unas pequeñas ventanas que permitían ver a los pacientes, Viktor buscó a Julia. Recorrió las habitaciones, una a una, sintiendo que su ánimo caía en picado. Tras los cristales podía ver los rostros sin expresión de los enfermos moribundos, sedados, inconscientes. Cuando ya creía que Julia no estaba en aquel corredor, la descubrió en la última estancia, casi oculta por una intrincada red de cables y tubos.

Viktor tragó saliva y aguantó unas ganas repentinas e intensísimas de echarse a llorar como un niño. Apoyó la frente en la pared y así estuvo durante unos segundos, intentando recuperar el aplomo.

Volvió a mirar. Sí, era ella.

Julia.

Tenía la cabeza envuelta en vendas manchadas de sangre reseca. Bajo los ojos, cerrados, había dos enormes surcos violáceos.

—Señor...

Viktor se volvió para mirar a la enfermera que lo llamaba.

—¿Sí?

—¿Conoce usted a la paciente?

Viktor tardó unos instantes en responder.

—Sí, soy su marido.

—¿Su marido? —La enfermera lo miró ojiplática—. ¿Está seguro? ¿La ha visto bien?

Viktor apretó las mandíbulas.

—Por supuesto.

La enfermera lanzó un suspiro de alivio.

—Perdone que insista —se disculpó—. Es que, cuando ingresó, pensamos que era una pordiosera.

—¿Una pordiosera? ¿Cómo pudieron pensar eso de mi esposa?

—Verá, es que la mujer que la llevaba en el coche dijo que no la conocía de nada, que la había recogido haciendo autostop en los alrededores de San Petersburgo. Y como la pobre iba tan mal vestida...

Viktor apretó las mandíbulas. Comenzaba a oler asquerosamente a podrido.

—¿Dice que iba mal vestida?

—Sí, señor, muy mal vestida. Con ropas viejas que le iban grandes.

—¿Y cómo sabe usted todo eso?

—Me lo explicaron los compañeros que estuvieron en el lugar del accidente. Verá, la otra joven fue a un hospital de su seguro privado, pero su esposa... Usted debe saberlo, señor... señor...

—Sokolov, Viktor Sokolov.

—¿Es usted de San Petersburgo, señor Sokolov?

—Sí.

—Entonces ya sabe que a nuestro hospital solo vienen los

vagabundos, las prostitutas y los inmigrantes ilegales. Su mujer estaba indocumentada, y ni siquiera parece rusa. ¿Qué es? ¿Armenia? ¿Azerbaijana? ¿Bielorrusa?

La situación era surrealista. Y triste. No solo por el desprecio que Julia despertaba en el personal sanitario, sino por la manera tan cruel con que Olya se había librado de ella.

—Mi esposa es argentina. Se llama Leonela Abigail Maldonado Guzmán.

Aquel nombre tan largo arrancó una sonrisa comprensiva en los labios de la enfermera.

—Ahora lo entiendo. Es americana.

—Exacto. ¿Quieren que les muestre la documentación?

—Sí, por favor. Diríjase a recepción y hable con las empleadas. Si su mujer no es una pordiosera, las cosas cambian.

—¿Sí? —Viktor la miró con los ojos encendidos de rabia—. ¿Mucho?

—Sí, señor —la enfermera asintió con vigor—. Si usted puede pagar ciertos servicios complementarios, la atención que recibirá su esposa mejorará sensiblemente.

—Por supuesto que los pagaré. —Viktor sacó del interior de su cartera un grueso fajo de rublos que la enfermera miró con deleite—. Quiero que mi mujer tenga la mejor habitación, que la conecten al mejor equipo del hospital, y que esté limpia y cuidada las veinticuatro horas. Quiero lo mejor, y lo quiero ahora mismo. ¿Me he explicado con claridad?

—Por supuesto. —La enfermera atrapó el fajo de billetes al vuelo y se lo metió en el bolsillo con la rapidez de un prestidigitador—. Usted vaya a solucionar el tema del papeleo que yo, mientras tanto, conseguiré que su esposa esté como una reina. La habitación será la misma, pero ya verá qué cambio.

—Eso espero.

La mujer lo miró con curiosidad.

—Perdone que me entrometa. —La enfermera hizo un gesto de disculpa con las manos—. Si usted quiere a su esposa, y es evidente que la quiere. ¿Cómo es que estaba tan desatendida?

—Leonela es esquizofrénica —mintió Viktor con aplomo—. A veces sufre unas crisis muy graves, y desaparece durante días. Esta vez me ha costado mucho localizarla.

La enfermera asintió comprensiva.

—Oh, ahora lo entiendo.

—Es muy complicado, ¿sabe? —Viktor chasqueó la lengua—. También tiene doble personalidad, y a veces dice que se llama Julia Irazu Martínez, pero ese nombre es una fantasía de su imaginación. Lo digo por si recupera la conciencia y lo dice... Aunque no creo que la entiendan, porque ella no habla ni una palabra de ruso.

La enfermera asentía con vigor, maravillada. Ni las series de televisión más disparatadas tenían un argumento tan intrincado.

—Entiendo, entiendo —mintió.

—Y ahora que ya lo entiende, ¿puede decirme cómo está?

—Eso tendrá que hablarlo con el médico —respondió la enfermera—. Yo solo sé que se le hizo un escáner, porque sangraba por los oídos. Por suerte, se comprobó que no tiene lesiones cerebrales. Además, su pulso es correcto, respira bien, sus pupilas reaccionan a la luz... No sé, el médico se sorprendía de que no recuperase la conciencia, como si no quisiera salir del coma.

—¿Es posible que una persona pueda estar inconsciente por voluntad propia?

La enfermera se encogió de hombros.

—No lo sé, señor Sokolov. Tendrá que hablar con el médico. No obstante, si su esposa sufre todos esos trastornos psicológicos no me extrañaría en absoluto. La mente es una maquinaria muy compleja.

Viktor asintió con pesar. La enfermera estaba en lo cierto. La mente es una maquinaria muy compleja, y en el caso de Julia Irazu Martínez, aún más.

—¿Puedo entrar a verla?

—Le ruego que solucione el tema de la documentación y vuelva. Yo prefiero que la vea en mejores condiciones.

Viktor miró de nuevo a través de la pequeña ventanilla y lanzó un suspiro.

—De acuerdo.

Después de casi una hora de prolijos y enrevesados trámites burocráticos, Viktor regresó de nuevo a la habitación. La enfermera lo esperaba a la entrada, con una sonrisa de satisfacción en los labios. Le abrió la puerta y le mostró el cuarto con el orgullo del gerente del Hilton mostrando la *suite* nupcial. Viktor entró en la habitación, y enseguida notó que el cuarto había sido limpiado a fondo y Julia, aseada. El vendaje sucio había sido reemplazado por otro limpio, también las sábanas. El monitor que controlaba sus funciones vitales tampoco era el mismo.

—Si usted es generoso, su esposa estará en perfectas condiciones.

—Yo seré generoso. —Viktor se sentó en una silla al lado de la cama—. Y ahora, por favor, déjeme a solas con ella.

—Por supuesto, señor Sokolov. Estaré a su disposición para lo que necesite. Y no dude en llamarme. Y no es preciso que se dirija a ninguna otra enfermera. Desde este momento, yo me ocuparé de su esposa con sumo cuidado. Y no tenga ni la menor duda de que...

—Sí. —Viktor la interrumpió impaciente—. No tengo la menor duda.

La enfermera sonrió y después de hacer una levísima pero perceptible genuflexión, desapareció.

Viktor se sentó al lado de Julia y la observó entristecido. Tenía un aspecto casi fantasmal, blanca como la cera y los párpados amoratados. No obstante, la expresión de su rostro era serena, como si estuviese en paz.

¿Alguien puede estar inconsciente por su propia voluntad? ¿Era posible que Julia no quisiera salir del coma?

¿Cómo podía convencerla? Aunque, ¿quién era él para convencerla? La había dejado con unos desconocidos. En un país extraño. Ella era muy vulnerable, y aun así no dudó en abandonarla. Seguro que podría haberlo hecho de otra manera. Seguro que podría haberlo hecho mejor. Y ahora ella estaba allí, en coma. ¿Qué había sucedido? ¿Adónde la llevaba Olya? ¿Y por qué?

Aún no habrían pasado ni cinco minutos cuando Viktor escuchó a alguien que golpeaba el cristal de la ventana. Se volvió, molesto, imaginando que era algún empleado del hospital reclamando algún certificado más. Entonces vio el rostro de una mujer que no consiguió reconocer, aunque le resultaba familiar. Se levantó de la silla y le salió al encuentro.

—He venido a ver a Julia —susurró la mujer con un hilo de voz.

Viktor la miró sobresaltado. ¿Quién conocía la identidad de Julia, aparte de un reducidísimo grupo de personas?

—Perdón, pero no sé quién es usted.

—Me llamo Natasha Levedeva. —La mujer se puso a llorar—. Viktor, ¿no te acuerdas de mí? Soy la mujer de Nikolay, de Krasnarozh'ye.

Viktor se llevó las manos a la cabeza. Y tanto que se acordaba: Natasha, Nikolay y Marinoschka, de la casita en lo alto de la montaña.

—Claro que sí. —Viktor extendió los brazos y la abrazó. La mujer se estremeció de dolor.

—Qué torpe soy. ¿Te he hecho daño?

—No es culpa tuya. Es que tengo una herida.

Viktor la miró inquieto. La mujer estaba llorosa y desencajada, extremadamente tensa. Parecía al borde del desmayo.

—Lo siento. ¿Es importante?

—No, no lo es. Un simple rasguño. —Natasha meneó la cabeza, restándole importancia—. Por cierto, hasta hoy no he sabido lo del accidente de coche, por eso no he venido antes.

—No te preocupes. Yo también acabo de llegar. —Viktor se detuvo, extrañado—. Es curioso. ¿No sabíais en Krasnarozh'ye que Olya y Julia habían tenido un accidente?

—Es que nosotros nos hemos mudado por un tiempo. Ya no vivimos allí. Por eso no lo supe hasta que Olya me llamó esta mañana para explicármelo. Además —prosiguió la mujer con voz temblorosa—, he venido a escondidas de Nikolay.

—¿Por qué?

—Han pasado muchas cosas, Viktor.

—¿Habéis tenido problemas con Julia? ¿Es eso? ¿Nikolay está enfadado con ella?

—No, no.

—Entonces, ¿qué es lo que pasa?

—Ha sucedido algo terrible. Espantoso. —Natasha tragó saliva—. Algo que nunca olvidaremos.

—¿Tiene que ver con el accidente de coche?

—No.

Viktor frunció el ceño, impaciente.

—Natasha, por favor, ¿puedes explicármelo?

—Yo, en realidad, lo único que quiero es pedirle perdón a Julia. Ya sé que no hablamos el mismo idioma, pero ella me entenderá. Estoy segura.

—No va a poder ser, Natasha. ¿Es que no la ves?

—La despertaré un momento —insistió ella—. Y luego podrá seguir durmiendo todo lo que quiera.

—Julia no está dormida —repuso Viktor con amargura—. Está en coma.

Natasha lanzó una mirada al cuerpo inmóvil de la joven.

—No —gimió—. No puede ser.

—Lo siento. Además, aún no he hablado con ningún médico, pero las expectativas no son buenas.

—¿Podría quedarse en coma para siempre?

—Sí. Podría morirse sin recuperar nunca la conciencia.

—No puede ser...

—Lo lamento.

—Pero yo necesito pedirle perdón.

—Haz lo que quieras, Natasha. Entra si quieres —accedió Viktor—. Por desgracia, ella no puede escucharte.

Durante unos instantes, la mujer se mantuvo inmóvil, con la mirada perdida y sin saber qué hacer. Después de unos segundos asintió con vigor, como si acabase de darle la razón a alguna vocecita interior.

—Entonces te lo explicaré a ti, Viktor —concluyó, decidida—. Alguien tiene que saber la verdad.

30

Natasha no tuvo piedad consigo misma. Viktor se estremeció al escuchar su relato, absolutamente brutal.

Dos hombres habían entrado en su casa de Krasnarozh'ye. Eran dos presos que se habían fugado durante un traslado a otra prisión. La noche anterior había visto sus fotos en un informativo. Cuando aquellos hombres irrumpieron en su casa, ella estaba en el piso superior. A través del hueco de la escalera vio cómo herían a Marinoschka con una navaja y la llevaban a rastras hasta el cuarto. Oyó sus risas perversas, las palabras obscenas. *La niña es subnormal, pero está muy buena. Tiene buenas tetas y buen culo. Y seguro que es virgen.* Natasha supo entonces lo que iba a pasar. Supo que aquellos dos salvajes iban a violar a su hija de catorce años.

Supo que después la matarían.

Ella se escondió dentro de un armario. Eso es lo que hizo. Esconderse.

Pasaron los minutos. Al principio Marinoschka pedía ayuda. La llamaba. También a Nikolay. Después, calló. Natasha ya solo escuchaba las voces de los hombres y sus risas infernales. Rogó a Dios que Marinoschka ya hubiese muerto. Sabía que, si todavía estaba viva, ellos la matarían.

Entonces, de repente, escuchó la voz de Julia, que gritaba como una loca. Tras los gritos vinieron los disparos. Ráfagas y ráfagas. Después Julia la llamó, pero ella no fue capaz de contestar. Julia subió al piso superior y la descubrió escondida dentro del armario. Llevaba el viejo Kalashnikov de Nikolay, y creyó que también la mataría a ella a tiros. Estaba fuera de sí. La golpeó con el fusil y la obligó a bajar y a ver qué había pasado. Los dos hombres yacían muertos, irreconocibles. Uno de ellos casi no tenía cabeza, y el otro lo único que tenía entre las piernas era un poco de tripa colgando. Marinoschka estaba tendida sobre la cama, boca abajo, con el cuerpo molido a golpes y las entrañas desgarradas. Julia no paraba de insultarla y amenazarla con el fusil, hasta que apareció Nikolay. Él golpeó a Julia en la nuca y la dejó inconsciente. Entonces ella rompió a llorar y le confesó a su marido lo que había pasado, y por qué Julia estaba tan furiosa. Al ver la cara de horror de Nikolay, ella cogió el cuchillo e intentó clavárselo en la barriga, pero ni de eso fue capaz.

A duras penas se causó unos rasguños superficiales que, eso sí, sangraron con abundancia. Nikolay le arrebató el cuchillo y le dijo que no tenía derecho a suicidarse, que tenía que vivir y ocuparse de su hija.

Fue entonces cuando Nikolay le dijo que nunca le dirían la verdad a Marinoschka. La niña creería que ella había intentado protegerla, y que por eso estaba herida. Los hombres la habían apuñalado antes de encontrar a Marinoschka, y como sangraba mucho pensaron que la habían matado, y no quisieron violar a una muerta.

Nunca le explicarían a la niña que su madre se había escondido dentro del armario.

Pero Julia lo sabía. Por eso tenían que alejarla de Marinoschka.

—Es terrible —murmuró Viktor sobrecogido.

—El problema es que Marinoschka no hace más que preguntar por Julia. No hace más que decir que quiere verla, que la necesita a su lado.

—¿Eran amigas? —preguntó Viktor sorprendido—. ¿Julia y Marinoschka eran amigas?

—¡Eran como hermanas! ¡Se adoraban! —exclamó Natasha con los ojos llenos de lágrimas—. ¡Marinoschka adoraba a Julia y Julia adoraba a Marinoschka!

Viktor tragó saliva, impresionado.

—Julia la salvó —prosiguió Natasha entre sollozos—. Ella y no yo. Yo soy su madre, pero me escondí...

Natasha ocultó el rostro entre las manos, liberándose a un llanto convulso.

—No te tortures. —Viktor intentó consolarla—. Estabas aterrorizada.

—¡Julia, no! ¡Se hubiese dejado matar! ¡Lo sé! ¡No dudó ni un instante en acribillar a tiros a aquellos hombres! ¡Y si no hubiera encontrado el Kalashnikov, los habría atacado con lo que fuera! ¡Lo sé! ¡Lo sé!

Viktor asintió, convencido. Atrajo a Natasha hacia su pecho y ella lloró largamente. Después, algo más tranquila, se apartó y señaló a Julia a través de la ventana.

—Ella es buena y valiente, Viktor —musitó—, y no se merece acabar así. No, no se lo merece. Olya habló con mucho desprecio de ella porque no la conoce, porque no la oyó como yo, salvando a Marinoschka. Olya dijo también que Julia había provocado el accidente, que le pisó el pedal del freno. La llamó drogadicta y loca, y muchas cosas más. Pero Olya no lo sabe y no lo sabrá nunca...

El llanto de Natasha iba de nuevo en aumento.

—Tranquilízate, por favor —le rogó Viktor.

La mujer asintió, temblorosa.

—Nikolay no quiere que Julia vea a Marinoschka porque cree que algún día le explicará la verdad. A mí no me importaría, ¿sabes? Pero él no quiere. Dice que para Marinoschka saber la verdad sería un golpe muy duro, que nunca más podría verme como a una madre. Pero yo tengo que vivir toda la vida sin poder pedir perdón, y no sé si podré aguantarlo...

Durante unos segundos, ambos permanecieron en silencio.

—Entiendo a Nikolay —murmuró Viktor—. Y tal vez, tenga razón.

—Sé que lo hace por nuestra hija, pero para mí es insoportable.

—Por Julia no debes preocuparte. Sé que te perdonará.

—¿Estás seguro?

Viktor asintió con vigor.

—Hicieras lo que hicieras mal, Natasha, estás pagando por ello. Y Julia lo sabe.

—La vida es tan dura, Viktor... Mi pobre niña preciosa tiene síndrome de Down. Y ahora, encima, esto. La vida es tan dura y tan injusta, y yo soy tan cobarde...

—Déjalo ya, Natasha. Todos hemos sido cobardes alguna vez en la vida, te lo aseguro —repuso Viktor—. Pero ahora no puedes derrumbarte. Tienes que ser valiente por tu hija.

Natasha se secó las lágrimas y asintió con vigor.

—Sé que tienes razón.

—La tengo, por supuesto —apuntó Viktor con una leve sonrisa.

Natasha lo miró con un brillo de admiración en los ojos.

—No te recordaba así, Viktor —repuso—. Perdona que te lo diga, pero yo pensaba que eras un sinvergüenza. Estaba muy equivocada.

—Me alegro.

—Debo irme. Si Julia se despierta, ¿hablarás con ella? ¿Le pedirás que me perdone?

—Lo haré.

—No la dejes sola, por favor. Este hospital es horrible.

—No la dejaré sola.

—Julia es buena y valiente. Y se merece mejor suerte.

—Tú también eres buena y valiente, Natasha. Demuéstralo.

La mujer lo miró con los ojos tristes y le dio un último abrazo. Luego esbozó una leve despedida y se marchó. Viktor la siguió con la mirada hasta que desapareció de su vista. Miró a Julia a través de la ventana y suspiró. Se sentía extrañamente reconfortado.

Por primera vez en su vida, lo que debía hacer era lo que quería hacer.

Dejó escapar una sonrisa.

—Prepárate, Julia Irazu Martínez —pensó—, porque voy a cuidarte, quieras o no quieras.

31

Los números de color verde indicaban una frecuencia cardíaca y presión arterial uniformes. Bajo ellos se ondulaba suavemente una línea que subía y bajaba con precisión monótona. El corazón de Julia Irazu Martínez latía aburrido y bombeaba la sangre sin dificultad. La frecuencia respiratoria también era correcta, con su ciclo respiratorio completo. Inspirar, expirar. El monitor contaba las contracciones torácicas y ofrecía un dato numérico que no variaba con el paso de los minutos. Estable. Sin cambios. Julia Irazu seguía en un estado de inconsciencia total, sumergida en un abismo del cual no quería salir.

Nada había en este mundo que le interesase.

—Hola, de nuevo.

82, 106/67

La línea se onduló sinuosa y estable.

Viktor acarició la mano que reposaba inerte sobre la sábana. Sintió que lo invadía una extraña emoción. La mano estaba calentita.

Julia.

Durante unos minutos se mantuvo en silencio, disfrutando de aquel contacto. En condiciones normales, ella no consentiría que la tocase. Pero ahora no podía hacer nada para evitarlo. Estaba inconsciente.

Viktor levantó la mano y se la llevó a los labios.

91, 111/68

La línea se onduló algo más sinuosa, pero aún monótona.

—Hay algo que tengo que decirte, Julia —musitó Viktor besándole la punta de los dedos—. Lo siento, pero es algo que no te va a gustar.

Pip. La curva dio un saltito. Los dígitos cambiaron.

—Supongo que recuerdas que entraste en Rusia con un pasaporte falso e identidad argentina. Claro que te acuerdas. Ahora te llamas Leonela Abigail Maldonado Guzmán.

Pip. Un pico. La frecuencia cardíaca aumentaba.

—Bueno, lo de la identidad argentina no es lo peor. Lo peor es que..., para evitarte problemas hemos tenido que conseguir un permiso de residencia. Tu situación era francamente complicada.

Pip.

—Y para conseguir un permiso de residencia, hemos tenido que...

Pip.

—... casarnos.

Pip. Pip. También aumentaba la presión arterial.

—Lo siento, pero ahora somos marido y mujer.

Pip.

—Supongo que no te importa.

99, 134/71

—A mí me hace ilusión, ¿sabes?

Pip.

—Yo nunca me había casado antes, y la verdad es que me parece una buena idea. Marido y mujer. Hummm... suena bonito. —Viktor estaba lanzado—. Además, he pensado que cuando te recuperes nos iremos a vivir a una casita en Siberia, y tendremos siete u ocho cosacos revoltosos.

Pip... pip...

Viktor lanzó una mirada al monitor, comprobando que las constantes vitales de Julia se estaban acelerando de forma ostensible.

—Al fin y al cabo, solo tienes treinta años. Tampoco eres tan vieja —prosiguió, imperturbable—. A embarazo por año...

Pip... pip... pip...

Julia abrió los ojos. Al principio no vio nada. Tardó unos segundos en enfocar. Movió los labios, pero de su boca no salió ni un sonido. Cerró los ojos. Los volvió a abrir y su mirada se dirigió con precisión al hombre que unos segundos antes ocupaba una silla frente a ella.

Ahora la silla estaba vacía, y el hombre pedía ayuda en el pasillo.

El médico arqueó las cejas, maravillado ante la sorprendente recuperación de la paciente. Comprobó que su estado de conciencia era total.

—Es milagroso —acertó a decir a la enfermera—. ¿Y dice que el hombre de ahí fuera es su marido?

—Sí. Nos habíamos equivocado con ella. No es ninguna indigente ni mucho menos.

—Priv'et, Leonela Abigail...

Julia lo miró con desgana. No respondió.

—No se esfuerce, doctor. No entiende el ruso.

El médico hizo un gesto de desconcierto. Levantó un dedo y lo puso ante los ojos de Julia. Después lo movió a derecha e izquierda. Ella lo siguió con la mirada.

—Está consciente y orientada —confirmó el médico—. ¿Y dice que es esquizofrénica y tiene un trastorno de personalidad múltiple?

—Eso dijo su esposo.

—Muy interesante.

—¿Por qué, doctor?

—Jamás me había enfrentado a un coma psicógeno —aclaró el médico.

Dos horas después de someter a Julia a un exhaustivo examen, en el que ella mostró una nula capacidad de cooperación, el médico intentó persuadir a Viktor de que la convenciese.

Había utilizado de traductora a una enfermera mexicana, pero Julia se limitó a mirarla con una mezcla de resignación y desdén. Y a no abrir boca.

El médico veía la necesidad de pasarle a Julia una batería de pruebas con el fin de descubrir qué mecanismo psicológico podía conseguir que ella se mantuviese inconsciente. Tras asegurarle que lo único que quería era que su mujer se recuperase lo antes posible, Viktor consiguió librarse del médico. Nada de tests psicotécnicos, ni técnicas proyectivas, ni hipnosis terapéuticas. Viktor se negó en redondo a que utilizasen a Julia como conejillo de Indias.

—El caso de su esposa es muy poco habitual, una pérdida de conciencia producida por sus trastornos psiquiátricos. Sería preciso que...

Viktor tuvo que soportar que el médico porfiase varios minutos más. Por fin consiguió quedarse solo y pudo entrar de nuevo en la habitación. Julia lo siguió con la mirada hasta que se sentó. Él le tomó una mano entre las suyas y Julia no tuvo fuerzas para impedirlo. La mano le pesaba como si fuese de plomo.

—Viktor Sokolov. —La voz surgió de su boca como de ultratumba.

Él sonrió. Se llevó la mano a los labios. La besó.

—¿Cómo estás?

—¿Te has vuelto loco?

—¿Estás bien?

Ella cerró los ojos, agotada. Los volvió a abrir.

—¿Puedes contestarme?

—¿Qué te pasa, nena?

Ella lo miró, furiosa.

—¿Te has vuelto loco? —repitió.

—¿Por qué?

—¿A qué viene eso del casorio? ¿Qué es eso de que estamos casados?

Viktor asintió complacido. Era evidente que Julia Irazu estaba recuperando la forma por momentos.

—No te enfades. Lo he hecho para hacerte reaccionar y que salieras del coma.

Ella cerró los ojos.

—Serás cabrón...

—Imaginé que te daría tanta rabia que te despertarías furiosa y con ganas de retorcerme el cuello. Como ves, estaba en lo cierto.

—¿Es todo mentira?

—Sí. —Viktor asintió con poca convicción.

—Entonces, ¿no estamos casados? —preguntó Julia, impaciente.

Él dejó escapar una carcajada.

—No te preocupes.

—¿Es verdad o no?

—Tan verdad como que te llamas Leonela Abigail.

—Ah...

—¿Tranquila?

—Sí.

—Estupendo. Y ahora que ya estás tranquila, ¿puedes decirme cómo te encuentras?

—Bastante bien, dentro de lo que cabe. El médico me ha atosigado de lo lindo.

—¿Ha sido muy pesado?

—Sí, y me fastidia. ¿Por qué me ha pasado el maldito test de las manchas de tinta? ¿Es que piensa que estoy chiflada?

—¿Lo conoces?

—¿El test de Rorschach? —Julia asintió con resignación—. Como si me lo hubiera inventado yo.

—Vaya, lo siento. Supongo que es culpa mía.

—¿Culpa tuya? ¿Qué le dijiste al médico?

—Tuve que inventarme una historia que justificase tu situación. —Viktor meneó la cabeza—. Lo siento, Julia, pero preferiría no explicártelo. No quisiera que te enfadases aún más.

Ella lanzó un suspiro y cerró los ojos. Le ha dicho que estoy zumbada, pensó.

Lo cual tampoco estaba muy alejado de la realidad.

—Hay algo que me ronda por la cabeza —dijo Julia de repente—. Algo que no sé si he soñado o realmente lo he visto.

—¿Qué quieres decir?

—Antes de despertar me sentí muy irritada. Mucho antes de que tú comenzases a decir tonterías.

—Así que yo no tuve toda la culpa.

Julia negó con la cabeza.

—No estoy hablando en broma, Viktor —insistió—. Verás... Cuando estaba a punto de recuperar la conciencia intuí la presencia de alguien.

—¿Y eso fue lo que te irritó?

—Sí.

—¿Quién era?

—Tal vez no la conoces. Durante el tiempo que pasé en Krasnarozh'ye, conviví con una familia; unos padres y su hija.

Viktor la apremió con un gesto.

—Tengo la sensación de que la madre ha estado aquí —prosiguió Julia.

—¿Te refieres a Natasha Levedeva?

Julia abrió la boca, impresionada.

—¿Ha estado aquí?

—Sí.

—¡Maldita cerda! ¿Qué quería?

—No te alteres, Julia.

—¿Qué quería? —repitió ella, furiosa.

—Pedirte perdón.

—Hija de puta...

—Tienes que ser comprensiva, Julia.

—¡Y una mierda! Además, ¿quién eres tú para decirme que tengo que ser comprensiva? ¿Tú qué sabes?

—Natasha me lo ha explicado todo.

—¿Todo?

—Sí, Julia.

—¿Y qué es todo? —insistió ella—. ¡Quiero que me expliques ahora mismo qué te ha dicho esa mala pécora!

—No creo que sea el momento oportuno, Julia. Acabas de despertar del coma.

—¡Dímelo ahora mismo! —Julia se incorporó unos centímetros de la cama.

—Si te tranquilizas.

Julia lanzó un bufido desafiante, pero se estiró de nuevo en la camilla.

—Natasha me ha explicado que os atacaron unos hombres en Krasnarozh'ye. —Viktor tragó saliva—. Violaron a Marinoschka y tú los mataste. Y que, mientras tanto, ella se escondió en un armario, muerta de miedo. No fue capaz de defender a su hija. Si no hubiese sido por ti, ahora Marinoschka estaría muerta.

—¿Y aún me pides que sea comprensiva?

—Natasha ha intentado suicidarse.

—Suicidarse... —Julia repitió la palabra con lentitud—. Entonces, ¿sus heridas son de verdad?

—Sí, se las provocó ella misma con un cuchillo.

—Dios...

—¿Quieres que se mate? ¿Eso es lo que quieres?

—No.

—Y no se trata únicamente de perdonar a Natasha, Julia. Marinoschka te necesita.

—Marinoschka...

—¿Cómo va a recuperarse Marinoschka sin tu ayuda?

—Pero Olya dijo que Nikolay no quería que yo la viese nunca más.

—Si prometes que no le explicarás a Marinoschka lo que pasó, no habrá ningún problema.

—¡Yo nunca lo haría! ¡Natasha es su madre!

Viktor asintió con vigor.

—Lo sé. Tranquila.

Durante unos segundos, ambos permanecieron en silencio.

—Natasha dijo que eras muy buena y valiente —murmuró Viktor—. Y que te merecías tener mejor suerte.

—Eso no me ablandará.

—Ya te has ablandado, Julia. Confiésalo.

Ella sonrió levemente.

—Supongo que Natasha no se debe sentir muy bien consigo misma.

—No.

—No quisiera estar en su pellejo.

—Lo pagará toda su vida. Siempre que mire a su hija sabrá que no la defendió.

—No sé cómo podrá soportarlo. Yo, solo de imaginarlo me volvería loca.

—Natasha fue cobarde, pero su reacción es humana. El pánico la superó, fue incapaz de sobreponerse.

—Yo hubiese arriesgado mi vida.

—Ya lo sé. —Viktor sonrió divertido—. Pero tú eres un poquito kamikaze, Julia. Reconócelo.

—No es solo eso. Es que, yo quiero mucho a Marinoschka.

Bonita declaración, pensó Viktor. Y más viniendo de Julia.

—Natasha me ha dicho que ella también te quiere mucho.

Julia se limitó a sonreír tímidamente.

—Así que no deberías darle mal ejemplo.

—¿De qué hablas ahora?

—De las pastillas.

—Pareces un maldito loquero, Viktor. ¿Qué es lo que quieres?

—Que te comprometas a no drogarte nunca más.

Julia estuvo a punto de replicar, pero se contuvo.

—Haré lo que pueda.

—Bueno.

—Por Marinoschka.

—De acuerdo.

Julia dejó escapar un suspiro.

—No me lo puedo creer.

—¿Qué es lo que no te puedes creer?

—Verás, creo que debe de ser la primera vez en la vida que voy a hacer algo por alguien.

Viktor sonrió.

—Nunca es tarde, Julia.

Ella lo miró de reojo.

—¿Te burlas de mí?

—No, no me burlo de ti. Es más, no solo vas a hacer algo por alguien, por Marinoschka, sino que además, la quieres. ¿Es la primera vez que quieres a alguien?

Ella tardó unos instantes en responder.

—Sí.

—Así que ha sido una estrategia tuya para despertarme —susurró Julia, exhausta—. ¿Sabes? Por un momento pensé una tontería.

—¿Qué tontería?

—Nada, nada. No me hagas caso.

—¿Qué tontería?

—Por un momento pensé que estábamos casados de verdad. Y que lo de la casita en Siberia y los cosacos revoltosos también lo decías en serio.

—Ya te he dicho que tú no estás casada.

—Claro. Y tú tampoco.

—Yo sí.

—No te entiendo.

—Me he casado con una tal Leonela Abigail Maldonado Guzmán.

—Que no existe.

—Pero Viktor Sokolov, sí.

—¿Me estás diciendo que tú estás casado de verdad?

—Sí.

—Eso es absurdo.

Viktor meneó la cabeza, divertido.

—Entiéndelo, Julia. Tenías que casarte con un ruso, y yo era el ruso que había más a mano.

—¿No te importa?

—No.

Había algo en la mirada de Viktor que resultaba inquietante. Julia no sabía muy bien qué era, pero la turbaba. Era envolvente, excesivamente intenso.

—¿Y lo de la casita en Siberia?

—Eso sí que lo dije en broma —aseguró Viktor con rotundidad—. Jamás en la vida querría yo vivir en Siberia, con lo harto que estoy de pasar frío. ¿Qué se me pierde a mí en Siberia?

Julia sonrió, aliviada.

—Nada.

—Prefiero las Bahamas.

—Anda, y yo.

Él la miró con fijeza.

—¿Te gustaría ir a las Bahamas?

Julia le devolvió una mirada llena de recelo.

—Más que a Siberia.

—Genial.

—¿Por qué genial?

—No sería mala idea, Julia. No quiero decir que llevemos al FSB detrás de los talones, pero deberíamos desaparecer durante un tiempo. Además, tengo que ir a las Bahamas.

—¿Y Marinoschka?

—Irás a verla, no te preocupes.

—Pero...

—¿Qué planes tienes?

—Me gustaría escribir.

—Puedes escribir en las Bahamas. ¿Qué te parece?

Julia tragó saliva y su mirada se paseó nerviosa por el cuarto. Era muy consciente de que no existía ninguna razón objetiva para seguir al lado del ruso, a pesar de su invitación. El peligro había pasado, y sus caminos podían separarse para siempre. Adiós, Viktor Sokolov.

Él la miraba con una mezcla de aparente despreocupación y ansiedad mal contenida.

—Estaría bien ir a las Bahamas —murmuró Julia.

—Estupendo. —Viktor se frotó las manos con vigor—. En cuanto te recuperes, nos marcharemos.

—Pero, tú y yo...

—Tú y yo, ¿qué?

Julia meneó la cabeza.

—Perdona que insista, pero eso de los cosacos revoltosos... Supongo que tampoco lo dijiste en serio.

Viktor la miró. Julia era capaz de empuñar un rifle de asalto y freír a dos hombres a tiros. En cambio, ahora lo estaba mirando con carita de niña buena y un brillo de inquietud en sus ojos.

La tentación fue demasiado fuerte.

—Por favor, Julia... Siete u ocho críos es una exageración —concluyó—. Te prometo que me conformaré con tres. Tal vez, cuatro.

A todos ellos, muchas gracias.

Y a vosotros, lectores. Sencillamente, os lo debo todo.

Nota de la autora

No tengo conocimiento de cómo funcionan los servicios secretos rusos, ni tampoco las mafias de tráfico de arte. Igualmente, no tengo la menor idea de cómo trabajan los espías rusos. Lo siento, pero no conozco a nadie (que yo sepa) que se dedique a los campos profesionales antes citados para que pudiera ilustrarme acerca de sus métodos de trabajo.

Tampoco sé ruso. Nada de nada. Al principio utilicé un traductor, pero no me ofrecía mucha confianza, así que me lancé alegremente a escribir en ruso. El que sepa ruso de verdad, que me perdone.

Lo que sí que puedo asegurar es que Sandra y Joan, de la agencia literaria Sandra Bruna, tienen mucha culpa de que este libro haya visto la luz. Muchas gracias por confiar en mí durante tanto tiempo.

También quiero agradecer a los miembros del jurado del Premio La Trama que hayan considerado que esta novela y su protagonista, Julia Irazu, se merecían el premio.

A Carmen Romero, editora de Ediciones B, le debo el título y fantástica portada. Además de mucha comprensión con la novata.

A todos ellos, muchas gracias.

Y a vosotros, lectores, sencillamente, os lo debo todo.

OTROS TÍTULOS
DE ESTA COLECCIÓN

CICATRIZ

Juan Gómez-Jurado

«Cuando *Mama* comenzó a gritar su nombre, la niña colgaba de la rama del viejo roble, sujetándose solo con la punta de los dedos. Tan solo con haber girado la cabeza unos centímetros por encima de su hombro derecho, podría haber visto el todoterreno, detenido en la última curva del camino que conducía hasta el caserío. En los largos años y en las pesadillas interminables que vendrían después, ese detalle se magnificaría en su memoria, y le asignaría una importancia descomunal. Si hubiese mirado, si hubiese bajado hasta el borde del camino, si hubiese atisbado desde la linde del bosquecillo, si hubiese corrido a avisar a su padre.»

Juan Gómez-Jurado está robando el sueño a una legión de lectores con *Cicatriz.*

MIGUEL LORENCI, *El Correo*

LA VERDAD ESTÁ EQUIVOCADA

Nacho Abad

Guadalupe y Valentín lo tienen todo para ser felices: instalados en su lujosa finca, esperan el nacimiento de su primer bebé. Pero lo que parece un cuento de hadas está a punto de convertirse en una pesadilla.

Cuando ella desaparece sin dejar rastro, todas las sospechas se dirigen hacia Valentín. Empezará entonces una frenética investigación en la que las oportunidades de localizar con vida a Guadalupe, diabética y embarazada de ocho meses, se reducen por minutos.

Así arranca la primera novela negra de Nacho Abad, una historia adictiva y llena de giros inesperados en la que late una pregunta de fondo: ¿Somos de verdad inocentes hasta que se demuestre lo contrario?

Tras informar como periodista sobre muchos de los crímenes y sucesos más mediáticos de los últimos años, Abad refleja en esta trama de ficción —en la que el lector encontrará algunos guiños a casos reales— los detalles ocultos que a menudo no aparecen en los medios.